U0852311

至暗之网

Until the end of the dark web

闫峰 著

北京日报出版社

图书在版编目（CIP）数据

至暗之网 / 闫峰著 . -- 北京 : 北京日报出版社，2018.10

ISBN 978-7-5477-3024-9

Ⅰ . ①至… Ⅱ . ①闫… Ⅲ . ①长篇小说—中国—当代 Ⅳ . ① I247.5

中国版本图书馆 CIP 数据核字（2018）第 154522 号

至暗之网

出版发行：北京日报出版社
地　　址：北京市东城区东单三条8-16号东方广场东配楼四层
邮　　编：100005
电　　话：发行部：（010）65255876
总编室：（010）65252135
印　　刷：廊坊市博林印务有限公司
经　　销：各地新华书店
版　　次：2018年 10 月第1版
2018年 10 月第1次印刷
开　　本：710 毫米 × 1000 毫米　1 / 16
印　　张：18.25
字　　数：297千字
定　　价：42.00元

版权所有，侵权必究，未经许可，不得转载

目录

楔　子

2017 年 9 月 4 日上午 10:00　洪都市洪都大学教学楼 606 教室

9 月的第一个星期一，刚刚褪去了夏季潮热的洪都步入了初秋，阳光依旧明媚，却不闷热难耐了。“秋高气爽便是如此吧！”

何凯峰拿着教案朝 606 教室走去，这是他任教以来的第二个学期了，显然已经适应了教师这份职业，他享受在众学生面前滔滔不绝地传播知识的感觉。不过要说敬业，他还算不上。对于爱睡懒觉的他来说，早起上课无疑是痛苦的。他找了几次教务处的老师，说自己早上十点的课程安排实在太早了，要求改在下午上课，都被瞪着眼睛的教务处排课老师无情地驳回了。

“早点结课就好了！”何凯峰心想着，上课铃打响了，他整理了衣服，迈步进了教室。

606 教室里早就坐满了学生，大部分或在玩手机或小声讨论，有些还在偷偷嚼着没吃完的早饭。何凯峰注意到第二排正中间有位扎着马尾辫的女生，似乎在跟同伴分析自己对某件事的观点，虽然听不到她说了什么内容，不过那气场让何凯峰觉得这小姑娘一定懂得不少。

“好了同学们，新学期的第一节课，我们来共同学习《生态与环境保护概论》这门课程，今天我们先看一下全球气候变化部分的内容。”何凯峰清了清嗓子说。

话音未落，那个扎着马尾辫的女生突然举起了手：“何老师，有报道说气候变化是发达国家为了遏制我国经济发展而提出的阴谋论，请问是这个样子吗？”

“呃……”何凯峰感觉自己被噎了一下，继而说道，“目前学术界对于全球气候究竟是变冷还是变暖，气候变化的原因以及利弊等方面还没有达成共识。但是呢，这仅仅是正常的科学争议罢了，没有必要上升到政治阴谋论的层面。”

“哦……”马尾辫女生若有所思地点了点头。

“好，我们继续……”何凯峰理了理被打断的思路，继续说道，“关于气候变化问题，目前学术界的主流观点是自工业革命以来，随着化石燃料的广泛使用，大气中的二氧化碳等温室气体不断累积，从而使得全球的平均气温逐渐升高，这也就是所谓的全球气候变暖问题。”

何凯峰刚刚说完，马尾辫女生再次举起了手：“何老师，你刚刚为什么说这是主流观点？难道还有其他观点吗？阴谋论除外！”

又一次被打断思路的何凯峰心里有些不悦，不过他还是努力装出一副和颜悦色的神态：“没错！不同的观点主要有这么几种：第一，目前全球气候究竟是不是存在显著性的变化；第二，如果气候存在显著性变化，那么它究竟是变冷还是变暖；第三，如果全球气候确实是在变暖，那么造成它变化的原因是什么，是自然因素还是人类活动。”

“哦……”马尾辫女生再次点了点头，坐了下来。

“接下来，我们先请一个同学分析一下，气候变暖会造成什么样的影响……嗯……李思晨同学，你来说一下吧！”何凯峰指着花名册说道。

“全球气候变暖的第一个影响，也是最重要的影响，就是导致两极冰川融化，海平面上涨，淹没陆地。”马尾辫女生又一次站了起来。

“嗯，不错，确实如此，请坐！”何凯峰活动了一下脖子，心想原来这个好奇的小姑娘叫李思晨，随后便将身后的 PPT 切换出一张冰山的照片。

同学们都盯着多媒体中的图片，只见冰山只有 10% 左右的部分露在海面以上，上标注有 Surface Web；有 90% 左右的部分隐藏在海面以下，上面标注有 Deep Web；而在冰山底端最阴暗的部分，还标注有 Dark Web。

“呃……不好意思，何老师，我可以再问您一个问题吗？”李思晨把某个手指压在太阳穴上，做出一个思考的手势。

“请讲……”何凯峰被她的问题搞得有点无奈。

“请问你这张照片里……这几个词 Surface Web、Deep Web 和 Dark Web 分别是什么意思？”

“啊？”何凯峰不禁愣了一下，他扭过头去看着自己的PPT，过了好一会才反应过来，“哦……这个嘛……是我做教学课件PPT的时候插错了图片……不好意思啊。”

与此同时，台下的学生们也窃窃私语起来……

“冰山原来是这个样子的呀？”

“对哦！原来水面下的体积远远大于水上面呀！”

“嗯呐，怪不得有句成语叫做‘冰山一角’呢！”

“话说泰坦尼克号当年就是触及冰山沉没的吧！”

“对呀，这么大的体积都淹没在水下，当然看不见了。”

听到这些，何凯峰觉得有必要因势利导一下：“好了，既然大家都看到了，冰山淹没在水下的体积要远远大于露在水面之上的体积。那么哪位同学可以解释一下，这是什么原因呢？”

教室里突然安静了下来，静得连呼吸声都可以听见。环视了一圈之后，何凯峰又拿起了花名册：“嗯……吴壮壮，你来解释一下吧！”

一个坐在后排的五大三粗的男生站了起来，犹豫再三挠了挠头说道：“我觉得……这是一起灵异事件吧！”

“咳咳……”何凯峰感觉被呛了一下，而同学们也跟着哄堂大笑起来。

“我记得《鬼吹灯》里说……雪莉杨的父亲去了昆仑冰山，在里面发现一个很大的空间……然后……”吴壮壮继续自顾自地说道。

“坐坐坐！”这个回答简直让何凯峰不忍再听。

“何老师，我觉得我可以解释一下。”李思晨又举起了手。

“好，你说。”

“冰的密度约为917千克/立方米，而海水的密度约为1025千克/立方米。那么依照阿基米德定律，只有当冰山排开相当于自身约90%体积的海水时，海水产生的浮力才大致等于冰山的重力，此时冰山才能漂浮在海面上。”李思晨有条不紊地解释道。

“嗯！不错，就是阿基米德原理，大家不要高考完之后就把这些知识全还给老师了。”何凯峰调侃道。

“我还是觉得更像是灵异事件。”吴壮壮继续自言自语道。

“呵呵，吴同学，这个世界上是没有鬼的，建国以后的动物也是不能成精的。所以不管看起来多么灵异的现象，都一定会有一个科学的解释。即便现在没有，将来也会有的。”何凯峰推了推眼镜说道。

“而且……”何凯峰犹豫了下，但最后还是壮着胆子说了句心里话，“《鬼吹灯》《盗墓笔记》虽然很精彩，但内容都是杜撰的，里面没有一件真事！”

看着吴壮壮、李思晨等人脸上都是不以为然的表情，跃跃欲试想要反驳，何凯峰赶紧开始讲课，转移话题：“刚才真是太冲动了，差点触了众怒！”

“何老师……我还是想知道……Surface Web、Deep Web 和 Dark Web，分别是什么意思……”李思晨又眨了眨眼睛。

“呵呵，看来你可真是打破砂锅问到底呀！好吧，那我就给你解释一下！”何凯峰理了理头绪，继续说道，“其实这三个词都是网络术语。其中 Surface Web 又称为表网，通俗地说，就是能被谷歌、百度等搜索引擎抓取到的内容，比如网易体育新闻、天涯文学论坛、YouTube 视频都属于表网；Deep Web 呢，刚好相反，就是不能被搜索引擎抓取到的内容，诸如你的个人银行账户、QQ 聊天记录等就属于 Deep Web 的内容，Deep Web 也俗称深网，而且一般认为深网的内容要远远多于表网。”

“那么……Dark Web 呢？”李思晨继续问道。

“Dark Web，通常是指只能用特殊软件、特殊授权，或对电脑做特殊设置才能连上的网络，其服务器地址和数据传输也大都是匿名甚至匿踪的。从这个角度说，Dark Web 其实是 Deep Web 的一个子集。”何凯峰解释道。

“那么……上面应当有很多少儿不宜的内容喽？”有同学小声说道。

“呵呵，确实有不少。不过访问 Dark Web 的技术门槛和成本可要比表网和深网高多了，所以说 Dark Web 和大部分人的生活压根没什么交集。”何凯峰敲着黑板说。

“那……何老师，Dark Web 的汉语名是什么？”李思晨若有所思地问道。

何凯峰不经意地瞟了一眼窗外，看见一朵乌云刚刚把太阳遮住，明亮的校园也跟着暗了下来。突然之间，一种不祥的预感倏地涌上了何凯峰的心头。而后他感觉几个汉字下意识地从喉咙里蹦了出来：

“它叫做……暗网……”

第一章　黑幕乍起

- 01 -

2017 年 9 月 4 日上午 10:30　金陵市堂子街

距离洪都市一千多公里外的金陵市，此时正在发生许多不寻常的事情，将何凯峰卷入这翻滚的暗涌中。

“哎，又要变天了！”堂子街的一家麦当劳餐厅里，靠窗的角落坐着一位身着深灰色连帽运动衫的男子低声嘟囔着。他叫王皓天，是金陵市公安局刑警队的队长。

“皓天，你说徐泰这货葫芦里卖的什么药呀？”蹲守了半个上午之后，王皓天旁边的“耐克男”杨燕清也有些不耐烦了。杨燕清也是金陵市公安局的刑警，更是王皓天的好基友，尤其擅长 IT 技术。之所以称呼其耐克男是因为他总是穿得时尚入流，而脚上永远离不开一双耐克鞋。这个小伙子二十出头，个子很高，人长得不能说，但在刑警队中也称得上帅哥了。他早上被王皓天叫过来蹲守重要嫌疑人，现在已经过去四个小时了，依旧没有见到任何可疑情况。

“再等等看吧！国安局的情报应该不会错吧！”王皓天活动了一下颈椎说道。

“皓天，你说就这么个小小的贩毒案，怎么还会惊动国安局？”杨燕清不明就里地问。

“我听说这个徐泰不仅涉嫌贩毒，身上还背有命案，而且最近还访问过一些莫名其妙的网站。”王皓天压低了声音说道。

“莫名其妙的网站？”

“对，听说是一个名叫 Dark Web In China 的网站。”

“难道是暗网中国？”杨燕清不由得脱口而出。

“呃……什么意思？”这次轮到王皓天糊涂了。

“Dark Web In China 俗称暗网中国，是 8 月份出现的一家网站。据说该网站创始人曾在国外待过，我也已经有所注意了。”杨燕清解释道。

“呃……什么叫做暗网？”王皓天依旧是一副丈二和尚摸不着头脑的模样。

“暗网只能用特殊软件、特殊授权或对电脑做特殊设置才能连上的网络。使用一般的浏览器和搜索引擎找不到暗网的内容，而且常规方法也难以追踪到使用者的位置。所以有很多人在上面倒卖违法犯罪信息，不过我倒是第一次听说有人利用暗网搞间谍行径。”杨燕清喝了一口咖啡说道。

“哦？为什么？难以追踪也难以破解，那岂不是滋生间谍的温床？”

“这个嘛……因为暗网上传输的信息要经过多层加密，甚至需要多组代理服务器，所以网速一般差得很，有时看个视频都要缓冲好几个小时。像间谍这种讲求实时通讯的，用暗网联系岂不要急死人？”杨燕清的表情显得很不解。

“唔……好吧，我还是没听懂你说的究竟是什么意思。”

“你呀，有空就该多看看书，充充电，别一下了班就知道健身。再这么下去，‘四肢发达，头脑简单’就成了形容你的专用词了。”杨燕清撇了撇嘴。

“你这小子没大没小，我现在哪有空健身呀！前一阵子一连串大案要案，搞得我睡眠严重不足，所以我现在回家倒头就睡觉，啥都不干了！”王皓天自嘲道。

“你这么任性，你老婆没意见吗？”杨燕清做了个鬼脸。

“反正婚也结了，孩子也生了。我老婆虽然对我有不少成见，可她忙着照看孩子，没空理我。”王皓天笑道。

“我还是觉得，生活和工作要分开。”杨燕清盯着窗外说道。

“那是因为媛媛能理解你呀，章婷可理解不了我。”王皓天伸了个懒腰。

“此话怎讲？”杨燕清瞪了一眼王皓天。

“章婷觉得吧，既然我们俩都是公务员，工资也差不多，那为什么她就能朝九晚五，而我就必须要朝五晚九呢。”王皓天一脸哀怨地说，显然自己妻子的不理解让他有些苦闷。

“可是我女朋友就特别能理解我！”杨燕清颇为得意地说。对于自己的法医女朋友，他是十分满意。媛媛长得落落大方，性格沉静，是自己理想中的妻子类型。虽说追她的时候花了一些工夫，不过那也是很值的。

“废话！你是刑警，她是法医，你们的作息时间本来就是一致的。”王皓天怒怼道。

“哎呀……其实最近嘛……生活和工作也不是完全能分开啦！”杨燕清做出一副得了便宜还卖乖的表情。

“你看看，说你胖，你还喘起来了！”王皓天拍了一下杨燕清的后脑勺。

“你懂得嘛！不过前一阵孙前进那起案子搞得媛媛很烦。”杨燕清的眼神突然黯淡了下来。

“哦？为什么？”

“孙前进，听说过吧？就是上个月开宝马闯红灯撞死人的那个！直接把对方司机的出租车都撞成粉末式骨折了，哎……”

“知道呀！我听交警队的人说………在宝马里还查出了一些白色粉末，所以怀疑是毒驾。不过这跟你们家媛媛又有什么关系呢？”王皓天若有所思地说。

“没错，这个孙前进的爸爸的姑姑的小叔子的妈妈，是媛媛的表姨的表姨的表姨。”杨燕清掰着手指头数说道。

“啊？……表姨的表姨的表姨？这关系……未免太远了一点吧！”王皓天感觉不可思议地说道。

“没错呀！孙前进的爸爸的姑姑的小叔子的妈妈，媛媛的表姨的表姨的表姨，她们俩是同一个人，可这都隔了好几层关系了！而且电视里不是说嘛，通过六个彼此认识的人，你可以联系到世界上任何一个人。”杨燕清做出一副夸张的表情。

“然后呢？孙前进的家属就去找媛媛求情了？”王皓天眨着眼睛说。

“光是求情倒是简单了！他们想让媛媛帮忙开个证明，证明这个孙前进有精神病。”杨燕清一脸不悦地说。

“这也行？”王皓天吃惊地问道。

“不是有前车之鉴嘛，至少能少判几年。”杨燕清撇撇嘴说。

“可是精神病证明……应该去找精神鉴定的专家开吧！这玩意儿……不归

法医管吧！”王皓天挠着头说。

“没错！即使是媛媛的亲叔叔犯了罪，那也不能徇私枉法呀！更何况是这种八竿子打不着的关系啦！”杨燕清使劲点了点头。

“那……让他去找精神病专家呗！说不定孙前进的妈妈的叔叔的小姑子的爸爸，和这个精神病专家的堂叔的堂叔的堂叔还是同一个人呢！”王皓天调侃道。

“你还别说，孙前进还真就和某个精神病专家攀上关系了，而且人家还真给开了一张精神病鉴定证明。”杨燕清环视了一下四周。

“这也行？”王皓天顿时目瞪口呆。

“当然……至于他这精神病是真是假，那咱就不好说了。”杨燕清无奈地回应道。

“那……这事儿不就结束了吗？媛媛干吗还烦心呢？”王皓天感觉什么地方有点不对。

“问题是……根据媛媛的鉴定，这个孙前进当时确实吸了毒，而且车里的白色粉末也确实是海洛因。”杨燕清压低了声音说道。

“那……这下事情就麻烦了！贩毒这种事情……搞不好要掉脑袋的！”王皓天瞪大了双眼。

“没错，差两克海洛因就能挨枪子儿了。虽然他有精神病证明，法院还是给判了无期。”杨燕清的声音压的更低了。

“所以……孙前进他们家就把这笔账记在媛媛头上了？”王皓天恍然大悟道。

“没错！三天两头的去我们家闹腾。”杨燕清一脸鄙夷地说。

“那你倒是把他们赶出去呀！私闯民宅，那可是犯法的！”王皓天瞪大了眼睛说。

“我也想呀！可是人家找了什么网络主播一块去闹事，好几万的脑残粉呢！孙前进的妈妈整天坐在我家门外呼天抢地，控诉警察怎么欺负他们一家老小。然后呢，不明真相的脑残粉们就开始纷纷起哄。”杨燕清摊了摊手，无奈地说道。

“你们倒是打 110 报警呀！”王皓天急切地说。

“我打了好几次，可每次派出所的民警们来了都说……这事儿咱们刑警都管不了，他们片儿警就更没辙啦！”杨燕清很无奈。

“难道……就没有个管事儿的？”王皓天义愤填膺地说。

“有呀，小林嘛！前天她去我家串门，一看到孙前进的妈妈在那里无理取闹，当即就动手了。当然……也不能说是动手，反正就是把孙前进从楼道里拉了出去，不过不小心扭到了对方的胳膊而已。可这事儿就被那个无良的网络主播传到网上去了，小林还因此挨了处分。”杨燕清耸了耸肩。

“原来小林是因为这件事被停职检讨的呀！话说这事儿我怎么不知道？”王皓天一脸诧异地说。

“邢局怕这事儿传出去，你会带着刑警队的弟兄们去孙前进家拼命。公职人员必须要注意形象，没看到上海那个处理违章停车的交警嘛！明明是对方违章了，到头来还要自己受处分。”杨燕清撇了撇嘴，又翻了个白眼。

“那……你们打算怎么解决呢？”王皓天问道。

“惹不起还躲不起嘛！所以我们准备先搬到媛媛的舅舅家去住，就是和燕路那边。”杨燕清站起身来，活动了一下腰椎。

“和燕路？那边好堵呀！你的宝马 X5 能跑起来吗？”王皓天又问。

“以后要坐地铁上班喽。不过那里离地铁确实有点距离，媛媛打算买辆电动车。”杨燕清又活动了一下颈椎。

“哦？咱们对面不就是电动车专卖店吗？”王皓天指着街对面的堂子街电行车专卖店说道。

“嗯，媛媛和小林说好了，今天中午来这里选电动车，说不定一会儿还能看到她们。”

“现在全城戒严抓徐泰，你居然还让媛媛来堂子街这种鱼龙混杂的地方。”王皓天不由得担心起来。

“所以我才申请来这里蹲点呀，哈哈！”杨燕清坏笑道。

“原来是你拉我来这儿的，我当初明明是被安排在新街口的！”王皓天恍然大悟。

“你蹲在新街口有啥好的？连个聊天的人都没有！堂子街这地方虽然脏了一点儿……不过有我在，至少这一天不会无聊呀，哈哈哈哈！”

- 02 -

2017 年 9 月 4 日中午 11:00　金陵市公安局法医办公室

“小林姐，中午陪我去堂子街选电动车呗！”朱媛媛眨着忽闪忽闪的大眼睛，端坐在林瑛格的面前。

“我听说今天警队有大行动，还是改天再说吧！”林瑛格的视线依旧停留在那本快被翻烂了的《法医秦明》上。

“哎呀，正是因为领导们都出去了，我们才能早退呀！”朱媛媛的眸子里闪烁着狡黠的光芒。

“真是拿你没办法！”林瑛格合上书本，拎起包，挽着朱媛媛的胳膊出了办公室。

十五分钟之后，林瑛格与朱媛媛便来到了公安局的门口。然而这俩人或许连做梦都不会想到，就在二十米外的行道树后，一个身着长袖上衣，戴口罩、墨镜的男子正恶狠狠地盯着她们……

虽然已经到了九月份，但中午时候的金陵市还是不免有些炎热，让人打不起精神。在这个繁华忙碌的城市里，每个人都奔劳忙碌，有着各自的人生轨迹。这些人的故事看似不会有任何交集，然而命运却如同穿针引线一般，把他们用一个名叫暗网的东西勾连到一起……

- 03 -

2017 年 9 月 4 日中午 11:30　洪都市洪都大学教学楼 606 教室

“好的，今天的《生态与环境保护概论》就讲到这里，下课！”看着学生们一个个从后门溜走，何凯峰实在是没有心情再讲下去了。

“唔……还好，赶得上！”李思晨掏出手机，看了看时间，而后心急火燎地收拾好课本，正准备向门口跑去。

“李思晨，今天学校有什么活动吗？怎么大家都跑了？”何凯峰不明就里地问道。

“何老师，你没看海报吗？今天有个美女医生来我们学校开讲座哦！”李思晨匆忙中回头丢下一句话，便溜走了。

“美女医生？美女医生！美女医生……”何凯峰心里乐开了花，神色陶醉着，沉醉在对这四个字的幻想里。在何凯峰的世界里有两样东西最为重要，其一为吃肉（从他越来越圆的身型就可以看出来他是一个无肉不欢之徒），其二便是美女。虽然何凯峰的身边从不缺乏美女，但是长得稍微有几分姿色的从来对他不屑一顾，而长相平平没什么特点的他又不喜欢，所以至今都单身的他总在空闲的时候去看美女。不过何凯峰的品位不佳，他喜欢的类型在大众眼中都是极为普通甚至有点丑的，就是那种和他一样戴着近视镜，素面朝天的女生。读研究生的时候何凯峰说起自己喜欢的类型，遭到了他师妹的嘲讽：“师兄，你自己就近视，你再找个高度近视的，就不怕你们将来生出来的小孩是瞎子吗？”此事一度沦为研究室的同学们的笑柄。

几秒钟后，隔壁的报告厅里传来了阵阵掌声，将何凯峰的思维迅速拉回了现实。

“恩格斯曾将意识誉为地球上最美丽的花朵，而这最美丽的花朵，就绽放在我们的大脑之中。”

听到这话的何凯峰快速收拾好东西，三步并作两步地冲向隔壁。不过报告厅外早已被围得水泄不通……

“真是的，明明是医学讲座，一堆学电气、机械、土木、水利的学生跑来凑什么热闹？”一个穿着“洪都大学第二附属医院”字样的制服的女生被人群挤出了报告厅，站在门口的位置，她瞥了一眼旁边拼命向前挤的瘦高男生，忿忿地说。

“话不能这么说，马克思说过事物都是相互联系的，科学也都是相通的。”瘦高的男生挤到她前方，边踮着脚边回应道。

“那你又是学什么的？”医学女一脸不悦地问。

“我是学哲学的，也就是所谓科学的科学。”男生转过身来，一脸得意地说。

“切！净是些空洞而无用的理论！”医学女翻了个白眼。

“哲学是有严密逻辑系统的宇宙观，它研究的是宇宙的性质，宇宙中万事万物演化的总规律，人在宇宙中的位置等一些最基本的问题。比你们这些基础学科不知高到哪里去了。”哲学男仿佛很自豪地推了一下脸上的眼镜。

“好呀，既然你比我们强。那我倒要问问你，怎么用哲学来治疗脚伤？”

医学女斜着眼睛看着他问道。

“物质决定意识，所以……哎哟喂……”哲学男突然惨叫一声，抱着左脚，右脚不停地跳来跳去。何凯峰定睛望去，只见医学女正若无其事地看着自己脚上的足有五厘米的高跟鞋，脸上还挂着得意的笑容。

“太好了，有空位了！”何凯峰连忙占据哲学男的位置，踮着脚尖，伸着脖子，望着主席台。用鲁迅先生的话说，就像是那只被无形的手提着脖子的鸭子。

不过话又说回来了，由于慕名而来——当然，更主要的是“慕貌而来”——的“鸭子”们实在是太多了，况且何凯峰又不高，所以虽然已经将脚弓绷到了极限，依旧什么都看不见。

“2013 年，美国亚利桑那大学麻醉学和心理学系荣誉教授、意识研究中心负责人斯图亚特·哈梅罗夫和彭罗斯共同提出了一种新观点，那就是所谓的编制一客观还原理论，也称 Orch-OR 理论。Orch-OR 理论认为意识是产生于量子水平的时空结构，其生理基础是神经元内部的微管结构。所谓客观还原，则是指意识起始于叠加态，由于意识的自我一坍塌而使多重世界还原为一个确定的世界。当然，目前在脑科学中，关于意识的本质仍未形成共识，还需要物理学、哲学、数学的指导。”响彻整个汇报厅的女声显得格外动听。

“听到了没有，高医生都说了，脑科学用的研究也需要哲学的指导。”哲学男抱着左脚，不依不饶地对医学女说。

“你还是先用哲学把你的脚伤治好吧！”

“高医生？这个医生叫高什么？”何凯峰下意识地自言自语道。

“哎……真是林子大了什么鸟都有，连人家叫什么都不知道还来凑热闹！”医学女只是一脸鄙夷地摇了摇头，把他也当成了前来看美女老师的学生。

“哎哟喂！”何凯峰刚想回话，便感觉自己右脚被重重地踩了一下。他下意识地瞪着旁边的医学女，而对方却只是一脸无辜地摆了摆手。

“这次真的不是我踩的！”医学女指了指走廊，示意肇事者是别人。

何凯峰定睛望去，只见一个扎着马尾辫的女生正急匆匆地向大门口跑去。见此情形，他不禁怒从心头起，恶向胆边生，立即一瘸一拐地向肇事者冲去。

然而跑到肇事者面前的时候，何凯峰突然愣住了，原来踩他脚的不是别人，正是李思晨。奇怪的是，李思晨的状态有些不对，焦虑、茫然，拿着手机的右手也在不停地颤抖，她一直在低头认真地看着手机，仿佛眼前的一切都不存在似的。

“李思晨，你怎么了？”何凯峰关切地问。

“何老师，我有点急事，回头再聊。”李思晨头也不回地继续向门外跑去。然而几秒过后，她突然停住了，转过身来大声说道：“何老师，我有事去金陵一趟，下周可能回不来，在此向您请个假！”

“这年头……怎么每个人都神秘兮兮的！”何凯峰低声嘟囔了一句，转过身来向报告厅走去。然后就在 1 秒之后，他的视线便被教学楼大门口的大幅海报吸引了。

报告题目：脑科学的前沿问题

报告时间：9 月 4 日上午 11:00—12:00

报告地点：洪都大学教学楼报告厅

报告人：高雅

金陵脑科医院首席专家 国家青年千人计划引进人才 国家优秀青年科学基金获得者

“哎呀！可真是美女加才女呀！”看着高雅的大幅海报，何凯峰一脸花痴状，连口水都要流出来了。

- 04 -

2017 年 9 月 4 日中午 11:40　洪都市喜来登餐厅

在金碧辉煌的酒店餐厅中，一个衣着简朴、身材瘦高的男生显得尤为扎眼。他叫关穆，就读于金陵市东南理工大学，这次是陪女朋友陈玲来庐山游玩，顺便看看海昏侯墓的出土文物展览。

陈玲也是金陵市东南理工大学的学生，号称金陵高校一朵花，天生肤白貌美大长腿，眼大个高樱桃嘴。对于自己千辛万苦追求来的女朋友，关穆恨不得把她像神仙一样供着。每次对于陈玲提出的要求，他都倾其所有尽量满足，只为博得红颜一笑。然而对于关穆的付出，陈玲总是觉得理所应当，并没有十分放在心上。别人都羡慕关穆拥有一位国色天香的女友，但其中的辛酸只有他自己知道罢了。

“服务员，再来份儿澳洲龙虾！”看着眼前一大堆龙虾的壳，陈玲意犹未尽地说。

“呃……我觉得……就不必了吧！”关穆放下手中的南瓜糕，低声说道。

“我还没吃饱呢，你呢？”陈玲冷冷地说道。

“哦……没吃饱就再点个别的吧，刚才的龙虾并不怎么好吃啊……”关穆连忙低下头去，继续吃起了南瓜糕。

“那个啥，关穆，下午我想去赣江边坐摩天轮，咱们明天回去吧！”陈玲擦了擦嘴很有兴致地说道。

“嗯嗯，都听你的！我马上订宾馆！”关穆拿起手机，打开了里面的软件，搜寻着价钱合适的宾馆。

“不要在网上订啦，咱就去洪都西站那边的前湖迎宾馆吧，明天直接坐高铁回去，这样多方便。”陈玲不耐烦地说道。

“哦……我看看……妈呀……”关穆连忙打开手机，查了下前湖迎宾馆的价格，而后不禁倒吸一口凉气。

“关穆，怎么了？”陈玲似乎察觉到了什么不对。

“呃……明天的高铁似乎没票了，都卖完了。”关穆灵机一动说道。反正陈玲是从来不会操心买火车票这类杂事的，而且她的手机早已被各种购物、时尚、美颜类的软件占满了，反正想买火车票的时候只要吩咐一声，陈玲似乎也很享受。

“那……要不买后天的？我还想去梅岭转转呢！”陈玲自顾自地吃着新端上来的澳洲龙虾，并没有注意到关穆有点窘迫的神情。

“呃……最近几天都没票了……”关穆的手指在屏幕上“划动”了一下，虽然他实际上并没有碰到屏幕。

“一等座和商务座也没了？”陈玲有点不相信，伸长了脖子想看看关穆的手机里到底是不是没票。

“确实如此，这几天学生开学，所以火车票很抢手。”关穆随口敷衍道。

“哦……那我们还是今天下午走吧！”陈玲泄了气，嘟了嘟嘴说。

“嗯，G23××次怎么样，还有两张票。”关穆发现还有两张二等座票，心情尤为激动。

“算了，不要急，先去赣江摩天轮那好好玩一玩，等到了洪都西站再买也不迟。”陈玲边吃鲍鱼边说。

“呃……陈玲，可能到了西站就没票了。”看着G23××的二等座车票又少了一张，关穆已经做好了站三个半小时的准备。

“就不嘛！我这样决定也是想给你省钱嘛！你想万一到时候误点了怎么办？”陈玲撒着娇说道。

“好好好，那我们先吃饭，再去摩天轮，然后再去洪都西站。”关穆又拿起一块南瓜糕，表情显得很复杂。

——

2017年9月4日中午11:45　金陵市翼王山石塔

翼王山的石塔外，石发财亦步亦趋地将一个身着黑色连衣裙的中年女子请进了石塔。而后命令十余名战战兢兢的年轻女孩站成一排，等候黑衣女的“阅览”。

“安姐，你看这个姑娘怎么样呀？”石发财毕恭毕敬地问道。

“嗯，不错！前凸金，后凸银，凸来凸去爱死人，哈哈哈哈！”黑衣女摸着面前一位年轻女孩的头，上下打量着说。

“安姐眼光真好，这个可听话了，保您满意！”石发财笑嘻嘻地哈着腰奉承道。

“嗯……我就要这个了。”黑衣女捏了捏李小花的脸蛋，满意地点了点头。

“好嘞！兴旺，装车发货！”石发财冲着外面喊道。

——

2017年9月4日中午11:50　金陵市介家村某四层小楼内

“李涛，你可真是个人物呀，为了买白粉连妹妹都卖了！”一个刀疤脸的男子对一个胳膊上满是针眼的小青年说道。

“你不也是嘛！按理说这种事情，是不能当面交易的吧！”李涛面无表情地说。

“嘿嘿，这事儿千万别给我传出去哈，否则的话花姐会剁了我。”刀疤脸神秘兮兮地说。

“没问题，加一万！”李涛冷冷地回应道。

“算你狠！”刀疤脸拿出一沓百元大钞说道。

“介兄，我听说城里的公安在大搜捕，你知道是咋回事儿吗？”李涛问道。

“谁知道呢，不过最近风声太紧，你还是少出门为好。”刀疤脸低声说道。

——

2017年9月4日中午11:55　金陵市市区某黑网吧

昏暗的灯光，污浊的空气，狭小的空间内弥散着火腿肠、方便面和劣质香烟的气味。但是，一个身着曼联球衣的抠脚大姐依旧目不转睛地盯着荧屏，还时不时地把键盘敲得噼啪作响。在不知转了几手的三星显示器上，暗网中国的界面中被添加了几幅儿童的照片，外加两行字：

“花姐，你就把这个毛球也买了呗？俺给你打个对折。”

“不行，最近风声太紧，这货目标太明显。”

——

2017年9月4日中午　12:00金陵市堂子街

正午时分，鱼龙混杂的堂子街，光线依旧显得不够强烈。看来要想驱散这些隐藏的污垢，太阳还要更毒辣一些才行。

“皓天，你看，那不是媛媛和小林吗？”看着朱媛媛与林瑛格越走越近，杨燕清的脸上浮现出幸福的笑容。

“咦……后面那个戴口罩的人是谁？”王皓天突然发现了异常。

“谁呀？”杨燕清不禁愣了一下。

“那个骑摩拜单车的！”王皓天看到对方左手握着车把，右手紧紧地缩在袖子内，一种不祥的预感登时涌上了他的心头。

“那明明是一辆送快递的车呀！”IT出身的杨燕清并没有察觉到危险将至，而只是看到了背后越驶越近的一辆快递送货车。

“媛媛，小心！”王皓天看到单车男的右手衣袖中突然划下一个黑色的物体，没错，那是一个锤子。说时迟，那时快，在一眨眼的时间里，王皓天便一口气完成了掏枪、拉保险、瞄准、击发四个动作。

然而总有人会在错误的时间出现在错误的地点，就在枪声响起的瞬间，快递员也下意识地踩了脚油门。

“Duang！”子弹打在了快递小货车的A柱上。

“滚！”看到小货车挡住了视线，王皓天怒不可遏地吼道。

然而，一切都太晚了。顷刻之间，货车的那一边就传来了朱媛媛的惨叫声。

- 05 -

2017 年 9 月 4 日中午 12:01　金陵市堂子街

“媛媛！”听到朱媛媛的惨叫声，杨燕清与王皓天以迅雷不及掩耳之势冲了过来。只见朱媛媛躺在林瑛格的怀里，后脑勺的位置破了一个大洞，殷红的鲜血从里面不停地汩汩冒出，显得尤为瘆人。

“媛媛……”杨燕清与王皓天一时间呆若木鸡，不知该做什么。

“120！快拨 120 呀！”林瑛格一边帮朱媛媛止血一边喊道。

“哦………哦……”杨燕清连忙掏出手机，拨通了急救电话。

“燕清，小林，你们保护好媛媛！”王皓天轻轻拍了拍朱媛媛的肩膀，捡起一辆路边的自行车，向着凶手逃逸的方向拼命追去。

中午的城西干道，车水马龙。口罩男骑着摩拜单车犹如杂耍般地在川流不息的车辆中闪转腾挪、见缝插针地前行，而王皓天则奋不顾身地紧紧跟在他的身后，生怕他从视野里溜走。

经过二十几分钟的逃逸后，口罩男气喘吁吁地骑到了银桥市场，由于体力不支摔倒在地。虽然王皓天此时也早已累得精疲力竭，但看到对方从自行车上摔了下来，他还是咬紧牙关，冲了过去。看到警察追来，口罩男立刻爬起来窜进人群里拉过来一个弱小女生，并随即掏出尖刀，抵住了她的脖子，将她带到了一个堆满杂物的墙角里。

“快看呀，出事啦！”看到王皓天与口罩男对峙，一个大妈喊了一声，而后无数好事群众从四面八方涌了过来，里三层外三层地将现场围了个结实。

看着身后的看热闹的群众越来越多，形单影只的王皓天只觉得冒冷汗，这意味着即使找到了歹徒的破绽，他也不能轻易开枪，毕竟在这么近的距离之间开枪很容易伤及无辜。而此刻被挟持的女生因为害怕而大哭起来，人群也变得躁动起来。

“警察……留个名呗……”口罩男气喘吁吁地喊道。

“老子行不更名、坐不改姓，金陵市公安局刑警队队长王皓天是也！”王皓天擦了一把汗，有些心虚地说。

“哈哈！能让刑警队队长亲自前来抓捕，我前世得修了多大的福分呀！哈哈哈！”口罩男的声音显得很狰狞，他用力地抵住人质脖子。

“小子，我劝你赶紧释放人质，我能保证你少吃些苦头！”王皓天的语气虽然十分镇定，头上却冒着豆大的汗珠。

“我就是你们要抓的徐泰，哈哈哈哈。”对方把口罩摘了下来，果然是徐泰。

“哼，果然是你！”王皓天不禁愣了一下，“你是怎么逃脱追捕的？”

“哈哈哈，王队长，这就叫灯下黑！”徐泰得意地笑道。

“灯下黑？什么意思？”

“这是我们老家的一句俗话，以前点煤油灯的时候，全屋子都会被照亮，但唯独一个地方是黑的。”徐泰并没有直接回答王皓天的问题。

“哦？什么地方？”王皓天追问道。

“就是油灯下面，因为光线被煤油的托盘给挡住了，哈哈哈哈。”徐泰又狰狞地笑了起来。

“所以说……你一直躲在我们公安局旁边？”王皓天恍然大悟道。

“没错！”徐泰点了点头。

“徐泰，我还有个问题。”王皓天的眉头微微皱了一下。

“先把枪丢过来，咱再唠嗑。”徐泰勒着人质的脖子，只见那名女生的脸色惨白，脖子上也被勒出丝丝血迹。

“好，没问题。”王皓天丝毫没有犹豫，径直弯下身子，把手枪放在了地上。不过令徐泰没有注意的是，王皓天在起身的瞬间，顺手捏起马路边的一块石子，藏在了掌心。

“把枪踢过来！”徐泰又大声命令道。

“好。”王皓天轻轻抬起右脚，将手枪踢到距离徐泰两米的地方。

“少使诈！”徐泰弓下身子，躲在人质身后，向前蹑手蹑脚地走了两步，而后拿起手枪，仔细检查了一下，然后用枪替换掉尖刀，紧紧顶着人质的太阳穴。

银桥市场周边的空气一时间凝固了，看到歹徒拿到了刑警的手枪，看热闹的群众连忙作鸟兽散。

“徐泰，我把手枪都给你了，你就把那姑娘放了吧！”王皓天故作轻松地说。

“呜呜……呜呜……”那女生显然因惊吓过度几乎昏厥。

“哼，王队长，别企图拖延时间，别的条子们正在往这里赶吧！”听着越来越近的警笛声，徐泰已然看穿了王皓天的缓兵之计。

“那你开个条件吧！”王皓天试图进一步缓和气氛。

“给我一辆车。”徐泰厉声说道。

“没问题！”王皓天转身走到路边，向一个开奇瑞 QQ 的群众出示了警官证，要求征用对方的车辆。

“俺这是刚买的 QQ，不行，说啥也不行！”QQ 里的男司机摆了摆手，发动了汽车，试图离开。

“听着，要么你现在乖乖离开，要么我让那个歹徒劫持你当人质。”王皓天一把抓住了对方车的方向盘。

听到这句话，司机一脸不高兴地交出了车钥匙：“暴力执法！净会欺负群众！”

“敬酒不吃吃罚酒！”王皓天一边低声嘟囔，一边将车钥匙扔给徐泰。

“还是王队长有范儿呀！”徐泰得意地接过车钥匙，而后勒着人质的脖子，向奇瑞 QQ 走去。

一步、两步、三步……徐泰已经走到了 QQ 旁，他一边用左手勒住人质女生的脖子，一边放下持枪的右手去拉车门。

看到枪口远离了人质，王皓天以迅雷不及掩耳之势甩出石子，准确击中了徐泰的眼眶……

伴随着一声惨叫，徐泰重重地栽倒在地，口袋里手机也摔在了地上。在那破碎的手机屏幕上，王皓天依稀可以看到“暗网中国”的图标，以及“已办妥，付钱吧”六个字……

第二章　前仇旧恨

- 01 -

2017 年 9 月 4 日中午 12:45　金陵市某三甲医院急救室外

经过一个多小时的抢救，急救室的门终于开了。林瑛格与杨燕清连忙围了过去。

“肖大夫，怎么样？媛媛怎么样？”杨燕清紧紧握住主治医师肖燕的双手，语无伦次地说。

“目前已经处理好了伤口，基本的缝合也都做好。不过杨警官，你要有个心理准备……”肖燕说。

“啊？怎么了？媛媛怎么了？”一种不祥的预感顿时涌上了杨燕清的心头。

“颅骨开放性凹陷骨折，而且……有部分碎骨片陷入了脑组织深部。”肖燕低下头望着地板。

“啊……什么叫颅骨开放性凹陷骨折？”杨燕清被一堆术语给绕晕了。

“不是什么大问题，你放心……”法医出身的林瑛格显然明白这个词意味着什么，她连忙将杨燕清拉到一旁，避免其受到更大的刺激。心急如焚的杨燕清来不及思考，跑到手术室门口急切地向里面张望着，试图看一眼自己的女朋友以求心安。

没多久，躺在病床上的朱媛媛被推出了手术室，准备送入 ICU 病房，杨燕清一边跟着病床走一边掉眼泪。媛媛戴着氧气面罩，手上打着点滴，呼吸微弱。他一想到上午还活蹦乱跳的可爱女友此刻却躺在病床上不省人事，他就恨自己的无能为力，恨透了那个可耻的罪犯。

几分钟后，林瑛格又将肖燕拉到楼梯间，低声问道：“肖大夫，这种情况下媛媛还有救吗？”

“呃……这么说吧，经过我们的紧急抢救，命算是保住了。但因为脑组织内残留有碎骨片，所以……至于她以后能不能醒过来，那就要看她自己的造化了。”肖燕不停揉搓着自己的双手。

“肖大夫，不惜一切代价，一定要把媛媛救醒。”林瑛格言辞恳切地拜托着肖医生。

“林警官，我明白你的心情……但是……这真的超出了我们的能力范围。”肖燕低下头去，面露难色。

“啊？超过了你们的能力范围？”林瑛格不禁愣住了。

“没错，从现有的情况来看，朱警官的颅内至少有六块碎骨片，其中两块位于颞叶区和额叶区，三块位于视神经、嗅神经和三叉神经旁。除此之外，还有一块已经深入脑干，紧靠着延髓，你明白我的意思吗？”肖燕解释道。

“啊？延髓？”林瑛格下意识地打了个冷战，虽然自己远远没有达到法医秦明的医学境界，而且大学里的课程也忘得差不多了，但对于延髓的重要性，还是记忆犹新的。延髓下接脊髓，上接脑桥，控制着人体的心搏、血压、呼吸、消化等基本功能，而且含有大量不能再生的中央神经元。一旦这里受损，那几乎是连植物人都没得做了。

“所以……我们不敢贸然进行手术。”肖燕再次面露难色道。

“那……那可怎么办？”林瑛格的眉头已经拧成了麻花。

思考了很久之后，肖燕支支吾吾地说道：“林警官……我倒有个建议……不知当讲不当讲……”

“说！”林瑛格顿时瞪大了眼睛，如同发现了最后一根救命稻草。

“我建议先住院观察一阵……等病人的生命体征平稳后……把她送到金陵脑科医院……”肖燕压低了声音说道。

“那边有位叫高雅的医生，在脑损伤治疗方面有很深的造诣，或许她可以挽救朱警官。”肖燕继续解释道。

“高雅……”林瑛格只觉得这个名字似乎有些耳熟。

“没错，据说她的爸爸、妈妈和伯父都曾是你们公安局的干警，有印象吗？”肖燕提醒道。

“呃……大概是我入职比较晚，我这就回去问问其他老前辈们。”林瑛格若有所思地说。

“嗯，我等你的消息。”肖燕点了点头。

“肖大夫……这个高雅……年纪应该不大吧！你确定她比您更有经验？”林瑛格将信将疑地说。

“她是约翰霍普金斯大学毕业的高材生，现在是金陵脑科医院的首席专家，国家青年千人计划的入选者，也是今年优秀青年科学基金的获得者。所以……我想她是有实力的。”肖燕用坚定的语气说道。

“好的，谢谢肖大夫！那我马上回去问问。”林瑛格转过身去，头也不回地向公安局跑去。

- 02 -

2017 年 9 月 4 日中午 13:10　金陵市公安局邢锡钢办公室

“邢局，你认识一个叫高雅的人吗？”见平日里稳重沉静的林瑛格风风火火地冲了进来，邢锡钢满是疑惑地问：“咦？你不是在陪媛媛吗？怎么跑回来了？媛媛怎么样了？”他边说边拿起杯子准备喝水。

“在鬼门关捡回来一条命，不过目前仍处于昏迷状态，而且生命体征尚不平稳。”林瑛格愁容满面地说。

“这么严重！这个徐泰，我一定要亲手毙了他！”邢锡钢将杯子重重砸在桌面上，忿忿地说。

“邢局，你先别管那个徐泰了，我就问你认不认识一个叫高雅的人。”林瑛格的声音显得很局促。

“高雅？哪个高雅？”邢锡钢不禁愣了一下。

“金陵脑科医院的那个高雅，你有印象吗？”林瑛格提示道。

“哦……她呀！她是高坚和叶彤的女儿，也是我们前任局长高亭的侄女。十几年前她来局里玩，我还带她放过风筝呢！小姑娘长得很漂亮，也很聪明。”时隔这么多年，那个有着一双长睫毛大眼睛的，总是称他邢哥哥的聪明可爱的小姑娘一下子在邢锡钢脑海里浮现出来。

“哦？高坚和叶彤？我怎么没听说过！”林瑛格下意识地问。

“你是 2009 年来参加工作的吧？他们俩 2007 年就失踪了！”邢锡钢的眸子里划过一丝不易察觉的悲哀。十几年前，邢锡钢刚参加工作没多久，被分配在刑侦科。当时的高雅父亲高坚是他的前辈，这位经验丰富的刑警带着初出茅庐的他总共办过十几个案子，几乎每个案子都让邢锡钢对他的机敏果敢佩服万分。高坚的爱人叶彤也是警察，夫妻二人工作太忙的时候就把高雅带到局里来玩。这个长相甜美又活泼的小女孩让平日里沉闷的办公环境有了丝丝灵气。

“失踪了？”林瑛格的话打断了邢锡钢的回忆。

“没错，你听说翼王山吗？”邢锡钢问道。

“嗯，有印象，在南部山区，听说那是个很灵异的地方。”林瑛格点了点头。

“2007 年 9 月的时候，高坚和叶彤前往翼王山执行任务，然后就失踪了。后来高亭局长就拿出自己的积蓄，把侄女高雅送去了国外读书。要说这小姑娘也确实聪明，用了不到五年的时间就接连拿下了硕士和博士学位。”邢锡钢点了支烟，继续说道：“据说她那五年里，在《自然》和《科学》上发了十几篇论文，比我们很多大学教授都厉害。”邢锡钢的脸上露出赞许的笑容。

“哦没想到高雅年纪轻轻却如此厉害……老天保佑！媛媛有救了！”林瑛格顿时长舒了一口气。

“小林，你怎么了？整个人神神叨叨的！”邢锡钢似乎察觉到了什么。

“邢局，这么看来媛媛有救了，有救了！”林瑛格的激动之情溢于言表。

“哦？为什么？”

“肖燕大夫说像媛媛这么重的病情，只有高雅才能治疗。我之前还担心高雅年纪轻轻，缺乏经验。现在看来，她就是我们要找的那个医学奇才，万中无一的医学奇才！”林瑛格兴奋地说道。

出人意料的是，邢锡钢的表情突然变得很复杂，在整整抽完了一支黄金叶后，他终于开口了：“呃……小林……关于这件事……你还真不要高兴得太早……”

- 03 -

2017 年 9 月 4 日中午 13:15　金陵市公安局邢锡钢办公室

“啊？为什么？”听到邢锡钢的话，林瑛格不禁愣了一下。

“因为……自从她父母出事后，高雅变得有点偏执，似乎对我们公检法有点意见……”邢锡钢支支吾吾地说。

“为什么？”林瑛格感觉更糊涂了。

“高坚和叶彤算是我们局的模范夫妻了，一家三口其乐融融，让我们好生羡慕。公安行业嘛，你也知道，大部分干警生活都没有什么规律，也顾不上孩子的教育，所以很多公安子弟学习成绩都差得很。可是高坚和叶彤不一样，他们即使再忙再累，也都会按时接送高雅上学放学，并陪着高雅一起写作业，所以高雅的成绩一直是公安子弟中的佼佼者。当然，放到整个金陵市的中学生中，那也是数一数二的。”邢锡钢的脸上又浮现起钦佩的神情。

“嗯……父母是孩子最好的老师。”林瑛格点了点头。

“可是呢，在2007年9月的时候，发生了一件怪事。在金陵市南部山区有一个小村子，名叫‘介家村’，那里有很多人都在经营制毒的勾当。于是我们便对介家村进行了一次大规模的扫毒，从中抓获了一百多名制毒者。”邢锡钢又掏出一支黄金叶说道。

“全村制毒！？”林瑛格不免有些惊讶。

“嗯！可奇怪的是，虽然全村都在制毒，可是没人能说清楚这毒品到底卖到哪里去了。”邢锡钢拿出打火机，点燃了手中的香烟。

“啊？为什么？”林瑛格下意识地说道。

“因为他们的交易方式很独特，贩毒者和制毒者事先通过电话联系好毒品的数量和价格，而后毒贩把钱藏在一个地方，村民把毒品藏在另外一个地方，然后各取所需，互不见面。”邢锡钢狠狠吸了一口手中的香烟。

“啊？也不怕缺斤少两？”林瑛格问道。

“大概这就是所谓的信用机制吧！”邢锡钢若有所思地说。

“那……然后呢？”林瑛格追问道。

“后来在我们的审讯下，一个名叫唐芳的人终于扛不住了。她是村长介红旗的老婆，从制毒数量来看，判死刑一点问题都没有。为了保自己一命，唐芳主动交代说有一批操着广东口音的毒贩曾和自己联系过，要在9月5号那天去翼王山进行交易。当时的局领导一盘算，觉得既然是广东口音的毒贩，可能也还不知道介家村已经被端了，于是就决定引蛇出洞。唐芳则表示愿意戴罪立功，亲自带领警察上翼王山藏毒。而为了保险起见，领导派刑侦经验丰富的高雅的父母化装成制毒者，跟随唐芳上了翼王山。”

邢锡钢弹了一下烟灰，继续回忆说："2007 年 9 月 5 日，广东那边的毒贩如期将毒款放在了预定位置。于是领导们大喜过望，认为这次肯定能人赃俱获了。可是谁都没想到，唐芳刚刚放下毒品，毒贩们就冲了出来，势单力孤的高坚和叶彤步步退守，一番激烈的枪战过后，两人不知所踪。"讲到这里，邢锡钢将香烟头狠狠地按在了眼前的烟灰缸里。

"没有派人去支援吗？"林瑛格又愣了一下。

"没错，看到形势不对，我们大队人马立即上山支援。虽说把毒贩们一网打尽了，可是高坚和叶彤从此消失得无影无踪，就像从人间蒸发了一样。我们组织警力在翼王山上找了不下十遍，结果都是一无所获。"邢锡钢无奈地摇了摇头。

"可是……这笔账应该记在毒贩身上吧！"林瑛格下意识地说。

"没错，在我们警方的重拳打击下，这个贩毒组织被一网打尽。毒贩们纷纷供称组织的头目是一个叫'安姐'的人。不过，他们一直是电话联系，没人见过'安姐'的真实面貌。"说到这里，邢锡钢突然停了一下。

"虽然高雅的父母失踪了，但是由于行动最终也算是达成了目标，唐芳被记了一功，最后法院只判了她死缓。而且唐芳在狱中表现不错，后来又减刑成了无期，再后来又陆续减刑了几次，并于去年出狱了。"邢锡钢又把烟灰缸里的半截香烟拿了起来，揉成了一团。

"所以……高雅对法院的判决很不满，对吗？"林瑛格似乎全然明白了。

"没错，失去双亲对当时年仅十七岁的高雅打击很大，她后来曾在法院门口披麻戴孝地挂过条幅，造成了不好的影响，以至于法院联系了学校，高雅被学校警告后整个人几乎崩溃。所以后来高雅的伯伯，也就是咱们之前的高亭局长才把她送去了美国读书。而且毕业之后，高雅一度想留在美国发展，不回来了。"邢锡钢继续说道。

"是呀！目前国内外科研氛围差距还是很大的，据我所知很多公派留学生学成都会在国外不回来。考虑到高雅是自费出国留学，不回国也是情有可原的。"林瑛格点了点头。

"不过呢，高亭局长是多么深明大义的人呀！他费尽口舌，软磨硬泡，终于还是把高雅劝回了国内。高局当年曾援引过《西游记》里的一句名言，'宁爱本国一捻土，勿恋他乡万两金'。现在想来，依旧是振聋发聩呀！"说的这里，邢锡钢的眼角泛起了泪花。

"宁爱本国一捻土，勿恋他乡万两金……"林瑛格机械地重复着这句话。

“其实高雅回国以后，刚开始发展得也不是很顺利。毕竟咱们国家嘛，论资排辈风气极重。原本高雅是在我们金陵市的某个高校任教，不过后来辞职了，听说由于她心直口快，得罪了学术界的某位前辈，一度直接被发配去了校医院打扫卫生。”邢锡钢摇了摇头。

“哎……后来呢？”林瑛格只是叹了口气。

“好在是金子总会发光的，在高局的不断鼓励之下，高雅还是坚持了过来。两年前的一个夏天吧，在金陵的某次学术会议上，有位重要的领导突发脑梗住院。当时与会的十几位学术大佬论证来论证去，谁也不敢做手术。一方面是因为领导的病情确实很复杂，另一方面是大家怕万一出了事故，自己下半辈子的学术生涯就毁了。”邢锡钢苦笑着说。

“然后……高雅就主动请缨了？”林瑛格显然猜到了后面的故事。

“没错！高雅当时刚好在会场打扫卫生，于是就在大庭广众之下大胆地提出了自己的手术方案。虽然这套方案遭到了当时在场很多人的反对，但成功救回了领导的命，而且没有留下任何后遗症。后来《金陵时报》的乔记者还专门就此写了一篇报道，我记得题目叫做《虽千万人吾往矣》。”邢锡钢一脸钦佩道。

“然后……她就平步青云了？”林瑛格眨着眼睛说。

“是的，高雅成了传奇人物了。从那以后，她的名声越来越响，高局也为这个侄女感到由衷的骄傲。去年三月，高局参加了一项秘密的境外缉毒任务。然而天有不测风云，在出发之前，他被检查出脑瘤。高雅强烈要求伯父退出或推迟任务，但是遭到了上级领导的反对。后面的事情你也知道了，高局再也没有回来啊……”说到这里，邢锡钢感到惋惜地搓了搓脸。

“哎……”林瑛格重重叹了一口气。

“所以呢，从那之后，高雅就对我们公检法产生了偏见，甚至是憎恶。今年年初的时候，一位法官突发脑溢血，同事们就慕名把他送去了金陵脑科医院。不过在得知病人的身份后，高雅的态度却是异常坚决，绝对不做这位法官的主刀医师。后来呢，临阵换将，手术失败。”邢锡钢苦笑着说。

“哎……真是个有个性的医生。”林瑛格不禁摇了摇头。

“不过无论如何，既然肖大夫推荐了，那我们无论如何都要试一下！”邢锡钢掏出手机，拨打了高雅的号码，不过听筒里传来的却是：

“您拨打的电话已关机……”

第三章　暗网现形

- 01 -

2017 年 9 月 4 日晚上 19:00　金陵市公安局刑警队会议室

忙碌了一个下午之后，会议室里坐满了专案组成员，有些疲惫的王皓天正在召集大家开案情分析会。

“首先说一下案情进展，徐泰招供了，说有人在 Dark Web In China 上出资两比特币，招募他做杀手。目标呢，就是媛媛。”王皓天翻着审讯记录说。

“呃……什么叫做 Dark Web In China 和比特币？”林瑛格感觉有些云里雾里。

“Dark Web In China 俗称暗网中国，是有人在暗网上建立的一个网站。从我们目前获取到的信息来看，利用暗网进行犯罪已经成了一种新型的犯罪手段。”王皓天回答道。

“呃……什么叫暗网呢？”林瑛格又问。

“这个……还是让燕清来解释吧！”回答了一个问题之后，王皓天便感觉自己的知识已经基本枯竭了。

“暗网通常是指只能用特殊软件、特殊授权，或对电脑做特殊设置才能连上的网络。使用一般的浏览器和搜索引擎找不到暗网上的内容。之所以称之为暗网，是因为它的服务器地址和数据传输大都是匿名、匿踪的。暗网虽然借助公开的互联网当做线路，但它们使用非常规的网络传输协议和端口，有些甚至会使用分布式网络架构或层层转传来混淆来源，使得第三方难以知悉有网络交流正在发生，就算知悉也难以追踪通信参与者的真实位置和身份；再搭配全程加密传输，就算第三方拦截了通信也难以解析内容。也正因为如此，暗网上的交流通常难以破解或追踪，这就极大地增加了我们破案的难度。”杨燕清红着眼圈说。

“那……比特币呢？”林瑛格继续问道。

“比特币是由一个日裔美国人中本聪在 2009 年提出的一种电子货币。与大多数货币不同，比特币不依靠特定货币机构发行，它依据特定算法，通过大量的计算产生，比特币经济使用整个 P2P 网络中众多节点构成的分布式数据库来确认并记录所有的交易行为，并使用密码学的设计来确保货币流通各个环节的安全性。P2P 的去中心化特性与算法本身可以确保无法通过大量制造比特币来人为操控币值。基于密码学的设计可以使比特币只能被真实的拥有者转移或支付，这也同样确保了货币所有权与流通交易的匿名性。比特币与其他虚拟货币最大的不同是，其总数量非常有限，具有极强的稀缺性，它的总数量将被永久限制在 2100 万个。比特币可以用来兑现，也可以用来购买一些虚拟物品，比如网络游戏当中的衣服、帽子、装备等，只要有人接受，也可以使用比特币购买现实生活当中的物品。”杨燕清继续解释道。

“唔……之前也听说过比特币，没想到是这么回事。那岂不是使得罪犯之间的交易变得容易得多！”林瑛格担忧地说道。

“没错，暗网用户通常使用比特币进行交易，也正因为如此，暗网上的资金流动极难被监管，这也进一步增加了我们破案的难度。”杨燕清继续说道。

“就拿媛媛这起案子来说吧。”沉默了半天的王皓天开口说道，“据徐泰的供述，一个网名为 WQ123 的用户在暗网中国上发布帖子，招募杀手。看到帖子后，徐泰随即在暗网中国上与这个 WQ123 进行联系，双方约定报酬为两个比特币，折合人民币大约为五至六万元。谈妥之后，WQ123 将比特币打入暗网中国提供的第三方账户。等双方均确认行动成功后，比特币就被转入徐泰的账户。而后呢，徐泰就可以把这些比特币在一些公开的比特币交易平台上兑换成人民币。”王皓天翻着审讯记录说道。

“我的天！简直就是一个犯罪届的 X 宝呀，只不过交易的商品是人的生命罢了。”林瑛格下意识地瞪大了眼睛。

“根据我们的初步调查，这个暗网中国涉及的除了杀手交易外，还有人口交易、毒品交易和色情交易。所以局里非常重视，决定立即成立专案组，将这种肮脏的交易一网打尽！”王皓天斩钉截铁地说。

“对的！确实有难度，由于暗网中国架设在 Dark Web 上，屏蔽它是一件很困难的事情。而且即使把暗网中国屏蔽了，以后说不定也会有什么‘暗网华夏’‘暗网九州’之类的犯罪网站冒出来。”杨燕清点了点头。

“所以说，我们不能扬汤止沸，必须釜底抽薪以斩草除根！必须把暗网中国的所有组织者、参与者一网打尽，绝不留一条漏网之鱼！”王皓天双拳紧握着说。

“嗯……王队，那请你安排任务吧！”林瑛格毫不犹豫地说。

“我看这样吧，燕清负责从技术层面进行突破，我来抓捕罪犯。”王皓天吩咐道。

“好的！”杨燕清迫不及待地站起身来，准备大干一场。

“那我呢？”林瑛格一脸诧异。

“邢局对你另有安排。”王皓天卖了个关子，并没有直接回答林瑛格的问题。

“哦……可能是高雅那边有消息了！”林瑛格自言自语道。

- 02 -

2017 年 9 月 4 日晚上 19:15　金陵市公安局邢锡钢办公室

“邢局，高雅联系上了吗？”林瑛格慌张地推开门，满怀期待地问。

只见邢锡钢正点着一支烟，在屋子里踱着步，仿佛正在纠结某个难题。

“肖燕大夫刚刚给我打电话了，说媛媛的生命体征已经基本平稳，随时可以转院治疗。”邢锡钢看到林瑛格进来，于是在办公桌前坐下。

“那可太好了，可你为什么看起来不高兴啊？”林瑛格瞪大了眼睛。

“哎，系过金陵脑科医院那边，他们说高雅目前在休假，而且她今天去洪都市的几个大学举办讲座了，明天才回金陵。不过在得知病人的身份后，高雅的态度很暧昧，既没有说同意，也没有说不同意。”邢锡钢有些犯难，说话时面颊的肌肉不停地抽搐。

“那就是不同意喽？”林瑛格不由得脱口而出。

“你为什么会这么想？”邢锡钢不禁愣了一下。

“高雅之所以没有给您一个确定的答复，是因为您和她伯父好歹也是同事，所以不好意思直接驳您的面子罢了。如果媛媛是法院的人，我估计高雅会直接回绝掉吧。”

“哎……我再想想办法吧！”邢锡钢叹了口气，身体重重靠向椅背。

“还有什么消息吗？”林瑛格继续追问道。

“刚刚接到洪都大学那边报案称……他们学校有个叫李思晨的女生下午来到我们金陵市，然后就失联了。所以……洪都市警方想请我们协助调查。”邢锡钢将一张传真记录递了过来。

“下午才失联，就马上报案，这学校也太杯弓蛇影了吧！”林瑛格低声嘟囔道。

“洪都大学前不久有几个学生被骗进传销窝点，花了好大力气才救出来，还被舆论谴责，家长闹事，所以现在校领导确实有点杯弓蛇影了。”邢锡钢的用温和而严肃的语调说。

“可是我连这个李思晨是谁都不知道……”林瑛格一脸不悦地说。

“我联系过洪都大学方面，他们表示会派李思晨的老师来协助你进行调查。”

“哦？洪都大学的老师？”林瑛格似乎意识到了什么。

“没错！何凯峰——何胖子！”邢锡钢微笑着点了点头。

- 03 -

2017 年 9 月 4 日晚上 21:50　洪都市洪都火车站 K13××次列车上

随着开学季的来临，火车车厢里变得格外拥挤。在前前后后用了五个抢票软件后，何凯峰终于刷到了一张由洪都去往金陵的硬座票，虽然这意味着他要在火车上熬一个晚上，不过相对那些无座的旅客而言，何凯峰觉得自己的待遇已经相当不错了。

“李思晨，你这丫头可真是把我给害苦了。”由于 49 号座位在车厢的中部，折腾了将近十分钟，何凯峰才来到自己的座位上。

“唔……还好是个靠窗的位置，晚上还可以趴在桌子上睡一会儿。”看到自己没有被分配到靠走廊的座位，何凯峰的心中暗自庆幸。不过更让他激动的事还在后面，因为刚刚坐下不久，何凯峰就听到一个有点熟悉的声音从侧后方传来："同学，让一下，借过……"

"哇哦……那不是高雅嘛……"何凯峰以为自己看错了，还站起来仔细瞅了瞅，果然是高雅没错。"哇……真人比海报里漂亮多了……哇……"何凯峰的口水都忍不住又流了下来。

"你好，请问48号座是哪个？"高雅走到何凯峰面前，喘着气小声问道。

"48号就是这个，我来帮你放行李吧！"何凯峰赶紧站起来接住高雅手中的行李箱，小心翼翼地把它放在头顶的行李架上，兴奋之情溢于言表。如果此时旁边是个中年大妈，估计何凯峰早就把头扭到窗边，即使大妈开口请求帮助，他一定会不情不愿、慢吞吞地站起来问要干吗，绝不是现在这般殷勤。

"啊……热死了……"高雅把外套脱下来放在座位上，而后拿出一个硬质塑料文件夹，不停给自己扇风降温。坐在旁边的何凯峰时不时嗅到淡淡的香水味，感觉世界都变得甜蜜了。

"哇哦……好香呀……"何凯峰深吸一口气，用手托着腮深情地凝望着身边的女神。

"不好意思，我刚才碰到你了吗？对不起，对不起！"看到何凯峰夸张的表情，高雅还以为是自己的文件夹不小心打到了对方，忙收起文件夹的时候正好有几张纸滑了出来，散在地上。

"没有没有，高医生，我来帮你捡！"何凯峰自然不会放弃这个献殷勤的机会，很快便把那几张纸捡起来还给高雅。

"谢谢！"高雅一脸感激地说。

"举手之劳！"何凯峰故作镇定地摆了摆手，其实他的内心早就心花怒放了。

"呃……话说……你怎么知道我姓高？"高雅笑盈盈地问道。

"哦……我是洪都大学的老师，上午听过您的讲座呀。"何凯峰满脸堆笑地解释道。

"唔………不好意思……原来您是老师呀……不好意思啊！刚才我还把您当成学生了，哎呀，您长得真年轻！"高雅一脸歉意地说。

"没有没有，我也是刚刚毕业不久而已，高医生才是真正的才貌双全！"

何凯峰连忙故作客套地回应道。

“真是过奖了，叫我高雅就可以了。”高雅微笑着说，露出两个浅浅的酒窝，十分动人，“哦，对了，请问您贵姓？我还不知道您的名字呢！”高雅看着眼前这个年轻人，戴着一副有点褪色的近视镜，上身穿黑色休闲夹克，下身牛仔裤配户外运动鞋，背着一个深蓝色双肩包，一眼看去很像在校的学生，不过既然他是老师，心想他应该是和自己年龄相仿的。

“我姓何，我叫何凯峰，是洪都大学水利系的老师。”何凯峰的小眼睛已经笑得眯成了一条缝，看上去简直是海绵宝宝的好朋友派大星。

“既然您是老师，又刚毕业不久，那我们应该是差不多年龄的，我也参加工作没几年而已。”高雅盯着何凯峰认真地说道：“那……何老师这是去哪里呀？刚开学就要出差吗？”

“我去金陵，找一个失踪的学生。”何凯峰知道自己在美女面前从来都藏不住话，本来出发之前院领导再三叮嘱此事不要声张，以免引起胡乱猜测，造成不好的社会影响。见到高雅后，何凯峰就把领导的话抛到九霄云外去了。

“啊？学生，失踪了？”高雅下意识地说道。

“没错，有个名叫李思晨的女生今天中午突然不辞而别。根据警察提供的身份证信息，她买了一张今天下午前往金陵南站的高铁车票。不过奇怪的是，到站后不久，李思晨就失联了。电话不接，短信也不回，后来就直接关机了。这件事警方也在暗中侦查，不过学校还是不放心，派她的老师——也就是我啦，前去看看到底怎么回事。”何凯峰解释道。

“哎……原来是这样，那你可要小心呀！”高雅点了点头。

“话说……高医生怎么也坐硬座？”何凯峰挠着额头说。

“哦……别提了，其实我原本买的是今天下午的高铁，毕竟明天上午还有些事情要处理，所以想尽快赶回去。不过由于中午在你们学校附属医院的学术交流会拖了点时间，当我赶到洪都西站的时候，火车已经开走了。而且那时候其他班次的高铁票也都没票了，所以我就只能坐普通车回去了。不过还好抢到了一张硬座，这样就不必站一路啦！”高雅自嘲道。

“当医生就是辛苦啊。要我是您的话，干脆就住一晚上，明天再回去。”

“哎……”像是有种说不出的苦楚般，高雅皱着眉头扭过头去，不再说话了。

几分钟的沉默之后，何凯峰感觉自己又把天聊死了。然而就在他搜肠刮肚准备再找一个话题的时候，对面突然传来了一个愤怒的女声：“喂！起来，这是我们的座位！”

“哇塞！肤白貌美大长腿！又一个美女呀！”何凯峰定睛望去，只见对面的座位上正坐着一个闭目养神的老太太。而且她是背靠着车厢壁，把两条腿都放在座位上，从而一个人独占了两个位子。而老太太的对面站着一个衣着时尚，打扮入流的女生，旁边还有一个拎着大大小小四个包的男生，估计是这位美女的男朋友。

这俩人正是陈玲和关穆，由于下午在摩天轮玩的时间太长，当他们赶到洪都西站的时候，高铁早就没票了，陈玲也只能屈尊和关穆一起坐硬座回去。

“老太太，起来啦！”陈玲不耐烦地再次吼道。

“这……河东狮吼呀……”何凯峰低声自言自语道。

“听到没，起来啊！这是我们的座啊！”看着对方迟迟无动于衷，关穆也有点不耐烦了。

老太太不慌不忙地睁开眼，打量了一番面前的两人，在确定两人应该是手无缚鸡之力的学生并且没有其他同伴的时候，她决定不理会这二人，毕竟这是多年在火车上要无赖蹭座位得出来的经验，肯定错不了。“我先坐的，就是我的！”老太太只是不耐烦地回了个白眼。

“你睁开眼睛看看，43、44，这明明是我们的！”背着两个人的行李，关穆的耐心早已被消磨殆尽。

“这是你的座呀！你那么大声干吗呀？我腿脚不好，你们让我一下，不可以吗？年轻人怎么这么没素质！”老太太又回了个白眼。

“那也是你先没素质！你这个老不死的，快让开，再不让开我叫乘警啦！”陈玲已经完全失去耐心，忿忿地吼道。

“叫去呀，你以为火车是你家开的呀！”老太太并没有让座的意思。

“千年王八万年龟，多年死不了的老刺猬！”陈玲斜着桃花眼骂了一句。

“你这小姑娘，有点素质行不行呀，懂不懂尊老爱幼呀！”老太太掐着腰，老江湖般地打开了话匣子……

被老太太数落了五分钟后，陈玲的脸上一阵红一阵白，不知该说什么为好。这老太一看就是泼皮无赖，陈玲虽然嗓门比她高，但也没占到便宜。俩人就这么互相开战，如果不是关穆拉着，恐怕陈玲早已冲上去动手了。

“你冷静一下，稍等片刻，我去喊乘警。”关穆放下行李，朝乘务员室挪去——没错，就是“挪去”。由于车厢里早已人满为患，加上四周都是围观的人群，关穆的移动速度在车厢里堪比龟速。而乘务员车厢还有一段距离，挪到那边如同漫漫取经路。

看到陈玲少了个帮手，老太太再次涨了气势，提高了嗓门破口大叫起来。

“你这个老不要脸的，上辈子是妓院里的老 × 吧！”一向以口齿伶俐著称的陈玲被怼的毫无招架之力，乱了方寸，骂起脏话来了。

老太太喝了一口“龙夫山泉”，不紧不慢地说：“我这辈子就是妓院里的老×，所以才带出了你这么个坏女人……”

这一次除了三千三百三十三个脏字外加二百二十二个标点符号之外，老太太还动用了大规模杀伤性武器。没错，滴混合着口臭、牙垢和食物碎屑的唾沫星子暴风骤雨般地砸在了陈玲的脸上……

被劈头盖脸地骂了十分钟之后，陈玲不禁怒从心头起，恶向胆边生，转身就给了老太太一记响亮的耳光，还趁机抓下了老太太的一撮头发。

看到自己被这个黄毛丫头打了，老太太顿时不乐意了，于是打开嗓门大叫道：“哎哟喂，打人啦！打死人啦！”

而就在这时，关穆和乘警也很不合时宜地赶到了现场：“打人啦？谁打人啦？”

接下来这半个小时的故事可以用“鸡同鸭讲”来形容。陈玲和关穆拿着火车票，坚称老太太坐了属于自己的座位；而老太太则捂着后脑，坚称陈玲不尊重老年人，而且还一巴掌把自己打成了脑震荡、脑出血、脑穿孔、脑破裂。

至于围观的群众呢，自然也是各执一词。大部分乘客自然是站在陈玲和关穆这一边，因为他们明白在学生返校期间抢一个座位是多么不容易。小部分乘客则主张各打五十大板，毕竟老太太占了陈玲的座位是真事，而陈玲扇了老太太一记耳光也不是假的。除此之外，还有几个面相猥琐的男子只是盯着陈玲上衣第三、四粒扣子之间的缝隙，贪婪地寻觅着从内衣里乍泄的春光。

见此情形，乘警也一时没了主见，只好当起了和事佬：“哎呀……老人家，你占人家的位子是不对的。小姑娘，你打人也是不对的。这样吧，小姑娘给老人道个歉，然后老人家把位置让给小姑娘，好不好？”

“不行，你要赔我医药费，否则我绝不起来！”老太太依旧不依不饶。

“你占了我的位置，还喷了我一脸唾沫星子，凭什么要我给你道歉呀！”陈玲也不甘示弱。

“老天爷呀……现在这些年轻人欺负孤寡老人……呜呜……孝道都到哪里去了……”老太掏出手绢，一把鼻涕一把泪地哭道。

“你可真会倚老卖老！你以为这是什么时代？啊！还以为自己是无法无天的红卫兵吗？”陈玲掐着腰骂道。

然而陈玲的话音未落，车厢里便传来了叫骂声……

“红卫兵，怎么了？”

“红卫兵也是保卫毛主席，保卫共产主义的！”

陈玲这才发现自己刚才这句话的打击面实在是太广了，于是连忙扭过身去，学起了鸵鸟。

见此情形，乘警一时也没招了。

就在局面僵持不下的时候，坐在一旁的高雅突然插话了：“这位大妈，我就是专业的脑科医生，要不我给您看看？”

“啊？你是医生？”乘警、老太太、陈玲和关穆不禁同时愣住了。

“没错，我是金陵脑科医院的医生，这是我的证明！”高雅随即将身份证件交给了乘警。

“妈呀……真人不露相呀！金陵脑科医院首席专家！”乘警被眼前的一切惊得目瞪口呆。

“好呀！医生您看看，俺是不是脑穿孔了？”老太太连忙将头伸到了高雅面前。

高雅象征性地按了按老太太的后脑勺，而后一本正经地说：“没有什么大问题，要不我给您开副中药，您回去照着方子调养一下？”

“好呀！好呀！”老太太立马来了精神。

“人中黄为末，每服三钱，茜根汁、竹沥、姜汁和匀，服之。”高雅掏出一张纸，一本正经地写道。

“好呀，这方子得多少钱呀？人中黄会不会很贵呀！”老太太的眼珠子在不停地转着。

“放心吧，也就一二十块钱吧！”高雅微笑道。

“好好好，我给！”关穆翻出钱包，掏出了一张百元大钞，试图尽快结束眼前这不和谐的情形。

“那你们要赔我两百块钱！”老太太转脸朝着陈玲吼道。

“你狮子大开口呀！你去抢银行好啦！”陈玲感觉整个人都石化了。

“另外那些是精神损失费！”老太太依旧不依不饶。

“这个……”乘警又陷入了两难的局面。

就在气氛再次变得很尴尬的时候，何凯峰又站了出来：“乘警同志，我要向您举报，这个老太太逃票了。”

“你才逃票了！”老太太看到又有一个多管闲事的，恨不得上去挠他的脸。

“把你的车票拿出来，给我看看！”乘警顿时变了脸色。

“在这里，你看……”老太太翻了翻口袋，突然变得惊慌失措，“咦？我票呢？我票呢？”

“老太太，既然你没有票，那你恐怕就要跟我们去乘务室好好说清楚了！”乘警直接揪住了老太太的胳膊。

“我票呢？是不是你偷的？是不是？”老太太指着何凯峰的鼻子骂道。

“大家都看到了，我一直坐在位子上，压根就没动过。”何凯峰淡定地回应道。

“对不起，请跟我走一趟！”乘警一把将老太太拉了起来。

“别碰我，我的胳膊也伤啦！”老太太一屁股坐在了地上。

“逃票是违法行为，所以我劝你还是老老实实地跟我走，去解释清楚。否则的话，你就是阻碍执法，要蹲大牢的，懂吗？”乘警声色俱厉地说道。

“哦……我走……我走……”听到“蹲大牢”这三个字，老太太瞬间软了下来，乖乖地跟在乘警后面，向列车长办公席走去。很快，车厢内众多看热闹的人群也陆续回到自己的座位上。关穆和陈玲也坐下，长舒了一口气。

- 04 -

2017 年 9 月 4 日晚上 22:50　金陵市公安局计算中心

发现了暗网中国的踪迹后，金陵市公安局内的气氛却异常压抑。因为这个涉及形形色色犯罪的暗网中国，可能会将无数无辜的人牵扯进这罪恶的深渊，只要暗网中国一天不破，警方身上的重担就一天无法卸下。在电脑上码了几万行的代码后，杨燕清依旧没能攻破 WQ123 的账户。

“燕清，你这计算机技术是不是有点过时了？”王皓天一脸不悦地说。

“不是我的技术过时了，是暗网这个东西太难攻破了。”豆大的汗珠从杨燕清的额头上滑了下来。

“哦？为什么？”王皓天不明就里地问。

“暗网中国设置了多种加密和代理服务器，所以常规的网络攻击技术对它几乎是无效的。”杨燕清紧抿着嘴唇说。

“哦？那就……束手无策了？”王皓天不禁愣了一下。

“这倒也不是，我写的几万行的代码，从理论上讲，足以攻破暗网中国整个网站。”杨燕清双拳紧握地说。

“那……为什么至今毫无进展呢？”王皓天感觉更糊涂了。

“因为我遇到了一个几乎无法解决的问题！”杨燕清不停地揉搓着头发。

“什么问题？”

“因为暗网的信息传输要通过多重加密，所以网速很慢，而且……”看着一堆乱码的 Tor 浏览器，杨燕清重重地拍了一下脑门。

“而且什么？”王皓天追问道。

“而且老是掉线！”杨燕清忿忿地把键盘摔在了地上。

第四章　鬼节奇遇

- 01 -

2017 年 9 月 4 日晚 23:00　金陵市公安局计算中心

就在王皓天与杨燕清陷入困境的时候，林瑛格突然闯了进来。

“咦？小林，你怎么来了？邢局不是安排你去找那个在金陵失踪的洪都大学的学生了吗？”王皓天问道。

“那事先不急，我连那个李思晨长什么样子都不知道。”林瑛格摆了摆手说道。

“那你们……怎么找呀？”王皓天愣了一下。

“明天何凯峰就过来了，等见了面再说吧。”林瑛格的心思明显不在这件事上面。

“哦？何凯峰要回来了，主力军呀！”王皓天若有所思地说。

“王队，我要说的不是李思晨那茬事。”林瑛格又摆了摆手，盯着杨燕清的电脑屏幕问，“你在干什么？”

杨燕清抬起头，撇了撇嘴说道：“哦……总不至于……你也对暗网有兴趣吧！”

“王队，我想了想，我觉得凶手一定在现场出现过！”林瑛格点了点头。

“你这不是废话嘛！徐泰已经被我们抓住了，他也确实在现场出现过，否则怎么能拿锤子砸到媛媛呢。”王皓天哭笑不得地说。

“不，我是说那个幕后黑手，那个雇佣徐泰杀人的人，一定在现场出现过！”林瑛格理了理眼前的头发说。

“啊？为什么？”杨燕清瞬间来了兴趣。

“我记得案情讨论会上王队曾说过，目前暗网中国上的非法交易主要包括杀手交易、毒品交易、人口交易和色情交易，对吗？”林瑛格把视线转向王皓天。

“没错！”王皓天点了点头。

“我还记得杨警官曾说过，暗网中国平台上使用比特币进行支付，只有当买卖双方均确认成功后，比特币才会被打入对方账户，对吗？”林瑛格又把视线转向杨燕清。

“没错，有点类似于犯罪界的 X 宝。”杨燕清点了点头。

“于是问题就出现了，我虽然暂时还猜不出毒品交易、人口交易和色情交易具体是什么样的一个过程，但是在雇凶杀人中，雇主是怎么确认杀手行动成功的呢？”林瑛格做了一个思考的手势。

“难道是……杀手作案完成后，拍一张照片发给雇主？就像绑架勒索案中那样！”王皓天揉着额头说。

“没错啊，我到暗网中国的杀手论坛中去看，也确实是这个流程！”杨燕清跟着点了点头。

“但是你们想啊，徐泰锤击媛媛后并没有拍照片，而是跨上自行车就跑了。”林瑛格回忆道。

“所以你的意思是……”杨燕清的瞳孔瞬间放大起来。

“幕后黑手就在现场，他目睹了徐泰锤击媛媛的整个过程，所以他并不需要徐泰另外拍什么照片。”林瑛格分析道。

“可是……媛媛去堂子街买电动车这件事……没人知道呀！”杨燕清一脸惊愕地说。

“应该是媛媛和我出了公安局大门的时候，徐泰就悄悄地跟在了后面。而他没想到的是，实际上后面还跟着另外一个人，那人就是雇凶杀人的幕后黑手。”林瑛格解释道。

“燕清，马上查监控，务必把这个幕后黑手给找出来！”王皓天拍着手说道。

“好的！”三个人顿时紧紧盯着荧屏，目光如炬。

- 02 -

2017 年 9 月 4 日晚 23:10　九江市九江火车站 K13×× 次列车

折腾了一个多小时之后，陈玲和关穆终于缓解了一些疲惫感，想起之前的一幕幕，关穆哭笑不得。

“这位朋友，怎么称呼？刚才真是谢谢你了。”关穆满怀感激地望着何凯峰。

“我姓何，名叫凯峰，这次只是实在看不惯那个老太太倚老卖老，所以不得已使了点小伎俩。”何凯峰一脸坏笑地说。

“小伎俩？”高雅的好奇心也被勾了起来。

“没错，其实那个老太太是有车票的，只不过是张无座而已。”何凯峰压低了声音说道。

“哦？那你是怎么把她的车票变没的？我看你一直坐在这里，动都没动过呀？”高雅眨着眼睛问道。

“嘿嘿，你们知道吗？像这种老年人——特别是文化程度不高的老太太——大都不太习惯用钱包，而喜欢把车票、身份证什么的包在手帕中，塞在口袋里。”何凯峰并没有直接回答高雅的问题。

“嗯，的确如此，我奶奶也喜欢这样做！”高雅点了点头。

“所以说呢，当他们往外掏手帕的时候，车票就很容易掉出来。”何凯峰把声音压得更低了。

“哦……然后呢？”关穆完全被吸引了，忍不住问道。

“呵呵，刚才那个老太太拿出手帕一把鼻涕一把泪地演戏的时候，她的车票和身份证就掉在了地上。正常情况下，我绝对会提醒对方，甚至直接给她捡起来。但是这个老太太倚老卖老、为老不尊，所以我轻轻动了下脚尖，就把它踢到座位下面去了。”何凯峰强忍着笑意说道。

“哇哦……真是以其人之道，还治其人之身呀！”关穆笑道。

“那……请问这位医生，我女朋友那一巴掌有那么重吗？那个老太太真被打成脑穿孔了？”关穆又将视线转向高雅。

“怎么可能，世上根本就没有‘脑穿孔’这种病。要是她脑穿孔了，那还不早就去太平间了。"高雅忍着笑意，低下头去摸着耳根说道。

"那……你为什么还给她开什么'人中黄'？"关穆一脸茫然地问。

"你们知道'人中黄'是什么东西吗？"高雅的脸上挂着狡黠的笑容。

"呃……不知道！"

"'人中黄'是这么制作的，将甘草粉磨碎成末，装入直径为四到六厘米的竹筒内，而后将竹筒口用布片塞紧并用松香封口。随后呢，将竹筒的外皮和竹青刮取。然后将其浸入粪坑中两到三个月，再用清水漂洗二十天左右，每日换水一次，至无臭味为止。等竹筒阴干后将其劈开，取出圆柱形的粉甘草，晒干即得'人中黄'。"高雅解释道。

"噗……笑死我了……"何凯峰忍不住笑喷了。

"哈哈哈……这不是让她吃屎嘛……"陈玲的脸上写着"大仇得报"的快意。

"那………会不会吃出人命来呀？"关穆不免担心起来。

"这倒不至于，我给她开的方子出自《丹溪心法》，原本是用来治疗呕血吐痰、心烦骨蒸的。"高雅摆了摆手。

"中医……都是迷信吧！"陈玲撇了撇嘴。

"也不能这么说。有研究指出，人中黄里面起作用的可能是其中的甾体激素。"高雅不置可否地说。

"什么叫甾体？"何凯峰问道。

"甾体是广泛存在于自然界中的一类天然化学成分，它是很多药物的主要有效成分，更多的内容你可以去问百度。"高雅回答。

"那……人中黄里的甾体又是怎么来的呢？"何凯峰又问。

"有人是这么解释的，毛竹内有一层功效类似半透膜的内膜，只允许小分子有机物和无盐分透过，而大分子蛋白质、病毒、细菌均无法透过。用甘草的粉末放在竹筒里面作为固相的吸附剂，经过半透膜后，甾体类激素被吸附到甘草中。而甘草皂苷的母环结构和甾体十分相似，也可以起到选择性吸附的作用。而粪坑是一个天然的发酵池，人体排出的甾体在粪坑中经过微生物发酵，产生了很多新型的甾体激素，其中有些甾体的药效发生变化，可以治疗更多的疾病。这样，经过微生物发酵，生物结构改造，半透膜处理，甘草吸附的人中黄里就含有可以治病的甾体激素了。"高雅解释道。

“这也行？”何凯峰不解地回复道。

“其实也没人验证过，所以只是一种猜测。更何况制药工程不是我的老本行，所以我也不是很了解。姑妄听之，权当段子吧！”高雅笑了起来，露出洁白的牙齿。

“真是没想到……粪便还可以治病……”关穆的表情依旧很夸张。

“中医嘛，就喜欢故弄玄虚，误打误撞！”陈玲依旧是一脸鄙夷。

“话不能这么讲，其实西医里也有利用粪便治病的例子。”高雅的脸上则依然挂着淡淡的笑容。

“啊？西医里也用粪便？”何凯峰继续发问道。

“没错，在人的肠道中有一种细菌，叫做难辨梭状芽孢杆菌，俗称艰难梭菌。艰难梭菌属于厌氧性细菌，换句话说，它在无氧条件下要比在有氧环境中生长得更好。因为人的肠道正好是一个相对无氧的环境，所以艰难梭菌也存在于肠道中。一般情况下，肠道中的各种微生物的数量是处于一个相对平衡的状态，艰难梭菌的生长也会受到其他有益细菌的抑制。但是当人体大量使用某些抗生素的时候，肠道内的菌落平衡便很可能会被打破。此时艰难梭菌便很容易大量生长繁殖，进而引发伪膜性肠炎、抗生素相关性腹泻等肠道疾病。”高雅回答道。

“然后呢？”何凯峰追问道。

“要治疗这类肠道疾病，关键是要恢复肠道中的菌落平衡。于是有些科学家便提出了粪便移植的方法，换句话说，就是把健康人的粪便经过处理后，送到患者的肠道内。”高雅继续说道。

“怎么个‘送’法？”何凯峰的表情显得很夸张。

“比如包在胶囊内吃下去呀！”高雅狡黠地眨了眨眼睛。

“啊………恶心死了……”脑补了那种画面后，何凯峰有种作呕的冲动。

“呵呵，其实这是一种很巧妙的方法。利用能抵抗胃酸侵蚀的胶囊壳包裹着粪便，使之进入肠道时在弱碱性的肠液作用下融化分解，这样才能保证健康菌群进入肠道呀。”高雅解释道。

“我还是觉得有些恶心……”坐在最边上的陈玲又撇了撇嘴，似乎不屑于再跟他们谈论这些反胃的话题，拿出平板电脑戴上耳机看起了韩剧。

“其实不管食物是酸、甜、苦、辣、还是咸，从你咽下去的那一刻开始，你就再也感觉不到它们的味道了。毕竟除了舌头之外，消化道的其他部位并没有味觉感受器。”高雅认真地说道。

“呃……我们还是换一个没有味道的话题吧！”何凯峰的表情依旧非常夸张。

- 03 -

2017 年 9 月 4 日晚 23:45　金陵市公安局计算中心

仔细查看了四十多分钟的监控之后，基本上算是忙碌了一整天的王皓天此刻感觉已经老眼昏花了。

“燕清，你说………谋害媛媛的幕后黑手会不会是孙前进的家属呀？”王皓天边滴眼药水边说。

“其实我也不是没有怀疑过他们，但是孙前进的爹妈都是文盲，他老婆也只有小学文化，要说他们能驾驭得了暗网这种高科技的东西，我还真不相信。”杨燕清摇了摇头。

“等一下……你们看看……这是什么？”林瑛格指着荧屏说。

“这不是我们公安局门口吗？9 月 4 日上午 11:15，你和媛媛出了大门，向堂子街走去。随后徐泰跨上共享单车，紧紧跟在你们后面。只不过我们的便衣民警们只听说过警察跟踪罪犯，却没听说过罪犯跟踪警察，所以就对他放松了警惕。”一想起徐泰的“灯下黑”理论，王皓天就感觉无比懊恼。

“你看看，徐泰后面是谁？”林瑛格又指了指摩拜单车后面大约十几米远的位置。

“咦？这不是那辆送快递的小货车吗？”杨燕清瞬间睁大了眼睛。

“没错！怎么会这么巧？我们从公安局出来的时候，他也刚好路过公安局大门。我们到了堂子街的时候，他也到了那里。可我们是步行，他却是开车。”林瑛格回忆道。

“难道是中途送过快递？”王皓天推测道。

“我觉得这事儿有点蹊跷，还是查一查为妙！”林瑛格的神情变得无比严肃。

“好，调取沿路所有监控，看看这辆快递送货车当天上午都去过什么地方！”王皓天双拳紧握地说。

“我已经全部找出来了，果然是停停走走，而且沿路没卸过货，但始终与媛媛保持约四五十米的距离。”杨燕清指着监控说。

“看来这家伙有重大作案嫌疑。燕清，想办法放大画面找出一张嫌疑人面部清晰的照片。此外，你再去联系快递公司看当天用这辆货车派件的是谁，事不宜迟，立即行动！”三个人瞬间来了精神。

- 04 -

2017 年 9 月 5 日凌晨 0:00　彭泽县彭泽火车站 K13××次列车上

“哇哦……现在是鬼节了……”一直刷手机的陈玲忽然惊叫了起来。

“啊？鬼节？”关穆下意识地说。

“呵呵，别害怕！鬼节其实就是中元节，佛教称之为盂兰盆节，与除夕、清明节、重阳节同是中国传统的祭祖大节，也是流行于汉文化圈诸国的传统文化节日。每到中元节，家家祭祀祖先，否则便会被人认为是对祖宗不敬。当然，后来民间传说中元节当天阴曹地府将放出全部鬼魂，地方上都要祭孤魂野鬼，所以中元节也就成了所谓的‘鬼节’了。”何凯峰宽慰道。

“那既然有中元节，是不是还有上元节和下元节呀？”关穆问道。

“没错，农历正月十五日称上元节，用于庆祝元宵；农历七月十五日称中元节，祭祀先人；农历十月十五日称下元节，纪念贤人。当然，部分地区的鬼节在七月十四日。”何凯峰推了推眼镜说。

“这些节日的时间是怎么来的呢？”

“一般认为它们是根据神仙的生日确定的，据说天官生日在正月十五日，其主要职责是为人间赐福，所以称上元节。地官生日在七月十五日，其主要职责是为人间赦罪，称中元节。水官生日在十月十五日，其主要职责是为人间解厄，称为下元节。”何凯峰如数家珍地说。

“哇，何老师，没想到你竟然懂这么多。”高雅突然对身边的何凯峰产生了一丝好感。

“好吧，我还是觉得中元节很可怕！”陈玲怯怯地说。

“何老师，这个世界上有鬼吗？”关穆将视线转向了何凯峰。

“呃……这个东西，很难说，至少没有确切的证据证明世界上有鬼。”何凯峰略显尴尬地说道。

“那……那些灵异事件该怎么解释呢？”陈玲又问。

“我看到网上的说法，一般将其归结为由于电磁场、声波或其他因素的影响而产生的幻觉。不过从神经科学的角度来说，目前学者们对于这件事还没有达成共识。”何凯峰说。

“嗯，我也觉得世界上没有鬼，毕竟我们到现在为止一只鬼都没捉到过。”关穆咧着嘴傻笑道。

“何老师说的有一定道理，有人认为‘鬼’这个概念与其说是科学实体，不如说是一种文化现象。就像古人见到风雨雷电这类当时不能解释的现象，就会臆想出对应的主宰神灵一样。真要是有鬼的话，那警察们还不要乐翻天？直接让死者的鬼魂带着他们去找凶手就可以啦。”高雅笑道。

“嗯！我们还是要相信科学！”关穆使劲点了点头。

然而就在车厢里的气氛变得很欢快的时候，何凯峰的手机低电量警告声突然响了起来。这时他才意识到自己走得太匆忙，以至于忘了带手机充电器。而与此同时，车厢里也很应景地响起了一个大妈的声音：

“充电宝！充电宝！充电宝有需要的吗？”

- 05 -

2017 年 9 月 5 日凌晨 0:30 金陵市月光家园小区某黑网吧外

发现了重要线索后，王皓天决定亲自蹲守，他与林瑛格整晚都躲在这个黑网吧外的一辆不起眼的吉利车中，静静地观察着不远处的一辆快递小货车，期待发现幕后真凶的踪迹。

“皓天，皓天，我查出来了。这个快递员名叫夏志，和孙前进是老乡，两人之前经常一起胡吃海喝。”对讲机里传来了杨燕清的声音。

“都说酒肉朋友不靠谱，今天看来……也不见得呀！”王皓天揉了揉额头说。

“杨警官，这个夏志去网吧干吗了？”林瑛格问道。

“不知道，这是家黑网吧，里面没有监控。而且我们的天网摄像头也还没覆盖这一带，所以我看不清楚他在里面干吗。”杨燕清无奈地说。

“唔……夏志出来了，燕清，帮我看看他手里拿的是什么东西？”王皓天问道。

“似乎是个很大的包裹，夏志毕竟是快递公司的员工，不奇怪。”

“王队王队，开车了，夏志开车了！”林瑛格指着前玻璃说。

“皓天，A 队问要不要行动？”对讲机里又传来杨燕清的声音。

“不行，这周围人太多，我们不确定嫌疑人身上有没有携带武器。”看着黑网吧外三三两两的不良少年，王皓天无可奈何地说道。

“王队，夏志快出小区门口了。”林瑛格有点着急了。

“没关系，我就要让他先走一步。”王皓天似乎很镇定。

“啊？为什么？他出了小区的话，我们就看不到了。”林瑛格不明就里地问。

“放心吧！周围的道路都有监控，他逃不出燕清的视线。如果我们跟得太紧的话，反而会让夏志起疑心。所以我让他一个路口，等一下再追。”

两分钟后，对讲机里又传来杨燕清的声音：“皓天皓天，夏志拐上了草场门大街，往虎踞路方向走了。”

“好嘞，出发！”王皓天发动了汽车，向草场门大街驶去。

1 分 52 秒之后，林瑛格已经可以看到快递车的尾灯。而与此同时，一种深深的忧虑感也涌上了她的心头：“王队……大晚上的，夏志要去干吗呀？”

“还不清楚，估计是收快递吧，他毕竟是快递公司的正式员工，跟着他看看。”王皓天目不转睛地盯着前方。

“今天可是鬼节呀！他谋害了媛媛，居然还敢走夜路。”林瑛格撇了撇嘴。

“小林，你知道鬼怕什么吗？”王皓天转过头来诡异地一笑。

林瑛格犹豫了好一会儿，而后摇了摇头：“我又没见过鬼，我怎么知道。”

“哈哈，鬼怕唾沫！”王皓天笑道。

“啊？为什么？”

“你听说过宋定伯捉鬼的故事吗？”王皓天说。

“呃……中学语文上的课文吧，不过我早忘光了……”林瑛格耸了耸肩。

“咳咳，那我就给你科普一下。”王皓天一边淡定地和前面的目标车辆保持一定距离，一边清了清嗓子，眉飞色舞地讲道：“南北朝的时候有个人叫干宝，他写了一本书，叫做《搜神记》，里面专门记载各类灵异事件。其中有个故事呢，就叫做《宋定伯捉鬼》。这个故事的大意是这样的，说南阳有个叫宋定伯的人，他年少的时候走夜路遇到了鬼……结果鬼就变成了一只羊，他怕鬼再变回去，又接着吐了几口。最后宋定伯在集市上把羊卖了，得了一千五百文钱。”

虽然王皓天讲得绘声绘色，林瑛格却在担心待会儿会不会发生什么意外，完全没有心思听故事，于是敷衍道：“呵呵，确实很有意思。”

“你不觉得宋定伯很机灵吗？哈哈！”王皓天意犹未尽地说。

“哎……我只是很心疼这个对刚认识的陌生人就知无不言，最后却被人家卖了的傻鬼。”林瑛格嘟着嘴说。

“哎……咦？那辆车去哪里了？！”王皓天才发现光顾着讲鬼故事了，一不留神那辆快递车不见了。

就在王皓天着急时，对讲机里又传来杨燕清的声音：“皓天皓天，夏志拐上了清凉门大街，正向牡丹小区方向行驶中。”

“坐稳喽！”王皓天一踩油门，吉利便以极快的速度经草场门大街、虎踞路、清凉门大街向牡丹小区飞驰而去。

五分钟之后，王皓天与林瑛格追着那辆快递车来到了牡丹小区门口。透过车玻璃，他们看到夏志正戴着遮阳帽，在小区门口的快递柜里放什么东西。

“王队……我觉得有点蹊跷，这大晚上的夏志干吗一直戴着遮阳帽呀？”林瑛格问道。

“从燕清传来的照片看，夏志右面颊上有一个很大的胎记，我估计他是习惯性自卑吧！”王皓天回应道。

“喏，他放完快递，又上了送货车，开走了。”林瑛格指着窗外说。

“好！老规矩，再放他两个路口。”王皓天只是靠着椅背，点起一支黄金叶香烟。

大约三分钟后，对讲机里又传来杨燕清的声音：“皓天，夏志上了江东快速路，正在向玫瑰小区方向行驶。”

“好嘞，收到！”王皓天发动了汽车，以九十迈的速度向玫瑰小区飞驰而去。

五分钟后，到了玫瑰小区门口，夏志又戴上遮阳帽，在小区门口的快递柜里放了一个包裹后便开车离开了。

“王队，我觉得这档子事儿有点奇怪？”林瑛格感觉心里七上八下的。

“怎么了，送快递嘛，很正常！”王皓天似乎并没有起疑心。

“你见过有人晚上送快递吗？”林瑛格转过头来，直视着王皓天的眼睛。

“可能是由于他有生理缺陷，所以白天不好意思出门吧！”王皓天猜测道。

“恰恰相反！王队，你知道这些小区门口的快递柜是干吗用的吗？”林瑛格问道。

“暂时存放包裹呀！快递员把包裹放在快递柜后，系统就会给收货人发一条短信。然后收货人就可以凭借验证码打开柜门，从而取出包裹。”王皓天回答。

“问题就在这里！当包裹放到快递柜中时，系统会给收货人发送短信，那么你觉得谁愿意在大半夜听到短信声呢？”林瑛格反问道。

“所以……”王皓天也察觉到了什么不对。

“所以我怀疑放进快递柜中的，应该是什么见不得人的东西。”话音未落，林瑛格便推开车门，向快递柜走去。

十秒过后，林瑛格已经来到了柜子前，她俯下身去，仔细回忆着刚才夏志打开的究竟是哪个小隔间。然而就在这时，一个白色的影子已经悄然来到了她的背后……

“小姑娘……你挡着我的路了！”一个缥缈的声音从背后传来。

第五章　千钧一发

- 01 -

2017 年 9 月 5 日凌晨 0:30　金陵市玫瑰小区门口的快递柜前

“啊——啊——”林瑛格尖叫着转过身来，她只见一个形如枯槁、披头散发的白衣女子正站在自己面前。

“小林，怎么了？说话呀！……”听到林瑛格的尖叫声，王皓天立马下了车。然而看到眼前的场面，王皓天也不禁被吓得哆嗦了一阵。

“你是人是鬼……”迟疑了一秒之后，林瑛格下意识地用手臂挡住前方。

“有没有礼貌呀？让开！我要取快递！”白衣女子突然掐着腰吼道。

“这么晚了，还来取快递？她的眼睛……她的脸……她的胳膊……我懂了！”刹那之间，一连串线索涌入了林瑛格的脑海，她随即故意让开位置走开，拉着王皓天，并对其做了一个准备行动的手势。

“0——7——3——4——6，开了。”白衣女子看见二人已经走开并未多想，径直走向快递柜，输入密码，而后拿出货柜中的包裹，转身准备离开。

一步、两步、三步……王皓天突然饿虎扑食般地冲了过来，以一个标准的擒拿手将女子掀翻在地，并随即将其铐了起来。

“别碰我！别碰我！”白衣女声嘶力竭地喊道。

“接下来，让我们看看，这究竟是什么东西！”林瑛格拿起包裹，撕开包装，发现那是一袋白色的粉末。

“小林，这是什么？”王皓天问道。

“疑似海洛因！”林瑛格仔细检查了一下，回答道。

“燕清，燕清，A 组在哪？ A 组在哪？”王皓天拿起对讲机吼道。

“刚到牡丹小区。”对讲机里传来杨燕清的声音。

“要他们马上复查监控，看看刚刚谁去门口的快递柜取了包裹，就是夏志送去的那个包裹，立马将他连人带货一起抓回来。”王皓天命令道。

“收到，收到！”杨燕清急匆匆地安排去了。

“王队，王队，我是 B 组，夏志刚刚在汉中门大街梅花小区门口的快递柜里也放了一个包裹，请指示，请指示！”对讲机里传来 B 组的声音。

“盯好快递柜，一会儿会有人去取那个包裹，然后你们连人带货一起拿下！”王皓天说道。

“王队，王队，我是 C 组，我是 C 组。夏志已经驶上了水西门大街，向荷花校区驶去，请指示，请指示！”对讲机里传来 C 队的声音。

“紧紧盯住他，先不要打草惊蛇。”王皓天说道。

“皓天，皓天，A 队已经收网。在牡丹小区抓获光头男子一名，正是他取了夏志送达的包裹，经查里面有五十克高纯度的海洛因。”杨燕清的声音显得很激动。

“让他们马上来玫瑰小区，连同我这边的嫌疑人一起带走。”王皓天说道。

“收到，收到！”杨燕清连忙又去安排任务了。

“放开我！放开我！”被按在地上的白衣女子惨叫道。

“说吧，你叫什么名字？”林瑛格问道。

“关你屁事！为什么抓我！为什么抓我！”白衣女子不停地挣扎着。

“因为这个！”林瑛格举着海洛因的袋子说。

“那不是我的，不是我的，我不知道那是什么！”白衣女子依旧在激烈地反抗。

“呵呵，暗网中国上买的对吧？送货上门对吧？以为货款分离我们就查不到了对吧？”林瑛格抛出了一连串反问句。

“不是我的，那不是我的，我不吸毒！”白衣女子否认道。

“不是你的？你为什么眼睛里会布满血丝？你为什么瘦成这个样子，脸颊上却油光四溢，痘痘丛生？你为什么胳膊上满是针孔？”林瑛格一把撸起白衣女子的袖子，指着她前臂上密密麻麻的针眼说道。

“呜——呜——呜——呜——”眼见自己的鬼把戏被拆穿了，白衣女子只好趴在地上，号啕痛哭起来。

就在这时，对讲机里传来C组的声音：“王队，王队，夏志在荷花小区的快递柜里也放了一个包裹，请指示，请指示！”

“盯好快递柜，一会儿会有人去取那个包裹，然后你们连人带货一起拿下！”王皓天吩咐道。

“那……夏志怎么办？他上了车，离开了小区。”C组方面似乎有些犹豫。

“燕清，燕清，夏志去了哪里？”王皓天问道。

“他正沿着集庆门大街向扬子江大道方向驶去。”杨燕清回答道。

“A组，A组，你们在哪里？”王皓天的声音显得有些焦急。

“马上就到了！”话音未落，A组的警车便呼啸而至。王皓天将白衣吸毒女交给A组，而后发动了吉利车，向夏志逃离的方向飞驰而去。

- 02 -

2017年9月5日凌晨1:00　金陵市扬子江大道南段

“啊……怎么越走越荒凉了？”看着城市被渐渐抛在了后面，一股不祥的预感涌上了林瑛格的心头。

“燕清，燕清，你确定夏志到这里来了？”王皓天也是一脸狐疑。

“监控显示他沿着扬子江大道一直往南走了，不过由于这一段的探头正在检修，所以我找不到他的踪迹了。”杨燕清无可奈何地回应道。

“可是，这都到江边了！”听着汹涌的江水声，王皓天逐渐放慢了车速。

“王队，我觉得……情况有点不对劲呀！”林瑛格的声音显得很局促。

“你是怕我们一会儿冲到贼窝里去了吧！”王皓天试图缓解一下紧张的气氛。

“C组报告，人赃俱获，请指示，请指示！”对讲机里又传来C组的声音。

“马上带回局里审讯！”王皓天命令道。

“王队……我觉得还是呼叫一下支援比较好……”林瑛格怯怯地说。

“不用怕，有我在呢！”王皓天安抚道。

然而话音未落，只听“嗡”的一声，一辆快递送货车从路边冲了出来，径直撞向了吉利车……随后，林瑛格只感觉天旋地转……

两分钟之后……

“这，这是怎么回事呀！”等林瑛格回过神来的时候，她发现自己处于头朝下，脚朝上的状态，好在安全带质量还不错，将自己牢牢地束在了座位上。

“嘘——别说话——”同样被撞翻了一百八十度的王皓天做了个安静的手势。

倏然之间，空气仿佛凝固了，林瑛格能够清楚地听到滚滚长江水正一浪高过一浪地向岸边涌来……

又过了没多久，林瑛格又听到一阵叫骂声，而后便是开车门的声音。原来夏志没有系安全带，这一次碰撞将他搞得头破血流。

“你们究竟是谁……啊……一直跟踪老子！”夏志往地上碎了一口唾沫。

“哎，还是被他发现了！”王皓天低声碎碎念道。

“看我怎么弄死你们！”夏志从车厢里抽出一根钢管，目光冷冷地向吉利车走来……

- 03 -

2017 年 9 月 5 日凌晨 1:15　金陵市扬子江大道南段

1 秒，2 秒，3 秒……

林瑛格预感自己的生命就要终结在这段江边公路上了。此时此刻，她的脑海里不断翻滚，她似乎看到了妈妈在做香喷喷的春卷，看到了王皓天与杨燕清在边喝啤酒边吹牛，看到了朱媛媛在眨着忽闪忽闪的大眼睛卖萌，看到了何凯峰在咧着嘴傻笑……

“小林，后悔吗？”王皓天面无表情地问。

“后悔什么？”林瑛格十分平静地说。

“后悔当公安吗？”王皓天的声音依旧很平静。

“我现在说后悔有用吗？”林瑛格鼻子一酸，眼泪不争气地涌了出来。

“小林，把你的头发整一整。”王皓天伸出右手向后腰摸去。

“都这个时候了，我也不在乎什么形象了。”林瑛格只是闭上眼睛，摇了摇头。

“你的头发挡住我视线了！”王皓天抽出一支手枪，密切注视着外面的动静。

“好好好……”林瑛格连忙把垂在地上的头发撩了起来。

一步，两步，三步……

林瑛格看到夏志正离自己越来越近，右手还叮叮咣咣地拖着一个一米多长的无缝钢管……

“受死吧！哈哈哈哈！”夏志狰狞地笑了起来。

说时迟那时快，就在夏志离车门不到两米的时候，林瑛格听见两声震耳欲聋的枪声，吓得她紧闭双眼，而后听到了一声惨叫。于是她慢慢睁开眼睛，发现自己还活着，旁边的王皓天正收起手枪想办法解开安全带。再看车外，夏志的脚踝的位置便绽放出了两朵艳丽的红花。

“啊——”夏志顿时倒在地上，叫声凄厉。

“夏志，谁笑到最后，谁才笑得最美，懂吗？”王皓天的语气里写满蔑视。

“啊……”夏志趴在地上，不服输地捡起钢管，向林瑛格的头部抡来。

“啊——”林瑛格下意识地缩回了脑袋。

然而电光火石之间，林瑛格的耳畔又响起了两记枪声。顷刻间，窗外便传来了骨头断裂的声音，以及夏志最后的惨叫……

十五分钟后，杨燕清领着救援队赶到了现场，结束了这场惊心动魄的较量……

- 04 -

2017 年 9 月 5 日凌晨 2:00　金陵市长江边

由于夏志身中四枪，王皓天命干警们先将其送去医院并严加看管，扬子江大道上只剩下王皓天、杨燕清和林瑛格三个人。

“哎，今天好悬呀！”想起刚才的一幕，林瑛格仍心有余悸。

“小林呀，你就是杞人忧天。以我的枪法，夏志是不可能得手的。”王皓天点起一支烟，爽朗地笑了起来。

“那你怎么不早点开枪呀！”林瑛格埋怨道。

“晚上光线不好，一定要等对方距离你五米以内时才可以开枪，否则的话根本打不中对方。”王皓天解释道。

“皓天，你心脏可真大，佩服！”杨燕清一脸钦佩地说。

“那是因为夏志是从我那侧过来的，要是他一钢管抡过来，肯定是我先被爆头！”林瑛格忿忿地说。

“哈哈哈哈！小林，话说你当时……是不是觉得自己要交代在这里了。”杨燕清调侃道。

“是呀，王队还问我后不后悔当公安，我还以为他也没辙了呢。”林瑛格瞪着王皓天说道。

“哎呀，他是因为智商经常被你碾压，所以才想找点存在感嘛！”杨燕清一脸坏笑地说。

“你的演技可真好！”林瑛格盯着王皓天，咬牙切齿地说。

“彼此彼此，不过你是本色出演罢了，哈哈哈哈！”王皓天又笑了起来。

“你真坏！”林瑛格气鼓鼓地说。

“小林，话说你当时脑子里在想什么？有没有想起我们呀！”杨燕清做了个鬼脸。

“我想到了你们俩在边喝啤酒边吹牛，行吗？”林瑛格怒怼道。

“哈哈哈，她肯定是想凯峰了。人家好歹也追了你三年，虽然颜值低一点，但至少智商是在线的，你总得给人家点机会嘛！”王皓天调侃道。

“王队，这个就不归你管了吧！”林瑛格的面颊突然绯红了起来，她也不知道在那么危险的时刻为什么会想起何凯峰那个胖子，也许是因为何凯峰和自己也曾经共患难过，有几次他也曾救过自己。过去何凯峰总是默默地喜欢着自己，这一点她是知道的。但于她而言，何凯峰就像“大白”一样给她一种暖暖的感觉，但林瑛格认为这不是爱情，而是一种纯粹的友情带来的温暖，她将这种感觉告诉了何凯峰，虽然不能成为恋人，但这世上又多了一个让她能够经常挂念的朋友，足矣。“不知道他现在过得怎么样？”林英格心想。

“时间不早了，咱们该回去休息了吧！”杨燕清提议道。

“哎……我觉得江景还是挺好的……”望着波涛汹涌的长江，林瑛格的目光显得很深邃。

“小林，别在这儿感慨了，该回去睡了！这个时间点儿，阴曹地府的孤魂野鬼都被放出来了。”王皓天拍了拍林瑛格的肩膀。

“鬼门关上走了一遭，你觉得我还能睡得着吗？”林瑛格一脸哀怨地说。

“呵呵，那这样吧，咱们回局里，我教你两招。”王皓天又狡黠地笑了起来。

“哦？教我什么？”林瑛格不禁愣了一下。

“教教你枪械的使用方法，外加几招实用防身术，一般人我不告诉他哦！”说罢，王皓天拉开警车的车门，做出一个“请进”的手势。

第六章　李思晨的下落

- 01 -

2017 年 9 月 5 日早晨 6:00　金陵市金陵火车站出站口

早晨六点，K13××次列车准时达金陵火车站，在拥挤不堪的车厢里熬了一晚上的高雅、何凯峰、陈玲、关穆四人也终于再度呼吸到了新鲜空气。

“关穆……打车回学校吧……困死了……”陈玲从下车开始像买了“挂票”一样，闭着眼睛，下巴搭在关穆的肩膀上。

“哎呀……还是坐地铁吧，一号线转四号线，蛮快的！”看着钱包里仅剩的一张百元大钞，关穆不禁面露难色。

“不嘛！不嘛！我就要坐出租车……”陈玲一脸傲娇地说。

“陈玲，关穆，要不我送你们回去吧！”高雅圆场道。

“好呀，好呀！”听到这句话，陈玲瞬间来了精神。

“呃……高医生……这样不太好吧……”关穆的神情显得很局促。

“没关系，这是我自己的车，载你们一程不违反规定。”高雅笑道。

“哦……那就太感谢了……”关穆有种如释重负的感觉。

“何老师，那你打算怎么办？”高雅把视线转向何凯峰。

“呃……你们先走吧，有人来接我。”何凯峰微笑着朝他们摆了摆手。

“好，那我们先走啦，再见！”高雅也笑着冲何凯峰挥了挥手，而后带着陈玲与关穆向停车场走去。

“哎呀……以后还能不能再见呀……”何凯峰依旧沉浸在高雅那迷人的微笑中不能自拔。正在那时，他突然感觉耳朵被人扯住了。

“哎哟喂，谁呀！”何凯峰下意识地叫道。

“又看上哪家妹子了？”林瑛格并没有放手的意思。

“没有，没有，没有，只是看到一个校友而已！哎哟喂，小林姐，你先放开我嘛！”何凯峰叫道。

“你是来找学生的还是来泡妹子的？”林瑛格这才收了手。

“哎呀，当然是公事公办了！”仔细一想，何凯峰发现自己也没那么讨厌李思晨了。虽然正是因为她莫名其妙的失联让自己坐了一晚上硬座，但如果不是这趟夜车的话，自己也不会认识女神高雅。呃………确切地说，应该是女神高雅也不会认识自己。

“还说刚才没看女生，口水都流出来了！”林瑛格开玩笑地说。

“没有啦，我只是嗅到了鸭血粉丝汤与小笼包的香气，咱们还是先找个地方吃饭吧！”何凯峰擦了擦嘴角的口水，随口敷衍道。

“真是拿你没办法！”林瑛格恨铁不成钢地说道。

- 02 -

2017 年 9 月 5 日早晨 6:30　金陵市湖南路回味鸭血粉丝汤店

看着何凯峰狼吞虎咽地消灭掉了一大碗鸭血粉丝汤外加两屉小笼包后，林瑛格终于忍不住开口了：“何胖子，你上辈子是不是饿死的？”

“我不知道上辈子是怎么死的，但我昨晚确实差点饿死。”何凯峰又将第三屉小笼包拉到了面前。

“哦？为什么？”林瑛格问。

“哎呀，我这个人多么认真负责、爱岗敬业呀！得知李思晨在金陵失联后，我二话不说就赶去洪都火车站，买了最后一张票。不仅如此，我整整一宿都没合眼，冥思苦想怎么把李思晨解救出来。”何凯峰一边大快朵颐一边厚颜无耻地编着瞎话。之所以说这是瞎话，主要有两个原因：首先，在得知李思晨失联之后，何凯峰的第一反应是对方只是手机没电了而已，没什么大不了的；经过院领导三番五次的催促，何凯峰才不情愿地起身磨磨蹭蹭地赶去了洪都火车站；在得知高铁票售罄之后，他才带着一万个不情愿地买了普通车票。其次，昨天晚上何凯峰的确是一宿没合眼，不过那倒不是因为他在苦思冥想怎么解救李思晨，而是因为他盯着高雅看了一晚上，完全陶醉在高雅美貌中的他当然精神抖擞而不觉困顿。

“哦……这事儿和你差点饿死有什么关系呀？”林瑛格发现何凯峰压根没说到点子上。

“哎呀，因为走得太匆忙，所以忘了买吃的。”何凯峰一脸哀怨地说。当然，其实这也是句瞎话。在出发之前，他就买好了泡面和火腿肠。但是因为这两样东西味道实在太重，而且火车上也没法刷牙，何凯峰又怕在女神高雅面前有损形象，所以他才忍着饥饿一晚上没拿出来吃。

“真是拿你没办法！服务员，再来一份小笼包！”看着何凯峰把自己的那份都吃光了，林瑛格十分无奈地说。

十五分钟后，所有食物都被风卷残云般地一扫而空。何凯峰擦了擦嘴，拍了拍鼓起来的圆肚子，开口说道：“小林姐……人口失踪案……不归法医管吧！”

“一般情况下，确实如此。”林瑛格说。

“我还以为……会是王队长来接待我呢。”何凯峰笑眯眯地说。

“你是觉得我的级别不够，所以心里不平衡吧！”听到他这么说，林瑛格似乎有点生气。

“呃……呵呵……不是那个意思……”何凯峰裂开嘴傻笑道。

“那是什么意思？”林瑛格的语气里依旧满是火药味。

“我是说……你们是不是又遇到什么大案子了，所以王队长比较忙？”何凯峰连忙解释道。

“那你的意思是……我很闲喽？”林瑛格反问道。

“呃……你知道的啊，我不是这个意思……”何凯峰连忙摆了摆手。

“其实的确被你猜中了，最近我们金陵市发生了一起大案，所以警队上下如临大敌。唯独我这个法医相对清闲一点，所以就被派来帮你处理李思晨的案子，你就当我是临时工吧！”林瑛格拿起杯子喝了口水说道。

“啊？大案？”何凯峰下意识地问。

“对！你听说过暗网中国吗？”林瑛格放下杯子，靠近何凯峰，压低了声音说道。

“知道呀！”

“啊？你怎么知道这种东西？”林瑛格一脸困惑。

“Dark Web In China 嘛！俗称暗网中国，简称 DWIC！”

“你……上过？”林瑛格的眸子里掠过一丝惶恐。

“当然没有了，那玩意儿要用洋葱路由才能上，而且网速巨慢，还要付比特币才能注册。”何凯峰摆了摆手。

“那你怎么知道这个网站？”林瑛格问道。

“因为……里面有些作品流出来了。”何凯峰凑到林瑛格耳朵前，神神秘秘地说道。

“什么作品？”林瑛格追问道。

“就是带有 DWIC 水印的某种图片，号称中国的东京热！嘿嘿嘿！”何凯峰色眯眯地坏笑着。

“什么图片？？？”林瑛格依旧眨着单纯的大眼睛，完全没理解何凯峰的意思。

“呃……其实就是色情图片了……”何凯峰凑到林瑛格耳边，低声说道。

“色狼！”林瑛格甩手便给了何凯峰一记响亮的耳光。

“呜——呜——呜——你非要问我的！”何凯峰用右手捂着腮帮子，一脸无辜地说。

“等一下，你说……有些照片流出来了？”林瑛格突然又凑到了何凯峰面前。

“啊……你不是很讨厌这玩意儿吗？”何凯峰连忙把左手也捂在了脸上，生怕再挨一巴掌。

“你能不能……回头帮我找两张？”

“你要这玩意儿干吗？！”何凯峰不解地问道。

“听着，我们正在打击暗网中国。但是暗网这个东西……你也知道，匿踪匿名，所以我们很难使用传统的以网找人手段来侦破。因此呢……我们准备反其道而行之，以人找网。”林瑛格解释道。

“不就是个色情网站吗……用得着如此兴师动众吗？安装个绿坝不就完啦！”何凯峰不以为然。

“你大错特错了，暗网中国里面不仅涉及色情交易，还涉及毒品交易、人口交易、杀手交易。而且更令人意想不到的是，它居然还能货到付款，堪称犯罪界的 X 宝。这是一种前所未有的犯罪模式，我们必须打掉它！”林瑛格的声音显得很坚定。

“啊？杀手交易？这么恐怖？”

“你知道吗，就在昨天下午朱媛媛警官被人锤击了后脑。而经过我们的追查，是有人利用暗网中国这个网站，雇佣了杀手，谋害媛媛。”林瑛格用食指轻轻地敲了敲桌子继续说道：“所以说，为了避免更多的人受到伤害，我们必须坚决打掉它！”

“竟然还有这种事情，没想到暗网带来的伤害就在我们身边。好好好，我一定全力配合你们。”何凯峰小鸡啄米似地点了点头。

“只要一天不打掉暗网，就还会有无数像媛媛一样的无辜的人受害！”林瑛格望着远方，又陷入了回忆。

“小林姐……朱警官的伤……怎么样了？”何凯峰试探性地问道。

“已经脱离了生命危险，但是还在昏迷中。而且有不少碎骨片嵌入了脑组织，医生们对此束手无策……”林瑛格焦虑的说道。

“啊……小林姐，我倒是认识一个脑科专家，或许能够帮得上忙。”何凯峰边说边拿出了高雅的名片递给林瑛格。

“哦？谁呀！”林瑛格接过名片，上面赫然印着“高雅”两个字。

“高雅医生，你听说过吗？”何凯峰又把脑袋凑了过来。

“你怎么会认识她？”林瑛格将信将疑地盯着何凯峰。

“学术交流时认识的，虽然我们专业不同，但是大家彼此欣赏，彼此尊敬，就像卓别林和爱因斯坦的关系一样。”何凯峰大言不惭地说。

“凯峰，你吹牛之前也不撒泡尿照照镜子！人家高雅是什么级别的，三甲医院首席专家，青年千人计划，优秀青年科学基金获得者。而你呢，连个副教授都没混上，还说人家跟你彼此欣赏，谁信啊！”林瑛格翻了个白眼，一脸鄙夷地说。

“小林姐，不要这么看不起人嘛！我好歹也是拿过自然科学基金，中过 TOP 级 SCI《科学引文索引》期刊的正经老师。”何凯峰一脸无辜地说。

“不信，这张名片肯定是你偷的！”林瑛格把头摇得像个拨浪鼓一样。

“不信呀，我给你看她的照片！”何凯峰掏出手机，翻出了火车上偷拍高雅睡觉的照片。

“这都是什么啊？”看着高雅斜靠在何凯峰肩膀上，林瑛格感觉整个人心里一沉。

“放心好了，我们只是互相仰慕，神交已久而已，不是你想的那种。”何凯峰拍了拍胸脯说。

“你们是在火车上遇到的？”林瑛格依旧是一副风中凌乱的样子。

“是啊，咳咳……所以说嘛……世上常有千里马，而不常有伯乐。你觉得我是块石头，但有人觉得我是块璞玉呢。‘和氏璧’的典故你知不知道，那是春秋战国的时候……”何凯峰继续大言不惭地吹着牛皮，却突然被林瑛格的手机铃声打断了。

林瑛格拿起手机，发现来电人是杨燕清，便随即迫不及待地按下了接听键：“杨警官，是不是媛媛那边有好消息了？”

“这倒不是……”

“啊？那是什么事？”

“小林，我问你，那个李思晨的手机号是不是157****1525？”

“呃……我看看………嗯！没错！”林瑛格掏出记录本，核对着每一个数字。

“用的手机是魅蓝 Note 5，没错吧？”杨燕清又问。

“等下………凯峰，李思晨的手机型号是不是魅蓝 Note 5？”林瑛格把视线转向了何凯峰。

“嗯，好像是的吧！”何凯峰点了点头。

“如果是的，那就对了！根据我们的调查显示她的手机开机了！”杨燕清的声音显得很激动。

“哦？你可以对它进行定位吗？”林瑛格迫不及待地问。

“目前就在湖南路和中央路的交叉口，地铁1号线玄武门站四号出口附近。”杨燕清回答道。

- 03 -

2017 年 9 月 5 日早晨 7:00　金陵市地铁一号线玄武门站四号出口

早晨七点，正值地铁早高峰，作为纵贯金陵市南北而且连接两个火车站的轨道交通大动脉，金陵地铁一号线的客流量尤为巨大。不过在拥挤的人群中，林瑛格与何凯峰依旧非常轻松地找到了那部魅蓝 Note 5。这是由于其持有者的特征实在是太明显了，那是一个五岁左右的男孩，身着一件脏兮兮的巴萨球衣，耳朵里还有两撮黑色的毛伸了出来。过往的行人将他视作怪物，纷纷绕道行走。

“手机，手机，有没有人要买手机？”“毛孩”拿着魅蓝 Note 5 招呼道。

路人行色匆匆，除了留下若干异样的目光外，并没有人理他。

“手机，手机，低价卖了，有没有人要？”“毛孩”继续招呼道。

“喂，多少钱呀？”一个身着山寨耐克上衣的男子凑了过去。

“两千！”“毛孩”回答道。

“你这是狮子大开口呀，一部新的魅蓝 Note 5 也不值一千五！”男子往地上吐了口唾沫，转身离开了。

“爸爸……怎么办？”“毛孩”转过身去，望着一个身穿拜仁球衣的中年男子，面露难色。

“那就喊一千！”该男子只是不断地摆弄着手中的电瓶车钥匙，估计打算没有生意的话就换个地方试试。

“手机，手机，一千卖了，有没有人要？”“毛孩”又喊道。

“小朋友，我要！”飞快赶来的林瑛格来到“毛孩”跟前，边喘气边笑眯眯地说，此时的何凯峰由于体重的关系还在大老远处奔跑中。

“一千块钱，一手交钱，一手交货。”“毛孩”伸着脏兮兮的小手，显得很老练。

“我要先看看能不能开机呀！”林瑛格温柔地摸了摸“毛孩”的脑袋。

“爸爸，这怎么办？”“毛孩”又转过身去，望着中年男子。

“让她看。”穿拜仁球衣的男子走过来说道。

“好吧，给你……”“毛孩”伸出脏兮兮的右手，把魅蓝递给了林瑛格。

一分钟后，魅蓝开机，林瑛格划开相册，发现李思晨的自拍照还没有删掉，于是她直接取出随身携带的证物袋，将手机放了进去。

“给钱，给钱！”看到林瑛格将手机拿走了，“毛孩”迫不及待地说。

“小朋友，这个手机是哪来的？”林瑛格问道。

“那是俺的！”“毛孩”嘟着嘴说。

“胡扯，那明明是李思晨的！”何凯峰忿忿地吼道。

“干吗呢？干吗呢？”看到何凯峰吼了“毛孩”，那名男子冲了过来一把推开何凯峰。

“这个手机是我的学生的！”何凯峰一字一顿地说。

“学生？你怎么知道是你学生的？”该男子回应道。

“不信是吧？我马上打个电话，你看看它会不会响。”何凯峰掏出自己的手机，找出李思晨的号码，按下了拨号键，而证物袋里的魅蓝也随即响了起来。

“在我这儿就是我的手机！”该名男子揪起何凯峰的衣领，挥舞起了拳头。

“等一下，等一下，有话好好说。”林瑛格连忙拉开了两人。

“一千五，爱买不买！”该名男子翻了个白眼显出蛮横，并伸出左手说道。

“这位大哥，这手机是你捡的吧，一千三卖给我们算了！”林瑛格低声说道。

“还是这妮儿会说话，算了，看你们也不是啥有钱人，一千四卖给你们了。”该名男子摆了摆手，装出一副很大度的样子。

“好，成交！”林瑛格随即把手伸向口袋。

“小林姐，不行！”何凯峰拦住她提醒道。

“没事，呵呵！”林瑛格放下何凯峰的手，只是微笑着掏出了一张警官证。

“这是……啥东西呀？”该男子对着林瑛格的警官证反反复复看了半天，却丝毫无动于衷。

“她是警察，没文化真可怕！”何凯峰没好气地说道。

“警察……警察……”拜仁男的眼睛里掠过一丝惶恐。

“爸爸，警察不是都带大盖帽吗？”“毛孩”摇了摇该男子的手臂。

“没听说过便衣警察吗？”林瑛格的语气依旧很温柔。

“警察有啥了不起的，啊……俺不要你钱了，不要了……”拜仁男连忙又摆了摆手，抢回手机准备跑。

“哎，别走啊，说吧，手机哪儿来的？”林瑛格赶忙上前拉着他的胳膊问道。

“呃………捡的，路上捡的……”拜仁男回答道。

“在哪儿捡的？”林瑛格又问。

“玄武湖，玄武湖那边！”该男子指着背后的玄武湖公园说。

“哦……玄武湖公园里那么多人，这个手机怎么就不偏不倚地被你们捡到了呢？”林瑛格反问道。

“这个嘛……”拜仁男又支支吾吾起来。

“怎么啦？怎么回事？”就在这时，一名烫着金黄色拉面头的中年女子走了过来，她的手里拿着一个奶瓶。

“妈妈……他们要抢我的手机！”“毛孩”对着中年女子喊道。

“你们干吗抢俺孩子的手机呀？”该名女子看见丈夫和林瑛格他们拉拉扯扯，对着林瑛格吼道。

“我问你，这手机是哪儿来的？”林瑛格的语气显得很平静。

“你管得着吗？在俺这儿就是俺的！”女子回道。

“看来你们是不见棺材不落泪，不到黄河不死心呀！”林瑛格直接从背后掏出了手铐。

“你干吗？俺要报警啦！俺要报警啦！”女子一家三口顿时紧张起来。

“她就是警察！”何凯峰哭笑不得地说。

“警察怎么啦？警察就能随便抢人东西呀？警察就能欺负群众呀！”该名女子把声音提高了八度，而看热闹的人们也里三层外三层地把几个人围在中间。

“呜——呜——呜——呜——大家给评评理，这个警察抢俺们的东西。呜——呜——呜——呜——”该男子一边试图摆脱林瑛格的拉扯，一边大吼大叫道。

见此情形，看热闹的人们也纷纷骚动起来……

看到大家都被蒙在了鼓里，何凯峰连忙掏出教师证解释道：“大家听我说，我是洪都大学的教师，这个手机属于我的学生李思晨，她昨天下午在金陵市失踪了。可是，就在刚才我们却发现李思晨的手机落在了这个小孩手中。所以我请大家不要被坏人蒙蔽了双眼，不要围观，不要干扰警方办案。”

听到何凯峰的话，人群再次骚动起来……

“啊？居然是这么回事？”

“可是警察办案怎么不穿制服呀？”

“那个男人的教师证不像是假的，所以我觉得他们说的话有可能是真的。”

看到舆论导向突变，中年女子一屁股坐在地上，号啕痛哭起来：“哎呀，那个手机真是俺们在火车站捡的呀！俺们的钱包被偷了，没钱回家，所以就想把它卖了换路费呀！呜——呜——呜——呜——”

听到女人的哭诉，又有人窃窃私语起来……

“人家也不容易，也别小题大做了！”

“就是，就是！你看他们穿得破破烂烂的，也不像坏人！”

“那孩子耳朵里还有两撮毛，真可怜呀！”

眼见事不关己随意评判的人们的意见占了上风，何凯峰只好再次登高一呼：“大家也是有儿女，有弟弟妹妹的人。将心比心地想一想，假如你的亲人在一个陌生的城市里走丢了，手机还莫名其妙地出现在了陌生人的身上，你们会怎么做？眼睁睁地把这几个人放走吗？这个男的刚才还说手机是在玄武湖捡到的，女的又说是在火车站捡到的，你们不觉得这件事很有猫腻吗？在这种情况下，你们因为几滴假惺惺的眼泪就要求放了他们？人情何在？国法何在？天理何在？”

“好！说得好！”听到何凯峰的话，看热闹的人们纷纷鼓起掌来。

“呃……凯峰……要不要这么肉麻呀！我被你说得起了一身鸡皮疙瘩！”林瑛格的声音显得极不自然。

“这叫从群众中来，到群众中去，团结一切可以团结的力量，老师教导我们的！”何凯峰颇为得意地说。

“你们几个，跟我走一趟吧！”林瑛格掏出明晃晃的手铐说道。

“哎……俺们真是被冤枉的呀……”看到看热闹的人们倒戈相向，该女子和该男子像两个泄了气的皮球一样，瘫倒在地上。

- 04 -

2017年9月5日上午8:00　金陵市公安局刑警队会议室

“小朋友，你叫什么名字？”林瑛格将一盒彩虹糖放在了“毛孩”面前。

“田荣浩。”“毛孩”紧紧地盯着眼前的彩虹糖。

“你家住在哪里啊？”林瑛格问道。

“长谷。”“毛孩”回答道。

“好，田荣浩，你和刚才那两个人是什么关系呀？”林瑛格又问。

“他们是俺爸爸妈妈。”田荣浩的目光并没有从彩虹糖上离开。

“吃吧，吃吧！”何凯峰摆了摆手示意道。

“哦……”田荣浩撕开包装盒，用脏兮兮的小手抓了几颗放进嘴里。

“我告诉你啊，小孩子不能说谎的，我问你，这手机是哪儿来的？”林瑛格举着证物袋问。

“捡的……”田荣浩压低了声音说。

“在哪儿捡的？”何凯峰追问道。

“玄武湖……哦……火车站！”田荣浩又剥开了糖盒。

“再撒谎不给你吃糖了哈！”林瑛格站起身来，将糖盒子拉到自己面前。

“是从一个姐姐那里偷来的……”田荣浩这才说出了实情。

“在哪个地方偷的？”何凯峰问道。

“在火车站坐公交车的地方。”田荣浩怯怯地说。

“是不是偷的这个人的？”林瑛格打开魅蓝Note 5手机，找出了李思晨的照片。

“呃………对！”仔细端详了很久之后，田荣浩眨着天真无邪的眼睛点了点头。

“然后呢，这个人去哪里了？”何凯峰的声音显得很急切。

“呃……坐了公交。好像是……518路！”田荣浩思考了片刻，回答道。

“你确定吗？”林瑛格直视着田荣浩的眼睛。

“嗯！518，俺要发！”田荣浩点了点头。

“她是什么时候上的那辆公交车？”林瑛格与何凯峰不约而同地追问道。

“下午的时候，俺不知道了。”田荣浩摇着头低声说。

“好，你去隔壁待着，暂时没你什么事了！”林瑛格摆了摆手示意道。

“那……俺能把糖拿走吗？”田荣浩怯怯地说。

“拿走，拿走！”何凯峰不耐烦地摆了摆手。

“518 路？518 路是去什么地方的？”林瑛格拿出一张金陵市交通图，仔细查找着 518 路的运行轨迹。

“在这里，518 路是城乡公交，从高铁金陵南站开往南部山区的石塔村。”何凯峰指着地图说。

“城乡公交，发车时间间隔一定很长。喏，凯峰你看，从早晨 9 点到晚上 6 点，整点发车。”林瑛格掏出手机，找出了 518 路公交的发车时间。

“根据铁路方面的消息，李思晨所乘坐的是昨天的 G14** 次列车，而且这趟车于 17:53 准点到达金陵南站。那么李思晨唯一可能乘坐的，就是晚上 6 点的这趟 518 路公交车。”何凯峰分析道。

“七分钟的时间……从下高铁到赶公交……来得及吗？”林瑛格若有所思地说。

“如果等公交的人比较多的话，让乘客全部上车本身就需要一定时间。除此之外，由于这是末班公交，为了照顾迟到的旅客，司机也往往会推迟几分钟发车。再加上李思晨不是金陵本地人，而且 518 路也不是什么热门线路，她既然选择了坐这辆车，就一定是计算好了时间，下了车就飞奔过来的。”何凯峰继续说道。

“好，既然如此，我马上联系公交公司方面，调取这趟车的监控。”林瑛格拿出本子记了下来。

而就在这时，会议室的门突然开了，林瑛格抬头一看，是王皓天从隔壁审讯室过来了。

“怎么样，王队？”

“这俩人，男的叫田进，女的叫刘芳，男的这大半天都在诉苦，说一家三口在外地讨生活不容易什么的。除了平日小偷小摸之外，基本上没犯什么事，就按行政拘留处置吧。”王皓天接了杯水喝了一口。

“王队，他们涉嫌拐卖儿童，你可以审讯一下，或许与暗网中国有关。”林瑛格头也不抬地说。

“什么？拐卖儿童？”王皓天整个人都惊呆了。

“呃……小林，我不太明白你的意思。”王皓天挠了挠额头说。

“这么说吧，田荣浩并不是田进和刘芳的亲生儿子，而且我估计他们俩还拐卖过别的儿童。”林瑛格揉了揉太阳穴说道。

“啊？可是……他们的话完全能对得上呀！田荣浩也承认自己就是田进和刘芳的儿子呀！”王皓天一脸愕然地说。

“你看到没，田荣浩的耳朵里有两撮突出的毛发，这叫做外耳道多毛症，它属于Y染色体遗传。”林瑛格解释道。

“啥？这又如何？”王皓天依旧是一脸茫然的状态。

“由于Y染色体来自父亲，所以如果田荣浩是田进的亲生儿子，那么田进也一定会有外耳道多毛症。但是我近距离仔细地观察过他的耳朵，很正常。”林瑛格回答道。

“哦……原来就是你靠近他的耳朵窃窃私语的时候，偷偷观察了他的耳朵！”何凯峰恍然大悟道。

“是的！”林瑛格点了点头。

“可是……会不会是刘芳在外面偷了汉子呀？”王皓天又问。

“如果刘芳在外面有奸情，那么这个第三者也一定患有外耳道多毛症。只有这样，田荣浩才能获得带有外耳道多毛基因的Y染色体。可是你想想看，耳朵里多出来一撮毛，这是多么明显的症状呀。换句话说，这个第三者的外貌特征是很明显的。那么田进一看到儿子耳朵里的毛，就一定会想到此人插足了自己的婚姻。”林瑛格解释道。

“那……会不会是重组家庭，田荣浩是刘芳和前夫生的儿子，不过刘芳后来离异了，或者丧偶了？”王皓天又提出了一种假设。

“王队长，田荣浩的特征是如此明显，如果她是刘芳的亲儿子，那么在行窃之前刘芳一定会先把他的耳毛清理掉。否则的话，也太扎眼了吧。从这一点就可以看出来，刘芳压根就对田荣浩不上心，那么田荣浩又怎么会是她的亲儿子呢？”林瑛格摊了摊手。

“那……你是怎么怀疑到田进和刘芳拐卖儿童的呢？”王皓天问道。

“很简单，田荣浩已经五岁了，压根没有喝奶的必要。而且与田进和刘芳同行的也并没有其他孩子，那么刘芳为什么会拿一个奶瓶呢？所以我认为……

他们可能此前刚刚送走过一个孩子，且是一个还在吃奶的孩子。”林瑛格回答道。

“我就不明白了，如果田荣浩并不是田进和刘芳的儿子，那他们干吗不把他也卖了呢？”王皓天又有了一个问题。

“这就是我怀疑他们和暗网中国有瓜葛的原因。一般情况下，即使孩子有缺陷，压低一下价格也是很容易出手的。更何况田荣浩是小男孩，出于传宗接代考虑，就更容易出手了。那么在这种情况下田荣浩为什么没有被卖掉？我想原因只有一个，就是买家怕暴露自己的行踪，毕竟外耳道多毛症这种症状实在太招摇了。”林瑛格回答道。

“嗯……田进并不识字，如果此事与暗网中国有关，那么进行网上操作的一定是刘芳。”何凯峰补充道。

“好，你提供的这个线索非常重要，我马上提审这两个人。”王皓天点了点头，面色凝重地朝门口走去。不过即将出门的那一刹那，他突然又转过身来问道：“小林……如果田荣浩并不是田进和刘芳的亲生儿子，那为什么会喊他们爸爸妈妈呢？而且看起来……并没有人逼他，是他自己心甘情愿的。”

“呃……王队，你知道吗，其实很多山村儿童，尤其是留守家庭的儿童，被拐卖到大城市或是条件好一点的家庭后，压根就不会承认自己是被拐卖的，更不愿回到亲生父母的身旁。因为他们在新的家庭里感受到了前所未有的温暖与关怀，当然，还有更好的物质条件。如果我猜得没错的话，因为特殊的外貌，田荣浩在老家早已受尽了歧视。在这种情况下，人贩子用一点小恩小惠就可以把他骗走。不过在田荣浩看来，这点小恩小惠或许已经是莫大的恩赐了。在跟随田进和刘芳来到金陵之后，看着这么多的高楼大厦，这么多的火树银花，这么多前所未见的新鲜玩意儿，你觉得他还愿意回到那个只带给他歧视与白眼的小村庄吗？”林瑛格捋了捋挡在眼前的头发，眸子里闪过一丝悲哀。

“嗯……任重而道远呀！”王皓天点了点头，意味深长地说。

第七章　犯罪界的 X 宝

- 01 -

2017 年 9 月 5 日中午 12:00　金陵市公安局林瑛格宿舍

等何凯峰睁开眼的时候，已经是中午时分。他揉了揉惺忪的睡眼，看到自己躺在宿舍的床上，盖着一层薄毯子，阳光洒进来，照在对面桌子上的绿萝，这情景甚是好看。正当何凯峰准备坐起来时，他发现林瑛格正坐在旁边的沙发上，一脸不悦地盯着自己。

“小林姐，你咋了？怎么一副苦大仇深的模样？”何凯峰问道。

“谁让你睡我床的？”林瑛格忿忿地说。

“你不是说让我来你寝室休息吗？”何凯峰耸了耸肩。

“我的意思是你睡沙发就可以了，我不好意思明讲，你倒也不客气呀！”林瑛格一脸哀怨地说。

“哎哟喂……我们男生的思维从来都是直来直去的。不像你们女生，有什么想法还要藏着掖着，让我们去猜！”何凯峰一脸无辜地回应道。

“好吧，看在你帮我们找到不少线索的份上，这次我就不和你计较了。不过呢，下不为例！”林瑛格举起食指，在何凯峰眼前摆了摆。

“什么叫……找到不少线索？”何凯峰不明就里地问。

“看来我们之前的推理都是对的，田进与刘芳确实是人贩子，他们从老少边穷地区将儿童拐来金陵市，而后在暗网中国上将其卖给一个名叫‘花姐’的人。”林瑛格边打开桌子上的肯德基外卖边说。

“花姐？”何凯峰不由得脱口而出。

“没错，不过我们还不清楚这个‘花姐’的真实身份。然而话又说回来了，如果不是追查李思晨的手机，我们还真找不到这条线索。”林瑛格给何凯峰递来一张纸巾。

“那……找到李思晨了吗？”何凯峰急切地问道。

“根据公交公司提供的车载监控视频，我们发现李思晨是在终点站，也就是石塔村站下了车。所以今天下午我们去石塔村一趟，不过路途比较遥远，可能要走三个小时。所以你先吃点东西，垫垫肚子。”林瑛格又给何凯峰递来一杯可乐。

“哦……那就好，那就好！”何凯峰顿时感觉轻松了不少。

“等找到李思晨之后，你要带我去见见高雅。既然你们很熟，那我想托你的关系，请她为媛媛做一下手术。”林瑛格又给何凯峰递来一根鸡腿。

“好好好，包在我身上。”何凯峰接过鸡腿大言不惭地说。

“真是没想到呀，所有的事情都能和暗网中国扯上关系。”林瑛格拿起汉堡，摇了摇头。

“不过……小林姐，谋害朱警官的凶手抓到了吗？”何凯峰问道。

“当然了！否则的话，杨帅哥怎么有工夫管你这档子事！”林瑛格笑道。

“我觉得朱警官为人很和善呀，为什么有人会跟她过不去呢？”何凯峰只感觉百思不得其解。

“哎，这事就说来话长了！”林瑛格拿纸巾擦了擦嘴边的汉堡屑，继续说道，“前一阵子我们金陵市出了一起交通事故，司机孙前进为了免于刑事处罚，想方设法地搞了一张精神病证明。不过呢，媛媛却通过化验发现孙前进当时处于毒驾状态，而且车厢内还有相当数量的海洛因。后来法院采纳了媛媛提供的证据，判处孙前进死缓。可是这样一来，孙前进的家属就把账记在媛媛头上了。他的一个名叫夏志的酒肉朋友听说这件事之后，毛遂自荐说自己能有办法教训媛媛，替孙前进报仇，不过代价是十万人民币。当时孙前进的妈妈正在气头上，直接掏出二十万元，要买媛媛的命。于是夏志就利用暗网中国招募杀手，代价是两比特币，也就是大约五万元人民币。接下来呢，一个名叫徐泰的瘾君子为了筹集毒款，便接了这个任务，铤而走险。最后……惨剧就发生了。”

“在这些人的眼里，人命居然也可以交易！”何凯峰气得浑身都在颤抖。

“所以说，我们必须要彻底打掉这个暗网中国，将所有的参与者绳之以法！”林瑛格愤愤地说。

“呃……小林姐，你此前曾说暗网中国是犯罪界的 X 宝，这是怎么回事？”何凯峰喝了一口可乐问道。

“说来也巧，这个夏志也是暗网中国中毒品交易的重要一环。他的上线‘毛毛’将毒品以包裹的形式放在一家代收快递的黑网吧，而后呢，夏志凭借自己快递员的身份收取包裹，并将它拆成小份的包装。接下来，夏志趁月黑风高之夜，将毒品包裹放在瘾君子小区门口的快递柜中。由于这些毒包裹自始至终没有进入过快递分拣中心的扫描机，所以没有人知道里面究竟装的什么。包裹放入快递柜后，柜子的智能控制系统也就会自动给瘾君子们发送验证码。随后他们就可以凭借验证码来取货了。在整个交易过程中，货物和资金是分离的。买家利用暗网中国这个平台，将比特币打入第三方账户进行监管，等卖家发货而且买家也确认收货后，比特币才会被打入卖家的账户。”林瑛格解释道。

“天啊……这样一来买卖双方甚至都不用见面，就完成了货到付款。”何凯峰感觉整个人都惊呆了。

“所以这种新型的犯罪模式非常难查，就像我们虽然抓获了夏志，但是压根就不知道他的上线‘毛毛’究竟是谁。”林瑛格一脸懊恼地说。

“难道不能让夏志再从暗网中国上发条假消息，从而把‘毛毛’钓出来？”何凯峰感觉自己想了一个天衣无缝的主意。

“我们尝试过，‘毛毛’也的确上当了，但是此人的反侦查能力很强，换了另外一家没有监控的黑网吧去寄快递。所以我们想……暗网中国上的这些毒品卖家，都是在首先保证自己绝对安全的情况下，才进行交易的。”林瑛格的面色显得很凝重。

“这么说来……果然是犯罪界的 X 宝呀！”何凯峰被惊得目瞪口呆。

“不仅如此，由于比特币并不是官方货币，它的充值与提现系统非常混乱，所以我们很难通过监控资金的流向来查找嫌疑人。”林瑛格喝了一口可乐，继续说道。

“所以说……你们才必须以人找网？”何凯峰若有所思地说。

“没错，我们的想法是，只有找到暗网中国的骨干负责人，才能彻底打掉这个犯罪网络。”

“怎么个找人法呢？都实现货到付款了，而且买卖双方压根就没见过面呀！”

“这倒没错。在杀手交易中，一般情况下，杀手在杀死目标后会拍下照片，发给雇主，确认行动成功。而夏志之所以被抓获，也正是因为他没有遵循这一原则。据他自己交代，案发之后夏志原本是想开车撞死杀手，从而彻底洗脱自己的嫌疑，而且那两比特币也就不用付了。但也正是因为他的贪婪，才让他露出了马脚。”林瑛格庆幸道。

“毒品交易也实现货到付款，买卖分离了。那么人口交易呢，怎么做到这一点的？”何凯峰问道。

“据刘芳交代，在人口交易中，人贩子会让儿童服下安眠药后，将其带到某个没有监控的房间内。然后利用暗网中国发送信息，告诉买主地址以及钥匙在哪里，最后买主就可以自己去领儿童了。”林瑛格的面颊肌肉微微抽搐了一下。

“可是……买家也可以只收货不确认呀！这样卖家不就赔了吗？”何凯峰又发现了一个问题。

“所以暗网中国上是有信用记录的，而且这些犯罪分子比平常人更讲规矩和信用。因为他们的这些行为，不受法律保护，如果不讲信用，根本没法持续下去。你想想看，是贪图一两次蝇头小利，还是本着‘互利共赢’的原则长期进行犯罪勾当？”林瑛格耸了耸肩。

“这……真是犯罪界的X宝呀！”何凯峰的嘴巴惊成了一个大大的“O”字形。

“但也不尽如此，我认为暗网中国上有一个破绽是绝对无法回避的！”林瑛格的表情显得很严肃。

“哦？是什么？”何凯峰又愣了一下。

“就是色情交易！杀手交易、毒品交易和人口交易中均可以做到卖家和买家的分离，但唯独色情交易不行。”林瑛格回答道。

“对哦……卖淫女、援交女一定会见到买家本尊，至少也会掌握他们的某些特征。”何凯峰恍然大悟道。

“所以那些从DWIC上流出的照片，其实是非常重要的线索。毕竟到目前为止，我们在色情交易这方面，还没有任何关于暗网中国的信息。”林瑛格面色凝重地说。

“哈哈，这好说，等李思晨和朱警官的事解决了，我帮你查！”何凯峰又色眯眯地笑了起来。

“何胖子，又想到哪儿去了？”林瑛格狠狠瞪了何凯峰一眼。

“哎呀，没有啦！小林姐，咱们还是快点出发去找李思晨吧。这些食物可以带着路上吃！”何凯峰连忙开始收拾东西转移话题。

- 02 -

2017 年 9 月 5 日下午 16:00　金陵市石塔村

经过三个个多小时的颠簸后，林瑛格与何凯峰终于来到了金陵市南部山区的石塔村。石塔村坐落在翼王山西麓的黑龙河畔，全村大约只有五十来户人家，属于名不见经传的袖珍型村庄。村可耕种的土地只有翼王山上的坡地，全村依靠种地的收入来源十分微薄，因此石塔村一直以来都是典型的贫困村庄。近年来，向往美好生活的年轻人都已赴金陵城内创业打工，而村子里能见到的大都是些老弱病残外加些许留守儿童。

“咦？小林姐，你看看，这些农户的门楣上为什么都挂着一个‘土’字呀？”何凯峰好奇地问。

“我听黄博说这个村邪门得很，村民们也很迷信，经常在门上挂些莫名其妙的符水咒语什么的。”林瑛格只是嘟了嘟嘴。

“黄博？”何凯峰不由得脱口而出。

“对，就是你们学校之前那个保安，他后来在石塔村当了协警。”林瑛格解释道。

“哦……还有这回事……”何凯峰的眼前又浮现起那个无论相貌还是声音都很像“黄渤”的“黄博”。

然而几秒之后，何凯峰的思绪便被远处的争吵声打断了……

“你撞到我了，赔钱，赔！”

“我压根就没碰到过你，好不好！”

“那我怎么倒了？”

“我怎么知道呀？”

“就是你撞的，就是你。”

“老大爷，真不是我……”

“我看到了，就是她。”

“我也看到了，这位姐姐根本就没有碰到过老头的自行车。”

“好了，好了，安静！安静！让俺看看这究竟是怎么回事？”

林瑛格与何凯峰定睛望去，发现一个七十岁左右的老头正躺在一辆丰田皇冠车前面，旁边还歪倒着一辆不知骑了多少年的老旧自行车。自行车的另一侧站着一个六十岁左右的老太太，正极尽尖酸刻薄地数落着她对面的一位年轻女子。虽然年轻女子背对着自己，但何凯峰依旧能感受到她面对这场无妄之灾时的惊讶与茫然。年轻女子的旁边站着一个扎着马尾辫的女生……等一下，那不就是李思晨吗？

见此情形，何凯峰拨开人群，三步并作两步地向李思晨冲去：“李思晨，李思晨，你可把我给害苦了！”

“啊？何老师，你怎么也来了？”李思晨显然也吓了一跳。

“我来找你呀！院领导都急疯了，懂吗？”何凯峰一脸不悦地说。

“哦……何老师，原来这就是你要找的那个学生呀！”听到身后的声音如此美妙又熟悉，何凯峰转身一看，这才发现陷入困境的不是别人，正是高雅。

“这是怎么回事儿呀？咦？高雅？”何凯峰刚刚训斥李思晨的愤怒已经在看到高雅的一瞬间迅速转化为笑开花的脸，他不断紧张地挠着头傻笑着。

此时林瑛格也冲了进来，听到何凯峰的称呼，心想原来这位美女就是高雅，果然气质不俗。

“呃……原来是你啊，何老师，这位是……”由于高雅和林瑛格之前没有交集，所以高雅并不认识站在何凯峰旁边的林瑛格。

“哎哟喂，救星来了！俺跟你说，这位就是大名鼎鼎的金陵市公安局林瑛格林法医，破获当年H大连环杀人案、理工大连环杀人案、‘月夜魅影’连环杀人案和钟山连环杀人案的头号功臣。”看到林瑛格也来到了现场，黄博瞬间觉得自己肩上的担子轻了不少。

“哦……林警官……原来是金陵市公安局的人！”高雅只是礼节性地点了点头，身体却下意识地向后挪了一下。

“呃……这是怎么回事呀？”林瑛格装作没看到高雅的疏远性动作。

“警察同志，警察同志，您可一定要替我家老头子做主呀！”老太太扑通一声，跪倒在地。

“呜呜——呜呜——”躺在地上的老头也跟着呜咽起来。

“林警官，恕我直言，我一直严格遵守交通法规，真的没有撞到他。”高雅的语气显得很平静。

“林警官，我可以作证，这位姐姐确实没碰到自行车，是那个老头自己摔倒的。”李思晨向林瑛格面前走了几步。

“你这个丫头片子，说假话不怕进拔舌地狱！”老太太指着李思晨的鼻子叫骂道。

“好了，好了，你们俩先说说怎么回事吧！”林瑛格对着老头、老太太说道。

“我叫苏二娘，我老伴儿叫李大郎，我们都是石塔村里的村民。”老太太回答道。

“良民，我们都是良民呀！”看到警察跟这女人可能认识，苏二娘和李大郎边哭边叫撒泼打诨地说。

“哎呀呀，行了，行了，俺们又不是日本鬼子，不查你们的良民证。”黄博摆了摆手说道。

“那好，李大郎，你给我讲一下案发过程。”林瑛格把视线转向坐在地上的李大郎。

“我好好地在路上骑着车子，这个人从后面撞了我一下，然后我就摔倒了。”李大郎指着高雅的鼻子，忿忿地说。

“我撞你？明明是我在前面开车，你骑着自行车从侧后方冲了出来，然后就倒在我的车前面了。”高雅对这种无妄的指责感到不可思议，不过良好的修养还是使她保持着冷静。

“我作证，当时这位美女姐姐非常小心谨慎地在路上行驶，然后这个老头就骑着自行车飞快地从她的右后方冲了过来，然后就自己摔倒在地上了。”李思晨嘟着嘴说。

“你……拿什么证明？”林瑛格笑盈盈地看了李思晨一眼。

“当时我正在路上走着，刚好目睹了案发过程。”李思晨理直气壮地说。

“当时我也在路上走着，我清清楚楚地看到这个女人把我老伴儿给撞到了。”苏二娘毫不示弱。

“你看看，他把我的自行车后车圈都给撞变形了，车胎上还被划了一道口子。”李大郎指着自己的后轮说道。

“哦？还有这回事？”何凯峰将信将疑地把自行车扶了起来，发现后车圈的末端果然有了一个不小的角度，而且自行车的后胎上有一个口子。从那自下而上翻起的橡胶皮来看，应该是被后车圈末端变形的铁皮划的。

“而且你看看，她的车上也有碰撞的痕迹。”苏二娘指着高雅的车说道。

“呃……果然如此哦？”何凯峰扭过头来，发现丰田皇冠车的前保险杠上也确实有一道印子。

“咦？确实是汽车与自行车碰撞的痕迹。”黄博仔细了很久后，点了点头。

“你看看，你看看，分明就是你撞的！”李大郎在地上坐了起来，指着高雅的鼻子吼道。

“我开车一直很小心的，绝对没有撞过他！”高雅一时间也有点懵了。

“对呀……我看得很清楚，这位美女姐姐真的没有撞过他！”李思晨有点不敢想象自己的眼睛。

“证据确凿，你是赖不掉的！”苏二娘掐着腰吼道。

“高雅，你的车上有没有碰触告警装置，或是行车记录仪？”林瑛格把视线转向高雅。

“没有……我刚买的新车，还没来得及安装。”高雅摇了摇头。

“黄博，那这条路上有没有监控探头？”林瑛格又将视线转向黄博。

“这种穷乡僻壤的地方，哪有什么探头呀？”黄博一脸尴尬地挠了挠后脑勺。

“警察同志，这不是明摆着的吗？他撞了我，必须赔钱！”李大郎拍着地面说道。

“不过高雅，你为什么会来这个地方？”林瑛格并没有理会坐在地上的李大郎。

“呃……不为什么……”高雅淡淡地说，似乎在告诉林瑛格除了眼前这起无妄之灾，其他的事情她一概不想谈论。

“看看浑身打扮得骚里骚气的，别装什么好人！”看到没人理会自己，李大郎从地上爬了起来，跳着脚吼道。

“对！”苏二娘响应道。

“高雅……进入石塔村之后，你都去过什么地方？”林瑛格又问道。

“我是一路很小心翼翼地开车，因为这边路况太差，所以我也怕出事故。哦……在村头的时候，我到公共厕所去了一趟，因为翼王山上没有卫生间，不太方便。”高雅回忆道。

“李思晨，这位姐姐去洗手间的时候，你在哪里？”林瑛格又把视线转向李思晨。

“那……我就没看到了……我也是刚从饭店里出来不久，想去赶 518 路公交车。”李思晨支支吾吾地说。

“别再找理由了，证据确凿，你赖不掉的！”李大郎掐着腰，点起一支“白塔山”烟，一脸得意地说。

“证据确凿？什么叫证据确凿？”林瑛格双手抱在胸前，斜着脑袋，盯着李大郎与苏二娘。

“证据就是她保险杠上的这道印子。”苏二娘指着高雅的丰田皇冠车说道。

“呃……林警官，依俺之见，汽车和自行车之间确实发生过碰撞。”黄博低声说道。

“好了，好了，算我撞的，行了吧，你们开个价吧！”一想起父母的事情，高雅便感觉心烦意乱，她实在不想再继续争论下去了。

“两万块钱，少一分都不行！”李大郎一脸蛮横地回答道。

“两万？你这个破自行车值两万？你可真敢狮子大开口呀！”李思晨反驳道。

“你知道什么？这一下把我的腿也给摔坏了，而且我脑子里还有瘤子，说不定也给摔出什么毛病来了。要你两万，那是便宜你！”李大郎指着自己的脑袋说。

“摔死你才好呢！”李思晨忿忿地往地上吐了一口唾沫。

“警察同志，你看到了，这小妮儿包庇那个肇事的娘们。要不要处罚她？你说要不要处罚她？”苏二娘蹦到林瑛格面前，指着李思晨说道。

“小姑娘，你的好意我心领了，不过你真的不必替我出头。我虽不是什么富豪，不过两万块钱我还是出得起的。”高雅边说边要从钱包里拿钱。

“早这么着不就完了吗？”一看到人民币，李大郎和苏二娘立马两眼放光起来。

“等一下，何胖子，你想想看还有没有其他可能？”林瑛格突然把视线转向何凯峰，冲他眨了眨眼。

“呃……小林姐，你什么意思？”一直沉默无语的何凯峰被问得愣了一下。

“比如说……会不会是这个样子的……”林瑛格做了个思考的手势，继续说道，“高雅去厕所的时候，李大郎看到她的车停在路上，于是把自行车推了过去，故意碰向这辆丰田皇冠车。由于车辆没有安装碰触告警装置和车载摄像头，所以高雅自己也没有意识到有人碰到过自己的车辆。发现车主并没有察觉到自己的行径，李大郎便骑着自行车，悄悄地跟在高雅的车辆后边。由于村子里路况很差，所以高雅只好减速行驶。然后呢，李大郎就可以伺机超过她的车子，而后自己摔倒在地，从而嫁祸给高雅。”

“呃……确实哦！我怎么没想到这一点！”何凯峰又愣了一下。

“嗯……这就可以解释……为什么汽车和自行车上会有碰触的痕迹了。”黄博也若有所思地点了点头。

“我就说嘛，我清清楚楚地看到李大郎是自己摔倒的！”李思晨气鼓鼓地说。

“你……你偏向他们！”苏二娘指着林瑛格的鼻子吼道。

“证据呢，你有证据吗？”李大郎唾沫横飞地喊道。

“证据，就在你眼皮子底下！”林瑛格擦了擦飞到脸上的唾沫星子，一脸鄙夷地说。

-03-

2017年9月5日下午16:45　金陵市石塔村

听了林瑛格的话，大家纷纷愣住了。大约十几秒过后，何凯峰才打破了沉默：“呃……小林姐……你说什么？”

“凯峰，我问你，这个豁口是怎么形成的？”林瑛格指着自行车后轮轮胎上那个由下而上翻起的豁口说。

“因为自行车与汽车发生了碰撞，导致后轮车圈末端铁皮变形内折，从而划到了轮胎。”何凯峰机械地回答道。

“没错，那我问你，这个豁口为什么会是由下而上翻起来？”林瑛格又问。

“这表明当时车轮相对于这块铁皮是从上向下运动，也就是说，这表明当时自行车是在倒车。”何凯峰恍然大悟道。

“没错，如果李大郎当时是在向前骑行，那么后轮上的这个豁口应该是由上而下翻起来才对。”林瑛格点了点头。

“这就表明，李大郎是故意把自行车倒向了高雅的汽车，从而形成了碰撞。”黄博也领会了林瑛格的意思。

“啊——”看到自己的鬼把戏被戳破了，李大郎与苏二娘四目圆睁，面面相觑。

“碰瓷儿的！倚老卖老！为老不尊！”这次轮到李思晨指着李大郎怒怼了。

“我——我——”李大郎与苏二娘被数落的无地自容。

“黄博，把他们带回镇上去吧，交派出所处理！”林瑛格吩咐道。

“我们……我们……哎呀………美女………您行行好……高抬贵手……放我们一马吧……”李大郎与苏二娘扑通一声跪倒在地哀求道。

“你们不是讹人家两万吗？这已经构成敲诈勒索了，够判刑的，懂吗？”林瑛格声色俱厉地训斥道。

“懂了……懂了……我们再也不敢了……您这次就高抬贵手吧！”苏二娘抱着林瑛格的大腿，鬼哭狼嚎起来。

“林警官，我看他们也挺可怜的，放他们一马吧！”高雅的声音显得很平静。

“美女姐姐，刚刚他们还要敲诈你呢，你怎么反过来替他们说话啦？”

李思晨眨着忽闪忽闪的大眼睛，一脸不解地问。

“哎……算了……大家都不容易……不知为什么，我看他们也挺可怜的。”高雅的眼泪突然涌了出来。

“好吧，既然高医生已经原谅你们了，那我这次就不予追究了，下不为例！”林瑛格一脸严肃地说。

“谢谢美女，谢谢美女……你可真是观世音菩萨下凡呀！呜——呜——”李大郎和苏二娘又爬到高雅面前，磕头如捣蒜。

磕了头后，李大郎与苏二娘瞬间便逃得无影无踪了。现场只剩下林瑛格、何凯峰、高雅、李思晨和黄博五个人。

“今天谢谢大家了，谢谢……”高雅拭去泪水，但声音依旧在颤抖。

“美女姐姐，你怎么了？哭的妆都花了……”李思晨从口袋里取出一张手帕纸塞到高雅手中。

“没什么……我父母从小就教育我……待人接物要宽容……所以我……不想让他们看到……哎……”高雅又哽咽起来。

“美女姐姐，你真是天使一样的人物！”李思晨嘟着嘴说。

“算了，不说那么多了……我们一起吃个饭吧？今天要不是你们的话，我还真不知道该怎么办！”高雅拭去泪水，强颜欢笑道。

“还是俺来做东吧，难得大家来俺这一趟！”黄博挠着后脑勺，咧着嘴傻笑道。

“小林姐，你说呢？”何凯峰试探性地问道。

“客随主便吧！”林瑛格只是微笑着点了点头。

- 04 -

2017 年 9 月 5 日下午 17:00　金陵市石塔村石塔大饭店

作为一个只有几十户人家的小村庄，石塔村也确实没有几家像样的饭店。经过简单的对比之后，何凯峰一行人决定就在一所比沙县小吃大不了几平方米的“石塔大饭店”里吃顿便饭。

“李思晨，老实交代，你跑到金陵干吗来了？”刚一就座，何凯峰的脸色便由晴转阴了。

“何老师，你都吓着人家小姑娘了。”黄博怜香惜玉地说。

“我还吓着她？你知道这孩子一失联，我们上至院长，下至辅导员，多少人吓得睡不着觉嘛！”何凯峰严肃地说。

“唔……何老师……我错了……原谅我一次，好不好……”李思晨搓着双手低着头哀求道。

“思晨，你这个小丫头不好好在学校待着，跑来金陵干吗呀？”高雅极其温柔地问道。显而言之，由于刚才李思晨的路见不平拔刀相助，高雅对她产生了深深的好感。

“我……我就是来……金陵旅游来了……”李思晨支支吾吾地说。

“旅游？你跑这鸟不拉屎的地方旅游？”何凯峰的下巴都惊得快掉到地上了。

“对呀！你应该去中山陵、总统府、夫子庙之类的地方，我们这穷乡僻壤的村子，有啥可看的！”黄博也跟着点了点头。

“思晨，你是不是遇到什么问题了？”林瑛格有种不祥的预感涌上心头。

“老实交代，你是不是来见网友了？”何凯峰一本正经地问道。

“哪有……人家还没男朋友呢……”李思晨又羞涩地摇了摇头。

“你是不是来找人呀？俺听街坊们说，今天上午有人拿着张照片，询问大家有没有看到照片里的人。”黄博若有所思地说。

“找人？你朋友被骗进传销窝点啦？”何凯峰依旧是一副咄咄逼人的气势。

“何老师，你还是先听听思晨怎么说吧！”高雅轻轻地拍了拍何凯峰的肩膀，示意他不要心急。

“思晨，你只有把问题说出来，我们才能一起帮你想办法呀！”林瑛格开导道。

“呃……”李思晨不禁欲言又止。

“有林警官给你做主，你就放心大胆地说吧！”黄博鼓励道。

“呃……林警官，我的妹妹李思阳被人拐卖到了这里，请你帮我找一下，可以吗？”李思晨掏出一张照片，递到了林瑛格面前。照片里的小姑娘大约只有十五六岁，扎着两只羊角辫，脸上有两个甜甜的酒窝，显得尤为可爱。

“啊？拐卖？”听到拐卖这个词蹦出来，林瑛格下意识地愣了一下，她马上预感到这件事可能和暗网中国有关。

“呃……俺看看……”黄博拿起照片，仔细观察了很久，而后摇了摇头，“没见过，确实没见过。”

“啊？真的吗？”李思晨有些不敢相信黄博的话。

“俺确定石塔村没有这个人，毕竟俺是分管村子治安的协警，而且石塔村也没有几户人家。所以俺敢打包票，石塔村绝对没有这个人，绝对没有！”黄博又摇了摇头。

“天哪，那我妹妹她会不会已经被……”李思晨的情绪顿时崩溃了。

“思晨，坚强一点，警察同志会想办法把你妹妹救出来的。”高雅将李思晨搂在怀里，轻声安慰道。

“李思晨，有件事我觉得很奇怪。你怎么知道你妹妹被带到了金陵市，而且还被带到了石塔村？”何凯峰突然意识到一个问题。

“因为我妹妹偷了看守人的手机，拨了我的电话，告诉我她在这儿。”李思晨眨着眼睛说。

“偷了看守人的手机？”何凯峰的脸上写着一百个不可思议。

“没错，我妹妹天生就是个话唠，到哪里都能跟人打成一片。”李思晨嘟着嘴说。

“这就好……一旦人质可以和绑匪沟通起来，就有可能产生一定的感情。这样一来，卖家们或许就不会轻易出手了，至少不会做出什么极端的事情，这会给我们争取到很多时间。”林瑛格若有所思地说。

“那你……这么确定她被拐卖来了这里？”何凯峰依旧是一脸狐疑。

“嗯！她说她在路上醒过一次，清楚地看到自己在金陵火车站，然后就被抱下车了。”李思晨使劲点了点头。

“那……石塔村呢？她也看到了？”何凯峰依旧持怀疑态度。

“这倒没有，我妹妹说她在和看守的人交流的过程中听到对方说是'石达子'。不过我从地图上并没有找到'石达子'这个地方，所以我怀疑是那个看守的普通话不太标准，而读音最相近的也就是石塔村了。”李思晨解释道。

“噗……思晨……这一回……你还真猜错了……”高雅不由得笑了起来。

听到高雅的话，李思晨不禁愣了一下：“啊？为什么？”

“因为在金陵方言里，'石达子'并不是一个地点。”高雅强忍着笑意说道。

“哦？那是什么？”李思晨不明就里地追问道。

“那是‘话唠’的意思……”高雅终于忍不住笑了出来。

“呵呵，说看守人觉得你妹妹的话实在是太多了，所以随口回了她一个‘石达子’。也就是说，看守一脸懵逼地想，自己绑回来的这个小姑娘怎么比唐僧还啰唆。”何凯峰感觉整个人都要笑抽筋了。

“啊？原来是这样啊！”李思晨的脸上写满“哭笑不得”四个字。

“思晨，你不要过于担心，说不定你妹妹能像《大话西游》里的唐僧一样，直接把看守人给说死呢！”何凯峰继续调侃道。

“何胖子，都什么时候了，你还在这里开这种国际玩笑。思晨，你妹妹还提供过什么线索？不会只有‘金陵市’和‘石达子’两条吧！”林瑛格直接对何凯峰做了一个闭嘴的手势。

“没有了……”李思晨摇了摇头。

“真的没有了？”林瑛格紧紧盯着李思晨的眼睛。

“真没有了……”李思晨的声音突然低了不少。

“思晨，你如果有所隐瞒的话，可能会极大地干扰警方办案，甚至你妹妹都……”何凯峰隐约也觉得事情有些不对劲，但一时又说不上来问题出在哪里。

“林警官，真的没有了！”李思晨沉思了片刻，强装镇定地回应道。

“不对吧！要是事情就只是绑架这么简单，那你直接报案就可以了。你都已经知道……呃，应该说是你自以为自己已经知道妹妹被关在什么地方了，那你来到金陵后，直接联系我们警方处理就可以了呀！”林瑛格一针见血地指出了李思晨的反常之处。

“对呀！拿着妹妹的照片在石塔村问了一圈，却唯独没去找最熟悉情况的黄博，这也是个疑点。”何凯峰也终于捋顺了自己的思路。

“我……我……”李思晨又支支吾吾起来。

“思晨，不要怕，有什么就说出来，我们都会帮你的。”高雅鼓励道。

犹豫了将近十分钟后，李思晨终于开口了：“林警官，我知道我妹妹是被谁拐卖的……”

“哦？是谁？”林瑛格不由得脱口而出。

“是……我哥。”李思晨的眸子里写满恐惧。

第八章　翼王山之谜

- 01 -

2017 年 9 月 5 日下午 17:15　金陵市石塔村石塔大饭店

“你哥？！”听到李思晨的答案，林瑛格、何凯峰、高雅、黄博几乎同时做吃惊状。

“没错，我怕一旦报了警，我哥这辈子就完了。所以……我才打算自己把妹妹救出来……”李思晨支支吾吾地说。

“血浓于水呀！哥哥怎么忍心把亲妹妹给卖了呢？”何凯峰依旧是一脸不可思议的表情。

“何老师，不瞒你说，其实在五年前，我父母就过世了。我和妹妹都是由哥哥嫂嫂拉扯大的，所以我很感激他们。”李思晨红着眼圈说。

“嗯……长兄如父，我们理解。”何凯峰点了点头。

“我老家那一带地处西南边陲，山高路远，交通不便，所以一直很贫穷。”李思晨继续说道。

“哦……然后呢？”何凯峰预感故事马上就要来到转折点了。

“三年前我哥为了快速致富，被坏人欺骗，在山上种起了罂粟。”李思晨压低了声音说道。

“罂粟？”何凯峰显然明白这两个字的分量。

“罂粟是什么东西？”黄博一脸茫然地问。

“在我国提到的罂粟一般都是指鸦片罂粟，它是制取鸦片和多种毒品的主要原料。”林瑛格了如指掌地解释道。

“啊？毒品？”黄博不由得脱口而出。

“没错，毒品作用于人体，使人体机能产生适应性改变，形成在药物作用下的新的平衡状态。一旦停掉药物，生理功能就会发生紊乱，出现一系列严重反应，称为戒断反应，使人感到非常痛苦。吸毒者为了避免戒断反应，就必须定时用药，并且不断加大剂量，使自己终日离不开毒品。除此之外，毒品进入人体后作用于人的神经系统，使吸毒者出现一种渴求用药的强烈欲望，驱使吸毒者不顾一切地寻求和使用毒品。一旦出现精神依赖后，即使经过脱毒治疗，在急性期戒断反应基本控制后，要完全康复原有生理机能往往需要数月甚至数年的时间。更严重的是，对毒品的依赖性难以消除。这是许多吸毒者在一而再，再而三复吸的原因。”林瑛格的脸上挂着淡淡的悲哀。

“没错，后来我的哥哥和嫂嫂也不幸染上了毒瘾，从鸦片到吗啡，再到海洛因。家里仅存的钱全花在了买毒品上，由于没钱买营养品，他们后来生的孩子落下了残疾的毛病。”李思晨含着眼泪说。

“哎……毒品的致畸作用确实远远超过人们的想象，之前我在美国的时候曾经接诊过一个怪异的早产新生儿，他情绪特别激昂，异常兴奋，时而歇斯底里地尖声啼哭，时而像想睡觉般地哈欠不断，同时嘴唇有过度的吸吮动作，呼吸急促，四肢不时颤抖，有惊跳和间歇性抽搐。通过给该宝宝做头颅核磁共振检查，我发现其脑室周围有点状出血。我的老师凭着职业的敏感和以往的经验，判断宝宝极有可能是一个‘毒品婴儿’。经过仔细查问，孩子的母亲最终承认她在怀孕期间有吸食毒品的经历。”高雅继续说道。

“天呐，还有这种事！”李思晨的眼泪忍不住簌簌地掉了下来。

“放心吧，思晨，我们一定会把你妹妹平平安安地带回来的。”看着哭得梨花带雨的李思晨，何凯峰也不好意思再苛责对方了。

“那我哥哥呢？他会不会被判刑？”李思晨一脸惊恐地说。

“思晨，能把他找回来并送进戒毒中心，或许就是对他最大的帮助了。”林瑛格的表情显得很复杂。

“哦……好吧……”李思晨机械地点了点头。

“思晨，晚上去姐姐家住吧！好好休息一晚，明天回学校，你看怎么样？”

高雅轻轻拍了拍李思晨的肩膀。

“呃……美女姐姐……我还是住宾馆好了……不想给你添麻烦……”李思晨支支吾吾地说。

“呵呵，没什么麻不麻烦的，反正我一个人住，多一人反而热闹一些。”高雅微笑着说。

“哦……那真是太感谢你了。”李思晨受宠若惊。

“其实我该感谢你才对，今天多亏你仗义执言替我解围了。”高雅笑盈盈地看着李思晨说道。

话音未落，饭菜来了。让何凯峰颇为惊讶的是，在这个看起来并不比沙县小吃高档多少的小饭馆里，饭菜的种类却尤为丰富，鸡鸭鱼肉、山珍野味一应俱全，还有几瓶虽然看起来颇为山寨，但是味道却极为甘甜凛冽的石塔山泉。

“黄博……话说这村子虽然挺偏僻，饭菜却是色香味俱全呀！”吃了两口山鸡之后，何凯峰忍不住交口称赞道。

“那是当然，靠山吃山，靠水吃水，这些山珍野味都是农户们从村后的翼王山上打来的，纯天然、无污染。”黄博边啃鸡腿边说。

“这个……石塔山泉又是什么？有点山寨哦！”看着桌上大小不一的“石塔山泉”玻璃瓶，林瑛格不由得皱起了眉头。

“这也是从翼王山上灌来的泉水，产量不大，仅在俺们石塔村内部销售。”黄博一边吧唧嘴一边回答。

“想不到嘛，还是特供版的！”何凯峰打趣道。

“黄博，话说这翼王山上有这么多好东西，怎么不见有人来开发呢？”何凯峰又发现了一个问题。

“哎……那是因为……这座翼王山有点邪乎……”黄博只是摇了摇头。

“哦？邪乎？”高雅下意识地愣了一下。

“没错，这座山仿佛受了诅咒一般，每年都有很多灵异事件发生。”黄博压低声音说道。

- 02 -

2017 年 9 月 5 日下午 17:30　金陵市石塔村石塔大饭店

“灵异事件？”听到黄博的话，林瑛格、何凯峰、高雅、李思晨不禁同时愣住了。

“没错，俺听村民说啊，翼王山古称双龙山，意思是有两条龙盘踞在这里。”黄博说道。

“哦……怪不得，我看到翼王山东侧有一条白龙河，西侧有一条黑龙河，估计这两条龙说的就是它们吧！”何凯峰指着地图说。

“没错，确实是这样。据村里的老人们说，白龙性情温顺，所以白龙河的水势也极为平缓，自古以来就是金陵南部的重要漕运通道。”黄博点了点头。

“那……黑龙河呢？”高雅问道。

“黑龙性情暴戾，所以黑龙河的水势极为复杂，时不时地就有漩涡出现。听说有一年，有几户村民家的孩子到河边玩耍，不知怎么地全都给淹死了。而且更奇怪的是，这些娃娃明明是在水里淹死的，但是怎么都打捞不到尸体，而最后尸体却是在山坡上发现的。”黄博的眼睛里掠过一丝惶恐。

“还有这事？”林瑛格下意识地说。

“既然如此……石塔村为什么在黑龙河畔建村，而不是建在山对面的白龙河边呢？”高雅又发现了一个问题。

“其实呀，俺听说石塔村的村民来源很复杂。石塔村原名叫李家村，村民们最初也确实是在白龙河边居住。由于白龙河是漕运要道，所以李家村的村民们当年靠航运赚了不少钱。不过呢，这就招来了官府的嫉妒。早在清朝顺治年间，江苏巡抚朱国治的侄子看上了这块膏腴之地。于是借助官府的势力，勒令李家村举族搬迁到黑龙河边，这才有了现在的村落。”黄博回答道。

“啊？这也行？”高雅不由得愣了一下。

“哼哼，太正常了，朱国治在任江苏巡抚期间搜刮无数，所以老百姓都称他为‘朱白地’。而且顺治十八年，他还一手炮制了‘哭庙案’，残害了十几位江南名士。”何凯峰愤愤地说。

“什么叫‘哭庙案’？”林瑛格也来了兴趣。

“咳咳，顺治年间，苏州吴县新任县令任维初上任。他一边以严刑峻法催缴赋税，一边盗卖官米，中饱私囊。苏州百姓不堪其苦，于是以金圣叹为首的几个秀才因同情农民的遭遇，便去文庙以哭灵的名义哭诉控告这个贪官污吏。不巧的是，秀才们哭庙的时候顺治帝刚好驾崩，于是江苏巡抚朱国治便以‘摇动人心倡乱，殊于国法’的名义罗织罪名，处死了这十几位秀才。”何凯峰解释道。

“何老师，这个金圣叹又是谁？”李思晨问道。

“金圣叹是明末清初的著名文学批评家，曾评点过《水浒传》《西厢记》等文学作品。金圣叹为人极为幽默，据说他临刑前给儿子留的遗言是‘花生米与豆干同嚼，大有核桃之滋味’。”何凯峰回答道。

“哎……可怜一代才子，竟落得如此下场。”李思晨听完后，不由得感慨万千。

“那么……李家村的村民们，后来又遇到了什么事情呢？”高雅继续问道。

“据村里的老人们说，由于当年黑龙河水势无常，大家不敢在河边种地。可当时翼王山北坡土地极为贫瘠，而且山上又没有水源，所以村民们只好从黑龙河挑水上山灌溉，所以生活得极为艰辛。”黄博回答道。

“哎……”高雅叹了口气，摇了摇头。

“那……后来呢？”林瑛格问道。

“后来太平军打到了金陵，受尽了清政府压迫的李家村村民箪食壶浆，迎接起义军。但是由于过去了一百多年，李家村的人们也早已在黑龙河畔立了家业，所以起义军并没有同意李家村村民搬回老家的请求。”黄博回答道。

“呵呵，只是换了个主子而已。”何凯峰冷笑道。

“何老师，话也不能这么说。得知李家村村民的处境后，太平天国的翼王石达开率军进山，与黑龙大战几百回合，终于降服了对方。”黄博眉飞色舞地说道。

“啊？你这又是在哪里听来的神话？”何凯峰下意识地说。

“这还真不是神话。从那以后，黑龙河的水势果然平缓了不少。更为神奇的是，山坡上还冒出了不少泉水，老百姓就再也不用挑水上山浇地了。”黄博一本正经地说。

“于是为了纪念石达开，当地村民就把双龙山改称为翼王山了？”林瑛格显然已经预料到了后面的故事。

“对对对，没错！”黄博狠狠地点了点头。

“可是……这和灵异事件有什么关系呢？”高雅一脸疑惑地问。

“天京城破之后，有不少太平军还流落在翼王山上抗击清军。杀红了眼的曾国藩就调来大炮轰山，而且杀光了帮助太平军的李家村村民。为了防止太平军东山再起，曾国藩还专门留下了一队人马驻守黑龙河畔。”黄博说道。

“然后呢？”林瑛格预感故事的高潮马上就要来了。

“据村志记载，同治六年农历七月十五日晚上，黑龙河突发大水，驻扎在河畔的清军一夜之间全部成了落水鬼，可惨了。”黄博神秘兮兮地说。

“哦？农历七月十五日，也就是鬼节这天。而同治六年是 1867 年，换句话说，那次黑龙河大水发生在一百五十年前的这个鬼节。”何凯峰掐指一算，脸色大变。

“对，更神奇的是发大水那天根本就没下过雨。白天还艳阳高照呢，晚上洪水就来了。”黄博一脸惊恐地说。

“果真如此灵异？”林瑛格、何凯峰、高雅、李思晨四人不禁面面相觑。

“再后来，黑龙河又开始喜怒无常起来，而且山上的泉水也纷纷干涸。村民们都说那是因为黑龙逃脱了镇压，又开始兴风作浪了。”黄博边比划边说。

“还有这种怪事？”林瑛格吃惊地问。

“千真万确，这都是写在村志上的，全部有据可查。”黄博狠狠地点了点头。

“然后呢？事情是怎么解决的？”高雅追问道。

“到了宣统年间，打西边来了个叫石根生的道士，他自称是翼王后裔，说是有办法降服这条黑龙。”黄博继续回忆着县志。

“可是石达开一家都已经在成都遇害了呀！”何凯峰不禁愣了一下。

“至于是真是假，那就不知道了，不过那个石根生在山上建了一座塔，这黑龙河的水势还就真又平缓下来了，而且山上有一两个泉眼又冒水了。所以后来李家村又被改成了石塔村。”黄博回答道。

“哦？还有这回事？”林瑛格也是一脸匪夷所思的表情。

“据村里的老人讲，石根生说自己法力有限，黑龙并未被完全降服，山上仍有妖气。所以他要村民们都搬到山下来住，门上都要挂黄符，而且每年鬼节的时候都要献祭一个处女。”黄博继续说道。

“现在也是这样吗？”林瑛格的表情显得很紧张。

“建国后石根生就被批斗死了，而且为了发展农业，不久后石塔村又进一步进行了搬迁，来到了现在的位置，黑龙河再发大水也淹不到这里。”黄博回答道。

“事情……似乎还没完吧？”何凯峰挠着后脑勺说。

“哦？完了呀！”黄博下意识地说。

“不会吧，如果故事就这么完了，那为什么现在石塔村的村民们还家家户户的门上贴着道符呢？”何凯峰指着饭店门口的黄纸说道。

“哦……那个呀……我听村里人说最近黑龙又开始兴风作浪了，所以大家纷纷挂上道符辟邪。”黄博回答道。

“哦？黑龙又冒出来了？”李思晨一脸惊讶地说。

“没错，去年村前李二狗的女儿李小花去翼王山上挖野菜，然后就失踪了。”黄博一本正经地说。

“失踪了？”林瑛格不禁愣了一下。

“是呀，李二狗年纪很大才娶上媳妇，就生了这么一个闺女，长得水灵灵的。俺带着几个治保队员在山上找了一圈都没找着。”黄博点了点头。

“会不会是调皮跑出去玩？”高雅问。

“俺也不是没想过，可是后来山下又发生了一件怪事。”黄博压低了声音说道。

“哦？怪事？”一种不祥预感顿时涌上了何凯峰的心头。

“没错，就在一周前，黑龙河突发洪水，把原来石塔村的那些老房子全冲没了。”黄博心有余悸地说。

“那一阵金陵经常下雨，所以突发山洪，也不奇怪吧！”林瑛格眨着眼睛说。

“怪！太怪了！那一阵经常下雨不假，但是发洪水的那天又是一个大晴天。”黄博把眼睛瞪得如铜铃般大。

“好吧，这么看来，确实有点诡异。”林瑛格耸了耸肩。

话音未落，两个身着道服的年轻人突然走了进来：“老板，收人事了。”

“何老师，啥叫收人事呀？”李思晨问道。

“就是收钱呗！”何凯峰眨着眼睛说。

果然，十几秒之后饭店老板边端来一盆热气腾腾的山鸡，外加一沓红红的百元大钞。

“无量天尊，不错，保你明日平安！”年轻道士也不推辞，直接把钱收进了口袋，而后抓起鸡腿大快朵颐起来。

“黄博……这又是怎么回事？”林瑛格一脸狐疑地问。

“那俩道士叫石兴旺和石发财，是石根生的重孙子。他们说自己得了祖上一半的真传，能够破财消灾。”黄博低声说道。

“什么叫一半的真传？”高雅不明就里地问。

“据石发财说，当年石达开写了一半《伏龙术》，但是‘破四旧’的时候有一半被烧了，所以他们现在只会半部《伏龙术》。换句话说，他们没法降服恶龙，但是可以通过诵咒贴符的方式让恶龙远离人们。这些符就是村民们从他们那里买的，一百元一张，可保一月平安。不过如果要上翼王山上打猎的话，还要再掏两千元，可保上山平安。”黄博解释道。

“哦？还真有人信！”李思晨的脸上写满不可思议。

“你还真别说，前段时间有一些驴友来这里玩，其中有个叫李少龙的年轻人不信这个邪，偏要只身一人上翼王山，结果就没回来。”黄博一脸惊恐地说。

“美女姐姐，山上这么不安全，你还要上去吗？”李思晨显然也被吓到了。

“没事，我不信邪。”高雅笑盈盈地说。

“高医生，虽然我也不相信世界上有什么怪力乱神之类的事，但是毕竟山上失踪了两个人，所以你是不是……”林瑛格不禁欲言又止。

“林警官，我知道你是为我好，可今天对我有特殊的意义，所以我无论如何都要上一趟山。”高雅的眸子里划过一丝悲哀。

“高医生，要不我陪你一起去吧！”何凯峰站起身来，自告奋勇道。

“不必了，何老师，你的好意我心领了！”高雅努力挤出几丝笑容，而后收拾东西，头也不回地走出了饭店。

饭店里的气氛一时变得很诡异，不明就里的何凯峰、黄博和李思晨开始低声揣测高雅到底遇到了什么事情，而林瑛格则是心乱如麻、漫无目的地刷起了手机。除此之外，还有两双罪恶的双眼正紧紧盯着那辆远去的丰田皇冠车……

- 03 -

2017 年 9 月 5 日下午 17:50 金陵市石塔村石塔大饭店

酒足饭饱之后，李思晨跟黄博一起回到警务室等高雅，而林瑛格则与何凯峰一起在石塔村的街道上闲逛起来。

“西边的太阳快要落山了，石塔村内静悄悄……”看着远方的斜阳，眼前这个宁静的小村落显得古朴又纯净，让人很难和诡谲二字联系起来，何凯峰哼起了小调。

“凯峰，你说黄博的那些话，究竟有几分是真的？”林瑛格若有所思地问。

“小林姐，其实我从来都不相信世界上有什么牛鬼蛇神！所以不管看起来多么灵异的现象，都一定会有一个科学的解释。即便现在没有，将来也会有的。”何凯峰摇了摇头。

“唔……其实你正经起来的时候，还是挺有吸引力的，哈哈。”林瑛格抿着嘴唇微笑道。

“嘿嘿，不过我接下来，就有一件不正经的事要告诉你。”何凯峰突然又猥琐地眨了眨眼睛。

“哦？怎么啦？”林瑛格一脸诧异地问。

“我请朋友帮我找了几张 DWIC 上流出的照片……”何凯峰将自己的手机交到了林瑛格手中。

林瑛格定睛望去，发现那是几张 SM 的图片，在右上角还打着 DWIC 的水印，看到这里，她不禁羞红了脸颊：“果然尺度够大……”

“小林姐，这里面小攻和小受都戴着面具，你们怎么找人呢？”何凯峰一脸坏笑地问。

“嗯……我再看看……咦？这是什么？”林瑛格拿着手机端详了很久，而后视线停留在了角落里一个极不起眼的瓶子上。

“小林姐，你看到什么了？”何凯峰只是继续注视着裸女的敏感部位。

“凯峰……你看这是什么东西？”林瑛格指了指照片中的那个瓶子。

“难道是灌肠用的？”何凯峰一脸猥琐地回答道。

“我是问这是个什么瓶子！”林瑛格狠狠瞪了一眼何凯峰。

“哦……我瞧瞧……”何凯峰接过手机，把相片放大，仔细观察了很久之后，他的脸突然变得煞白。

“小林姐，这明明是石塔山泉嘛！”何凯峰的声音在不停地颤抖。

- 04 -

2017 年 9 月 5 日下午 18:00　金陵市石塔村黄博警务室

“黄博，这个石塔山泉的生产商在哪里？”林瑛格急匆匆地跑了进来，气喘吁吁地问道。

“这个呀……就是村里的老人们自己在翼王山上灌的……其实也没有什么专门的生产商，就是村民们卖给偶尔来这里玩的驴友，自己赚点外快罢了。”黄博挠着后脑勺回答道。

“哦？那……这些矿泉水都卖到什么地方去了？”何凯峰又问道。

“这种三无产品，也就是在石塔村卖卖，运到外面又要成本又要包装的，提高了价格外面哪有人要呀！”黄博一脸尴尬地说。

“黄博，你给我看看这是哪里？”林瑛格把何凯峰的手机递了过去。

“哎呀！辣眼睛！”一看到照片里的那个裸女，黄博便捂住了眼睛。

“黄博，咱们这么做是为了破案。你仔细看看，这是什么地方？”林瑛格轻轻拍了拍黄博的肩膀。

“呃……俺看看……咦？俺好像见过这个地方……”黄博若有所思地说。

“哦？你见过？”林瑛格感觉这次有戏了。

“这地砖是青转，现在早就没人用了……还有这墙皮……哦……我知道了……这是山上那座石塔。”黄博一脸惊恐地说。

“石塔？”何凯峰不禁愣了一下。

“对啊，李小花失踪的那回，俺曾经来石塔里找过她。没错，石塔里的摆设就是这样的。你看看，角落里的这张板凳右腿折了，这就是当时俺坐坏的。”黄博使劲点了点头。

“真是踏破铁鞋无觅处，得来全不费工夫呀！”林瑛格全然没想到暗网中国的尾巴这么容易就漏出来了。

“小林姐，是不是可以通知王队抓人了？”何凯峰心领神会地问。

“嗯，没错！”林瑛格掏出手机，拨通了王皓天的电话。

“喂？王队，你在干吗呢？”林瑛格问道。

“我在审夏志、田进和刘芳呢，这些人嘴里就没有半句有用的话。”电话那边的王皓天显然已经是暴跳如雷的状态了。

“哦？为什么？”林瑛格问道。

“他们已经供认了，自己确实在暗网中国上有账户，那些交易也确实是通过暗网中国进行的。可是利用他们账号的密码登录后却发现这些人只是最底层的会员，我们压根就搞不清版主究竟是谁。”王皓天忿忿地回应道。

“哦？然后呢？”林瑛格没有丝毫诧异。

“燕清利用他们的账户，谎称有操作问题需要请示版主。虽然版主也确实回话了，不过由于信息经过了多重加密，我们还是没有追踪到暗网中国的管理者究竟藏在哪里。”王皓天回答道。

“不奇怪，要是这么容易就能破解，杨帅哥早就去邢局那里邀功了。”林瑛格笑道。

“更可恶的是……我们都没搞清楚暗网中国的使用人员究竟有多少个。最终忙活了半天就抓了些没用的虾兵蟹将。别说龙王，连龙宫在哪里都不知道。”王皓天的语气显得颇为无奈。

“王队，如果我告诉你龟丞相在哪里，是不是你就可以直捣龙宫了？”林瑛格又卖了个关子。

“哦？龟丞相？”王皓天显然愣了一下。

“对，我知道暗网中国的色情交易是在哪里进行的了。”林瑛格压低了声音说道。

“啊？你不是去找那个失踪的女大学生了吗？难道她被骗进淫窝了不成？”王皓天又吃了一惊。

“嘿嘿，当然没有，不过要是没有她，我还真找不到这个地方。王队，我通过暗网中国上流出的SM图片，发现了一个名叫‘石塔山泉’的东西，而后按图索骥，发现色情交易的窝点在石塔村翼王山上的一座清代石塔中。”林瑛格言简意赅地解释道。

“翼王山？”王皓天显然也没想到这个行踪隐秘的地下犯罪网络居然会因为一瓶山寨的矿泉水而露出马脚。

“不仅如此，从流出的几张照片来看，拍摄日期分别是 8 月 5 日晚上 8 点，8 月 15 日晚上 8 点，8 月 25 日晚上 8 点。所以我推测，使用暗网中国的色男色女们极有可能是在尾数为 5 的日子里去那座石塔淫乐，再具体一点，就是逢 5 的日子的晚上 8 点。”林瑛格翻着何凯峰的手机分析道。

“对了，今天是 9 月 5 日，如果如你推测，那么我们今天刚好可以把他们一网打尽。”王皓天的声音显得有些激动。

“我虽然不确定龙王会不会参加，但我想分管色情版块的龟丞相一定会出席。因为这么大规模的组织准备工作，绝对不是一两个虾兵蟹将能搞定的。”林瑛格点了点头。

“好，你们在那边一定要确保人身安全，我马上组织人马，将这次色情交易一网打尽。”话音一落，王皓天就挂断电话，布置任务去了。

放下电话，林瑛格的表情瞬间放松起来。然而此时何凯峰却一脸惊恐地站到了林瑛格面前。

“凯峰，你怎么了？”林瑛格不明就里地问。

“小林姐，如果石塔里有坏人的话，那高雅……”何凯峰的瞳孔瞬间睁得很大。

“对呀……”一种不祥的预感顿时涌上了林瑛格的心头。

- 05 -

2017 年 9 月 5 日下午 18:20　金陵市翼王山

高雅刚刚祭拜完父母，就听到手机铃声响了起来。她掏出手机，发现是洪都市的一个号码。犹豫了片刻之后，高雅还是按下了接听键：“喂？你是哪位？”

“我是何凯峰，高医生。你快回来，有危险。”何凯峰的声音显得尤为紧张。

“危险？”高雅还没说完，便感觉后脑勺挨了一记重击，而后便晕了过去。

第九章　石塔“盛筵”

- 01 -

2017 年 9 月 5 日下午 18:20　金陵市石塔村黄博警务室

“小林姐，快……快……高雅被人袭击了……”何凯峰边跑边语无伦次地说。

“什么？”豆大的汗珠瞬间从林瑛格的后背涌了出来。

“俺马上集结村民，上山找人。”黄博带上帽子，拿起铜锣，一溜烟似的出去了。

“来不及了，我必须立即上山。”何凯峰的声音在不停地颤抖。

“我和你一起去。”李思晨眨着清澈的大眼睛说。

“不行，山上太危险了。”何凯峰摇了摇头。

“所以才算多一个帮手嘛！”李思晨嘟着嘴说。

“我好不容易才把你找到，要是车你再有个闪失，院领导会撕了我的。所以你就老老实实地待在这里，坐等支援，懂吗？”何凯峰在李思晨的脑门上重重地点了两下。

“凯峰，快走了！”门外已经传来了林瑛格发动警车的声音。

开足马力的警车用了不到十分钟便冲到了翼王山上。透过窗玻璃，何凯峰可以清楚地看到那座残破的石塔，以及石塔前停靠的丰田皇冠车。

“小林姐，高雅的汽车停在石塔那边，所以我想歹徒一定是先袭击了高雅，后又抢了她的车，而后把她带到了塔里。”何凯峰推测道。

“嗯，我也是这么想的！”林瑛格在石塔外大约五百米的位置突然降低了车速。

“小林姐，你干吗不拉警笛？说不定歹徒们一听到警车来了，立马就会作鸟兽散。”何凯峰一脸困惑地问。

“你傻呀，现在我们只有两个人，我们贸然拉警笛只会惊动犯罪分子。万一他们劫持高雅离开石塔，我们到哪儿找人去？”林瑛格解释道。

“那……我们接下来怎么办？”何凯峰焦急万分地问道。

“下车，我们先去摸清楚石塔内的情况再说。”林瑛格将警车开在树丛里，而后带着何凯峰蹑手蹑脚地从石塔后面的小道绕上去。

- 02 -

2017 年 9 月 5 日晚上 18:40　金陵市翼王山石塔

矗立在翼王山上的这座石塔是清朝末年由当地官员和村民筹资建造的。起初塔里有供奉佛像，意在镇山且保佑一方。在石塔村遭遇连年自然灾害而变得越来越贫瘠之后，便很少有人在意石塔的作用了，佛像也不知所踪。由于建塔年代久远，石塔的顶部已经倒塌，已然成了一座废弃之地。不过这堆散落的石块也刚好给了何凯峰和林瑛格一个藏身之地，使他们能够近距离地观察到石塔内的情况。

“小林姐，看到了吗？高雅在里面吗？”何凯峰急切地问道。

林瑛格环顾塔里，发现果真同照片上一样，青砖铺地。里面的陈设只有一张桌子，一把破旧的椅子，和一个老旧的沙发。透过缝隙，林瑛格能闻到从里面散发出的潮湿发霉的味道，而此时的高雅正被堵着嘴五花大绑地扔在墙角下。

“高雅好像昏过去了，被绑着手脚，好像没有受伤。不过从目前的情况来看，石兴旺和石发财似乎还没有伤害她的意思。”林瑛格一边窥探石塔内的情况一边回答何凯峰刚才的话。

“石兴旺和石发财？”何凯峰小声说。

“没错，我想翼王山上的这些灵异事件八成就是他们搞的鬼。你还记得黄博的话吗？驴友李少龙在山上失踪，8 月 25 日李小花在山上失踪，我想这八成也是石兴旺和石发财干的。”林瑛格双拳紧握地说。

“嗯……估计是这俩人刚好看到了不该看到的事，所以就被灭口了。”何凯峰点了点头。

“不仅如此，我怀疑石兴旺和石发财就是暗网中国的骨干。”林瑛格又说道。

“啊？为什么？”何凯峰问道。

“我看到他们在架设色情交易用的设备，而且还搞来了一台电脑，进入了暗网中国的版主界面，似乎是打算在网上直播不好的事情。”林瑛格解释道。

“那……高雅？”何凯峰感觉冷汗都要冒出来了。

“你先别急，看看情况再说。”林瑛格刚说完，只见不一会儿塔里进来了三个女子，看衣着打扮应该就是专门从事皮肉生意的。她们进来后找了个地方坐下来，好像在等什么人。

“可是……”何凯峰刚想开口，便被林瑛格一手堵住嘴巴，一手按进了砖堆下面。短暂几秒后，他俩听到头上的窗户里传来了石发财打电话的声音。

“喂？张老板吗？我是石发财呀！”

“张老板，今天的石塔盛筵，你要不要参加呀？”

“哎哟喂，什么叫没有什么新玩法了，你想要什么新玩法？”

“俄罗斯轮盘，怎么样？”

“这个你玩过呀，嘿嘿，那换一个，深水炸弹怎么样呀？”

“这个也玩过呀，那鳝始鳝终呢？”

“哎呀……什么叫恶心啊，这年头大家不就图一个乐子嘛！”

“清纯的有，要不给你找几个学生妹？”

“如假包换的学生妹！”

“你不喜欢呀？那我跟你说，今天我逮到了一个女医生，那脸蛋长得可标致啦，要不要尝尝鲜？”

“绝对是货真价实的女医生！要是我有半句假话，绝对任你张老板处置！”

“先尝鲜后买单，咱俩谁跟谁呀！我马上在微信上把图片发给你！”

“就这么说定了哈，晚上八点，我跟您留着！”

说完，石发财挂了电话，离开了窗台……

“小林姐，高雅……高雅……”何凯峰忿忿地站起身来，正欲往塔里面冲。

“别动！”林瑛格一把拽住了何凯峰。

“你没听到吗，石发财要把高雅给那个什么张老板！”何凯峰脸上青筋暴起，焦急地说。

“但是他也说了，晚上八点，这证明在这之前高雅是安全的。”林瑛格解释道。

“可是……可是……”何凯峰不禁欲言又止。

“凯峰，你的心情我理解，可是你也必须服从大局。屋里除了石根生和石发财之外还有六个膀大腰圆的保镖，你贸然冲进去只会以卵击石。”林瑛格解释道。

“可是王队长呢？他什么时候才能过来？”何凯峰一脸迫切地问。

“他们已经在路上了，晚上七点半就能赶过来。”林瑛格回答道。

“那……黄博呢？他不是去叫人了吗？”何凯峰又问。

话音未落，背着一个斜挎包的黄博也从墙角摸了过来：“林警官，何老师，对不起，乡亲们没一个敢上山的……”

- 03 -

2017 年 9 月 5 日晚上 19:00　金陵市翼王山石塔旁

“什么？不敢来？”听到黄博的话，何凯峰有点诧异。

“对，留在村里的都是老年人，他们大都比较迷信。”黄博解释道。

“可以理解，否则的话，也就不会家家户户都在门上挂道符了。”林瑛格苦笑道。

话音刚落，背后的石塔中便传出来了石发财的声音：“Ladies and 乡亲们，欢迎来到石塔盛筵。”

“啊……这么早就开始了？”何凯峰不禁心头一惊。

“他们在暗网中国上搞直播呢！”林瑛格站起身来，透过砖头的缝隙，仔细关注着塔内的情况。

“这群有钱人真会玩！”黄博忿忿地说。

“在这不到二十分钟的时间里，石发财和石兴旺依靠那三名穿着暴露的女子收到了二十五个比特币的打赏。换句话说，他们已经进账了接近五十万人民币。”林瑛格的表情显得很复杂。

“这么看来，暗网中国可不仅仅是犯罪界的X宝这么简单了，简直还是色情界的B站呀！”何凯峰摊了摊手说道。

“没错，所以我们才必须打掉它！”林瑛格的声音显得极为坚定。

“何老师，俺觉得这些东西既血腥又恶心，怎么会有人愿意花钱看这个？”黄博不明就里地问。

“或许每个人的心中都住着一个魔鬼。当你和魔鬼共舞的时候，魔鬼不会改变，改变只能是你。而在暗网中国的直播，就给了这群有钱人随魔鬼共舞的机会。”何凯峰说道。

“都这个时候了，你还有工夫文艺……”林瑛格撇了撇嘴。

“其实前一句话不是我说的，它出自尼古拉斯凯奇的电影《八毫米》，你们看过吗？”何凯峰问道。

“似乎有点印象，好像是个虐杀女学生的电影。”林瑛格不置可否地说。

“一个怀揣着演员梦的女孩被骗入魔窟，只因为有权有势的人们想寻求感官刺激，她就在镜头前被虐杀了。八毫米虽然只是一卷摄影胶卷的宽度，但是就是在仅仅只有八毫米宽的胶卷上，却凸显了人性的丑恶，社会的阴暗。”何凯峰忿忿地说。

“那……塔里面的那几个女孩，也是被骗来的吗？俺看她们也就是二十岁上下呀！”黄博的眼神里写满惊恐。

“不像，看起来就是些外围女罢了。”林瑛格回答道。

“啊？啥叫外围女？”黄博一脸懵逼地问。

“外围女在行业内称作外菜，学名暗娼，俗名脏蜜。表面上都有正经职业，偶尔出演些你压根没听说过的电视剧、电影，拍过很多比较暴露的艺术照。一般都经过整容，基本都单身。外围女一般混迹于各地夜店、酒吧、KTV，也有在家很少出门的。外围女们的收入来源是什么呢，那就是陪吃、陪睡、陪吸毒，当然也包括参加重口味派对，就像石塔里的那样。”何凯峰一脸鄙夷地说。

“哎……这些女孩到底是为了什么才会做出这么下贱的事情？”黄博又摇了摇头。

“呵呵，还能有啥，还不是为了名牌的衣服、包包、香水、首饰，外加豪车豪宅。”林瑛格翻了个白眼。

“可是好好工作，省吃俭用，这些东西早晚会有的呀！”黄博依旧是一脸不可思议的表情。

“他们为的就是不劳而获，既然这么轻松就啥都有了，何乐而不为呢？”何凯峰撇了撇嘴。

“可是脸呢？尊严呢？”黄博再次提出质疑。

“干这一行的人，早就不要脸了。”何凯峰摊了摊手。

“可是她们光图这一时之快，人老珠黄了咋办，以后还嫁得出去吗？”黄博一脸惋惜地说。

“我跟你讲，这群人的眼里只有钱！感情在她们看来一文不值！那句话怎么说来着，宁肯坐在宝马里哭，也不愿坐在自行车上笑。古人云‘婊子无情’，说的就是这个道理。”何凯峰做了个鬼脸。

“其实很多外围女做到二十五岁左右就会退圈，然后花些钱做个私密处的修补手术，再换个城市，找个经济不错的男人嫁了，下辈子衣食无忧。我对面小区的某个少妇就是这样，衣着光鲜，打扮时髦。每个月都会和富豪老公天南海北的旅游，朋友圈里满是马尔代夫清澈的大海，首尔落日的余晖，越南各色的料理和食物，还有广州夜店的激情狂欢。”何凯峰的表情又变得很诡异。

“后来被人扒出来她以前那些糗事，于是富豪老公一怒之下就把她捅成了马蜂窝。”林瑛格撇了撇嘴。

“哎………值得吗？”黄博又叹了口气。

“这群人早就习惯了纸迷金醉、逢场作戏的生活。那句话怎么说来着，今朝有酒今朝醉，明日愁来明日忧。”林瑛格不置可否地说。

“哎……俺真是想不通，一天只吃三顿饭，睡觉只要一张床，要那么多钱干什么？”黄博的语气就像是自己在跟自己吵架。

“黄博呀……有钱人的世界你是不会懂的。我若说这么做是为了生活品质，你能理解吗？”何凯峰的脸上写着大大的“囧”字。

何凯峰的话音未落，远处突然传来了汽车的声音……

“小林姐，是不是王队他们来了？”何凯峰已经有些迫不及待了。

“不应该呀！听声音只有一辆车……”林瑛格感觉什么地方有些不对。

“嗯，那确实不是警车。”黄博定睛望去，发现一辆银白色的凯迪拉克XTS越驶越近。

“这……这又是怎么回事？”一种不祥的预感登时涌上了何凯峰的心头。

很快，凯迪拉克停在了石塔外，四个黑衣人走下车来，到处观望了一下，而后打开车门，对着后座上的一个墨镜男说了两句。

“他们在嘀嘀咕咕地说什么呢？”黄博一脸疑惑地问。

“嘘……别说话……”林瑛格做了个噤声的动作。

顺着林瑛格的视线望去，何凯峰只见石发财亦步亦趋地跑出石塔，毕恭毕敬地来开车门，而后点头哈腰地说道：“哎呀，张老板这么早就到啦！”

第十章　刀光剑影

- 01 -

2017 年 9 月 5 日晚 19:25　金陵市翼王山石塔

“小……小……小林姐，你听到了吗？石发财说的是不是这个张老板？”何凯峰的声音在不停地颤抖。

“冷静，别冲动！”林瑛格轻轻拍了拍何凯峰的肩膀。

与此同时，何凯峰只见一个身着阿玛尼西装，一脸横肉的胖子从凯迪拉克里钻了出来，猥琐地笑道：“哈哈，看到这么漂亮的良家妇女，当然要尽快赶来尝鲜啦！否则的话，万一被别人捷足先登了呢。”

“哪敢呀，我只给张老板您留着呢！快请，快请！”石发财点头哈腰地将胖子引向了石塔。

“小林姐，王队呢？他怎么还没来呀？”何凯峰焦急地说。

“再等等，冷静。”林瑛格的声音显得毫无底气，因为她刚刚收到了王皓天堵车的信息。

“你们说，这个张胖子又来凑什么热闹？”黄博则是一头雾水，完全没有意识到即将发生什么。

透过砖头的缝隙，何凯峰只见张胖子走到高雅面前，扭过她的脑袋，而后不住地淫笑起来：“哈哈哈哈，多么清纯的良家妇女呀，我喜欢，哈哈哈哈！”

“呸！混蛋！”高雅此时已经醒来，她愤愤地将一口唾沫吐在了张胖子脸上。

“哎哟喂，大家瞧瞧，还是个有个性的呢，哈哈哈哈哈！”张胖子笑得更淫荡了。

“滚开，离我远点！”高雅徒劳地扭动着身体，试图远离眼前这个胖子。

“哼哼，继续，有性格，有脾气，老子就喜欢这种妞！来呀，给我把她抬到二楼，脱光了，老子要好好玩一玩这妞。”张胖子对着旁边一个虎口上文着青龙的女保镖说道。

“好！”青龙女扛起高雅，沿着楼梯向石塔的二楼走去。

“放开我，放开我，你们这群畜生！”高雅继续徒劳地骂着。

“哈哈哈，石发财，石兴旺，今天我要重重地赏你！哈哈哈哈！”张胖子将一沓厚厚的人民币拍在了石发财面前。

“谢谢张老板，谢谢张老板！”石发财与石兴旺两兄弟喜出望外，高兴得眼珠子都快蹦出来了。

“张老板，见者有份，见者有份嘛！”塔里的另外三个外围女也不遮挡一下裸露的三点，而是径直缠在张胖子周边，娇滴滴地索要红包。

“好，见者有份，见者有份，哈哈哈哈！”张胖子掏出一把钞票，撒向了空中。石兴旺、石发财以及那三个外围女再次激动了起来，纷纷满屋子地追抢钞票。而在这肉体交错之间，黄博也不出意外地看到了石塔盛筵。

“妈呀，辣眼睛！”黄博连忙扭过头去。

“小林姐，我不能忍了！”从未有通过美人关记录的何凯峰这次倒是没被那些裸奔的外围女冲昏头脑，而是一心一意要救出自己的女神。

“冷静！没看到他们手中有刀吗？”林瑛格一把将何凯峰按在了墙上。

“那怎么办？那怎么办？那怎么办？”何凯峰一连抛出三个问句。

“容我想想……”意识到救援队已是远水救不了近火，林瑛格的大脑飞速地运转着，试图找出以弱胜强的对策。毕竟眼前的实力对比太悬殊了，对方除了张老板和石家兄弟之外，还有十个保镖。而自己只是刚刚接受了不到三个小时的武术速成培训，连三脚猫的功夫都没达到。何凯峰就更不用说了，以往的实践证明，他在体力对抗中最大的优势便是——防御力比较彪悍，不过这也仅仅是因为脂肪层比较厚而已。黄博倒是有两把刷子，毕竟他有猴拳基础，而且骨骼惊奇，所以一对一的对抗大都不落下风。不过要说以一当十嘛……那是不可能的。

五秒之后，空气里传来“喀嚓”一声，而后便是高雅凄厉的尖叫……

“妈的，老子豁出去了！”意识到高雅的衣服已经被撕开，何凯峰只感觉怒从心头起，恶向胆边生。电光火石之间，他也不知道从哪里来了力气，嗖嗖地沿着凸起的砖块爬向了二楼。

“凯峰，你……”林瑛格见状，也有点六神无主起来。接下来怎么办？天知道！

高雅被绑在椅子上，犹如一只待宰的羔羊，任凭对面地青龙女粗暴地撕扯着自己的衣服。

1 秒，2 秒，3 秒……

“滚啊！”高雅嘶声竭力的大叫着。

然而就在一刹那，高雅只见一个黑影从窗户里一跃而入，而顷刻之间，青龙女一闭眼慢慢地倒了下去。站在青龙女身后的不是别人，正是何凯峰。

“老子的女神，你也敢碰！”看着躺在地上的青龙女，何凯峰扬了扬手中的板砖，刻意压低的声音显得很男人。

“何老师，你怎么来了？”高雅的脸上写满劫后余生的惊喜。

“高医生，我是不会让这群歹人伤害你的！”何凯峰捡起青龙女身上的匕首，三下五除二地给高雅割断了绳子。

“何老师，太感谢你了，我真是不知该说什么……”高雅一边感激一边整理着衣服。

“举手之劳，举手之劳！”何凯峰挠了挠后脑勺，站在原地傻笑起来。他看到高雅的外衣已经被褪去，贴身的衬衣被撕得衣衫不整，露出脖子和前胸雪白的皮肤，何凯峰竟直勾勾地看出了神。过了半分钟，高雅抬起头和他对视一眼，何凯峰才不好意思地转过身，意识到先让高雅整理被撕破的衣服……

虽然何凯峰凭借闪电战打了对方一个出其不意，但是墙角下的林瑛格却丝毫不敢怠慢。毕竟一楼的张胖子已经散完红包准备上楼了，而以一敌九的话，何凯峰恐怕会被打成筛子的。

“林警官，咱们怎么办？”不到一分钟的时间里发生了这么多事情，让黄博的脑子瞬间死机了。

“黄博，你能对付几个人？”林瑛格问道。

“呃……俺觉得这几个人，或多或少也都练过……所以……也就能打过一个……或者说……仅能自保吧！””黄博挠了挠额头，面露难色。

林瑛格不由得翻他了个白眼。“呃……那就俩吧，没法再多了……”看到林瑛格的表情，黄博又主动揽了一个。

“黄博，听着，凯峰和高雅马上就会有危险，一会儿你这么做……”林瑛格趴在黄博耳朵旁，言简意赅地吩咐道。

“嗯嗯，射人先射马，擒贼先擒王。俺懂了！”黄博使劲点了点头。

“唔……老天保佑……”林瑛格闭上眼睛，深吸一口气，静待决战的到来。

- 02 -

2017 年 9 月 5 日晚 19:35　金陵市翼王山石塔

就在林瑛格调兵遣将的时候，二楼的何凯峰却遇到了一个难题……

“何老师，接下来怎么办？”高雅问道。

“接下来……”把头伸出窗外一看，何凯峰发现自己离地面足足有五米高，而且石塔的表面也远比想象的光滑，以至于他都忘记自己刚才是怎么爬上来的。

“要不……我们爬下去？”高雅提议道。

“好！”何凯峰的底气显得极为不足。但是事已至此，只能死马当活马医了。

“何老师，你刚才是怎么上来的？”看着光滑的塔壁，高雅感觉现实远比想象的困难。

“我也不知道。听到你呼救时，我就感觉气血上涌，然后就……就爬上来了。”何凯峰这才意识到自己之所以能小宇宙爆发，完全是因为肾上腺激素飙升的结果。

然而话音未落，楼梯处就传来了一个阴阳怪气的男声：“哎哟喂，这又是谁呀？”

何凯峰定睛望去，只见张胖子带着三个保镖，已然来到了二楼。

“你是怎么进来的？”看着躺在地上的青龙女，张胖子显然也吃了一惊。

“听着，我绝不允许你们伤害她！”何凯峰赶紧挡在高雅身前，做出一副大义凛然的样子。

“哦？你是她什么人呀？”张胖子似乎一时间犯起了糊涂。

“我……”何凯峰瞬间被噎住了。这问题该怎么回答，难道要说自己是高雅的仰慕者？那会被大家笑掉大牙的。

“哦……看出来了，原来是英雄救美呀！”张胖子又开始奸笑起来。

“你……管得着吗？”何凯峰晃了晃手中的匕首，将高雅护在身后，示意张胖子和保镖们靠边站。

“我也喜欢英雄救美，哈哈哈哈。”张胖子又笑了起来。

“啊？”听到这句话，何凯峰不禁愣了一下。

“不过我更喜欢在英雄面前把美人给办了，哈哈哈哈。那种感觉，超爽！”张胖子做了个鬼脸，而后示意一个虎口上文着白虎的黑衣男子出战。

“何老师，要不你先跑吧，你打不过他们。”高雅揪了揪何凯峰的衣襟，声音里满是感激。

“高医生，当我爬上来的时候，就没有想过要活着下去。”何凯峰故作镇定地说。当然，这也不能算是句谎话，因为何凯峰当时完全处于气血上涌、脑子短路的状态，他只想到了要一板砖把青龙女给拍晕，而完全没想过接下来该怎么逃离这个上不着天、下不着地的地方。

“哈哈，有骨气，我喜欢！我尤其喜欢在有骨气的英雄们面前虐待美人，那种感觉，超爽！”张胖子面目狰狞地说道。

张胖子用眼神示意，三个黑衣保镖同时逼上前去。一步，两步，三步……

看着越来越近的黑衣保镖，高雅的语气又紧张起来：“何老师，我们……”

“高雅，玉可碎而不可损其白，竹可焚而不可毁其节，有死而已，怕什么！”何凯峰的声音反而镇定了下来。

一步，两步，三步……眼见黑衣保镖们逼到了跟前，何凯峰晃了晃手中的匕首，做好了短兵相接的准备……

三个黑衣保镖胸口上分别文着白虎、朱雀、玄武，而且从他们拿匕首的架势来看，那绝对是经过专业训练的。

“哎……估计这辈子搞不好要交代在这里了……”何凯峰不禁倒吸了一口凉气。

顷刻间，白虎男手臂一扬，准备攻击。然而电光火石之间，窗外突然传来了黄博的叫阵声：“你们已经被包围了，快点投降吧！”

“啊？”张胖子外加三个黑衣保镖不由得同时愣了一下。

“看招！”何凯峰自然知道援兵来得没有那么快，这不过是林瑛格的分神之计罢了。于是他抓住对方这愣神的工夫，迅速扬起右手……

“啊……”一股股红的鲜血从白虎男的咽喉喷薄而出。

与此同时，高雅也不知从哪里来的勇气，随手拿起窗台上的石头向还在回头待命的朱雀男砸去……

“啊……”红白相间的花朵在朱雀女的头顶绽放。

直到这时，张胖子才缓过神来。在不到一秒的时间内，他又有两个手下遭遇重创，失去了行动能力。

- 03 -

2017 年 9 月 5 日晚 19:36　金陵市翼王山石塔

同样吃了一惊的还有一楼的石兴旺、石发财等人。听到黄博的叫阵，外围女们这才想起还有脸面这事，赶忙着急忙慌地穿起了衣服。而石兴旺、石发财定了定神之后，带着手下的六个打手鱼贯而出。这六个人也不是什么善茬，虽然从年龄上看，也只有十七八岁左右，但个个染着黄毛，叼着香烟，拎着木棍，而且脖颈上还分别文着豹子、狮子、恶狼、毒蛇、鳄鱼和灰熊文身。

“我当是谁呀，这不就是村头的那个临时工嘛！”看到黄博只身一人过来，石兴旺顿时松了口气。

“俺是协警，不是什么临时工！”黄博活动了一下脖子，背上的斜挎包让他感觉极为不舒服。

“协警？不就是警察里的临时工嘛！哈哈哈哈！”石发财一脸鄙夷地笑了起来。

“协警也是警！”黄博刚刚在灌木丛里随手掰了两根树枝当武器。不料当时灯光太暗而没看清楚，原来是两根槐树枝，以至于他的手被树枝上的刺扎得生疼。

“黄协警，要不进来一起乐和乐和？啊？哈哈哈！”石兴旺一脸猥琐地笑道。

“俺劝你们不要再做无谓的抵抗了，放下武器，回头是岸！”虽然自己也没想到对面会一下子出来八个人，不过事已至此，黄博也只能硬着头皮将这场戏演下去。

“切！以卵击石。弟兄们，把他给我拿下！”石发财大手一挥，六个黄毛打手纷纷挥舞起手中的木棍，向黄博冲去。

短短几秒钟，他们已经冲到黄博面前两米远的地方。说时迟那时快，黄博拉开斜挎包的拉链，而后“唰”的一下将包中的石灰尽数甩出……

“啊……”打手们显然没想到黄博会来这手，纷纷下意识地用手捂起了眼睛。不过动作最慢的黑熊男还是不幸中招了，随着氧化钙飞入眼睛，他径直扔掉木棍，躺在地上打起滚来。

“先下手为强，看招！”不等灰尘散去，黄博便举起树枝，向冲在最前面的猎豹男的身上打去。

“来呀！”猎豹男的动作显然比较灵活，他把头轻轻一歪，躲过了黄博的第一轮攻击。

然而……猎豹男也没想到黄博手中拿的是一根槐树枝，而且是没有去过皮的槐树枝。三秒之后，只听到“嘶啦”一声，而后猎豹男便感觉整个左面颊像被喷上了什么黏糊糊的东西。

正是槐树枝上的倒刺割破了猎豹男的颈动脉。在心脏泵血的压力下，殷红的鲜血径直喷到了空中……

- 04 -

2017 年 9 月 5 日晚 19:37　金陵市翼王山石塔

毕竟是混过两年社会的，在不到两分钟的时间里，张胖子就认清了形势。其实塔外不过只是一个协警在叫阵，而且石兴旺、石发财已经带着黄毛打手们去对付他了。而至于塔上嘛，从何凯峰和高雅的架势来看，两人基本没受过什么专业的训练，所以自己的手下以一敌二并没有太大的难度。

果不其然，眼见三个黑衣保镖被打趴在地，何凯峰自以为胜券在握。他捡起朱雀男的匕首，左右手交替出击地向玄武男刺来，而对方则只是节节后退，似乎完全占据了下风。

“哼哼，彪形大汉们也不过如此嘛！”何凯峰自鸣得意道。

当然，同样暗中得意的还有玄武男。其实这不过是他的诱敌深入之策罢了，几番退让过后，玄武男已经看出来何凯峰就只会戳戳而已，连拿匕首的姿势都是业余的。除此之外，何凯峰的攻势看似如急风暴雨，但是完全没有注意到自己的腹部已经完全暴露给了对方。

一步、两步、三步……又退了三步之后，玄武男已经将何凯峰完全诱出了高雅板砖能保护的范围之内，而后他飞起一脚，向何凯峰的肋下踢去。

“阿也……”随着一声惨叫，何凯峰被踹出了五米远。

“何老师……”见此情形，高雅径直挥起板砖，向玄武男砸来。

“嘿……”玄武男轻巧地一躲，让高雅抡了个空。而且由于冲得过猛，在惯性作用下，高雅的后背直接暴露在了玄武男面前。

“看招！”玄武男挥起左臂，用了一招泰拳中的肘击，重重地砸到了高雅的后背上。

“啊……”未经过任何训练的高雅显然不是玄武男的对手，直接被对方击倒在地，爬不起来了……

相比于被揍得不轻的何凯峰，黄博则显得英勇多了。毕竟他有练习猴拳的基础，而且首轮进攻给对方造成了极大的心里震撼。所以黄博不断地闪转腾挪，绝不给对手以多打一的机会。而且一瞅到破绽还会主动出击，利用手中的槐树枝在黄毛打手们的脸上留下几道鲜红的血痕。

“上！上！上！谁能捉住他，老子奖一万！”看着手下们被黄博当猴耍，石兴旺不由得用起了激将法。

“好嘞！”在钞票的激励下，灰狼男和狮子男率先出击，挥起水火棍向黄博袭去。

“棍扫一大片！”黄博只是轻轻一弯腰，而后双手平挥槐树枝，在两名黄毛打手的脚踝上留下了两道鲜红的伤口。

“啊……”灰狼男和狮子男双双捂着脚踝惨叫起来。

“再上！老子奖两万！”眼见第一波攻击无效，石发财直接掏出两沓百元钞票，丢在了地上。

“杀——”看到实物奖励，毒蛇男与鳄鱼男挥起水火棍向黄博袭来。

“枪挑一条线！”黄博并不闪避，而是当两人冲到他面前时双手纵挑槐树枝。俗话说得好，一寸短一寸险，一寸长一寸强。黄博的武器比对方长了整整三十公分，而也正是这三十公分，使得黄博能够率先挑拨对方的嘴唇，赢得了这一轮战斗的胜利。

“狗熊，你怂了吗？”看到前两轮攻势都被黄博化解，石兴旺冲到灰熊男面前，直接将一沓百元钞票甩在了他的脸上。

“啊——啊——”受到石兴旺的刺激，灰熊男不再去管自己被石灰灼伤的眼睛，也没去拣地上的棍子，而是脱去上衣，徒手径直冲到了黄博面前。

“清风剑在手，双刀就看走！”看到灰熊男没拿任何武器，也没穿上衣，黄博觉得轮他两棍子，他自己就怂了。

果不其然，槐树枝在灰熊男的身上留下了两道长达三十公分，深达二十公分的口子。不过黄博只猜中了开头，没猜中结局。灰熊男压根就没有退缩的意思，而是继续冲到黄博面前，揪起他的衣服，而后将其重重地摔在了地上。

“咔嚓……”黄博听到了肋骨断裂的声音……

黄博好歹也是练过点功夫的，所以即便遭遇了重创，也能迅速爬起来。即使他没法攻击对手，却也躲过了灰熊男的后两次进攻。而二楼的何凯峰就不一样了，自从挨了玄武男一脚之后，他就一直没有缓过神来。

“哼哼，英雄，怎么样呀？”张胖子轻蔑地瞟了一眼何凯峰。

“我不准你伤害高雅……”此时的何凯峰，也就只剩下嘴硬了，毕竟他尝试半天，趴在地上也起不来。

“杀了他！”见此情形，张胖子使了个眼神，而后玄武男便拿起匕首，朝何凯峰走来……

一步、两步、三步……玄武男已经举起了匕首……

“高雅，对不起……”何凯峰看着高雅重重叹了口气。

“何老师……何老师……”高雅的眼泪如同断了线的珠子一般滚落下来，她只是徒劳地呼喊着，却没有任何办法阻止这一切。

“人生自古谁无死，留取丹心照汗青！”何凯峰闭上眼睛，等待着那一刀的到来……

- 05 -

2017 年 9 月 5 日晚上 19:40　金陵市翼王山石塔二层

刹那间，石塔中的空气仿佛凝固了……

何凯峰闭着眼睛，一脸释然。此时此刻，他已经不再指望那些被堵在半路上的救援车队来救他，而是任凭自己的思绪在天宇间飘荡……

有那么一刹那，他又想起了自己第一眼见到林瑛格的场景。正是那一眼，永久改变了他的人生轨迹。如果没有林瑛格的话，何凯峰或许现在正在某个设计院里计算画图、写报告；又或许会在某个工地上看着月亮、喝着小酒，跟一群狐朋狗友吹牛、聊天；但无论如何，他都不会成为今天这样一个出师未捷身先死的业余侦探……

又有那么一刹那，他又想起了李思晨。从昨天见到她开始，这个古灵古怪的女学生便一直给自己惹麻烦。不过无所谓了，反正自己已经把李思晨找回来了。说不定明天的洪都大学校报上整版都会是自己的祭文……

不过到了最后，他还是想起了高雅。不知为什么，从见到高雅的第一面起，自己就对她产生了一种莫名其妙的好感。然而也正是这种好感，最终把自己推上了绝路。当然，话又说回来了，归根到底还是自己本事不济。要是平时里能少睡会儿懒觉，多练点功夫的话，自己这一次或许就真能成功地来个英雄救美了……

“何老师……”高雅趴在地上，眼睛直勾勾地盯着何凯峰。直到那一刻她都完全无法理解，究竟是一种什么力量推动着这个刚刚认识不到两天的男人爬上石塔，为了救她而独闯龙潭。

“高雅……我不后悔……”听到高雅的呼唤，何凯峰睁开眼睛，微微一笑。

“哎哟喂，这一幕好感人呀！哈哈哈哈哈！我喜欢！我最喜欢剥夺你们的最后一丝希望，然后狠狠地虐待她，折磨她！”张胖子淫笑起来。

“何老师，我不会让他得逞的……”高雅擦了擦眼泪摇了摇头，而后轻轻地抬了抬身体。

“嗯……黄泉路上，也算有个伴了……”何凯峰点了点头，因为只见高雅的身下赫然压着一把匕首。

“别让他们唧唧歪歪了，我一会还有别的事，给他个痛快吧！”张胖子一边解腰带一边示意玄武男动手。

“好！”得到指使的玄武男挥起匕首，准备刺向何凯峰的心脏。

然而，就在这千钧一发之际，一个女声突然从张胖子的背后响起：

“都别动！”

- 06 -

刹那间，石塔中的空气再次凝固了……

玄武男转过身去，只见林瑛格正用左臂勒着张胖子的脖子，右手则拿着一片尖锐的玻璃片用力顶着对方的颈动脉。

“有话好好说！有话好好说……”张胖子显然也吃了一惊，在林瑛格的胁迫下一起退到了墙边。

“林警官？”高雅全然没想到后面居然会有这么一出。

“小林姐，你怎么才来呀！”何凯峰的语气里写满哀怨。

“何胖子，你是怎么呲溜呲溜就爬上来的！唔……累死我了……”林瑛格气喘吁吁地说。

“张胖子，我看你是个聪明人，接下来该怎么办呢？嘿嘿！”何凯峰缓缓站起身来，幸灾乐祸地说。

“老四，放下武器，放下武器！”张胖子的声音在不停颤抖。

“哦……好……”玄武男知趣地将匕首放在地上，而后转过身去，双手举起，面向墙壁。

“喂，下楼通知石发财和石兴旺赶紧投降。”林瑛格命令道。

“呃……”玄武男一时没了主见。

“听到了没有？”林瑛格将玻璃片在张胖子的颈部轻轻地划了一下。

“快去！”张胖子连忙心领神会地吼道。

“哦……”得到命令之后，玄武男连忙跑到一楼，通知石兴旺和石发财放下武器。

几秒之后，远处警笛大作，援兵终于到了……

- 07 -

2017 年 9 月 5 日晚上 20:00　金陵市翼王山石塔外

“王队，你们来得可真是时候！”看着姗姗来迟的王皓天，林瑛格一脸哀怨地说。

“没办法，路上太堵了，实在是太堵了。”王皓天满脸堆笑地说。

“王队长，不好了，石兴旺和石发财跑了！”黄博气喘吁吁地跑过来说。

“啊？跑了？”王皓天不禁眉头一皱。

“没错，俺一个人看不过来那么多俘虏，他们就趁乱逃跑了。”黄博的声音里写满懊恼之情。

“黄博，别自责了，你一个人能单挑八个罪犯，已经很不容易了。”林瑛格安慰道。

“八个人？”听到林瑛格的话，何凯峰和高雅不禁吃了一惊。

“我们定下的计划就是让黄博吸引一楼嫌疑人的注意力，而后我沿着塔壁爬上二楼，趁着张胖子不备，从背后控制住他。”林瑛格解释道。

“对，这就叫擒贼先擒王。否则的话，俺们以少打多，肯定不是他们的对手。”黄博狠狠地点了点头。

“聪明！”王皓天忍不住赞叹道。

“只是凯峰，你是怎么呲溜呲溜就爬上去的？我爬了整整五分钟才上去！”林瑛格依旧大惑不解。

“哎，别提了，小宇宙爆发呗！”何凯峰挠着后脑勺笑道。

“嗯，俺也觉得何老师够英雄！一个人在二楼单挑四个持刀歹徒，俺可没这么大勇气。要不是一楼的黄毛打手们只有棍子的话，俺说不定早就怂了。”黄博拍了拍何凯峰的肩膀。

“够勇敢，你们几个都够勇敢！等回到局里，我要好好地给你们邀一功！黄博，我保证你下周就能转正。”王皓天不由得竖起了大拇指。

“王队，那石兴旺和石发财呢？”林瑛格总感觉有些遗憾。

“翼王山上地形太复杂了，现在又是晚上，估计很难抓到这俩家伙。”王皓天摇了摇头。

“哎，还是功亏一篑了！”林瑛格不禁叹了口气。

“呵呵，小林，话不能这么讲！”杨燕清突然眉飞色舞地走了过来。

“哦？为什么？”林瑛格下意识地问。

“你知道那个张胖子是谁吗？”杨燕清只是卖了个关子。

“不知道！”林瑛格摇了摇头。

“告诉你，他叫张志涛，表面上是某家建材厂的老板，实际是暗网中国杀手版块的版主，网名‘左将军’。除此之外，我们还查获了石兴旺与石发财建设的暗网中国的服务器，这俩人是色情版块的版主，网名‘右将军’。一旦有了暗网中国的服务器，就比较容易追踪那些用户们的行踪了。毕竟无论他们的访问请求要经过多少层的加密，最终都是要跑到我这里来的。”杨燕清解释道。

“嗯，好！打掉暗网中国，指日可待！”王皓天的表情舒缓了不少。

“皓天，话不能这么讲。毕竟现在石兴旺与石发财漏网在外了，负责人口交易版块的‘前将军’和负责毒品交易版块的‘后将军’，以及网站站长‘汉中王’还没有丝毫踪影。除此之外，李思晨的妹妹李思阳也依旧不知去向。所以我们要做的事情，还有很多。”杨燕清继续说道。

“嗯！革命尚未成功，同志仍需努力。”大家不约而同地点了点头。

第十一章　我欲成仙

- 01 -

2017 年 9 月 5 日晚 22:00　金陵市 1912 酒吧

1912 街区每到了晚上就灯火通明，大大小小的酒吧都聚攒着不少人气。周围的一切早已安静下来，只有这里的灯红酒绿点燃了城市的夜生活。经历了劫后余生的何凯峰和高雅、林瑛格相约一起来到酒吧，为了庆祝这幸运的一天。

“何老师，林警官，谢谢你们！”高雅举起一杯玛格丽特，满怀感激地望着何凯峰与林警官。

“我觉得其实我们该感谢黄博，要不是他在下面吸引了石家兄弟的注意力，我们俩早就成了那个青龙女和朱雀男的刀下之鬼了。”何凯峰心有余悸地说。

“人家都说了感谢你，你就收下呗。黄博去忙着办转正的手续了，下次再让高美女请他就是了。”林瑛格喝了一口椰汁，一脸坏笑地说。

“好，那我就恭敬不如从命了！”何凯峰扬起脖子，把一瓶喜力一饮而尽。

“林警官，话说你们是怎么认识的呀？感觉你们俩很熟哎！”高雅不无好奇地问。

“这个呀，就说来话长了。那是 2015 年的时候，凯峰还在金陵读博士……”林瑛格仿佛打开了话匣子，把两个人此前经历的案子说了一遍。

半小时之后，高雅用一副如痴如醉的表情说道：“Oh My God! 简直是中国版的福尔摩斯探案全集呀！”

“哎呀……不过话又说回来了，虽然一起经历了那么多案子，但其实今天才是离死神最近的一回。”何凯峰心有余悸地说。

“何老师，我一直没搞清楚，你明知道那会是九死一生，为什么还会去救我？”高雅充满好奇地问道。

“呃……下意识的吧……”何凯峰耸了耸肩。

“嘿嘿，高雅，凯峰这家伙有个最大的弱点，你猜猜是什么？”林瑛格则做了个鬼脸。

“最大的弱点？我还真不知道！”高雅放下玛格丽特，一脸茫然地说。

“他呀，特别容易着女生的魔，尤其是漂亮妹子！”林瑛格一脸坏笑地说。

“啊？”高雅不禁愣了一下。

“小林姐，你又埋汰我！”何凯峰连忙摆了摆手。

“凯峰，你就承认了吧！”林瑛格捅了捅何凯峰的腰。

“呃……我还是有自知之明的！”何凯峰装作一本正经地说道。

“哦？什么自知之明？”高雅颇为好奇地问。

“我是说……我对自己的颜值和经济条件还是有自知之明的。”何凯峰晃着杯中的啤酒，一脸尴尬地说。

林瑛格凑到高雅耳边说道：“凯峰以前追过好几个女孩，可是不是女孩看不上他，就是丈母娘看不上他。原因不外乎两个，一是缺颜，二是缺钱。”林瑛格眨着眼睛。

“小林姐，你又揭我伤疤！”听到林瑛格和高雅故作神秘的对话，何凯峰佯装愤怒道。

“哈哈，何老师，其实我觉得你蛮帅的！”高雅却深情地盯着何凯峰的眸子。

“呃……高医生，咱们还是换个话题吧！”抚摸着自己脸部如月球表面般浑圆而又粗糙的皮肤，何凯峰感觉浑身都不自在起来。

“你知道吗，在生死关头，还能像你一样那么高傲、那么镇定的人真的不多！”高雅继续望着何凯峰，说道。

“嘿嘿，说的跟如果我卑躬屈膝，那个张胖子就能饶了我似的！”何凯峰自嘲道。

“嗯，这倒也是！”林瑛格点了点头。

“不过……我今天还是被震撼了，第一次是因为你说的那句‘玉可碎而不可损其白，竹可焚而不可毁其节’！”高雅低头望着手中的玛格丽塔，似乎在回忆着什么。

“其实这句话出自《三国演义》，当时东吴背盟倒戈相向，关羽退至麦城，山穷水尽，四面楚歌。孙权派遣诸葛堇前往劝降，而面对这条卑微的生路，关羽便回了这句‘玉可碎而不可损其白，竹可焚而不可毁其节，身虽殒，名可垂于竹帛也。’结果呢，大家都知道了。关公虽然死了，但是名垂青史，与孔子并称为‘文武二圣’。”何凯峰的长篇大论只为了把话题从自己的八卦上转移开来。

“第二次是你的那句‘人生自古谁无死，留取丹心照汗青。’从小到大，这句话我听过无数遍，但是从未像今天一样震撼。”高雅抬起头来，继续盯着何凯峰的眼睛。

“其实我也是置身于那种环境下，才切身体会到了它的意义。但是话又说回来了，人固有一死，或轻于鸿毛，或重于泰山。和默默无闻地终老一生相比，我宁肯倒在冲破黑暗的路上！”何凯峰的脸上挂着浅浅的笑意。

“何老师，你在当这份兼职侦探之前，难道就没想过可能会遇到危险吗？”高雅又问道。

“高医生，不瞒你说，其实我也打过退堂鼓。毕竟我也可以天天计算、画图、写报告，上课写实验、写论文，然后安安稳稳与世无争地度过这一生。但是后来我想通了，既然人的生命只有一次，那我为什么不把它投身到更波澜壮阔的事业中去呢？那句歌词怎么说来着，‘天降我在天地之间，总要留故事给后人看’”。何凯峰的语气此刻显得严肃而坚定。

高雅愣了一小会儿，她觉得当晚在酒吧里的何凯峰好像与平日里不一样了。看着眼前的这个戴着眼镜、身材微胖的年轻人，第一次见面时高雅误认为他是个斯斯文文的大学生，想不到他却是个老师；后来慢慢了解到，他可能是个喜欢幽默，喜欢安稳的人，却没想到他还有果敢坚毅的一面。何凯峰对事情的侃侃而谈也和高雅有许多共鸣，一种隐约的光在高雅心里慢慢点亮了。

而与此同时，酒吧里也很应景地响起了刘欢的那首《我欲成仙》：

最终还是那些念，
缠缠绵绵总不变。
……

- 02 -

2017 年 9 月 5 日晚 22:45　金陵市 1912 酒吧街区

“高医生，话说你大晚上的跑到翼王山上，到底是为啥呢？”何凯峰的声音打断了高雅的沉思。

“凯峰，不该问的，别问！”林瑛格掐了一下何凯峰的胳膊。

“林警官，没事的。这么说吧，其实我是去等我的父母。”高雅晃了晃手中的酒杯，意味深长地说。

“你的父母？不是已经……”何凯峰的大脑一时没有转过弯来。

“在我小时候有很严重的自闭症，每天都沉默寡言，几乎从来不与人交流。为了帮我治疗，我父母带着我走遍了每一家大医院，但是效果都不理想。”高雅望着远方，陷入了回忆。

“哦……据说有自闭症的人会在很多方面有超常的能力……”何凯峰似乎并不知道高雅讲这句话到底是什么意思。

“嗯，没错，自闭症的治疗至今都是世界性的难题。”林瑛格一时间也懵了，因为这时间跨度实在是太大了。

“后来我父母在电视上看到了一种治疗自闭症的偏方，也就是海豚疗法。换句话说，就是利用海豚发出的超声波来激活大脑中那些 ' 休眠状态 ' 的神经细胞。”高雅继续说道。

“哦……我也听说过……”林瑛格点了点头。

“在我七岁生日那天，也就是 1997 年的今天，父母带我去了海洋馆，让我亲身接触海豚。神奇的是，听到海豚的呼唤后，我真的感觉自己焕发了新生。从那之后，我不再每天躲在房间里，我愿意与人交流，慢慢地我也可以像正常的小朋友一样去上学，去做游戏。也正是从那个时候开始，我下决心要做一名脑科医生，让更多像我一样的儿童摆脱自闭症的困扰。”高雅的脸上洋溢着幸福的笑容。

何凯峰和林瑛格面面相觑，谁也没想到如今光彩照人的高雅医生还有着这样的不为人知的童年。

“从那之后，每当我过生日的时候，我父母都会带我去一趟海洋馆，然后送我一个刻着数字的海豚吊坠。”说着，高雅从胸前掏出一枚晶莹的海豚样的吊坠，那上面刻着一个数字“16”。

“这是你 16 岁的生日礼物？真漂亮！”林瑛格赞叹道。

“是啊，但是写着 17 的水晶海豚，我至今也没有等到。在 2007 年 9 月 5 日那天，我爸爸像往常一样把我送到了学校，而后告诉我说他们要去执行一项任务，晚上他和妈妈再带我去海洋馆。可是那天我等了好久，一直等到晚上十点，来接我的不是我的父母，而是他们的同事，也就是你们金陵市公安局现任局长邢锡钢。”高雅用手指不断揉搓着吊坠，话语间满是忧伤。

“嗯……我听说过，高叔叔和叶阿姨是化妆成制毒工人，跟随一个死刑犯唐芳前往翼王山抓捕一个叫'安姐'的毒枭。不料上山之后，突发意外，隐蔽的毒贩们仿佛看穿了高叔叔和叶阿姨是卧底，然后对他们进行了攻击。虽然警方随即采取了行动，强攻翼王山。虽然抓住了大部分毒贩，但是‘安姐’却不知所踪，而且高叔叔和叶阿姨也从此下落不明。”林瑛格说道。

“其实我一直认为问题出在这个唐芳身上！”高雅将牙齿咬得咯咯直响。

“嗯……其实我也有过这种怀疑。高叔叔和叶阿姨此前一直是负责公安局的内勤，很少与罪犯们打交道，而毒贩们却一上来就认出了他们。所以这个唐芳很可能并不是在真心实意地帮我们，而是企图制造混乱以求逃脱罢了。”林瑛格继续分析道。

“然而法院却认为唐芳协助警方抓住了不少毒贩，有立功表现。所以把她的死刑减成了死缓，再后来又陆续减成无期徒刑、有期徒刑，然后于去年释放了她。”高雅的表情显得很无奈。

“这也行？”何凯峰的嘴巴张成了一个“O”型。

“这……确实是司法体制的漏洞，所以最近的刑法修正案中提出对于一些罪大恶极的犯人必须限制减刑。”林瑛格摇了摇头。

“说实话，其实我那会特别痛苦，没有心思去想别的。因为找不到尸体，我至今也不相信他们已经死了，所以每年的这个时候，我都会去翼王山，期待奇迹的出现。”高雅低下头，哽咽着说道。

“嗯，我理解你的感受！”林瑛格紧握住高雅的双手。

“可是十年过去了，他们再也没有回来过。”高雅的泪水终于流了下来。

“我明白……”林瑛格点了点头。

“林警官，你是不是觉得我因此对公检法产生了抵触情绪？”高雅突然话锋一转。

“呃……我听说你曾因为有个病人是法官而拒绝做手术……”林瑛格低声说道。

“林警官，其实我并不是对你们有意见，而是每次看到公检法的人员，我都会想到我的父母，所以情绪就特别容易失控，会导致手术风险更大。你懂吗？”高雅含着眼泪说道。

“唔……这么多年真是难为你了。”何凯峰若有所思地说。

“嗯……我明白……”林瑛格又点了点头。

“但是现在不一样了……”高雅拭去泪水，表情突然变得很复杂。

“呃……什么意思？”林瑛格一时没搞清楚高雅究竟在说什么。

“朱警官的手术，我接了！”高雅端起玛格丽特，一饮而尽。

“高雅医生，如果你……”林瑛格话说了一半，停了下来。

“林警官，我现在才意识到人与人是不一样的，只有多一些像你们这样的警察，世界上才会少一分黑暗！”高雅的眼神里满是敬意。

“其实这只是我们的本分工作罢了。”林瑛格被夸得有些不好意思。

“明天我就去着手准备朱警官的手术。”高雅并没有理会林瑛格的客套话，而是紧紧握住林瑛格的手，很用力，很用力……

- 03 -

2017 年 9 月 6 日凌晨 3:00　金陵市公安局计算中心

当王皓天推开房门的时候，他只见偌大的机房内灯火通明，在六十台高性能计算机前，端坐着从全省范围内抽调的四十位高水平程序员外加二十名顶级硬件大师。杨燕清则戴着耳麦，端坐在指挥台上，不停地通过控制中心切换着窗口，发布着任务，查收着信息。

“燕清，你在干吗呢？”王皓天显然被这架势给吓到了。

“皓天，你有幸见到了我们金陵市公安局有史以来最大的一场信息战！”看到旁边是王皓天，杨燕清暂停下手中的工作，颇为得意地回答道。

“哦？信息战？”王皓天显然对 IT 技术一窍不通。

“我们虽然缴获了暗网中国色情交易版块和杀手交易版块的服务器，但是由于他们的数据每隔十天就会更新一次，所以我们计算中心召集了二十位硬件精英来恢复数据。”杨燕清指着前四排正在安装硬件的警察们说道。

“哦？结果呢？”王皓天迫不及待地问。

“我们发现暗网中国涉及全国13个省、市、自治区的366起凶杀、绑架、及黑社会斗殴案件。这里面有156起案件尚未侦破，其中有24起命案，而这24起命案又是由16名杀手完成的。”杨燕清指着一摞打印的A4纸说道。

“可以锁定他们的位置吗？”王皓天问道。

“所以我又找来了几名顶级程序员，通过破解他们的历史访问记录，追踪复查这些杀手的信息。喏，你看，全在这里了。”杨燕清将一份杀手记录表交给了王皓天。

“李流畅、王志刚、张又平、刘振凌、陈松军、赵和生、周淮彬、杨健康、冯冲、董金、于沧海、叶志超、郑智慧、宋继承、谢怀宇、梁丽霞。我一定让你们血债血偿！”看着一条条犯罪人员的记录，王皓天早已按捺不住心中的怒火，信心十足地说道。

“这十六名杀手中有三人居住在金陵，分别是赵和生、冯冲和董金。”杨燕清指了指记录表。

“事不宜迟，我安排抓捕工作。”王皓天若有所思地说。

“我觉得你还是应该先奏请邢局，请兄弟单位协助抓捕才行。根据我们破解的信息，这些杀手之间或多或少有些交流，如果被他们察觉到了什么风吹草动，那么我们的计划极有可能会前功尽弃。”杨燕清建议道。

“嗯！言之有理！”王皓天点了点头。

“此外呢，我还安排了十六名顶级程序员进一步对其他涉及绑架或黑社会斗殴的信息进行了破解追踪。截至已经破获了一百一十六名嫌疑人的信息，其中有十二名居住在金陵。”杨燕清又推过来一份材料。

“嗯，干得好，那我们就将他们一网打尽。”王皓天脸颊的肌肉在不停抽搐。

“色情交易版块的追踪也到了重大进展，我们已经破解追踪到了3069名涉黄的嫌疑人，分布在全国的18个省、市、自治区。”杨燕清拿出第三份资料。

“好！这群淫棍门声色犬马的日子该到头了。”王皓天双拳紧握地说。

“除此之外，我又召集了八名IT精英对暗网中国的进行网络攻击。毕竟石兴旺和石发财逃跑了，所以极有可能会联系站长通风报信。因此我们采用DDOS攻击的方式暂时使暗网中国暂时瘫痪。这样也可以迫使石兴旺和石发财通过电话、QQ或微信的形式通风报信，如此一来，狐狸尾巴就很容易抓住了。”杨燕清继续说道。

“哈哈哈，天网恢恢，疏而不漏！暗网中国，你的丧钟就要敲响了！”看着屏幕上几千万条飞速刷新的代码，王皓天的脸上浮现起自信的笑容。

第十二章　暗夜行者

- 01 -

2017 年 9 月 6 日凌晨 3:45　金陵市阳光小区 1 栋 3 单元 105 室

不到凌晨四点，王皓天就来到了金陵市阳光小区。这里是赵和生的住所，也是王皓天要抓捕的第一个对象。

“皓天，等一下！”王皓天刚准备采取行动时，耳机里突然传来了杨燕清的声音。

“燕清，怎么了？”王皓天不明就里地问。

“赵和生现在还在打游戏，手边就有一把五四式手枪，看起来已经上了膛，所以你先不要进去。”杨燕清回答道。

“啊，你怎么啥都知道？”王皓天不禁愣了一下。

“赵和生安装了家用摄像头，不过刚刚被我破解了，所以他屋里的情况我看得一清二楚。”杨燕清解释道。

“果然是高科技，这都能破解？”王皓天只感觉哭笑不得。

“这你就不懂了吧！赵和生是做烟草生意的，在家里有价值七八十万的屯货，所以安装家用摄像头并不奇怪。”杨燕清说道。

“做烟草生意的也当杀手？”王皓天感觉有点凌乱。

“哎呀，这个就说来话长了。”耳机里传来了杨燕清敲键盘的声音。

“燕清，你在干吗呢？可以行动了吗？”王皓天问道。

“不是，我是查了查赵和生的信息。根据记录，赵和生做烟草生意，曾经有着五六百万的身家。”杨燕清说道。

“哦？五六百万的身家还住这种破房子？”看着满楼道的小广告，王皓天感觉有些不可思议。

“不过后来他卷进了民间借贷，刚开始收入还不错，可惜后来借款人跑路了，于是赵和生就赔了个血本无归。而且由于当时为了放款，赵和生向一个名叫陆平的人借过高利贷，所以结果怎样，你就可想而知了。”杨燕清说道。

“如果我是赵和生的话，应该会在暗网中国上雇杀手干掉陆平才对呀！”王皓天感觉什么地方总有点不对。

“没错，他确实是这么干的，也发过帖子。不过从浏览记录来看，他后来发现一个名叫陆杰的人居然悬赏十五比特币买陆平的人头。”杨燕清又说道。

“看来这群放高利贷的人仇家还真不少！”王皓天苦笑道。

“对，陆杰是陆平的表弟，也欠了他不少高利贷。在暗网中国上看到这条消息后，赵和生就决定自己接单，亲自出马干掉陆平，从而拿到了那十五比特币。按照当时的汇率，这十五比特币转手就是二十六万人民币。”杨燕清继续说道。

“这么看来，暗网中国果然是犯罪界的 X 宝呀！你既可以当买家，也可以当卖家！”王皓天哭笑不得地说。

“皓天皓天，赵和平去厕所了，可以行动了。”杨燕清突然话锋一转。

“好的，你继续监视他的动向。”王皓天早已按捺不住心中的激动。

“皓天，他们家用的是高级防盗门，你打得开吗？”杨燕清又发现了一个问题。

“放心吧，开锁我也擅长。行走江湖，艺多不压身呀！”王皓天掏出专用的开锁器，在锁孔里拨弄起来。

几秒过后，一声轻微的“咔嚓”传来，防盗门被打开了。而与此同时，赵和生也刚刚撒完尿，从厕所里走了出来。

“不许动，警察！”王皓天吼道。

“啊？”赵和生显然吃了一惊，但看到王皓天离自己有五米左右的距离，于是迟疑了两秒之后，他就迈开步伐，向三米外的手枪冲去。

“敬酒不吃吃罚酒！”在不到 05 秒之内，王皓天已经完成了瞄准、击发等动作。

“啪！”随着一声清脆的枪响，赵和生一头栽倒在地上。

- 02 -

2017 年 9 月 6 日凌晨 4:20　金陵市堂子街 1706 号

在抓获赵和生的不到半小时后，王皓天便转战堂子街。这种速战速决的打法颇为大快人心，抓捕小分队来到了冯冲的住所，也是王皓天要抓捕的第二个对象。

“燕清，冯冲家有没有家庭摄像头呀？”尝到知己知彼的甜头后，王皓天对监控产生了莫大的好感。

“呵呵，这个真没有。”杨燕清阴阳怪气地回答道。

“那，那就只能用老办法了。”王皓天悻悻地说。

“皓天，等一下！”杨燕清的声音突然紧张起来。

“哦？怎么了？”王皓天不明就里地问。

“冯冲的网名叫‘枕戈待旦’，所以搞不好这家伙即使睡觉的时候手枪也会放在手边啊。”杨燕清的声音里流露出一丝忐忑。

“又一个拿枪的歹徒，难道咱们中国也枪支泛滥了吗？”王皓天没好气地说。

“这个冯冲以前是做玉石生意的，曾经在金三角一带待过，所以搞到手枪并不是什么奇怪的事情。”杨燕清解释道。

“玉石生意？那也算大老板了，怎么也沦落到干杀手这种职业了？”王皓天又问。

“皓天，你听说过‘赌石’吗？”杨燕清并没有直接回答王皓天的问题。

“啥叫‘赌石’？我只听说过赌博。”王皓天不禁愣了一下。

“有一种宝石，名叫翡翠，你听说过吧？”杨燕清并没有直接回答他，而是又卖了个关子。

“你就别在这里给我绕弯子了。”王皓天拿出铁丝，已经准备开锁了。

“翡翠的原石外面有一层风化皮包裹着，和普通石头没多大区别，无法知道其内部质地的好坏，所以在金三角地区流传着赌石的活动。比如，你花个几十万买一块原石，一刀切割下去，如果里面的翡翠成色好，那就一夜暴富，赚个原价的十几倍都没有问题。而如果切下去发现只是下等货，那么你的那几十万就打水漂了。”杨燕清解释道。

“哦，所以冯冲就是赌石赌得倾家荡产喽？”王皓天若有所思地说。

“没错，皓天，等一下！”耳机里杨燕清的声音显得有些异样。

“哦？怎么回事？”一种不祥的预感涌上了王皓天的心头。

“我发现冯冲有在凌晨四五点钟上网的习惯。”杨燕清似乎发现了什么问题。

“可是他家里并没有电脑呀！”此时王皓天已经打开了冯冲的家门，里面的摆设可以用“家徒四壁”来形容。

“从身份证使用记录来看，他是去了堂子街的一个网吧。”杨燕清有种百密一疏的感觉。

“哪家网吧？”王皓天转过身去，准备离开。

“他刚刚下线。从路边的监控来看，正在回家的路上，你要小心啊。”杨燕清的声音有些慌张。

“啊！警车还在外面呢！”王皓天这才意识到行动已经暴露了。

话音未落，街道上便响起了散乱的枪声。

当王皓天冲出房门的时候，他只见己方已经有三名同志挂彩，而五十米外的地方有一个黑影，正在以“之”字形的轨迹逃跑。

“看来这货有两把刷子！”王皓天不由得感慨道。

“没错，他在缅甸当过雇佣兵。”耳机里杨燕清的声音显得很局促。

“狙击手准备！”王皓天命令道。

“王队，刚才这小子冷不防地从后面冒出来了，所以狙击手不幸中枪了。”一位年轻的警察回答道。

“把我的狙击枪拿来！”看到冯冲已经快跑到虎踞路上，王皓天的面部肌肉微微抽搐了一下，此刻只好亲自上阵了。

几秒之后，王皓天的手上多了一条 JS 762 毫米狙击步枪，而此时冯冲已经跑到了虎踞路上。借着百米外的灯光，王皓天镇定自若，一气呵成地完成了装弹、瞄准、弹道修正、击发。

“啪”——枪声响起，冯冲应声倒地。

- 03 -

2017 年 9 月 6 日凌晨 5:00 金陵市广州路金陵脑科医院门外

凌晨五点，一夜没合眼的王皓天又马不停蹄地赶到金陵脑科医院门外守候。在这里，他将迎来第三个对手，也是最危险的对手——董金。为了更好地协助抓捕，杨燕清也携带了电脑赶来支援。

“燕清，你说董金身上已经背了七条人命了，是吗？”一行人将车停在医院附近蹲守。车里，王皓天的声音里流露出一丝忐忑。

“没错，董金十二岁的时候，父母发现他偷家里的钱去网吧上网，于是把他狠狠地揍了一顿。怀恨在心的董金当天晚上就把熟睡中的父母给砍死了，然后拿着父母起早贪黑卖废品赚来的八千块钱去上网。这个事情当时引起了不小的轰动，当警方抓住他的时候，他还在网吧里玩仙剑呢。”杨燕清翻着记录说道。

“这家伙简直是个畜生，杀父弑母呀！”王皓天下意识地打了个冷战。

“由于当时董金未成年，于是在少看所被关了三年后，就被释放了。奇怪的是，听社区的人说，刚开始几年这个董金确实痛改前非，好好学习了。而且在 2007 年的时候还曾经见义勇为，打死了一个强奸犯，解救了一个未成年少女，这可能是他背着的最有意义的一条人命。”杨燕清又说道。

“哦？然后呢？”王皓天感觉剧情的发展有些出乎意料。

“根据档案记载，这个强奸犯是个富二代，失去独苗的富豪派人将董金狠狠地教训了一顿。当时董金也报案了，不过那个地方的民警似乎和强奸犯家里有些说不清道不明的关系，于是就不了了之了。”杨燕清的声音显得有些异样。

“哎！”王皓天重重叹了口气。

“后来董金干过保安，下过煤矿。攒了一笔钱之后于 2016 年潜回老家将富豪一家灭门。一夜之间，他将富豪、富豪太太，以及他们新出生的宝贝儿子全部杀害了，但奇怪的是他并没有抢走大量现金和有价值的财物。”杨燕清继续说道。

“无法无天！”王皓天在牙缝里挤出这几个字。

“再后来，董金就像是人间蒸发了一样。直到破解了暗网中国的杀手版块服务器，我们才知道他这一阵一直以拿人钱财替人消灾来谋生。前前后后参与过二十八次斗殴，还杀死了一个未成年男孩。”杨燕清的心情变得很沉重。

“未成年男孩？”王皓天又愣了一下。

“没错，从破解的信息来看，是两个男孩之间在打刀塔的时候产生了争执。其中有个咽不下这口气，就在暗网中国上雇凶干掉了对方。”杨燕清解释道。

“居然有这种事……”王皓天大吃了一惊。

“哎，现在的网瘾少年脑子里全是游戏，那还顾得上后果。”杨燕清冷笑道。

“董金既然行踪如此诡异，那你怎么确定他会来金陵脑科医院呢？”王皓天提出了一个疑问。

“皓天，不瞒你说，据我调查那是因为董金接了一个单子。”杨燕清压低了声音说道。

“什么？”王皓天浑身颤抖了一下。

“没错，就在昨天下午的时候，一个网名叫‘洛丹伦’的人在暗网中国的杀手版块发了一条悬赏信息，用一比特币买一个人的性命。然后，董金就接单了。”杨燕清解释道。

“等一下，这和他来金陵脑科医院有什么关系？”王皓天感觉脑子还是有点转不过弯来。

“因为目标就在金陵脑科医院门口呀。”杨燕清回答道。

“啊？是谁？”王皓天环顾四周，发现这个时间还有些早，脑科医院周围除了几个睡马路的病人家属外，也就只剩下一个早早起来摆摊卖鸡蛋灌饼的大妈了。如果他现在行动的话，那么伤害无辜的可能性比较小。

“目标不是别人，就是那个卖鸡蛋灌饼的大妈冯秀杰！”杨燕清说道。

“可是这个冯秀杰看起来完全是一个农村妇女呀，谁会在暗网中国上和她结仇？”王皓天又愣了一下。

“我也不知道，这个‘洛丹伦’只在暗网中国上活动过一次，也就是昨天下午。所以说，我们并不清楚雇主是谁。”杨燕清解释道。

“好吧，那我就静候董金吧！”王皓天布置了医院周边便衣民警的蹲守点，嘱咐大家要见机行事。接着，他摸了摸口袋里的左轮式手枪，聚精会神地盯着那个卖鸡蛋灌饼的冯秀杰。然而半小时后，他的神情突然变得异常紧张起来，不过这倒不是因为董金出现了，而是因为高雅和林瑛格两人正拿着一摞医学影像，有说有笑地走了过来。

- 04 -

2017年9月6日凌晨5:20　金陵市广州路金陵脑科医院门外的冯秀杰灌饼摊旁

“高医生，你看朱警官的病情就是这样……”林瑛格的表情突然严肃起来。

“根据我的经验，这主要是因为骨碎片压迫脑皮质，使之出现了保护性抑制，脑干网状结构和上行网状激活系统不能与大脑皮质完成有效联系所致。所以要让朱警官恢复意识，必须要把骨碎片取出来才行。”看着医学影像资料，高雅已经做出了自己的判断。

“可是媛媛的颅内至少有六块骨碎片，两块位于颞叶区和额叶区，三块位于视神经、嗅神经和三叉神经旁。除此之外，还有一块已经深入脑干，紧靠着延髓。媛媛的妈妈昨天上午刚刚去了北京的大医院，可那里专家的说法是几乎没救了，能保持植物人的状态就不错了。”林瑛格指着影像图片说道。

“嗯……确实有难度，尤其是延髓边上这块。”高雅点了点头。

“那你的看法是？”林瑛格的眉头拧成了一个麻花。

“我认为脑干中的这块骨碎片并不会影响朱警官的意识，所以手术应该分两期。一期手术是取出颞叶区、额叶区以及位于视神经、嗅神经和三叉神经旁的这五块骨碎片，从而让朱警官恢复意识。二期手术则是取出脑干中残存的骨片。当然，如果一期手术后朱警官已经能够正常生活，那二期手术也就没有做的必要了。毕竟脑干历来被认为是手术禁区，稍不留神的话，确实是连性命都要丢掉了。”高雅严肃地说道。

“哦。”林瑛格若有所思地点了点头。

“所以北京专家说得也没错，颞叶区和额叶区的这两块骨碎片手术难度也很高，一旦有什么差错，也会引起很严重的后遗症。”高雅的话就像是在自言自语。

“那有把握吗？”林瑛格的心情再次紧张起来。

“放心吧，我今天上午开个专家会谈论一下，这件事就交给我吧！”高雅微微一笑说道。

“嗯嗯，相信你。”林瑛格狠狠地点了点头。

“天都亮了，我们先买个早点，去我办公室休息一下，等另外几位专家来了，我们就开会。”高雅舒了一口气说道。

就在高雅长舒一口气的时候，王皓天的心却已经提到了嗓子眼。因为他看到此时董金正一步一步地向鸡蛋灌饼摊走来，右手似乎还在口袋里拨弄着什么东西。

- 05 -

2017 年 9 月 6 日凌晨 5:30　金陵市广州路金陵脑科医院门外的冯秀杰灌饼摊

此时此刻，在不远处停着的一辆黑色面包车里，气氛紧张到空气都凝固了。王皓天仿佛能听到自己的心跳声，他连眼睛都不敢眨地盯着那个小小鸡蛋灌饼摊，又下意识地握紧了腰间的手枪。然而思考了三秒后，他决定还是暂缓动手。毕竟董金的目标只是冯秀杰，而且高雅和林瑛格已经买好了鸡蛋灌饼，应该马上就会离开摊位了。然而短短十几秒之后，形势的发展却完全超乎了所有人的预料……

“董金？好巧呀，居然在这里遇见你？”高雅一脸不可思议地说道。

“呃？”正在接近他们的董金也瞬间愣住了。怕被看出端倪，董金立马把右手从口袋里面拿了出来。

几秒过后，还是林瑛格打破了沉默：“呃……高雅，这位是？”

“这是董金啊，我小时候的伙伴。”高雅介绍道。

“哦……没错……以前上初中时流行城乡学生结对子，当时跟我结对子的就是高雅姐。”董金的表情放松了下来，支支吾吾地说。

“哦……原来是这样呀。董金，你好，我叫林瑛格，是高雅的朋友。”林瑛格寒暄道。

“哦……”董金的面部肌肉有些不听使唤，他并不想在此刻与人搭讪。

“没想到在这遇到你啊，还没吃早饭吧？冯姨，再来一个鸡蛋灌饼。”高雅转过身去，对着冯秀杰说道。

“好嘞，加不加辣？”冯秀杰麻利地掏出了食材。

“要最辣的，我小伙伴是湖南人，特别能吃辣！”高雅眨了眨眼睛说道。

“呃……高雅姐……这你也记得……”董金的眼神突然变得很复杂。

“当然啦，我还记得你第一次去我家吃饭的时候，感觉所有的菜都没味道呢。”高雅笑着说道。

“嗯……我到湖南吃饭的时候，感觉所有的菜都辣得咽不下去。”林瑛格撇了撇嘴。

“高雅姐，你和这位大妈认识？”董金又下意识地摸了摸口袋里的手枪，指着正在做鸡蛋灌饼的冯秀杰问。

“这位冯姨自打我上班以来就在这卖早点，我这个经常不在家做饭的人吃的次数多了，就成了熟客啊，哈哈。”高雅低下头抿着嘴一笑。

“冯……姨？”董金不禁愣了一下。

“那当然了，冯姨的手艺可好啦。一块五就能买一个色香味俱全的鸡蛋灌饼，而且每次都会多给我加一个鸡蛋哦！”高雅的脸上洋溢着幸福的表情。

“高医生每天救死扶伤那么辛苦，当然要好好补一补啦！而且高医生人可好了，经常给俺送开水，而且刮风下雨天还会让俺去她办公室休息。”冯秀杰憨厚地笑了起来。

“呃……”董金睁大了眼睛似乎有些震惊，他的身体开始微微颤抖。作为一个性格极为内向的人，他孤独的活了二十多年，小时候父母的打骂，入狱后的折磨，社会中的人心冷漠，让他逐步由一个坏小孩成为一个冷血杀手。但就在这个普普通通的早晨，他第一次感受到了人间的温暖。

“哎……冯姨可辛苦了，为了供儿子上学，天不亮就要起来摆摊。”高雅似乎并没有察觉到董金的异样。

“小伙子，灌饼好了，尝尝俺的手艺！”冯秀杰将热乎乎的鸡蛋灌饼塞到了董金手里。

“三个蛋……”看着手中的鸡蛋灌饼，董金沉思了片刻，终于还是把右手从扳机上放开了。

“唔……我的天呐，怎么还聊上了……”看到董金把右手从口袋中抽了出来，王皓天终于松了一口气。

“皓天，董金那小子是不是吃错药了，在灌饼摊前干吗呢？”由于监控里听不到声音，所以杨燕清完全是一副云里雾里的状态。

“燕清，你绝对想象不到我看到了什么。”王皓天的脸上写满“不可思议”四个字。

“我说你愣在那干吗呢？还不快去抓人呀！”杨燕清的声音里同样写满“不可思议”。

“燕清，你读过一则名叫《警察与赞美诗》的故事吗？”王皓天并没有直接回答杨燕清的问题。

“皓天，你现在装什么文艺青年呀！董金是罪犯，身上背了七条人命，而且马上就会干掉眼前这个灌饼大妈。”杨燕清感觉王皓天的脑子似乎卡壳了。

“王队，王队，狙击手就位，请指示！”王皓天的耳机里传来部下请示的声音。

“再等等！”王皓天只是轻轻摇了摇头，而且他的右手也从扳机上移开了。

就在王皓天与杨燕清进行着这场鸡同鸭讲的对话之际，董金已经狼吞虎咽地消灭了整个鸡蛋灌饼。

“慢点吃，早饭吃得太快对胃不好哦！”高雅说笑着递给董金一瓶矿泉水。

“高雅姐，你笑起来还是那么好看！”董金又似乎找回了儿时的感觉。

“哈哈！哎，话说我们都十年没见了吧，我还以为你不在金陵了呢，这么多年你都去哪儿啦？”高雅捋了捋挡在眼前的头发，长舒了一口气说道。

“嗯……前几年，你去机场的时候，我也没来得及去送行。后来给你发短信，你也没回我。”董金摇了摇头。

“哎……我那个时候……”高雅叹了口气继续说道，“你不知道，我那个时候遇到了一些事情，整个人很抑郁，不愿意跟别人沟通交流。”高雅似乎不愿意多说什么。

“我理解！”董金只是轻轻地拍了拍高雅的肩膀，没有再问下去。

“哦……对了……之前我们一直联系着的邮箱密码是什么来着？”高雅挠了挠额头问道。

“高雅姐，雅虎中国都已经破产了。”董金轻声说道。

“那……我的那些邮件呢？找不回来了？”高雅不禁吃了一惊。

“可以这么说……”董金低下头去，似乎在跟自己讲话。

“没事，回头让杨帅哥帮你恢复一下好了，他可是我们局里的 IT 技术担当。”林瑛格轻轻地拍了拍高雅的肩膀。

“高雅姐，没有必要再看那些邮件了，没必要，真的没必要！”董金意味深长地说。

“为什么？”高雅愣了一下。

“不为什么。呃……高雅姐，你在医院里工作？”董金连忙转移了话题。

“对呀，就在里面，进去坐坐呗！”高雅指了指金陵脑科医院的大门。

“呃……不坐了，我还要赶公交呢！”董金随口敷衍道。

“那你呢，在金陵工作吗？”高雅微笑着问道。

“我……在一家酒吧当保安……没出息……真没出息……”董金自责道。

“别这么说嘛，三百六十行，行行出状元。职业那有什么高低贵贱之分，只要对得起自己，对得起社会就好了。”高雅鼓励他道。

“嗯，没错！”林瑛格跟着点了点头。

“高雅姐，你知不知道我曾经杀过人？”董金的表情突然变得很复杂。

“杀过人？”林瑛格下意识地重复道。因为没参与昨晚那场网络对抗，所以林瑛格至今还不知道眼前这个男人就是背负了七条人命的暗网中国的杀手。

“我知道你曾经是个网瘾少年，也知道你曾经因为偷钱被发现而杀了自己的父母。但是我也知道你后来改邪归正了，还见义勇为地干掉了一个强奸犯，解救了一个花季少女。所以说，不要总是活在黑暗中。走出来，你自然会看到属于自己的太阳。”高雅轻声鼓励道。她显然还不知道董金在见义勇为后遭遇了什么，更不知道如今的董金已经成了一个冷血杀手。

“没错，你之所以眼前全是黑暗，那是因为你把阳光挡在背后了。”林瑛格附和道。

“高雅姐，你知道吗？当我被关进少管所的时候，我感觉这辈子都要完了。直到我后来遇到了你，是你给我指导，给我鼓励……”董金说着说着，突然低声啜泣了起来。

“我也要感谢你呀，是你教会了我用电脑，还给我申请了第一个电子邮箱。”高雅微笑着递给他一张纸巾。

“呃……不过，董金……你是遇到什么麻烦了吗？”林瑛格隐约感觉到什么地方有点不对。

“唔……高雅姐……我想辞职不干了，我想当个好人……”董金抹着眼泪说。

“看你这话说的，保安又不是什么见不得光的职业。不过如果你觉得这份工作不适合你，那么你也可以尝试换一份工作呀。就像我的一个朋友原本也是当老师的，不过后来找了份兼职侦探的工作，而且屡屡挽狂澜于既倒，扶大厦于将倾，简直帅呆了。”高雅眨了眨眼睛笑道。

“哦？你男朋友吗？”听到“侦探”这两个字，董金的身体下意识地颤抖了一下。

“还……不是……”高雅不由得羞红了脸。

“你还有机会的，因为那个兼职侦探的颜值实在是太低了。”林瑛格习惯性地黑起了何凯峰，而远在几公里之外的何凯峰也很应景地在睡梦中打了个喷嚏。

“你们说笑了……高雅姐，你快去上班吧，我也要去工作了。”董金的眉头紧锁，脑子里似乎正在进行着激烈的思想斗争。

“嗯……好……那我们留个联系方式吧，以后常联系呀！”高雅掏出手机，打开了通讯录。

“呃……我一直是用酒吧的固话，回头买了手机后告诉你吧。”董金随口敷衍道。

“好，这是我的名片！”高雅并未起疑心，而是打开包包，拿出了一张精致的名片。

“真漂亮。”看着名片上高雅的证件照，董金的表情再次变得很复杂。

“好，那……再见！”高雅伸出右手，脸上挂着浅浅的微笑。

“嗯，好的……”董金紧紧地握住高雅的右手，很用力，很用力。

“你……好像力气大了不少哦……”高雅的面部肌肉下意识地抽搐了一下。

“那句话怎么说来着，告别的时候最好用力一点，因为说过再见之后，就有可能再也见不到了……”董金意味深长地说。

半分钟之后，鸡蛋灌饼摊前只剩下了董金自己，他点了一支烟，不停地在那里徘徊，似乎在纠结着什么……

第十三章　太阳照常升起

- 01 -

2017年9月6日凌晨5:40　金陵市广州路金陵脑科医院门外的冯秀杰灌饼摊

“王队，怎么办？”看到高雅和林瑛格离开了鸡蛋灌饼摊，刑警们早已跃跃欲试了。

“沉住气，再等等！”看到董金仍在徘徊，王皓天判断对方一时半会儿并不会起杀心。

“有什么可等的，赶紧行动啊！”杨燕清对此显然很有异议。毕竟徐泰前天刚把自己的老婆打成植物人，所以他对于这群暗网中国上的杀手没有任何怜悯之心，恨不得统统抓起来。

不过英明了一晚上的王皓天这次做了一个可能让他懊悔终生的决定，因为几秒后，又有一胖一瘦两个小男孩来到了鸡蛋灌饼摊前。他们都是金陵市第四中学的学生，胖子名叫孙大宝，瘦子名叫路亮亮，且是冯秀杰的儿子。

“亮亮，你不是在学校宿舍吗，咋又跑出来了？”冯秀杰显然吃了一惊。

“学校要交学费，所以来找你拿钱。”路亮亮揉了揉红肿的眼睛说。

“可是……前天不是刚交了一万块钱吗，咋又要交学费了？”冯秀杰问道。

“让你拿就拿，哪来那么多废话。”路亮亮头也不抬地说。

“那这次要多少钱呀？”冯秀杰的声音里流露出一丝忐忑。

“两万，少一分也不行。”路亮亮打了个哈欠说道。

“怎么可能一下子交这么多学费呢？妈妈真没那么多钱呀！”冯秀杰不由得面露难色。作为一个在城市里独自打拼的单亲妈妈，高额的学费已经让她喘不过气，再加上儿子平时吃喝玩的费用，让她显得捉襟见肘。不过既然送儿子到城里来上学，再高的费用她都拼了命去省钱给儿子用，只为了能将儿子培养成才。然而事情的发展却完全出乎她所料，路亮亮肆无忌惮地大手大脚花着钱，丝毫体会不到母亲的不易。而且一旦欲望没办法满足，路亮亮就会变本加厉地记恨母亲。

“补习班的费用啊！有多少给多少！”路亮亮伸出右手说道。

“喏……一共就只有五百六十五块四。”冯秀杰将钱包里的纸币硬币全部倒在了路亮亮手里。

“洛丹伦，主播妞妞上线了，求你打赏呢！”在一旁玩手机的孙大宝尖叫道。

“嗯……么么哒，等我冲了点卡就打赏你哈！”路亮亮拿过手机，满脸堆笑地说。

“亮亮，在学校一定要好好学习……”冯秀杰叮嘱道。

“神烦！这点钱哪够交学费的？快给我凑够钱啊，明天我要用！”路亮亮的目光只是继续停留在某直播界面上的三点式女郎身上。

“亮亮，吃个灌饼吧。”冯秀杰将一个刚做好的灌饼递给了路亮亮，里面加了四个鸡蛋。

“切……垃圾食品，谁吃呀！”路亮亮只是转过身去，向路口的肯德基走去。刚走了没几步，其中四毛钱硬币掉在了地上。不过路亮亮并没有在意，而是继续和女主播互动。

“亮亮，你的钱掉了！”冯秀杰连忙叫住了路亮亮。

“烦死了，不要了！”路亮亮头也没回地说道。

“哎……真是的！”冯秀杰叹了口气，连忙弯下身去将那四个一毛硬币捡了起来，放回空空如也的钱包中。

这个时候，董金突然开口了：“冯姨，你还有多少灌饼？我都买了！”

“没……没了……”冯秀杰摇了摇头。

“啊？”董金愣了一下，因为摊面上明显还有不少食材。

“俺是说，俺没有零钱找给你了。”冯秀杰面露难色地解释道。

“冯姨，这些东西，我都要了。你快点回家休息吧。”说着，董金掏出一张银行卡，递给了冯秀杰。

“不行，俺不能要，俺不能要。”冯秀杰连忙摆了摆手。

“冯姨，以后每天再给高医生加个鸡蛋，这些就权当我的预付款了。”董金微笑道。

“不行，这个真不行，一个鸡蛋也没多少钱。”冯秀杰依旧摆手说道。

“冯姨，我想要追她，就当帮我献个殷勤了，好吗？”董金将银行卡塞进冯秀杰手中。

“嗯……好吧…… 小伙子你对高医生可真好，高医生有福气啊……”冯秀杰不好意思地笑道。

“密码是900905，也就是高医生的生日。”董金的眼神突然变得很复杂。

“嗯嗯，高医生可是个好人呀！你要是娶了她呀，那可是修了八辈子的福分呀！”冯秀杰又夸起了高雅。

“冯姨，快点回去休息吧！”董金一边帮冯秀杰收摊，一边密切地注视着路亮亮和孙大宝的动静。

几分钟后，将灌饼摊收拾完毕，冯秀杰推着三轮，三步两回头地向虎踞路走去。

“冯姨，快走吧，再晚了城管要来收你的摊了！”董金调侃道。

“哦哦……”冯秀杰这才跨上三轮，晃晃悠悠地行驶在狭窄的道路上。

“唔……”董金长舒了一口气。

“小董，你是个好人……”远处又传来了冯秀杰的喊声。

“好人，我要做个好人！”董金点了点头。

“还真是现实版的《警察与赞美诗》呀！”王皓天的耳机里传来杨燕清的声音。

“当然了，孙子兵法上说，上兵伐谋，其次伐交，其次伐兵，其下攻城。所以说，对待罪犯呀，还是攻心为上，单纯靠惩罚解决不了根本问题。”王皓天又文艺起来。

“哦……你是打算让他留在外面当个好人喽？”杨燕清反问道。

“当然不是，感化罪犯的前提是他要先为自己曾经的所作所为付出应有的代价。同志们，收网。”王皓天这才停止了文艺，变得一本正经起来。

然而，出乎他意料的是，接下来耳机里传来的却是：“王队，情况有变，请指示。”

“啊？”王皓天定睛望去，只见一个带着小女孩的妇女正站在董金面前，不停地比画着什么。

- 02 -

2017 年 9 月 6 日凌晨 5:50　金陵市高雅别墅

“思晨，起床了。”何凯峰使劲地摇晃着李思晨。

“何老师……我还想多睡会儿……”李思晨揉着惺忪的睡眼说道。

“G13××次列车早晨七点半就开车啦！”何凯峰提醒道。

“可是现在还不到六点呀！”李思晨嘟着嘴说道。

“亲，你还要刷牙‘洗脸’吃早饭吧，还要涂涂抹抹、梳妆打扮吧，这要多长时间？忙完这些事之后，我们还要在早高峰期间坐公交赶到金陵南站，这又要多长时间？所以呀，你自己好好盘算一下，你还能赖多长时间的床？”何凯峰一脸不悦地说。

“何老师，我想留在金陵找我妹妹。”李思晨眨着忽闪忽闪的大眼睛说道。

“你妹妹的事，我和林警官会搞定的，你就安心回去好好上课吧。我看了你的课表，今天下午还有《工程制图》，对吧？我跟蒋老师说过了，一定要盯紧你。”何凯峰指着李思晨的鼻子说道。

“喂，哪有你这样的！不嘛！我要和你们一起嘛！关键时刻还能多个帮手嘛！”李思晨依旧不依不饶。

“还多个帮手，我看你简直就是个小拖油瓶，不给我帮倒忙，我就谢谢你了。”何凯峰翻了个白眼。

“我看过好多破案小说的，怎么会是拖油瓶呢？”李思晨又嘟起了嘴。

“听我说，你每在金陵多待一天，学校就要多扣我一天工资。你不为自己考虑，总要为老师我考虑吧！以后我攒不起首付，买不起房子，谁养我呀！”何凯峰没好气地说。

“说得跟不扣工资，你就交得起首付似的！”李思晨碎碎念道。

“你！”被戳中痛点的何凯峰狠狠地瞪了一眼李思晨。

见此情形，李思晨又换了一副软萌妹子的表情：“何老师，你是不是喜欢美女姐姐呀？”

“胡扯！我这一趟来金陵……就是为了找你……没有其他目的！”何凯峰支支吾吾地说。

“那你昨晚怎么一直在喊美女姐姐的名字呀？”李思晨又眨了眨眼睛。

“你们睡在卧室里，而我睡在客厅的沙发上，我们之间隔了两道门，你哪只耳朵听到我喊她的名字了？”何凯峰反问道。

“你的声音实在是太大了，以至于我隔着两道门都听得清清楚楚。”李思晨又做了个鬼脸。

“我……我……我只是……只是昨天发生了一些非常惊心动魄的事情，所以晚上下意识地胡乱喊了两句罢了！”何凯峰这才意识到自己昨晚似乎一直在梦见高雅。

“嗯……我也听说了，听说你差点挂掉。”李思晨点了点头。

“你……又是听谁说的？当时你不是一直待在黄博的警务室吗？”何凯峰撇了撇嘴。

“昨晚漂亮姐姐和林警官聊了好久，虽然声音很低，但我还是大致听出了事情的过程，好像你还杀了人！”李思晨的眼睛里写满惊恐。

“杀坏人不算杀人。要是我对他们心慈手软，明年的鬼节你就要给我烧纸了。”何凯峰心有余悸地说。

“哦哦，貌似你是为了救美女姐姐才独闯虎穴的，对吧？”李思晨又眨了眨眼睛。

“呃……确实如此！”何凯峰点了点头。

“你就不怕有去无回吗？”李思晨问道。

“那就有去无回喽！”何凯峰的表情显得很释然。

“可是我不想让何老师死……”李思晨说道。

“哦，为啥呢？”何凯峰做出一副耐人寻味的表情。

“因为我还指望你帮我找妹妹呢！”李思晨嘟着嘴说。

“噗……找妹妹的事情交给我。你现在就回学校去好好预习，下节课我们讲淮河，回答不出问题要罚站的哦！”何凯峰严肃认真地说道。

“你才不会体罚我呢！”李思晨瞟了一眼何凯峰。

“为什么？”何凯峰不禁愣了一下。

“体罚学生要扣工资的，那样你就更交不起首付了！”李思晨又嘟了嘟嘴。

“哎……真是拿你没办法！”何凯峰摇了摇头，叹了口气。

“好啦，我不困啦！何老师回避吧，我要穿衣服啦！”李思晨又做出一副软妹子的表情。

“快点，别拖拖拉拉的！”何凯峰迫不及待地走向房门，结束了这场被损得体无完肤的对话。

然而，就在何凯峰走出房间的瞬间，李思晨又开口了：“何老师，你真的不怕死吗？”

何凯峰转过身去，若无其事地说道：“人总是要死的，不论男还是女，不论丑还是漂亮，不论年轻还是年老，不论好人还是坏人，不论领袖还是奴隶，不论有钱没钱……总之，不论发生什么，太阳第二天都会照常升起，就像什么都没发生过一样。”

- 03 -

2017年9月6日凌晨6:00　金陵市广州路金陵脑科医院门外

与一位妇女交谈了大约五分钟之后，董金终于明白了对方的意思。原来这个妇女名叫李海英，来自皖北一个名叫临淮村的小村庄。李海英这次是带女儿李萌萌来金陵看病，不料下了火车后上错了公交，阴差阳错地被带到了金陵脑科医院。

“大姐，你应该去儿童医院，你在前面的丁字路口右拐，直走过四个红绿灯就到了。”董金边比画边说道。

“谢谢大兄弟，谢谢大兄弟。”李海英满怀感激地说。

“你去火车站的时候，出儿童医院的门左拐直走，过两个红绿灯就能看见地铁站。那一站叫做珠江路糖果车站，工作人员可能会给萌萌发糖果哦！”董金轻轻地摸了摸李萌萌的头，这时他才发现小女孩的头发下面有一个很明显的瘤状物。

“萌萌，快谢谢叔叔！”李海英俯下身去，对李萌萌说道。

“嗯……谢谢叔叔……”李萌萌用夹杂着乡土气息的普通话说道。

“大姐，如果你不介意的话，我想问问萌萌得了什么病？”董金压低了声音问道。

“呃……据说是脑瘤，俺那里的县医院治不好，于是俺就带着萌萌来金陵碰碰运气，哎……”李海英重重地叹了口气。

“大姐，既然是这样，那你就不要去儿童医院了，就来这里吧！”董金指了指金陵脑科医院的大门。

“啊？俺去了找谁呀？”李海英下意识地问。

“找高雅，这是她的联系方式。”董金将高雅的名片递给了李海英。

“哦……俺记一下。”李海英掏出圆珠笔，准备在手背上抄写号码。

“大姐，这个名片你拿去好了。”董金将高雅的名片塞到了李海英手里。

“啊？这么贵重的东西，俺不能收。”农村出身的李海英显然没见过名片这种东西，而且高雅的名片也确实做得非常精致，单张成本费不低于十元人民币。

“收下吧，拿好！”董金满怀深情地看了一眼高雅的名片，而后头也不回地朝路口的肯德基走去。

说来也巧，不到十秒的工夫，路亮亮和孙大宝就从肯德基里走了出来。前者依旧在盯着某直播平台，后者则在聚精会神地盯着刀塔录像。

“洛丹伦，要不要再去网吧犀利一把？”孙大宝问道。

“好呀！走！”打赏了一支玫瑰之后，路亮亮关掉了直播。

“你就是洛丹伦？”董金来到路亮亮面前，目光如炬地盯着对方。

“没错，你是哪位呀？”路亮亮显然吃了一惊。

“你为什么要骗母亲的辛苦钱去打游戏，还打赏那些不三不四的女主播？”董金的口气显得很严厉。

“关你毛事呀！”路亮亮与孙大宝不约而同地推了董金一把。

“你还在暗网中国上发了帖子，要买你妈的命？”董金的神情依旧很严厉。

“你管得着吗？”路亮亮并没有否认。

“啊居然是这个样子！”角落里的王皓天显然也震惊了。

“你还有人性吗？你妈妈每天起早贪黑地挣这点辛苦钱，你却以交学费的名义骗去打游戏，还打赏什么女主播。你自己鬼混也就罢了，还想杀了你亲妈。你还有人性吗？”董金吼道。

“我替亮亮回答，还不是因为她管得太多了，不让我们一起泡吧、玩游戏。还非得把亮亮送去学校宿舍住，也不想那里管得多严呀！”孙大宝掐着腰怒怼道。

“哎，我说你到底是谁呀？”路亮亮似乎并没有反悔的意思。

“一比特币，将近两万块钱，你妈要做多少个灌饼才能挣够呀！”董金指着路亮亮的鼻子吼道。

“我又没打算真付给你，而且我还正好能吓唬吓唬我妈。”路亮亮翻了个白眼，他显然还没搞清楚暗网中国的付款机制，除非杀手放弃或是任务失败，否则这一比特币是绝对不可能退回自己账户的。当然，他也更不会去考虑，一旦把含辛茹苦抚养自己长大的妈妈给杀了，以后的日子自己该怎么过。

“你……你以为这是什么？这是在玩过家家吗！？”董金恨铁不成钢地掏出手机，进入了暗网中国的界面，放弃了任务。

“哎，我说你到底是谁呀？”孙大宝在一旁吼道。

“我就是暗网中国上的董爷，就是接单的杀手，懂了吗？”董金怒斥道。

“你自己怂，可以不接单呀，干吗来对我们指指点点？”路亮亮回敬了一个白眼。

“听着，把比特币兑回人民币，然后还给你妈妈，让她换一辆电动三轮车。”董金指着路亮亮的脑门说。

“我们怎么花钱，关你毛事呀！”孙大宝又插话了。

“再就是，以后好好学习，多帮妈妈干家务，别去打游戏，别去看直播，更别跟这些不三不四的人混在一起。”董金盯着路亮亮的眼睛，一字一顿地说。

“说谁不三不四呢？我跟谁玩，关你屁事呀！”路亮亮和孙大宝直接对董金动起了武。

“如果你不学好的话，以后就会是这个下场。”董金后退一步，离开了路亮亮和孙大宝的攻击范围。

“找揍是不？”路亮亮显然没有任何反思的意思。

“混蛋！”在不到一秒钟的时间里，董金便抽出口袋里的五四式手枪，拉开保险，对着孙大宝的右腿来了一枪。

顿时孙大宝应声倒在地上，不停抽搐起来……

看着孙大宝倒在地上，血流成河，路亮亮瞬间吓呆了……

同样吃了一惊的还有王皓天，这部“浪子回头”的剧本，他只猜中了开头，却没猜中结局……

“皓天，你傻了吗？”杨燕清率先反应过来，然而就在那一刹那，现场所有的刑警们似乎都惊呆了，并没有人回应。

“要学好，懂吗？”董金再次问道。

“嗯……”路亮亮下意识地点了点头。

“否则，就会跟我一样！”董金将手枪抵住自己的上颚，扣动了扳机。

“啊！！！”——枪声响起，董金轰然倒地，空气中只剩下路亮亮的叫声。在意识即将消散的那刻，他看见一轮鲜红的朝阳正在东方冉冉升起……

第十四章　波澜再起

- 01 -

2017 年 9 月 6 日下午 14:00　金陵市公安局刑警队会议室

“同志们，先告诉大家一个好消息，经过十三个省、市、自治区的联合行动，暗网中国杀手版块和色情版块已经遭受了毁灭性的打击。”王皓天揉着额头说道。自从朱媛媛遇袭之后，他就没睡过一个完整的觉，每天不是在抓坏人，就是在去抓坏人的路上。

“目前除了石兴旺和石发财之外，仅有六名嫌疑人在逃，他们分别是李流畅、苏军、潘同、纪恒、姚广和刘珂。这六个人都是石兴旺和石发财的亲戚、朋友，所以石塔一案后，石家兄弟直接用手机通知了他们，六人得到消息后纷纷闻风而逃。”杨燕清补充说道。

“在这里呢，还要点名表扬一下燕清。正是因为昨天他集结了一支程序员大军，对暗网中国进行了长时间的网络攻击，才使得消息没有通过暗网中国扩散出去。”说完，王皓天拍了拍杨燕清的肩膀。

“还要不要我夸一下你枪法极好呀？哈哈！”两位好友又相互吹捧起来。

“你们俩呀，可真是你吹我、我吹你，吹来吹去到最后都是为了抬高自己。”林瑛格俨然已经看穿了一切。

“小林，媛媛那边情况怎么样了？”王皓天一脸关切地问。

“今天晚上手术，高雅亲自主刀。”林瑛格回答道。

“燕清，你怎么一点都不激动呀？”看着无动于衷的杨燕清，王皓天不禁好奇起来。

“激动啥，我早就截获了高雅的通讯记录，一切尽在掌控之中。”杨燕清故作平静地说。

“燕清，这可是犯法的！”王皓天吃了一惊。

“逗你玩的，肖燕大夫早就把她转院的事情告诉我了。哎，可怜我那老丈母娘，还在北京找专家呢。”杨燕清翻了个白眼说道。

“哦……”王皓天若有所思地点了点头。

“不过话又说回来了，我觉得手术风险还是蛮大的，毕竟北京的专家们纷纷表示。而且类似的手术在全世界也不过九十五例，其中只有十例成功，另外八十五例的病人不是留下了严重的后遗症，就是没有活着走下手术台。”杨燕清嘴角的肌肉微微地抽搐了一下。

“那你怎么确定高雅能做好这个手术？”王皓天不由得脱口而出。

“因为那十例成功的手术里，有八例是高雅做的。”林瑛格趁机解释道。

“唔……那就好，那就好……”王皓天不禁长舒了一口气。

“杨警官，我拜托给你查的那个号码，有着落了吗？”林瑛格把视线转向了杨燕清。

“你是说李思阳打给姐姐的那个电话吧？根据移动方面提供的信息，这个号码属于一个叫刘珂的人，也就是目前仍在逃的六个嫌疑人之一。”杨燕清翻着一摞材料说道。

“换句话说，刘珂是暗网中国中人口交易版块的骨干成员之一。只要抓住他，我们下一步的工作就好做了。”林瑛格心领神会地说。

“没错，暗网中国上的这群人呀，为了隐藏踪迹可真是煞费苦心呀！不过他们或许做梦也想不到，自己会栽在一个‘石塔山泉’的瓶子和一个用实名制手机呼出的电话上。”王皓天的脸上挂着得意的笑容。

“这叫‘天网恢恢，疏而不漏’。不过话又说回来，这还真要感谢李思晨和她那个话唠妹妹。要不是因为这俩机灵鬼的话，我们现在还摸不到暗网中国的底细呢。”林瑛格的语气里流露出一丝庆幸。

“咦，那个李思晨去哪里了？”杨燕清问道。

“据凯峰说，她已经回洪都了，我看一看……呃……G13××，中午十二点半到洪都西站。这么看来，她现在已经回学校了。”林瑛格翻着某火车票订票网的页面说。

然而话音未落，何凯峰突然闯了进来，面色惨白地说：“小林姐，王队长，杨警官……出事了，出大事了……”

“慢慢说，到底怎么回事？”林瑛格连忙给何凯峰递来一杯水。

“今天下午有工程制图的课，但是蒋老师说李思晨并没有出现在课堂上。于是我又打电话问了她的辅导员罗斯亮，因为按照规定，李思晨回学校后应该去他那里签到。可奇怪的是，罗老师表示李思晨并没有去找过他。”何凯峰上气不接下气地说。

“电话呢，也打不通吗？”王皓天问道。

“关机了，打不通。”何凯峰摆了摆手。

“这么说来，李思晨又失踪了……”一种不祥的预感瞬间涌上了林瑛格的心头。

果不其然，查阅了高铁沿线十几个车站的监控视频后，杨燕清发现当天上午 9:22 的时候，李思晨乘坐的 G13××列车抵达了杭州东站。十分钟后，她突然走出车厢，跑进了对面站台上停靠的 G73××列车。12:41 的时候，该趟高铁列车抵达金陵南站。很快李思晨跟在一个大胖子后面出了闸机，而后坐上了 518 路公交车，朝石塔村方向驶去。

“这妮子是要干吗？”何凯峰不明就里地问。

“难道是对妹妹的事不死心，所以想再回去找找？”杨燕清提出了一个假设。

“不应该呀，高雅都跟她说过了，‘石达子’是话唠的意思，和石塔村没有任何关系呀，她应该明白的。”何凯峰下意识地说道。

“杨警官，我建议你再查一下李思晨的通话记录。她曾经在石塔村询问过妹妹的下落，而且还留下了联系方式，让那些街坊邻居有了妹妹李思阳的消息通知她。所以我想李思晨这次突然返回石塔村，很有可能是得到了有关妹妹的消息。”林瑛格分析道。

“嗯，小林说得有道理！”王皓天点了点头。

“可是……为什么李思晨会突然关机呢？”何凯峰问道。

“我个人认为，这很有可能是别人故意设置的骗局。”林瑛格的眼神里掠过一丝惊恐。

“你是说有人设局骗她回去？”何凯峰感觉心里“咯噔”沉一下。

“没错，其实这件事的主要疑点并不是李思晨折回石塔村，而是她为什么会关机。按理说处在一个陌生的城市，李思晨应该时刻开着手机地图导航才对。即使手机没电了或是又被偷了，她也可以借用别人的电话或者使用公用电话呼叫何凯峰，再不济还可以直接拨打110报警电话。所以我认为是某人谎称自己知道李思阳的信息，但是又不想让警方追踪到自己，所以才指使李思晨关机，于是寻妹妹心切的李思晨就自然而然地上套了。”林瑛格分析道。

果不其然，林瑛格话音刚落，一直在操作电脑的杨燕清便开口了：“小林说得有道理，我刚查到了李思晨的手机通话记录，上面显示在上午9:00的时候她确实接到了一个电话。”

“哦，机主是谁？”王皓天迫不及待地问道。

“呃……奇怪，这个号码的机主居然是一个叫关穆的人。档案显示他是我市东南理工大学的一名研究生，并没有不良记录。”杨燕清皱着眉头说道。

“关穆啊！我知道，前阵子我在火车上见过他，就是个很普通的学生。”何凯峰赶忙补充道。

“那这个关穆……现在人在哪里？”王皓天又问道。

“从手机定位来看，应该是在石塔村！”杨燕清指着屏幕说道。

“小林，这么看来，你的推理……似乎有点问题呀！”王皓天带着满脸的疑问说道。

“我看我们还是马上赶去石塔村一探究竟吧！”林瑛格也感觉事情超乎了自己的预料。

- 02 -

2017年9月6日下午17:00　金陵市石塔村

由于临时性的交通管制，林瑛格一行人赶到石塔村的时候已是下午五点了。刚一下车，何凯峰的手机就响了起来。

“何老师，救我！”电话一接通，听筒里就传来了李思晨的声音。

“思晨，你在哪里？”何凯峰迫不及待地问。

“姓何的，李思晨在我手上，想活命的话就乖乖听我的指示。”手机听筒里换成了石发财的声音。

“好，你说吧！”何凯峰强装镇定地说。

“你和你旁边那个女法医马上走上山来，不准带任何武器。我们在翼王山的石塔下面见。敢要花样的话，你懂的！”石发财说完就挂断了电话。

“这究竟是唱哪一出呀！”何凯峰一脸不解地说。

“凯峰，这个石发财很狡猾。从石塔村到翼王山的道路只有一条。所以只要石发财占据住制高点，就很容易知道我们实际上究竟有几个人上了山。”林瑛格说道。

“为什么偏偏叫我和林法医一起上山呢？”何凯峰不解地说。

“没关系，既然这样，你们走慢一点，我带一队人马从东麓绕上翼王山主峰，居高临下，很容易控制局面。”王皓天鼓励道。

“皓天，这里交通不便，而且又有交通管制，如果你想绕到东麓去翼王山，至少需要四个小时，那时候天早就黑了。”杨燕清提醒道。

“王队，事已至此，我和凯峰必须走一趟，否则的话李思晨就没命了。”林瑛格的表情显得很坚定。

“可是你们的安全……”王皓天话说了一半，但又欲言又止了。

“放心吧，石发财一时半会儿不会伤害我们的。”林瑛格只是微微一笑。

“哦？你怎么如此自信？”杨燕清不明就里地问。

“王队，我虽然不知道关穆的手机是怎么落到石发财手上的，但是我知道石发财劫持李思晨的真正目的是什么。”林瑛格的眉头微微一皱。

“哦，是什么？”王皓天问道。

“其实他的真正目标是凯峰和我，只不过我们俩不太好抓，所以他才先劫持了救妹心切的李思晨，逼我们俩上山罢了。”林瑛格耸了耸肩。

“啊？是你们？难道他想报仇不成？”杨燕清脱口而出。

“当然不是。你想想看，是凯峰和我对你们重要，还是李思晨重要？”林瑛格做了一个思考的手势。

“虽然生命都是无价的，但我觉得还是你们俩重要。”王皓天的表情显得很复杂。

“这就对了！只有绑架了我们俩，他才能要挟你放掉那些罪犯或是缴纳一笔高额的赎金呀！绑架李思晨有啥用，你们和她压根没什么交集，也没什么交情，这样谈条件的时候，筹码是不是就轻了很多？”林瑛格解释道。

“原来这是拿李思晨做诱饵呀！”王皓天这才恍然大悟。

“所以说，石发财一时半会儿不会加害我们，你只要想个办法拖住他，事情就有回旋的余地。”林瑛格故作轻松地说。

“嗯，我同意小林姐的意见。”何凯峰跟着点了点头。

“皓天，我有个新发现。”杨燕清突然开口了。

“哦？什么发现？”王皓天问道。

“你知道翼王山附近为什么交通管制吗？”杨燕清并没有直接回答王皓天的问题。

“呃……据说是有部队调动。”王皓天挠了挠额头说道。

“没错，我通过内部消息得知，是东部战区的某炮兵连换防。”杨燕清压低了声音说道。

“军队的网你也敢黑？不要命了！”王皓天吓出了一身冷汗。

“没那么严重啦，是我的小舅子刚刚告诉我的！”杨燕清打哈哈道。

“那……你的意思是？”王皓天似乎意识到了什么。

“让邢局联系军方，请求他们的协助。”杨燕清神秘兮兮地说。

“请炮兵支援？我们又不是去打仗的，至于吗？”何凯峰的脸上写着大大的囧字。

“凯峰，话不能这么讲。要是石兴旺和石发财敢对你们有什么不利，搞两发炮弹震慑他们一下还是可以的。”杨燕清做了个鬼脸。

“这种大事……我马上奏请邢局，你们也要注意安全。”说着，王皓天拍了拍林瑛格与何凯峰的肩膀。

“嗯，好的，放心吧！”林瑛格与何凯峰点了点头，转身向着翼王山走去……

- 03 -

2017 年 9 月 6 日下午 17:20　金陵市翼王山

翼王山虽然不高，但山体绿树环绕，杂草丛生，何凯峰和林瑛格刚走上翼王山没多久，便已经看不到人影了。突然，一个大胖子从草丛里冲了出来，手持一把五四式手枪，拦在了林瑛格与何凯峰面前……

“李流畅？”看到大胖子的相貌，林瑛格立即把他与那六个在逃的嫌疑人中的一个对上了号，她小声在何凯峰耳边说道。

“少废话，把手伸出来！”李流畅晃了晃手中明晃晃的手铐。

“另外那五个人，应该也在山上吧！”林瑛格并没有慌张，而是接过手铐，把自己与何凯峰都铐了起来。

“你说谁？”李流畅下意识地愣了一下。

“没什么……”林瑛格不置可否地摇了摇头。从对方的神态中，她已经判断出苏军、潘同、纪恒、姚广和刘珂等几个重要的嫌疑人此刻也在山上。

“这位仁兄，话说你们是怎么搞到关穆手机的，莫非他也跟你们是一伙的？”何凯峰依旧被关穆的电话搞得一头雾水。

“他呀，就是个二货！”李流畅轻蔑地笑了笑。

“哦，此话怎讲？”何凯峰感觉越来越糊涂了。

“不瞒你说，要不是他给女友买皇家礼炮，我还真拿不到这个卡。你也知道，手机实名制之后想搞张别人的卡可不是件容易的事儿。好在他为了讨好那个拜金女友，把手机给当了，于是我花了两千块钱连手机带卡一起买了过来。”李流畅的表情里流露出一丝庆幸。

“我还以为干你们这行的都应该有好几张手机卡呢！”林瑛格撇了撇嘴。

“原本都是在暗网中国上联系的，手机号实名不实名没关系，反正你也追查不到我！”李流畅哼唧了一声。

听到李流畅这么说，林瑛格发觉他是一个没有多少心机和头脑的家伙，于是边走边对何凯峰小声说：“看来他们也没想到，我们直接端了暗网中国的服务器，对吧！”

“嘀咕什么！不要说话了！”李流畅突然厉声吼道。

“胖兄，我还是没搞清楚……这和关穆有啥关系呀，莫非他也是暗网中国中的一员？”何凯峰依旧没弄清楚重点。

“哼哼……”起初李流畅并没有回答何凯峰的问题，可过了十分钟后，他懒懒地说：“这么说吧，他虽然现在不是，但早晚会被那个拜金女友给带进来。”李流畅翻了个白眼。

“哦？此话怎讲？”何凯峰感觉事情有些不对。

“你知不知道暗网中国上这些外围女们是哪里来的？”李流畅卖了个关子。

“难度不是从那些模特里挑来的？游艇、香车往那一放，拜金女们自然就从自行车上下来，钻进宝马车里哭了。”何凯峰若有所思地说。

“别扯淡了，我们哪搞得起那些高端东西！我告诉你最简单的办法就是，去酒吧找！就找那种一见到富豪帅哥就迈不开步的妞儿，不出三天，绝对搞定。”李流畅点起一支烟说道。

“哦……这么说来，他女朋友陈玲也是干这一行的喽？”何凯峰不禁愣了一下。

“这么跟你说吧，要是没有你们捣乱，我们老大再过两天绝对把她拿下了。你说说一个研究生不在学校里好好看书，跑到酒吧里干吗？害得男朋友不得不把手机当了去买洋酒，而自己呢，还老是往富豪帅哥跟前凑。这种人不下水，谁下水呀！”李流畅一脸轻蔑地说。

“这么看来，我们昨天还间接解救了一个良家妇女呀！”林瑛格自嘲道。

“哼哼，你们还是先好好想想怎么救自己吧！”话音刚落，他们三人就来到了石塔前。林瑛格定睛望去，只见李思晨被捆成了一个大粽子，仰面躺在地板上。石兴旺与石发财则分别坐在中央的八角凳上吸烟，而且石发财手中还多了一把五四式手枪。刘珂与姚广分居两侧，每个人手中都拎着一把七十公分长的大砍刀。将林瑛格与何凯峰压进石塔后，李流畅便退出了大门，点头哈腰地给正在散步的大哥苏军点烟。潘同和纪恒倒是没出现在现场。不难推测，两人应该是被派到山坡上放风去了。

“石兴旺，石发财，既然我们俩已经来了，那么你们把李思晨放了吧！”林瑛格大声说道。

“哼哼，哥，打电话呗！”石兴旺向石发财使了个颜色。

石发财见状立即掏出手机，拨通了王皓天的电话：“姓王的，现在林瑛格、何凯峰在我们手上，马上把张老板还有其他兄弟们给我放了，再给我准备一千万现金和两辆车，我就给他们留个全尸。”

“哼哼，石发财，你这事儿办得不地道呀！”王皓天的声音显得很平静，因为之前林瑛格早就看穿了对方的诡计。

“有什么地道不地道的，必须按我说的办，否则老子把他们碎尸万段！”

石发财气势汹汹地吼道。

“不是说好林瑛格与何凯峰一上山，你就把李思晨给放了吗？”王皓天显然并不为所动。

“条件变了，老子说什么就是什么！”石发财似乎觉得一切尽在自己掌握之中了。

“要是你一直是这个态度，那我觉得没什么可谈了。”王皓天的声音依旧很平静。

“小看我是吧，那我就先把这个妞儿打死，让你瞧瞧！”石发财暴怒地挥舞着手枪。

“石发财，你要是敢伤人质一根毫毛，我绝对把你轰成粉末式骨折！”王皓天冷冷地回应道。

“不见棺材不落泪，是吧！”石发财打开了视频通话，而后举起手枪，向李思晨走去……

一步，两步，三步……接下来五秒钟里发生的事情，或许直到当事人在天堂里再聚首的时候，依然会众说纷纭……

根据当事人林瑛格的目击证词和内心活动，情况大致是这样的：

第一秒的时候，我看到石发财提着枪向李思晨走去……我想我出发前的判断错了，我完全低估了石发财的险恶！不，应该是我忘了他一共有三个人质。这样一来，他完全可以先打死李思晨，这个在他看来最不重要的人质，从而使王队服软。天哪，大意了！真大意了。

第二秒的时候，我看到石发财拉开了手枪的保险。哦……对不起，思晨。是我疏忽了，如果我们不上山的话，你绝对是安全的，至少现在绝对是安全的！

第三秒的时候，我感到窗外有狂风呼啸而过，好冷，就像穿着单衣在雪地里奔跑……

第四秒的时候，周围明明很吵，但是我听不到任何声音，我的世界似乎突然安静了……

第五秒的时候，我感觉自己飘了起来，那种感觉就像是做摩天轮，又像是在坐过山车。不，确切地说，是在做一个仰角为二十一点五度的斜抛运动。然后，我便重重地撞到了一个软绵绵的物体上。

根据当事人何凯峰的目击证词和内心活动，情况大致是这样的：

第一秒，我看到石发财提着枪走了过来，他的目标是我吗？好吧，人生自古谁无死，留取丹心照汗青！

第二秒，我意识到石发财的目标是李思晨。天呐，这下完了，工作要丢了，首付也要没了。

第三秒，我听到窗外传来异样的声音，那是什么？唔……我好像在《拯救大兵瑞恩》里听到过。

第四秒，我看到石发财的眼睛里有火光闪过……没错，那真的是火光……

第五秒，小林姐是怎么了，她为什么会朝我飞了过来？哈哈，还记得那场音乐会的烟火，还记得那个凉凉的深秋，还记得人潮把她推向了我……唔……你撞到我的胃了……

根据当事人李思晨的目击证词和内心活动，情况大致是这样的：

第一秒，我看到石发财提着手枪冲了下来，他是要杀何老师吗？天呐，以后再也见不到何老师了，我想哭。

第二秒，妈呀，他是要杀我！杀我！上帝啊，谁来救我呀！

第三秒，地上的尘土飞了起来，迷失了我的双眼，不过我感觉石发财似乎愣住了。

第四秒，地震了，我确定是地震了，就像2008年5月12日汶川地震时的那种感觉。

第五秒，我看到石发财飞了起来，重重地向背后的石墙撞去。对了，我还看到林警官也飞了起来，撞在了何老师的肚子上。

根据当事人石发财的目击证词和内心活动，情况是这样的：

第一秒，李思晨，受死吧！

第二秒，王皓天，你会为你的固执付出代价的！

第三秒，啊？被尘土迷了眼睛……

第四秒，晕，又被火光晃了眼睛……

第五秒，天呀，是谁打的黯然销魂掌……

根据当事人李流畅的目击证词和内心活动，情况大致是这样的：

第一秒，苍茫的天涯是我的爱。

第二秒，绵绵的青山脚下花正开。

第三秒，什么样的节奏是最呀最摇摆。

第四秒，什么样的歌声才是最开怀。

第五秒，上帝呀！这就是传说中的天堂吗？

俗话说得好，当局者迷，旁观者清，要想知道那五秒钟里究竟发生了什么，我们还是来看一下旁观者王皓天的目击证词吧：

第一秒，装定射击诸元！

第二秒，方位角 27-00，射角 06-80！

第三秒，放！

第四秒，轰一声，一切已经不同。

第五秒，石塔晃了两晃……

- 04 -

2017 年 9 月 6 日下午 17:40　金陵市翼王山石塔

由于何凯峰那厚达五公分的脂肪层对自己的缓冲作用，眩晕了二十秒后，林瑛格第一个缓过神来。定睛望去，她只见石兴旺与石发财两人斜躺在墙角下，气若游丝。刘珂与姚广的情况也好不到哪里去，他们被飞来的木门砸中了面门，晕了过去。李思晨依旧被捆得像只粽子的状态，只不过往前翻了五个滚，俯卧在地。而林瑛格身旁的何凯峰……他，他似乎清醒得比自己都早，不过一直处于干呕的状态。

“小林姐，你撞到我胃了……”何凯峰机械地重复着这句话。

“喂，别磨叽了，快起来。”林瑛格迅速爬起来，从石发财的身上找到钥匙，解开了自己与何凯峰的手铐。

“呃……这是怎么回事？”何凯峰定睛望去，之前石塔的木门被气浪给冲飞了，而且门外大约六十米远的位置还有一个直径约十五米的大坑。

“这是 155 毫米榴弹炮的杰作，杀伤范围可达一个标准足球场那么大。还好弹着点地离得够远，否则我们早就化作南柯梦里人了。”林瑛格一边解释，一边拿起砍刀给李思晨割绳子。

“林警官，接下来我们怎么办？”李思晨眨着眼睛问。

“打电话呼叫王队前来支援。”林瑛格擦了擦额头上的汗珠说道。

然而话音刚落，远处便传来了潘同与纪恒的声音：“兴旺、发财……你们咋了……”

“林警官，我们接下来又该怎么办？”意识到情况有变，李思晨的眼睛里流露出一丝惊恐。

“擒贼先擒王嘛！石家兄弟都在我们手里了，怕什么！”何凯峰指了指石兴旺与石发财，声音显得很自信。

“笨蛋！杀手们都快到面前了，我们劫持两个昏过去的人有什么用！”林瑛格捡起石发财的手枪，在衣服上擦了擦。

“那……杀了他们？”何凯峰站起身来，举着砍刀说。

然而他刚一起身，窗外便响起了一记清脆的枪声，而后何凯峰只感觉子弹嗖的一下从自己的头顶飞过。

“快跑！”林瑛格弓下腰去，催促着何凯峰与李思晨尽快离开石塔……

大约五秒后，李思晨、何凯峰、林瑛格先后逃出了石塔。他们看见山路上有李流畅与苏军的断肢残骸，尤为瘆人。

“小林姐，这就是你的计划吗？”何凯峰不禁吓了一哆嗦。

“这不是我的计划。不过要是没有这发炮弹的话，思晨搞不好要被石发财拉去给王队立下马威了。”林瑛格心有余悸地说。

“那……接下来的计划是什么？”李思晨问道。

“趁着他们没追上来，赶紧跑！”林瑛格耸了耸肩。

“那……要是他们追上来了呢？”何凯峰又问道。

“随机应变，见机行事！”林瑛格摊了摊手。

接下来的十来秒种，情况比预想的要好得多。潘同和纪恒并没有追上来，而是钻进石塔，救助被震得不省人事的姚广、刘珂和石家兄弟去了。

“天呐……这么大个坑，这帮部队是拉去朱日和搞演习的吧！”看着直径达十五米的弹坑，何凯峰不禁倒吸了一口凉气。

“别感慨了，快跑呀！”林瑛格转身望去，发现石兴旺已经走出了石塔，并且正在布置下一步的任务。见此情形，林瑛格掏出手机，准备通知王皓天进行第二轮炮火攻击，从而一举干掉石塔内的嫌疑人。

“何老师，坑底那个洞是什么？”李思晨指着不停滑落的浮土说道。

“啊？”何凯峰定睛望去，发现弹坑底部的土石已经尽数滑落，露出了一个黑黝黝的洞。

就在此时，枪声再次想起，何凯峰只感觉头顶再次一热，又有子弹飞过头顶。

“卧倒！”林瑛格下意识地喊道。

“得令！”一听到“卧倒”，何凯峰连忙屁股朝天，作平沙落雁状。

初次见识枪林弹雨的李思晨则完全慌了手脚，随着一声“妈呀”，她摔下弹坑，向底部那个黑黝黝的洞口滚去……

“思晨，别怕，我来救你！”看到李思晨滚到洞内，林瑛格也顾不上打电话了，连忙三步并做五步地冲了下去，试图拉住正往下滑的李思晨。然而由于弹坑的坡度实在太大了，林瑛格一时没刹住车，也跟着摔了进去……

“卧槽！”看到前边是鱼贯而出的嫌疑人，下边是生死未卜的李思晨和林瑛格，何凯峰来不及思考，本能地跟着冲进了弹坑，跳进了地洞。

第十五章　误入地宫

- 01 -

2017 年 9 月 6 日下午 17:50　金陵市翼王山某地洞内

“好痛啊……何老师，林警官，我们这是在哪里呀？”当李思晨睁开眼睛的时候，发现自己已经在洞底了。她环顾左右，只见四周伸手不见五指，空气里还夹杂着一股腥臭味，从声音判断何凯峰和林瑛格也摔在离自己大约三米远的地方。

“我看看……我勒个去……”何凯峰爬起来，刚一打开手机的手电筒，试图照明时，就看到一个惨白的颅骨骨头赫然显现在了他的面前。

“这些尸体居然都有一根长辫子，应该是清朝的。”林瑛格蹲下身来仔仔细细地观察道。

“如果我没猜错的话，这应该是当年太平军的一处地下兵营。后来清军攻了进来，经过一番厮杀之后，就成了现在这个样子。”何凯峰也走到林瑛格旁边蹲了下来，望着地上若干枯槁的长辫子，若有所思地说。

“啊？太平军？！那是……清朝的时候？”李思晨不禁吓了一跳。

“没错！”何凯峰捡起地上的一枚圆形方孔铜钱说道，那上面刻着“太平天国”四个字。

“那……最后谁赢了？”李思晨眨着眼睛说。

“当然是清朝了。”何凯峰耸了耸肩。

“我是说在这个洞里的那场战争。”李思晨指了指满地的枯骨说。

“清军和太平军相比，有个最大的特点，就是扎辫子。所以虽然这些尸骨上的衣服已经腐烂不堪，但是由于死亡时间并不是太久，所以这些士兵头顶的辫子并没有腐烂殆尽。因此，留有辫子的尸体属于清军，其他的则属于太平军。”林瑛格捡起一截发辫说道。

“然后呢？谁赢了？”李思晨似乎并没有找到这段话的重点。

“你们看，清军的尸体大都呈仰卧状，胸部中箭。而太平军的尸体呢，大都呈俯卧状，背部中箭。所以我认为，这表明清军攻入了洞内，太平军抵抗了一阵之后，就向洞的深处撤走了。”林瑛格分析道。

“那……这个洞为什么又被封死了呢？”李思晨又问道。

“不好说，原因可能有两种。一是这个洞只是太平军的诱敌深入之策，等大股清军进入了洞内，外面的太平军便封死洞口，闷死敌人。二是清军沿着石洞追击了很远，损兵折将，却始终没有抓住太平军的主力。所以气急败坏，封死洞口，免得对手再从洞里冒出来。”何凯峰分析道。

“林警官，你觉得呢？”李思晨又把视线转向林瑛格。

“你们看，清军的尸体全是面向洞内，而没有面向洞外挖土逃生的。所以我认为是第二种情况。也就是说，一番激战之后，清军虽然攻了进来，但是却损兵折将，所以最后还是从洞中撤了出去。而为了防止对手搞偷袭，清军便封死了洞口。”林瑛格解释道。

“那……里面会不会有很多机关？好可怕啊，咱们还是尽快找到出口逃出去吧！”李思晨的眼睛里掠过一丝惶恐。

“机关是少不了的，但是好歹也过去了将近一百五十年，我估计那些机关应该都腐烂殆尽了吧。”何凯峰给自己壮了壮胆。

“何老师，我怕……”李思晨怯生生地说。

“思晨，别担心，既然这个洞里的空气是流通的，就表明它一定有其他出口。我们顺着通道往里面走走看吧。”林瑛格安慰道。

“里面会不会有尸鳖和大粽子呀？”李思晨眨着忽闪忽闪的大眼睛问。

“你《鬼吹灯》看多了吧！世界上哪有那玩意儿，要我说呀，你刚才倒是被石发财捆得像个大粽子。”何凯峰没好气地说。

“何老师，你会不会安慰女生呀？都这个时候了你还有空说笑！”李思晨嘟着嘴说道。

“凯峰，思晨，此地不宜久留，我们快往里面走吧！”听到头顶传来了阵阵嘈杂声，林瑛格决定还是尽快离开这个是非之地。

- 02 -

2017 年 9 月 6 日晚 18:00　金陵市翼王山太平军地下兵营内

在这个宽不足三米的地下通道里，地上零星散落着些许尸骨和严重腐朽的兵器，空气中尽是腥臭味。随着林瑛格、何凯峰、李思晨越走越远，地面上的尸骨也越来越多，而且残骸也愈发凌乱起来……

“林警官，为什么洞口的那些士兵们大都是全尸，而这里的很多士兵都身首异处了呢？”李思晨指着一个从颈椎上滚出去了好几米远的头骨，怯怯地问道。

“这是因为在洞口的时候双方只是互相用弓箭进行远距离攻击，太平军边打边撤，所以尸体大都是背部中箭呈俯卧状；而进攻的清军则是胸腹中箭，尸体呈仰卧状。但由于弓箭充其量只是在尸体上留下一个孔，所以骨骼保存还算完整。而到了这里就不一样了，现在我们脚下的遗骸大都是胸骨朝上，脊柱贴地，这表明太平军与清军在这里进行的是近距离的正面肉搏。你再看看这些尸骸，有掉了胳膊的，有掉了脑袋的，还有连头带肩全被砍下来的。除此之外，即使是在这些保存相对完整的头骨上，也有大量刀砍斧劈的痕迹，这也充分表明当时的战况一定很激烈。”林瑛格指着一块又一块遗骸说道。

“天啊……这么残忍……”李思晨捂着嘴巴说道。

“战争本来就是残酷的，不是你死就是我亡。”何凯峰摇了摇头。

“当年清军攻占了天京的时候，在三天的时间内杀光了十万军民，秦淮河都被尸体堵了，到处都是血水和残肢断臂。所以说翼王山上这群太平军的余部拼死抵抗，也就是理所应当的了。既然投降也是死，战斗也是死，为什么不能在死前拉两个垫背的，这就是战争啊。”看着地上一堆堆支离破碎的残骸枯骨，林瑛格话语里充满了感慨。

“林警官，你似乎对这段历史很了解哦？”李思晨问道。

“对呀。自从我来金陵工作之后，就很喜欢读这段历史，我常常到金陵大学去听讲座，到图书馆去翻书，只为了多了解一些过去的故事。这些前辈们用他们的生命，拉开了我们中华民族反帝反封建运动的大幕，多么了不起啊！仅凭这一点，就值得我们永远铭记在心。”林瑛格仿佛回忆起在金陵古城墙上行走时的情形，沿着古老的石板路，看着墙砖上那些已经风化但又若隐若现的字迹，如同穿越回了那个时代一样震撼人心。

“可是我听讲座的时候，教授们说太平军其实是些邪教徒，而且还具有诸多农民运动的局限性呀。”李思晨眨着眼睛说。

“这么说，其实也没有错。事物都有两面性，你不能脱离时代看问题，更不能仅仅盯住它的短处不放。没错，现在公知们坐在讲台上唾沫横飞言之凿凿，说太平天国是邪教，说洋务运动是多么腐败，说维新变法是多么幼稚，说辛亥革命是多么不彻底，说五四运动是多么不现实，说南昌起义的部队被打散了，说秋收起义的部队落草为寇了，说长征其实就是逃跑，说中国在抗战里是多么怂，说共产党搞经济走了多少弯路。可问题是，如果没有那些前辈们抛头颅洒热血，中国的今天又会是什么样子呢？我们还要天天扎着辫子三拜九叩，高呼‘吾皇万岁，万岁，万万岁’，我们的公园门口还会贴着‘华人与狗不得入内’。而这群公知们还能像现在一样每天鼓唇摇舌，批判这个、批判那个吗？”何凯峰的情绪也激动起来。

“嘘……凯峰，先暂停一下。”林瑛格突然做了个噤声的手势。

“啊？怎么啦？”何凯峰下意识地问。

“你们看……前面就是个岔路了。”林瑛格的眉头拧成了一个疙瘩。

何凯峰定睛望去，只见自己正站在大约五十平方米的圆形地宫内，这个地宫一共有八个出口，每个出口大小一样，如同站在一个迷宫内。

“啊……这可怎么办呐，我们从哪里才能出去？”李思晨急得喊了出来。

林瑛格走到其中一个出口前，用手机照了照，喊道：“喂，你们俩过来看，这个出口上面有字！”何凯峰走上前去，看到出口上方刻着一个繁体的“六”字。

“喂，林警官，这个出口也有字！”李思晨在不远处喊道。三人随即把所有出口检查了一遍，发现八个出口上面分别刻着繁体的六、十六、二十六、三十六、四十六、五十六、六十六、七十六字样。

“嗯……我们刚刚是从四十六号洞进来的，那接下来应该沿着哪个洞出去呢？”何凯峰自言自语道。

“何老师，林警官，我觉得是应该是六十六号。”李思晨指了指左手边的那个洞口说道。

“为什么？”林瑛格问道。

“六六大顺嘛！”李思晨嘟了嘟嘴。

“呃……这个说法……倒也不是没有道理。”何凯峰若有所思地说。

“凯峰，你看，到了这个地宫里，太平军的尸体又呈现出一种背部中箭，俯卧在地的状态。除此之外，相比于洞口和我们刚刚走过的石洞，这里清军的尸体也少了很多。”林瑛格指着指地上的骨骸说道。

“小林姐，我没明白你的意思。”何凯峰挠了挠头说道。

“我的意思是，当太平军们退到这里的时候，突然又呈现出一种四散逃命的状态，你不觉得很奇怪吗？”林瑛格做了个思考的手势。

“是啊，为什么呢？难道说这里也有机关？！”李思晨说着又害怕起来。

“我觉得应该是拼死抵抗了半天，发现根本打不过对手，所以嘛……识时务者为俊杰，干脆就作鸟兽散了呗。”何凯峰说道。

“不不不，凯峰，你想想看，这个地下兵营内有这么多的支洞，太平军想要逃脱是很简单的事情，压根就没必要在入口的这个四十六号洞内进行殊死抵抗。”林瑛格提醒道。

“那……你的意思是……太平军之所以在这个入口处的洞内死战，其实是为了掩护主力撤退。而这八个支洞……哦，确切地说是剩下的七个支洞内，应该只有一条生路，其余的都是死路。”何凯峰分析道。

“对的……而且殿后的太平军奋战到底的话，还会激起清军的脾气，使他们贪功冒进，从而就很容易抓住其破绽了。”林瑛格顺着何凯峰的思路说道。

“那么这八个出口，到底哪个是正确的呢？”何凯峰又陷入了沉思。

“何老师，林警官，你们听说过‘奇门遁甲’吗？”李思晨冷不丁地冒出了一句话。

“啊？什么叫‘奇门遁甲’？”何凯峰与林瑛格不约而同地愣了一下。

“《奇门遁甲》是中国古代术数著作，也是奇门、六壬、太乙三大秘宝中的第一大秘术，为三式之首，最有理法，被称为黄老道家最高层次的预测学，号称帝王之学，创始人为九天玄女。”李思晨回答道。

“说重点啊你！”何凯峰感觉有点懵。

“‘奇门遁甲’的含义是由奇、门、遁甲三个概念组成。奇就是乙（日）、丙（月）、丁（星）三奇；门就是开、休、生、伤、杜、景、惊、死这八门；遁是隐藏的意思，甲则是指六甲，即甲子、甲戌、甲申、甲午、甲辰、甲寅，它藏而不现，隐遁于六仪之下。”李思晨摇头晃脑地说道。

“思晨，它和这个出口有什么关系？”林瑛格也是一脸懵的状态。

“林警官，问题就出在这八个门上！‘奇门遁甲’中一共有开门、休门、生门、伤门、杜门、景门、惊门、死门八个门，它们分别对应着八个方位。开门居西北乾宫，五行属金；休门居北方坎宫，五行属水；生门属土，居东北方艮宫。这三个门都是吉门，换句话说就是活着进去，活着出来。伤门居东方震宫，五行属木；惊门居西方兑位，五行属金；死门居中西南坤宫，五行属土。这三个都是凶门，活着进去，躺着出来。杜门居东南巽宫，五行属木；景门居南方离宫，五行属火。这两个都是平门，不好不坏。”李思晨如数家珍地说。

“哦……我好像在《水浒传》里看到过，那一回叫什么来着，吴加亮布四斗五方旗，宋公明排九宫八卦阵。”何凯峰回忆道。

“没错，没错，你们看看这八个支洞的位置。六、十六、二十六、三十六、四十六、五十六、六十六、七十六依次对应着西方惊门、西南死门、南方景门、东南杜门、东方伤门、东北生门、北方休门、西北开门。”李思晨打开了手机内置的陀螺仪功能，辨别着方向。

“我们是从第四十六号东方伤门进来的，这一路上断指残骸确实不少。”林瑛格不置可否地点了点头。

“那……你的看法是？”何凯峰感觉李思晨已经有了自己的主意。

“西北方的七十六洞，开门！”李思晨示意道。

“小林姐，你觉得呢？”何凯峰把视线转向了林瑛格。

“好像有些道理。”林瑛格皱了皱眉头。

“我们仨人，一个法医、一个老师、一个大学生，到头来居然要靠这些奇门遁甲之术逃跑，想来也真是可笑。”何凯峰自嘲道。

“何老师，我知道你可能不太相信这些东西，觉得这是迷信。可我要说的是，迷信是真是假并不重要，只要太平军相信这一套，那么我们就可以根据它找到出路。”李思晨眨了眨眼睛说。

就在三人不知道如何是好时，不远处隐约传来了人声。“你们听，好像石发财他们追过来了！”林瑛格低声说道。

“真是要赶尽杀绝啊！事已至此，死马当活马医吧！”听到远处传来了石发财的讲话声，何凯峰的额头上渗出了细细的汗珠。“好吧，既然如此，但愿你这套奇门遁甲之术能派上用场。”何凯峰无可奈何地点了点头，而后三人一起朝西北方的七十六号支洞跑去。

- 03 -

2017 年 9 月 6 日晚 18:15　金陵市翼王山七十六号支洞

“何老师，你说这些地洞，是怎么挖出来的呀？”看着眼前一眼望不到头的地洞，李思晨边跑边好奇地问。

“思晨，你看，这地面明显是石灰岩，而洞顶上还有不少残存的石钟乳，所以我推测这里原本就是个溶洞，很大的溶洞，他们利用了这里的天然条件挖出来的。”何凯峰分析道。

“溶洞吗？”李思晨下意识地重复道。

“没错，从地质构造来看，翼王山西麓主要为奥陶系石灰岩地层。石灰岩的主要成分为碳酸钙，当它遇到含有二氧化碳的水体时，就会溶解成可溶性的碳酸氢钙，并被流水带走，于是溶洞就形成了。”何凯峰解释道。

“哦……原来是这样。”李思晨点了点头。

“由于石灰岩地层裂隙很多，降雨很快就渗透到地下去了，所以我想翼王山西麓之所以土地极为贫瘠，就是因为地表存不住水。”何凯峰分析道。

“那……黑龙河的灵异事件又是怎么回事？”林瑛格问道。

“我估计黑龙河之所以出现一些奇妙的旋涡，是因为这些溶洞通过某些暗河与之相连。这样一来，当暗河的水位下降时，黑龙河的河水从河底倒灌进溶洞，旋涡就出现了。所以才会出现儿童明明是在河中溺水，尸体却在山坡上发现这种奇怪的事情。”何凯峰推了推眼镜说道。

“那……晴天涨水又是怎么回事？”李思晨又问道。

“河流中的水量补给由两部分构成，地表径流和地下径流。降雨结束后，地表径流很快也跟着结束了，所以大部分河流中洪峰出现的时间和降雨的时间差不了多久。但是黑龙河不一样，空间如此之大的溶洞会为它提供大量的地下径流补给。不过由于暗河蜿蜒曲折，所以很容易出现上一次降雨形成的地下水隔了很久才流进河流的情况。因此黑龙河之所以会晴天发洪水，就是因为前一次降雨形成的地下水时隔若干天后终于汇入了河流所致。”何凯峰解释道。

“那……东边的白龙江为什么水流很平缓呢？”林瑛格也发现一个问题。

“翼王山是一个典型的褶皱山，东西两侧的地质构造截然不同。西麓主要为奥陶系石灰岩地层，而东侧主要为侏罗系凝灰岩地层。凝灰岩不同于石灰岩，它的保水性极好，而且不易受到碳酸的侵蚀，因此不会出现这样大规模的岩溶发育现象。因此翼王山东麓的地下径流相较于西麓更少，但是持续的时间更长，而且流量也更为稳定，所以白龙河的水势也就更为平缓，不会出现暴涨暴落的现象。”何凯峰回答道。

“哦……这里面的门道还真多。”李思晨若有所思地说。

“还没完呢，由于凝灰岩的主要成分是火山灰，所以经过风化后会形成很肥沃的土壤，因此翼王山东麓的收成就远比西麓好得多了。”何凯峰继续说道。

“何老师，你是怎么知道这些知识的？”李思晨眨着眼睛说。

“等你大三的时候学《工程地质》与《工程水文学》就知道了，刚才那些门道都是这两门功课里最基本的原理。”何凯峰微笑道。

“喔……我第一次发现学习居然是这么有意思的事情。”李思晨嘟着嘴说。

“凯峰，那你觉得石达开当年是怎么造福百姓的呢？”林瑛格又发现一个问题。

“小林姐，你看，虽然地面和洞顶都是天然的石灰岩构造，但是洞壁明显是人工砌起的砖墙。”何凯峰停下来，指着石壁喘着气说道。

“你的意思是，当年石达开上山之后，指挥部队在溶洞里砌起了一道又一道导流墙，这样一来就可以既藏兵，又可以改变水势，使原本通过暗河流向黑龙河的地下水在山麓上涌出来，从而形成了那些泉水。”林瑛格似乎明白了何凯峰的意思。

“没错！就是这个意思！”何凯峰点了点头。

“天呐，这个石达开可真是个人才呀！”李思晨忍不住赞叹道。

“那当然了，石达开幼年丧父，没有兄弟，八岁起独撑门户，务农经商之余，习武修文不辍。十六岁被访出山，十九岁统率千军，二十岁封王，从容赴死时年仅三十二岁。他生前用兵神出鬼没，死后仍令对手心有余悸，在他死后数十年中都不断有人打着他的旗号从事反清运动。想当年太平军在长沙城下陷入清军反包围，形势万分危急时，石达开率部西渡湘江，开辟河西基地，缓解了太平军的缺粮之危，又多次击败进犯之敌，取得水陆洲大捷，重挫清军士气。其后，又为全军先导，夺岳阳，占武汉，自武昌东下金陵，二十八天挺进一千八百里，战无不胜，攻无不克。”何凯峰充满敬意地说道。

“凯峰，你先别在那里掉书袋了。”林瑛格的声音似乎有些异常。

“哦？怎么啦？”何凯峰不由得愣了一下。

“你看看，前面是什么。”林瑛格举起手机，照了照前方。循着光线望去，何凯峰只见地上密密麻麻地布满了一层又一层阴森森的白骨，极为骇人。

“天呐，说好的开门呢？”李思晨浑身的鸡皮疙瘩都冒出来了。

“不对，不应该呀！”林瑛格不停地摇头。

“怎么了，小林姐？”何凯峰的声音在不停地颤抖。

“凯峰，你看，地上这些死者全是清军，而且没有刀斧砍伤的痕迹，全是中箭而死。除此之外，这些人有胸部中箭的，有腹部中箭的，还有头部中箭的。而且有呈俯卧状的，有呈仰卧状的，还有相互叠压在一起的。奇怪，太奇怪了。”林瑛格仔细检查着路过的骨骸。

“这表明当时清军进入了太平军的伏击圈，那个《奇门遁甲》中所谓的‘开门’，其实是石达开的圈套。”何凯峰心领神会地说。

“没错，可是这些箭又是从哪里来的呢？”林瑛格下意识地举起手机，照向洞顶。

“在那里！小林姐，你看，我们旁边这两堵墙和洞顶之间有将近一米高的空隙，我想太平军就是埋伏在那里关门捉贼，射杀清军的。”何凯峰指了指两侧的墙体说道。

何凯峰的话音未落，远处便传来了姚广和刘珂的声音：“快进去，他们在里面！”

“林警官，是不是嫌疑人跟进来了？”李思晨的眸子里划过一丝惶恐。

“放心吧，我们有枪，怕什么！”何凯峰指了指林瑛格手中的五四式手枪。

“呃……凯峰，不瞒你说……我的射击技术很差，五米之外，基本打不中目标。”林瑛格的声音显得很尴尬。

“啊？”何凯峰顿时紧张起来。

“呃……毕竟这不是我的主业……”林瑛格耸了耸肩。

“容我想想……”何凯峰闭上眼睛，陷入了沉思。

几秒后，他突然兴奋了起来：“小林姐，在五米之内，你能保证让对方一枪毙命吗？”

“呃……八九不离十吧！”林瑛格的声音依旧有些忐忑，因为警校训练打五米靶的时候，她最好的成绩也只打过八环和九环。

“那就好，我有办法了！”何凯峰的声音显得很自信。

“啊？什么办法？”李思晨激动地问道。

“既然太平军可以关门捉贼，我们为什么不行呢？”何凯峰的脸上挂着诡异的笑容……

- 04 -

2017 年 9 月 6 日晚 18:25　金陵市翼王山七十六号支洞处

“小林姐，你爬到墙上去找好制高点。思晨，你在前面跑以引蛇出洞。”何凯峰迅速部署着作战计划。

“何老师，你是要来个瓮中捉鳖吗？”李思晨问道。

“没错，事不宜迟，赶紧行动起来。”何凯峰说着便贴着墙壁蹲下身去，让林瑛格站在自己的肩上，而后晃晃悠悠地站起身来。随后林瑛格双手撑住墙砖，纵身一跃，跳上了墙头。

“何老师，那你呢？”李思晨又问。

“我就在你后面，给他们来个出其不意。”说完他站起身来，在尸骨堆成的小山后面藏了起来，而后抬头问道：“小林姐，位置怎么样？”

“角度刚好，视野也不错！”林瑛格点了点头。

“好，思晨你假装在前面慢悠悠地走。一会儿我叫你的时候，你一定要大声回应我。”何凯峰把视线转向李思晨。

“何老师……我怕……”看着满地的骷髅，李思晨的腿在不停地哆嗦。

“怕也没有别的办法啦！你就忍一忍吧！别怕，大胆地往前走！”何凯峰鼓励道。

“思晨，刚才过来的时候不是好好的吗？”林瑛格似乎察觉到了什么异样。

“可那时你们都在我旁边……现在我一个人走……我怕……”李思晨咽了口唾沫，还是迈不开步子。

“你不妨这样想想看，要是再不走的话，下一个变成死尸的就是我们了！”何凯峰吓唬她道。

“妈呀！”听到这句话，李思晨连忙尖叫着撒腿飞奔起来。

“别跑那么快！”何凯峰呆呆地在原地愣了两秒，赶忙吩咐道。

“啊——我怕——”李思晨自顾自地在死人堆里深一脚浅一脚地向前跑着。

“快，刘珂，那女的在前面！”听到李思晨的尖叫，姚广和刘珂便提起大砍刀，追了上来。

“思晨，快跑呀！他们追上来了！”看到姚广和刘珂并没有拿枪，何凯峰的表情稍微镇定了一点。

“别让她跑了！”看到李思晨就在眼前，姚广和刘珂不禁面露喜色。

“我跟你们拼了！”何凯峰随手捡起一把生锈的环首刀，从白骨堆后面跳了出来，站在二人面前，挥舞着大刀，摆出一副很夸张的架势。

“刘珂，左右夹击！”看到又冒出来一个傻乎乎的人，姚广觉得这一次稳赢了。

“来呀，来呀，我不怕你！”何凯峰只是一边比划一边后退。

“受死吧！”姚广和刘珂不约而同地举起砍刀，向何凯峰袭来。

说时迟那时快，就在姚广和刘珂迈出第一步的时候，背后突然传来两记清脆的枪声。

啪——啪——

几秒后，姚广和刘珂双双倒在地上抽搐，脑浆四溢，很快便没有了气息。

“哇小林姐，直接爆头，果然厉害！”何凯峰不停地赞叹道。

“凯峰……实话实说……我刚刚是瞄着他们的后背开枪的……”林瑛格的声音里流露出一丝庆幸。

“唔……这也行！”何凯峰感觉后脊梁骨那里掠过阵阵冷风。

“思晨，回来吧！”林瑛格向着洞的深处喊道。

然而三秒钟之后，远处传来了李思晨带着哭腔的呼救声：“何老师，林警官，救命………”

- 05 -

2017 年 9 月 6 日晚 18:35　金陵市翼王山地宫

听到李思晨的叫喊声，林瑛格连忙从墙上跳了下来，跟何凯峰一起深一脚浅一脚地向前冲去。跑了大约一百五十米之后，眼前豁然开朗，这时两人才发现自己已经跑进了另外一个圆形的地宫中。

“何老师，林警官，接下来我们往哪边走？”李思晨环顾四周，发现地宫周围还是连着八个支洞。

“我的天，这个地宫还真是复杂……”何凯峰感叹道。

“其实，我觉得石达开并不信奇门遁甲这一套，因为太平天国的国教是拜上帝教，或许他们对于方位有别的解释。”林瑛格气喘吁吁地说。

“呃……如果拜上帝教是基督教的某种变体的话，或许可以试试基督教里的方位。”何凯峰分析道。

“基督教………你们知不知道基督徒们祈祷的时候是朝着哪个方向？”林瑛格提出了一个想法。

“何老师，林警官，基督教信徒祷告的时候不拘泥于方向，只要心诚就可以了。”李思晨眨着眼睛说。

“这就很尴尬了！”何凯峰无计可施地说。

“呃……凯峰，我觉得还有更尴尬的事情……”林瑛格的声音显得有些异样。

“啊？怎么了？”何凯峰不禁愣了一下。

“你看这八个洞口上面又有字，分别写着什么？”林瑛格指了指四周。

环顾了一圈后，何凯峰只见那上边写的不是别的，而是东、西、南、北、仁、义、道、德八个繁体字。

“呃……我印象中，太平天国自起义后一直在捣毁孔庙，批判儒学，烧毁儒家经典。所以仁、义、道、德这四个字，我觉得实在是与他们的做法太格格不入了。”何凯峰一脸尴尬地说。

“我来看看，寻龙分金看缠山，一重缠是一重关。关门如有八重险，不出阴阳八卦形。坎离震兑分四象，乾坤艮巽含八方。八方有生有死门，山泽通气风雷博。”李思晨又拿出手机碎碎念道，并打开了陀螺仪功能。

“思晨，你在念叨什么呢？”林瑛格不无好奇地问道。

“这是《寻龙诀》里的探墓口诀，或许有用处。”李思晨只是继续捣鼓着自己的手机。

“呃……思晨……上一次你说《奇门遁甲》也就罢了。可关于《寻龙诀》这件事，我觉得石达开应该没看过这部电影吧！”何凯峰的脸上写着大大的“囧”字。

“奥古公主也没看过《寻龙诀》，可人家的坟不照样是按这个建的。”李思晨嘟了嘟嘴，说道。

“我竟无言以对……”何凯峰感觉自己被这个女学生的逻辑给打败了。

“《寻龙诀》就《寻龙诀》吧，我们该走哪条路？”听着远处隐约又传来了石发财和石兴旺的声音，林瑛格决定宁肯死马当活马医。

“东西南北四个方向是对的，而仁义道德这四个字，分别对应着东北、东南、西南、西北四个方向。乾代表天，居正南；坤代表地，居正北；巽代表风，居西南；震代表雷，居东北；坎代表水，居正西；离代表火，居正东。艮代表山，居西北；兑代表泽，居东南。”李思晨对着手机陀螺，掐指算道。

“你直接给个结果就好了！”何凯峰催促道。

“石达开占了一个‘石’字，而石出于山，所以应该占艮卦。因此我们应该走西北方向的‘德’门。”李思晨指了指前方。

“呃……我们上一次也是走的西北方……这次会不会又出什么幺蛾子？”何凯峰心有余悸地说。

“那么……何老师有更好的解释吗？”李思晨撇了撇嘴道。

“没有……”何凯峰无可奈何地摇了摇头。

“那么，跟我走吧！”李思晨招呼着林瑛格与何凯峰，向西北方的“德”门走去。

第十六章　地宫玄机

- 01 -

2017 年 9 月 6 日晚 18:45　金陵市翼王山‘德’字支洞

小心翼翼地走了十几米之后，洞内似乎并没有什么异样，于是何凯峰的表情稍稍舒缓了一些，说道：“呃……没想到这次还真被思晨给蒙对了。”

“什么叫‘蒙’呀，我那都是算卦算出来的。”李思晨一脸得意地说。

“不过，你这个小丫头怎么对这些东西了解得如此透彻？”何凯峰问道。

“哦……那个呀，因为我以前喜欢看这些盗墓之类的小说，久而久之就喜欢上了这些东西，虽说有的是封建迷信，但有些事情还是不得不信的。”李思晨神秘兮兮地说道。

然而话音未落，林瑛格便将手放在嘴前做了个制止的动作：“嘘，别说话！”

“啊？怎么了？”李思晨不禁愣了一下。

“你们听，好像有风声。”林瑛格竖起耳朵说道。

“嗯，好像确实是这样的。”何凯峰点了点头。

“也就是说，我们要走到出口喽？”李思晨瞬间激动起来。

“没那么简单，因为出口似乎在上面？”林瑛格举起手机，向头顶照去，只见头顶透来微弱的光亮，上面确实有一个洞口，被茂密的杂草和树枝遮住了。而且由于洞顶高达五米，加上两侧的石壁非常光滑，所以压根就没有从那里逃出去的可能。

“哎……太高了……”何凯峰摇了摇头，叹了口气。

“你们看，那个洞口似乎是人工凿出来的。”林瑛格示意道。

顺着林瑛格的手指望去，李思晨看见洞口的周围布满了凿痕。见此情形，她下意识地说道：“为什么要凿一个口呢？难道是怕洞里缺氧吗！”

“没错，确实如此！”何凯峰的声音显得很异样。

“可是我走了这么远，并没有感觉憋得慌呀！”李思晨眨着忽闪忽闪的大眼睛说。

“可是干这件事的时候，就不一样了……”何凯峰指了指前方，那里横七竖八地散落着若干已经炭化的木头，还有大量残缺不全的骨骸。

“啊？妈呀……这是怎么回事？”李思晨吓得叫了起来。

“简单来说吧，烧死的。”虽然已经过去了一百多年，但是地宫里从未有人进来破坏过，所有的事物都保持当年的模样。通过现场的特征，林瑛格不难判断出这些士兵是如何死于非命的。

“怎么给烧死的？”李思晨躲在何凯峰身后问道。

“没错，看起来太平军是挖了个大约四十公分深，一百米长的浅坑，在里面灌满麻油，再敷上木板。当清军挤满洞穴之后，太平军便在对面放火，于是清军便被活活地烧死在洞里了。而顶上那个洞，便是用来通风的。否则的话，火势一起来，整个地洞的人都会窒息，自己人也不例外。”林瑛格拿着一块漆黑的头骨，若有所思地说。

“太残忍了，太残忍了……”李思晨的牙床在不停地打战。

“不过这就是战争，因此你应该庆幸我们活在这个和平的年代。”何凯峰的表情显得很复杂。

“何老师，既然石达开如此英明，那么太平天国最后为什么还是败了呢？”李思晨若有所思地问。

“这可能就是农民阶级的局限性吧！定都天京之后，太平天国的高层领导人相继贪污腐化。天王洪秀全耽于酒色，不理政事，大权旁落到东王杨秀清手中。于是杨秀清便起了反心，逼宫洪秀全，企图取而代之。不甘心让位的洪秀全密诏北王韦昌辉勤王。于是韦昌辉率三千精兵赶回天京，当夜在城外与燕王秦日纲会合，突袭东王府，杀死杨秀清和东王府内数千家丁。其后韦昌辉以搜捕‘东党’为名，大杀异己。众多东王部属在弃械后被杀，平民也不能幸免。

翼王石达开十余日后回到天京，进城会晤北王韦昌辉，责备滥杀之事。可是两人不欢而散，韦昌辉甚至准备谋害对方。当晚石达开匆忙缒城逃出城外，然而其家属及王府部属全被韦昌辉杀尽。后来石达开从安庆起兵讨伐韦昌辉，求洪秀全杀之以谢天下。洪秀全迫于众怒，最终处决了韦昌辉。石达开回京主政后，被军民尊为‘义王’。他不计私怨，追究责任时只惩首恶，不咎部属。连北王亲族都得到了他的保护和重用，人心迅速安定下来。在石达开的部署下，太平军稳守要隘，伺机反攻，陈玉成、石镇吉、李秀成、杨辅清等后起之秀开始走上一线，各自独当一面，内讧造成的被动局面逐渐得到扭转。但天王见石达开深得人心，心生疑忌，将自己两个资质平庸的哥哥封王，对石达开百般牵制，甚至意图加害心。无奈之下，石达开只得率领大军出走，转战十余省份后终于在大渡河全军覆没，兵败身死。从此太平军和清军攻守易势，并在八年后被全面镇压。”何凯峰解释道。

“哎……”李思晨听完后，不禁摇了摇头。

李思晨的话音刚落，远处又传来了石兴旺与潘同的说话声。见此情景，何凯峰连忙压低了声音问道：“小林姐，你还有几发子弹？”

“还有四发子弹。”林瑛格检查了一下弹夹说道。

“何老师，接下来该怎么办？”李思晨问道。

“我们还是要以逸待劳，从背后攻击。”何凯峰做了一个迂回进攻的部署动作。

“可是……这里的墙壁有五米高呢，而且非常光滑，怎么上去呀？”李思晨不禁面露难色。

“你们看，我们脚下还有一些木板没有完全烧断，因此只要把这些木板搭在火坑上，然后让小林姐躲在里面就可以了。”何凯峰指了指地上的几块黑乎乎的木板说道。

“好，事不宜迟，就这么干！”林瑛格立即撸起袖子，将几块相对完整的木板排在了一起，然后钻了进去，拉开了枪的保险。

“思晨，再把几个骷髅头丢在上面。”何凯峰吩咐道。

“啊？骷髅头？”李思晨浑身不禁颤抖了一下。

“嗯，要伪装得很好，免得石兴旺与潘同起疑心。”何凯峰解释道。

“好吧……唔……”李思晨怯怯地捡起几个头骨，丢在了木板上面。

“OK，接下来我们俩开始诱敌深入！”何凯峰从地上捡起一面还算完整的铜制盾牌，丢给了李思晨。

“啊？这是干吗？”李思晨下意识地问。

“我们不确定对方有没有枪，所以说……还是保险一点为妙。”何凯峰若有所思地说。

“那，何老师你呢？”李思晨问道。

“我就用这个吧！”看到其他的盾牌已经完全被火烧得不成样子，何凯峰只好捡起一柄已经被烧弯了的铁质长矛，当做自己的防身武器。

“你这个……行吗？”李思晨的脸上写满怀疑。

“一寸短，一寸险；一寸长，一寸强。”何凯峰自我安慰道。

话音未落，石兴旺与潘同已经出现在洞口。何凯峰见状，立即装模作样地喊道：“思晨，快跑！”

“妈呀！”李思晨见状，连忙拖着盾牌，向洞内装模作样地跑去。

“别让他们跑了！”石兴旺与潘同把注意力全部集中在了李思晨身上，并没有留意到脚下还藏着一个人。

“来呀！来呀！”看到对方也没有枪支，何凯峰挥舞着生锈的长矛挑衅道。

“去死吧！”石兴旺与潘同时举起砍刀便抡了过来。电光火石之间，他们的背后再次响起两记清脆的枪声。

啪——啪——

大约二十秒过后，石兴旺与潘同随即倒在地上，抽搐起来。

“牛啊……好枪法！”看到两名嫌疑人的胸前被子弹各自击穿了一个碗大的疤，何凯峰忍不住赞叹道。

“这次总算打了个十环！”林瑛格显然也对自己刚才的表现非常满意。

就在此时，远处突然又传来了李思晨的叫喊声：“何老师，林警官，快过来看呀……”

- 02 -

2017 年 9 月 6 日晚 18:55　金陵市翼王山太平军地下兵营内

听到李思晨的呼喊，何凯峰和林瑛格连忙又冲了过去。不过这次等待他们的不是圆形的地宫，而是一个岔路口，不过每个岔路口都有一个向上的石梯通往尽头。

“何老师，林警官，往哪边走？”李思晨问道。

“嘘……安静一下。”何凯峰边说边走到左侧的墙壁前，用耳朵贴着墙壁听着什么。

过了一会儿，他说道：“小林姐，你们快来听，有微弱的水流声。”林瑛格也走到墙壁前面仔细听着，果然有涓涓细流的声音，“看来这边有地下暗河呀！”林瑛格随即说道。

“那么左边似乎是条暗河，右边应该是向上出去的石梯，所以我觉得应该是走右边。”何凯峰说道。

“思晨，你要不再八卦一下呗！”林瑛格不置可否地说。

“呃……我手机没电了，不过我刚才测了一下方位，只知道左边这个支洞通往西侧，右边这个通往东侧。”李思晨摊了摊手，无奈地说道。

“喂，还好我在火车上买了充电宝，呵呵。”此刻何凯峰兴冲冲地取出口袋里的充电宝，交到了李思晨手中。

“何老师，你可真是哆啦 A 梦呀！”李思晨激动地接过充电宝，看了看随即说道：“大米牌！？何老师，你确定这个不是山寨货？”

“嘿嘿，出来探险嘛，肯定要做好充足的准备喽！”何凯峰拍了拍胸脯说道。他并没有在意山寨不山寨的问题，因为工资太低，也经常买一些山寨的东西。他认为，充电宝山寨没有关系，只要能用就行了。何凯峰判断一件物品的唯一标准就是能用与否，至于外观，质量还有品质之类的，似乎从来不在他的考虑范围。这也是他活这么大都没找到女朋友的原因之一，因为大部分女孩都不愿意找一个品味如此低的男人。

“那……你有数据线吗？”李思晨又诡异地笑道。

“哈哈哈，我还真有！”何凯峰又从上衣内侧口袋里掏出一根数据线，交到了李思晨手中。

“真是个百宝箱！”李思晨一边自言自语一边将充电宝与手机连了起来。不过出乎意料的是，充电指示灯并没有亮。

“咦？怎么没电呢？”何凯峰这才收敛了得意的笑容，取而代之的是一脸的困惑。

“凯峰，你买的是一次性充电宝吧！”林瑛格打趣道。

“花了我三十块钱呢，怎么会是一次性的！”何凯峰反驳道。

“拆开看看，里面是什么。”林瑛格似乎早已看穿了一切。

“不应该呀……不应该呀……晕死……果然是一次性的！”何凯峰拆开了充电宝，发现里面赫然躺着两节勒兰度干电池。

“哆啦A梦老师，你对此事怎么看呀？”李思晨没好气地说道。

“我……我……”何凯峰被噎得一句话都说不出来。

“林警官，那我们走吧！”李思晨收起手机和数据线，准备走上右边的台阶。

“凯峰，思晨，你们有没有发现一个问题：在之前的两个地宫里，我们跟着奇门遁甲还有寻龙诀找出口，结果全部走进了死路。要不是里面的机关失效的话，恐怕我们现在早就化作南柯梦里人了。”林瑛格只是摆了摆手，并没有向前走。

“呃……确实如此哈！”何凯峰点了点头。

“所以我觉得，这些岔路分得一定别有玄机。”林瑛格若有所思地说道。

“可是这两个洞口上并没有写字呀！”李思晨定睛望去，发现这两个支洞上没有任何标记。

“那……这又是什么东西？”林瑛格拭去两洞分界处石壁上的浮沉，用反光灯照去，只见那上面赫然画着一只神气活现的凤凰，这只凤凰的尾巴上还有一颗星星。

“呃……难道涂鸦艺术从太平天国的时候就开始流传了，不过这只鸟画得还挺好看的！”何凯峰的脸上写着大大的“囧”字。

“凯峰，你看不出来吗？这是只凤凰啊……”林瑛格边看壁画边说道。

“我知道了，这是二十八星宿中的轸宿。”李思晨突然兴奋起来。

“二十八星宿又是什么东西？”何凯峰下意识地问道。

“没错！我记得书上说过，二十八星宿是我国古代天文学家为观测天体运行而划分的二十八个星区，用来说明日月、五星运行的位置。其中东方苍龙七宿分别是角、亢、氐、房、心、尾、箕；北方玄武七宿分别是斗、牛、女、虚、危、室、壁；西方白虎七宿分别是奎、娄、胃、昴、毕、觜、参；南方朱雀七宿分别是井、鬼、柳、星、张、翼、轸。这只鸟说的就是朱雀，而它尾巴上的星星，应该就是轸宿。”李思晨如数家珍地说。

“你这些封建迷信知识都是哪里来的？”何凯峰撇了撇嘴问道。

“这不是迷信，是星座哦！”李思晨叉着腰反驳道。

“小林姐，那你的意思是，既然鸟尾巴在左边，鸟嘴在右边，而且鸟尾巴上画了个星星，所以我们就该往左边走喽？”何凯峰问道。

“可是自古轸宿多凶，况且我们已经听得明明白白，那边是条暗河。”李思晨提醒道。

“我记得以前我也看过一本讲述古代观星术的书，如果我所记不错的话，这些所谓的星宿，其实每一个还对应着不同的地点，对吗？”林瑛格并没有直接回答何凯峰的问题。

“嗯嗯，轸星大致对应着古代的荆州，也就是现在的湖南湖北一带。轸星下面还有一颗小星星叫长沙星，即现在的长沙城就是因此而得名。”由于熟读《盗墓笔记》与《鬼吹灯》，李思晨显然对这些天干地支、阴阳五行、奇门遁甲、九宫八卦之术非常了解。

“凯峰，所以我认为应该左转过暗河。”林瑛格伸出左手示意道。

“我记得思晨的解释是轸宿多凶，而那边刚好是轸宿的位置呀？”何凯峰挠了挠额头说。

“如果这个地下兵营自始至终就不是根据那些阴阳五行建造的呢？”林瑛格只是微微一笑反问道。

“呃……你这说的是什么意思？”何凯峰感觉林瑛格似乎参透了地宫的玄机。

“你们想想看，我们遇到的第一个地宫分八个通道，分别以六、十六、二十六、三十六、四十六、五十六、六十六、七十六标记。接着，我们选了七十六号洞，结果进了太平军的伏击圈。而第二个地宫也分八个通道，分别以东、南、西、北、仁、义、道、德标记，于是我们选了德字洞，结果又进了太平军的火坑。”林瑛格做了个思考的手势。

“嗯，确实如此！”李思晨点了点头。

“要我是清军的话，早就死了不知几次了。”何凯峰跟着自嘲道。

“你们有没有发现，这几种标识方法，似乎在什么地方见过？”林瑛格提示道。

“哦……我倒是有个想法，不知当讲不当讲。”何凯峰似乎也意识到了什么。

“何老师，你就别卖关子了。”李思晨催促道。

“这些标记好像出自《石达开传》，他十六岁被访出山，十九岁统率千军，二十岁封王，所以第一个地宫中正确的通道应该是‘十六’号支洞。永安建制以后，石达开被封为翼王，意思是羽翼天朝。但是太平天国的军民感念其治国有方，更喜欢称之为‘义王’，也就是仁义的‘义’，所以第二个地宫中正确的通道应该是‘义’字洞。”何凯峰解释道。

“石达开的功绩经过口口相传，早已在太平军中深入人心。所以把石达开的生平作为暗语，那是最简单不过的。然而，石达开在清军眼中的形象则是妖魔化的，所以说清军一旦进了洞，就完全看不懂这些标志的意思了。因此，如果按照天干地支、阴阳五行、奇门遁甲、九宫八卦去走，刚好步步都是死路。”林瑛格继续说道。

“在长沙之战中，石达开最大的军事亮点便是西渡湘江跳出了清军的反包围圈，而后长驱北上，攻占武昌，所以说我们也要西渡暗河，方能保得平安咯。”何凯峰跟着点了点头。

“哦……我似乎懂了！”李思晨若有所思地说道。

- 03 -

2017 年 9 月 6 日晚 19:25　金陵市翼王山太平军地下兵营内

果不其然，暗河中的水刚刚没过膝盖，走了十几米远后一段上山的阶梯便出现在了大家面前。

“呵呵，这一次总算走对路了！”何凯峰一边拾级而上，一边兴奋地说道。

“凯峰，别高兴得太早。”林瑛格的脸上没有丝毫笑意。

“林警官，你咋了？”李思晨扛着铜盾牌，气喘吁吁地说。

“凯峰，我只剩下两发子弹了。万一接下来有两个或两个以上的人追上来，而我如果有一发子弹打偏了，那问题可就严重了。”林瑛格不无忧虑地说。

“嗯……确实是个问题。咦，这是什么？”何凯峰刚刚忧虑了一秒钟，就发现不远处的阶梯上有个“L”型的东西躺在地上。

“得来全不费工夫呀，这不是一把手枪吗？”李思晨三步并作两步地走了上来，将手枪捡了起来，递给了林瑛格。

“让我瞧瞧！”林瑛格接着手枪，看了又看。

“太平天国那个时候就有手枪了吗？”李思晨似乎意识到了一个问题。

“我估计是从顶上那个洞里掉下来的。”何凯峰抬头望去，只见洞顶又有一个通风洞。

“这是一把五九式手枪，有些年头了，但绝对不是清朝的东西啊。”林瑛格轻轻擦拭了一下枪上的灰尘说道。

“那……还能用吗？”李思晨眨了眨眼睛说。

“击锤簧锈得厉害，开不了枪。”林瑛格反复摆弄着手枪，面露难色地说道。

“不能在石头上磨一磨吗？”李思晨又说。

“你以为是磨刀啊？击锤弹簧很细，而且生锈后会变得很脆，一打磨就会断掉。”林瑛格无可奈何地说。

“那……弹夹里还有子弹吗？”何凯峰问道。

“满满八发子弹。”林瑛格拆下弹夹，检查后说道。

“林警官，可不可以把这把里面的子弹抠出来，塞到那把可以用的手枪里去？”李思晨提出了一个建议。

“傻孩子，五九式手枪用的是 9*18 毫米马卡洛夫手枪弹，而五四式手枪用的是 762*25 毫米手枪弹，两者没法混用的。”林瑛格苦笑道。

“那，那我们三十六计走为上吧！”何凯峰三步并作两步地冲到阶梯最顶端的石台上，然后他整个人惊呆了。因为那里赫然躺着两具支离破碎的骨骸，于是他喊道：“我的天……。”听到喊声，林瑛格和李思晨赶紧跑过去一看究竟。

“林警官，我怕……”看到那两个残缺不全的骨骸，李思晨吓得蒙上了眼睛。

林瑛格也被吓了一大跳，不过她很快就定了定神，仔细观察着那两具人体遗骸。

“小林姐，你看这两具尸骨是怎么回事？”何凯峰问道。

“根据我的判断，他们跟洞里面的尸骨不是一个年代的，这俩人是被枪杀后从洞顶扔下来的。”林瑛格仔细检查着每一块骨头，若有所思地说。

“啊？”何凯峰下意识地愣了一下。

“而且歹徒异常凶残，他们死前至少挨了三十枪。”林瑛格又说道。

“三十枪？”李思晨的嘴巴惊成了大大的“O”型。

“嗯，尸骨内部散落着二十二枚弹头，而且从胸骨、肋骨和脊椎上的弹痕来看，至少还有八处贯穿伤。”林瑛格默默地数着弹头说道。

“怎么在这个地方挨了这么多枪？”何凯峰整个人都惊呆了。

“杀他们的绝对不止一个人，这二十二枚弹头分别来自三把54式手枪，一把64式手枪，两把77式手枪，一把84式手枪，两把92式手枪和一把79式微型冲锋枪。”林瑛格观察着弹头的差异，仔仔细细地说。

“小林姐……我有一种不祥的预感。”何凯峰似乎想到了什么，欲言又止。

“没错，这是一男一女两具尸体，死亡时间应该是近十年左右。而且，据我推测，他们死的时候一定在这附近发生了两伙人之间的枪战。”林瑛格用非常肯定的语气说道。

“这个地方是翼王山的北侧，本来就偏僻人少，为什么会发生枪战呢？”李思晨低声嘟囔着。

“翼王山……翼王山……等等，难道说……”林瑛格似乎想起来什么重要的事情，她的眼睛瞪得很圆，盯着何凯峰。

“小林姐，你是说高雅的父母？”何凯峰想了想，一脸不可思议地说。

“不仅仅是因为这个地方和这两具白骨，而是因为这个东西……”林瑛格举起半枚水晶材质的海豚吊坠，那上面刻着一个晶莹的“17”。

唏嘘了三分钟之后，何凯峰拍了拍林瑛格的肩膀：“小林姐，我们首先得从这里出去，这样才能替高叔叔和叶阿姨报仇呀！”

“嗯，没错！血债血偿！我要让那群毒贩们血债血偿！”林瑛格把牙齿咬得咯咯直响。

“何老师，按照石达开的故事，接下来太平军们是顺流而下，直取金陵，对吗？”李思晨问道。

“是的，确实如此！”何凯峰站起身来望着前方说道。

“这个石台后面确实有一条暗河。”李思晨示意道。何凯峰顺着李思晨指的方向看去，在茂密的枝叶之下，确实有流水的声音。

“那我们往下游走就是了，那边一定有一个出口。”何凯峰推测道。

“可是下游水势太大，没法经过，而且也没有船只。”李思晨又发现了一个问题。

“啊？还有这回事？”何凯峰急匆匆地来到暗河旁，只见水流极为湍急。不用说趟水走路了，即使在水里站都难以站稳。

“何老师……会不会是书上的记载有错呀？”李思晨问道。

“不会的，你看，暗河的上方有一堆石块。”何凯峰指着暗河上游说道。

“我看到了，那是什么东西？”李思晨不明就里地问。

“我猜石达开是在那里建了一座溢流坝，将暗河的水拦蓄起来，当水位达到一定高度时，地下水涌出翼王山西麓，形成山泉。而当水位过高时，又会从溢流坝上边溢流入下游，从而避免山洪伤人。”何凯峰分析道。

“何老师，什么叫溢流坝？”李思晨忽闪着大眼睛问道。

“呵呵，这你可问对人了。溢流坝俗称滚水坝，作用是将水位抬高到一定位置，供给居民使用。而当涨水的时候，多余的水可以从坝顶溢流向下游，从而避免形成洪灾。当溢流坝正常使用的时候，暗河下游的水势一定非常平缓，可以行军。但是太平军失败之后，由于这座溢流坝年久失修，最后就垮了。于是暗河又恢复了往日那种湍急的水流，山泉也就相继枯竭了。”何凯峰分析道。

“这么说来，石达开后来又在暗河的其他位置建了几座溢流坝，从而恢复了部分山泉，我说得没错吧？”李思晨若有所思地说。

“没错，不过我估计当时他的知识和经验有限，建造的滚水坝太矮，只能恢复部分山泉。”何凯峰点了点头。

“哦……我真的越来越佩服石达开了，在一百多年前就能做出这种设计。”李思晨的脸上充满钦佩之情。

“文能提笔安天下，武能上马定乾坤。”何凯峰的眼神显得很复杂。

“何老师，有关溢流坝的知识，我们也会学吗？”李思晨满怀期待地问。

“当然了！《水工建筑物》，大四时会开这门课。”何凯峰回答道。

“我已经迫不及待了。”李思晨的语气显得很兴奋。

“都这个时候了，你们俩能不能不要在这里进行课前辅导和实习水文地质认识了？”何凯峰和李思晨回头一看，只见旁边的林瑛格一脸无奈地说道。

“哦，差点忘了我们还有正经事要做。”何凯峰讪讪地说道，“那么在此之前，我们要先干另外一件事。”何凯峰整整衣服，语气显得很坚定。

“哦？是什么事？”李思晨不禁愣了一下。

何凯峰双拳紧握，手指攥得咔咔直响，而后从牙缝里挤出了四个字：“背水一战！”

- 04 -

2017年9月6日晚19:40 金陵市翼王山太平军地下兵营内

石发财与纪恒显然是在分叉路口选错了路。站在石台顶端，林瑛格可以清楚地看到两人兜了一个大圈后走进了一个白骨堆。而这个白骨堆，就在石台正下方十米处的位置。

“小林姐，我估计那些白骨就是走错了路的清军，然后他们在这里被太平军居高临下地尽数射杀了。”何凯峰活动了一下颈椎说道。

“没错，不得不承认石达开确实是一代将才，不过他也给我出了一道难题。”林瑛格似乎另有所指。

“哦？什么意思？”何凯峰不禁愣了一下。

“这里太高了，而且光线也太暗。所以太平军万箭齐发也可以将清军尽数歼灭。但我只有两发子弹，而且我的枪法实在是太一般了，并没有一击毙命的把握。”林瑛格眉头紧皱地说。

“没事，小林姐，我相信你！”何凯峰鼓励道。

“呼……”林瑛格轻轻地调整了一些呼吸，而后扬起右手，瞄准了准备原路返回的石发财和纪恒。

啪——啪——

枪声响起，何凯峰只见纪恒捂着腹部，躺在地上不停地抽搐起来。而石发财则迅速躲到了石柱后面，拔枪还击。

啪——啪——啪——啪——

四枚子弹呼啸而过，在岩壁上激起无数碎片，好在林瑛格与何凯峰及时蹲在了石头后面的地上，并未受到伤害。

“凯峰，对不起，我没打中他。”林瑛格的语气显得颇为懊恼。

“小林姐，没关系，你已经做得很好了！”何凯峰轻轻拍了拍林瑛格的肩膀。

“坏蛋，我要砸死你！”见此情形，李思晨从地上捡起几块石头，向石发财砸去。

然而，这一次李思晨好心办了坏事。石发财看到李思晨只能用石头还击，立马大摇大摆地从石柱后走了出来，一脸得意地奸笑道："哈哈哈哈！小样！没子弹了，是吧！"

"啊？何老师，我错了！"李思晨这才意识到自己过早地暴露了自己这方的战斗实力。

啪——啪——啪——啪——

四枚子弹再次呼啸而过，林瑛格见状，连忙将李思晨扑倒在地上。

"哈哈哈哈！你们等着，我要上来了！"石发财换了个弹夹，大摇大摆地向岔口走去。

"何老师……林警官……对不起……我不应该私自跑回来……呜呜……"李思晨一边痛哭，一边自责。

"这个时候说这些有什么用，别想那么多啦！"林瑛格努力挤出几丝笑容。

"林警官，你受伤了？"李思晨见林瑛格的额头上有鲜血渗出。

"哦？没事！被那些碎石片擦伤了而已！"林瑛格摸了摸额头，若无其事地说。

"林警官……对不起……是我害了你们……呜呜……"李思晨又开始一把鼻涕一把眼泪地自责起来。

"思晨，别自责了。"何凯峰拍了拍李思晨的肩膀，一时不知该说什么。

"是我不对……都是我的错……呜呜……我真没用……呜呜……我就是个拖油瓶……呜呜……"李思晨的眼泪如同断了线的珠子般连绵不绝。

"好了，思晨，别自责了。既然选择了就不要后悔，就像我和凯峰来到这里救你一样，我们也不后悔。"林瑛格掏出手帕纸，给李思晨擦了擦眼泪。

"何老师，我们要死在这里了吗？"看着石发财一步步逼近，李思晨一脸哀怨地望着何凯峰问道。

"还没到那一步，别绝望。"何凯峰的底气明显有些不足。

"思晨，你先去旁边休息一会儿，我和你何老师有话要说。"林瑛格收敛了笑容，表情显得很复杂。

"哦……好吧……"李思晨努力站起身来，但是旋即发现双腿已经不听使唤了。

"凯峰，你把她抱过去吧。"林瑛格向何凯峰摆了摆手说道。她的大脑正在飞速地运转。

“哦，好的！”何凯峰连拖带拽，终于把李思晨拉到了十米开外的一个安全的地方，并将她安顿下来。

“凯峰，你听我说，我有一个计划。”林瑛格低声说道。

“哦？我洗耳恭听！”何凯峰的眸子里又燃起了希望。

“一会儿你把盾牌竖起来，然后蹲在后面，别让石发财发现你。”林瑛格指了指石台上的那个青铜盾牌。

“那你呢？”何凯峰只是紧紧地盯着林瑛格的眼睛。

“我在这里，以吸引石发财的注意力。”林瑛格的目光显得很呆滞。

“不行，你会被他打死的。”何凯峰连忙摆了摆手。

“听我说，一会儿你躲起来后，待石发财朝我开枪的瞬间，你就举着盾牌冲向他，将他从山崖上撞下去，这样他不一定能打中我。”林瑛格指了指台下的白骨堆。

“不行，这样风险太大，你会死的。”何凯峰再次摆了摆手。

“我估计石发财的反应速度没有那么快，而且即使他调转枪口准备朝向你时，面前也只是一副盾牌，所以你只要保护好头部和躯干就可以了。”林瑛格并没理会何凯峰，而是自言自语般地说着自己的计划。

“小林姐，不行！我绝不允许你这么做！”何凯峰紧紧地握着林瑛格的双手，言辞恳切地说。

“凯峰，如果不这么做的话，我们都会死，包括思晨。”林瑛格的声音显得很平静，“这是唯一的办法。不然难道我们要在这里等死吗？”她急切地说。

“那这样吧，我做诱饵，你去把石发财撞下山崖！”何凯峰紧紧地盯着林瑛格的眼睛。

“不行，绝对不行！”林瑛格只是摇了摇头。

“为什么？”何凯峰下意识地脱口而出。

“我是个警察，保护你们是我的义务。而你是个老师，只管保护好学生就行了。再者说，从我们俩的体型对比来看，显然是你更有把握把他撞下去呀。”林瑛格只是微微一笑，露出两个甜甜的酒窝。

“唔，小林姐……可我是个男人，我绝不会拿女人当挡箭牌的！”何凯峰捶了捶自己的胸脯说道。

“正因为如此，你才要保护好思晨，而且我们都要活着出去，替高雅的父母申冤！”林瑛格揪着何凯峰的衣领，目光如炬。

“不……不行……绝对不行！”何凯峰站起身来，怒目圆睁，两眼通红。

“凯峰，我还有话说，你要答应我一件事。”林瑛格的语气中充满温柔。

“啊？小林姐，你请说。一百件，一千件，一万件，我都答应你！”何凯峰的神情显得很激动。

“哦……算了……”林瑛格犹豫了一下，突然摇了摇头。

“是什么事情，你快说！你快说！”何凯峰使劲摇晃着林瑛格。

“凯峰，做好准备吧，按我说的做！”听到远处传来趟水声，林瑛格明白石发财已经过了那条暗河，再过不到十分钟，他就会走上来。

“小林姐，你说呀，你快说呀！你到底要我做什么？”何凯峰依旧不依不饶地摇晃着林瑛格。

“我要你做好准备！”林瑛格突然扭过头来，紧紧盯着何凯峰的眼睛。

“好……我去准备………我现在就去准备……”何凯峰显然被林瑛格的眼神吓了一跳，思考了片刻后，他走到盾牌前。

“凯峰，我一直在想，如果我不是个颜控的话，我们俩现在会是什么关系。”林瑛格的脸上又浮现起浅浅的微笑。

“有办法的，会有办法的，总会有办法的……”何凯峰似乎没听到林瑛格的话，而是不停地翻着口袋，试图找出点有用的工具。

“凯峰，你真当自己是哆啦 A 梦啊。”林瑛格苦笑道。

“公租房钥匙……手机……卫生纸巾……洪都大学校园卡……身份证……××银行的公务卡……××银行的薪金卡……××银行的信用卡……还有一个装了两节勒兰度电池的一次性劣质充电宝……天呐，这都是些什么呀！”何凯峰望着口袋里的所有物件，双手揪着头发，眼泪不争气地流了下来。

“凯峰，你的手机还有没有电？”林瑛格轻声问道。

“还有一点，怎么了，小林姐？”何凯峰急切地说。

“你放首歌吧，缓解一下现在的紧张气氛。”林瑛格轻描淡写地说道。

“……啊？这个时候你还想听歌，放什么？”何凯峰有点意外。

“随你。”林瑛格轻声回答道。

“什么歌，我都有，我的离线音乐有 5G。”何凯峰用颤抖的双手拿起手机，打开了音乐。

几秒钟后，一首节奏轻快的歌曲飘扬而出，那是前阵子很流行的《小幸运》。林瑛格听着歌声，眼睛望着远方，似乎陷入了回忆。

我听见雨滴落在青青草地，
我听见远方下课钟声响起。
可是我没有听见你的声音，
认真呼唤我姓名。
……
与你相遇好幸运，
可我已失去为你泪流满面的权利。
但愿在我看不到的天际，
你张开了双翼。
遇见你的注定，
她会有多幸运……

第十七章　惊魂一枪

- 01 -

2017 年 9 月 6 日晚 20:00　金陵市翼王山太平军地下兵营内

若干年后，当李思晨即将离开人世的时候，她一定会想起 2017 年翼王山地洞中的那惊魂一枪……

“哈哈哈哈，你们俩，准备好受死了吗？”石发财越来越近的声音充满了戾气与扭曲。好像要分分钟把人撕碎了一般，狠毒的声音让人作呕。

平台上没有任何回应，只传来一阵窸窸窣窣的声音……

“哼哼，那就别怪我不客气了！”石发财撸起袖子，举起上了膛的手枪，大步冲了上去。

一步，两步，三步……

石发财从三三两两的枝叶缝隙中看到何凯峰的胸口，于是奸笑着举起手枪……

啪——

- 02 -

20XX 年 X 月 X 日上午 9:00　洪都市洪都大学水利工程系《生态与环境保护概论》的第一节课

“同学们，安静了，在正式上课之前，我先给大家出一道推理题。”已经是一名老师的李思晨推了推眼镜说道。

“推理题？”同学们纷纷交头接耳起来。

“没错！设想你被困在一个山崖上，有个持枪的歹徒正沿着阶梯一步步走上来，准备置你于死地。而你的面前只有下述物品：

（1）一把可以使用但没有子弹的 54 式手枪；

（2）一把装满了子弹，但是因为击锤簧严重生锈而无法使用的 59 式手枪；

（3）一张洪都大学的校园卡，里面存有 505 元人民币；

（4）一张 ×× 银行的公务卡，里面欠了 4464 元人民币；

（5）一张 ×× 银行的薪金卡，余额为 0；

（6）一张 ×× 银行的信用卡，里面欠了 3185 元人民币；

（7）一串钥匙，其中包括一把屋顶漏水的公租房钥匙，和一把除了铃铛不响、到处都响的自行车的钥匙；

（8）一包纸巾，×× 牌柠檬香型；

（9）一部可以放《小幸运》的智能手机；

（10）一个装了两节劣质勒兰度电池的一次性充电宝。利用这些物品，你怎样才能逃离险境？”李思晨打开了第一页 PPT 课件说道。

“将 59 式手枪的子弹放进 54 式手枪中。”学生 A 自信地说。

“两种手枪的子弹型号不一样，不能混用。”李思晨当即否定了该同学的办法。

“将 54 式手枪的击锤簧换给 59 式手枪。”学生 B 跃跃欲试道。

“两种手枪的各部件型号也不一样，不能混用。”李思晨依旧否定了学生 B。

“拿起校园卡，贿赂歹徒。”学生 C 脑洞大开地说。

“咳咳，有点新意，但是歹徒一心要杀了你，不接受贿赂。”李思晨感觉自己被学生的奇特思维震惊了。

“李老师，我算了算哈，我的总资产为负 7144 元。在这种情况下，我还抵抗什么，这日子没法过了，直接跳崖算了。”学生 D 的发言引得满堂大笑。

“你还有一个屋顶漏水的房子，外加一辆倒贴钱都卖不出去的自行车。”学生 E 一脸坏笑地附和道。

“安静！”忍俊不禁的李思晨不得不维持一下课堂秩序。

“李老师，那包 ×× 纸巾上有乙醚吗？”学生 F 问道。

“没有！”李思晨摇了摇头。

“呃……李老师，我觉得可以给歹徒放《小幸运》，从而感化对方。”女生 G 羞羞答答地说。

“如果在用爱发电的某省，这会是个不错的主意。”又有一位同学调侃道，随即引来同学们哄然大笑。

“要我的话，干脆就学狼牙山五壮士，把那个劣质充电宝扔下去，搞不好还能把歹徒砸晕咯！”学生 H 忿忿地说。

“接近正确答案了哦。”李思晨微微一笑。

“啊？”大家不禁面面相觑。

“接下来我给大家讲一讲，有一个非常漂亮、非常聪明、非常有担当的女法医，是怎么在千钧一发之际打出这惊魂一枪的。”李思晨推了推眼镜，陷入了回忆。

- 03 -

2017 年 9 月 6 日晚 19:50　金陵市翼王山太平军地下兵营内

“凯峰，别哭了，别哭了！”林瑛格推了推何凯峰，似乎想起了什么，神情突然兴奋起来。

“啊？小林姐，我不想让你死……”何凯峰一把鼻涕一把眼泪地说。

“凯峰，把你那个劣质充电宝给我。”说着，林瑛格伸出了右手。

“可这只是个装电池的一次性充电宝。哎，被火车上的奸商给骗了。”何凯峰不明就里地把充电宝递了过去。

“还好你买了个劣质充电宝，否则我们就真要挂在这里了。”林瑛格的语气里流露出一丝庆幸。

“啊？什么意思？”何凯峰不明就里地问。

“你把电池给我咬开！”不到五秒的时间里，林瑛格已经拆开了充电宝，正准备将那两节勒兰度电池递给何凯峰。

“啊？什么意思？”何凯峰不禁愣了一下。

“咬开呀！”林瑛格一边拆卸59式手枪，一边催促道。

“哦……”何凯峰狠狠地咬了下去，旋即一股苦涩的糊状物随即涌进了他的口中。

“别把它吃了，有毒的！”林瑛格一把将电池夺了过去，而后将糊状物混合了少量清水，制成了看上去令人颇为反胃的溶液。

“小林姐，你究竟要干吗？”何凯峰一脸懵地问。

“我要除锈！”林瑛格将击锤簧拿在手中，小心翼翼地在溶液中转动。

“不好意思，我没明白你在说什么。”何凯峰吐了吐口水，然后挠着后脑勺说。

“勒兰度电池的电解液是氯化铵和氯化锌。由于氯化铵和氯化锌均是强酸弱碱盐，所以它们的溶液呈酸性。而铁锈的主要成分是三氧化二铁，所以能被氯化铵和氯化锌溶液溶解。焊接时常用的除锈剂镪水，利用的就是这个原理。除此之外，锌的金属性强于铁，氯化锌溶液并不会与弹簧中的铁发生置换反应，从而可以保证它不受损伤。”几分钟之后，当林瑛格擦去涂抹在击锤簧表面液体的时候，它已经洁净如新了。

“啊哈，这也行？”何凯峰整个人都惊呆了。

“先别高兴得太早！”林瑛格的脸上没有丝毫表情，因为此时她已经听到石发财的奸笑了。

“我保护你！”何凯峰拉过盾牌，将其举在林瑛格身前，眼睛警惕地盯着前方。

“OK！”林瑛格组装好手枪，拉开了保险。

“哼哼，那就别怪我不客气了！”台阶下传来石发财阴阳怪气的声音。

林瑛格的表情依旧波澜不惊。她转过身去，右手持枪，食指紧扣扳机，前臂架在盾牌上以保持稳定，左眼微闭，右眼始终与准星和缺口保持在同一直线上。

一秒，两秒，三秒……

石发财的额头出现在视野中……

啪——

枪声响起，正中他眉心！

- 04 -

2017 年 9 月 6 日晚 20:15　金陵市翼王山

夜晚的翼王山，凉风习习。李思晨坐在警车上，裹着毛毯，捧着热水，依旧在回味那惊魂一枪……

“思晨同学，怎么了，感冒了吗？”何凯峰拍了拍李思晨的肩膀。

“何老师，太赞了！林警官那一枪实在是太赞了！”李思晨意犹未尽地说。

“呵呵，思晨过奖啦！”林瑛格捋了捋挡在眼前的头发，一脸微笑地说。

“林警官，你是怎么做到这一点的？”李思晨依旧是一脸赞叹的表情。

“化学知识嘛，活学活用而已！”林瑛格耸了耸肩。

“何老师，这个我们也会学吗？”李思晨问道。

“在我们《生态与环境保护概论》的电池污染这一节中，我会给你们详细地讲一讲电池的构造。”何凯峰推了推眼睛说道。

“林警官，我觉得你不像是个法医。”李思晨又把视线转向林瑛格。

“哦？为什么？”林瑛格不禁愣了一下。

“我看电视里那些法医整天都在解剖尸体，很少有人会像你一样博学……”李思晨突然感觉找不到合适的语言来表述自己的想法。

“呵呵，其实我原本就是个三流枪手，二流法医。”林瑛格苦笑道。

“但你是个一流的侦探！”李思晨的眼睛里闪烁着钦佩的光芒。

“思晨，话说我觉得你那奇门遁甲、九宫八卦的理论也挺厉害的。”林瑛格轻轻地抚摸了一下李思晨的头。

“都是看鬼故事看来的啦！”李思晨不好意思地低下了头。

“思晨，这些东西你权当消遣就好了，不要当真的。”何凯峰没好气地说。

“可有时……我觉得……也挺有道理的。”李思晨嘟着嘴说。

“思晨，假如那些奇门遁甲、灵异妖道之术都是真的。那么我不禁要问了，1937 年的时候，侵华日军在这里屠杀我们三十万同胞的时候，那些奇能异士怎么没站出来？”何凯峰反问道。

“呃……”李思晨不禁被何老师的话噎了一下。

“不过，思晨，你知道吗，历史上真有因为迷信鬼神而亡国的先例。”何凯峰又说道。

“啊？这也行？”李思晨一脸诧异地说。

“公元1126年的时候，发生了一起改变我们中华民族命运的事件，你知道是什么吗？”何凯峰问道。

“呃……不知道……”李思晨摇了摇头。

“这起事件叫做靖康之变，金国人掳走徽钦二帝，北宋灭亡。”何凯峰的表情显得很凝重。

“哦……这个我也听说过……”林瑛格点了点头。

“当金国人兵临城下的时候，北宋军民团结一致，奋力反击，金国人一时拿东京城毫无办法。但就在战况最激烈的时候，一个叫郭京的道士突然跳了出来，说自己能召唤六甲神兵，于是宋钦宗便遣散守门士兵，派他上阵迎敌。结果可想而知，在金国人的狼牙棒面前，这群奇能异士毫无还手之力。然后城门失守，宋钦宗也跟着做了阶下囚。”何凯峰感慨万千地说。

“哦……封建迷信害死人呀！”李思晨点了点头。

“不仅如此，鸦片战争的时候，面对英国人的坚船利炮，清朝将领亦山想的不是如何整饬武备，而是听信道士之言，四处收集女人的马桶，幻想用这玩意儿来抵挡英国人的进攻。”何凯峰继续说道。

“太可笑了吧？”林瑛格脱口而出。

“对呀！这就是面对外敌的时候那群奇能异士的表现，是实实在在地记入正史的。所以，‘科学技术是第一生产力’不是一句空话，而是我们的祖先实实在在拿生命验证过的。只有科学普及了，科技发展了，我们中华民族才能真正实现复兴！”何凯峰慷慨激昂地说。

“愚昧导致落后，落后就要挨打！”林瑛格若有所思地说。

“哦……何老师，我明白你的意思了。”李思晨点了点头。

三个人正讨论得激烈，看到王皓天和杨燕清走了过来时，嘴里还不停地说着什么……

“王队，杨帅哥，你们在嘀咕啥呢？”林瑛格不明就里地问。

“太神奇了，太神奇了！”王皓天自言自语道。

“什么东西太神奇了？”林瑛格不禁愣了一下。

“皓天说翼王山的那些暗道错综复杂，实在是太神奇了。小林，你知道吗，据不完全统计，清军在里面至少折了一千人。”杨燕清耸了耸肩。

“不完全统计？有史料记载这个？”何凯峰的眉头微微一皱，感到很好奇。

“是啊，有几个陷坑里面，尸骸相与枕藉，完全数不清了。”王皓天摊了摊手。

“王队，现在暗网中国的案子还没结，高雅父母的案子也是疑团重重，你们闲着没事数这些骨头干吗？”林瑛格的表情显得很凝重。

“哈哈，主要是我和皓天打赌了。他说不到一千，我说肯定超了，我们俩就叫上其他人一起数了……”杨燕清挠了挠头，不好意思地说道。

“你们俩真行……”林瑛格似乎对这二人的无聊行径感到无语。

“呵呵，小林批评得对，言归正传哈。思晨，我问你，石发财是怎么把你从高铁上骗回来的？”王皓天把视线转向了李思晨。

“呃……我在石塔村找妹妹的时候留了联系方式，而石兴旺与石发财刚好都是石塔村的人，所以我估计他们就知道我的手机号了。他们后来发短信给我，说有我妹妹的消息，我就忍不住又跑回去了。”李思晨回答道。

“你的手机当时不是被偷了吗？怎么还给石塔村的人留这个电话号码？”何凯峰撇撇嘴说。

“人家原本打算第二天就补张卡嘛，谁知道你们不到中午就帮我把手机找回来了。”李思晨嘟着嘴说。

“嗯……昨天石兴旺与石发财看到思晨与我们一起吃饭了。我想正是因为如此，他们才知道了思晨和我们的关系。”林瑛格推测道。

“哦……怪不得！”王皓天点了点头。

“除此之外，那个叫张珂的人还给我看了一眼我妹妹的照片，所以我才相信他们了。”李思晨又说道。

“照片？”王皓天、杨燕清、林瑛格、何凯峰不禁同时愣了一下。

“嗯，他在视频通话中给我看的。”李思晨点了点头。

“我瞅瞅。”杨燕清连忙从证物袋里找出张珂的手机，仔细检查起来。

“就是这张……”李思晨指了指手机屏幕示意道。

“看起来你妹妹心态不错嘛，被劫持者拍照还能比划出剪刀手。”看着笑容满面的李思阳，杨燕清顿生疑惑。

“人贩子和被拐卖的人之间居然会建立起这么和谐的关系，我倒是头一次见哈！”王皓天也是一脸不解。

“所以张珂才叫她‘石达子’吗，人贩子都受不了这个话痨了！”何凯峰打趣道。

“等一下，你们仔细看看，李思阳的这个手势………似乎有点问题。”林瑛格拿过手机，双眼紧紧地盯着照片上李思阳的剪刀手，若有所思地说。

第十八章　神秘暗示

- 01 -

2017 年 9 月 6 日晚 20:30　金陵市翼王山

“小林姐，你指的是什么意思？”听了林瑛格的话，何凯峰只感觉一头雾水。

“凯峰，你来做个剪刀手。”林瑛格并没有直接回答何凯峰的问题。

“啊？”何凯峰的脑子一时没转过弯来。

“让你做个剪刀手呀！”林瑛格一脸严肃地说。

“哦……”看到林瑛格的表情不像是在开玩笑，何凯峰便怯怯地伸出食指与中指，比划了一个“V”字手势。

“你们仔细看看，李思阳和何凯峰的手势有什么不同？”林瑛格拿着手机说。

“没什么不同呀，都是个‘V’呀！”王皓天下意识地说。

“我觉得李思阳的手指更白嫩一点……不好意思，我不是故意的。”话一出口，杨燕清才意识到自己不经意间损了何凯峰一下。

“思晨，你总看得出来吧！”林瑛格看向李思晨。

“呃……难道是我妹妹在笑？”李思晨将信将疑地说。

“好吧，你们各自也都比划一个剪刀手出来。”林瑛格的声音里流露出一丝无奈。

“哦……好吧！”王皓天、杨燕清、李思晨不明就里地纷纷做出“V”字手势。

“凯峰，你看出区别了吗？”林瑛格问道。

“我用的是右手，而李思阳用的是左手。”何凯峰自信满满地说。

“不，区别不在这里。你仔细瞅瞅，你们四个人伸出的是哪两个指头。”林瑛格提示道。

“食指和中指呀！”何凯峰脱口而出。

“对呀！一般人做剪刀手的时候，都是伸出食指和中指做出‘V’字手势，而另外三个手指弯曲。其中无名指和小拇指在下，大拇指在上。大拇指的指肚压住无名指和小拇指的指甲。”林瑛格演示道。

“呃……难道还有其他的方法吗？”王皓天下意识地说。

“一般情况下，这个姿势是最舒服的。所以拍照的时候，我们会下意识地这么做。”林瑛格并没有直接回答王皓天的问题。

“不好意思，小林姐，我没明白重点在哪里。”何凯峰摊了摊手。

“而你们仔细看这张照片里，李思阳做剪刀手的时候，却是伸出中指和无名指做出‘V’手势，而另外三个手指弯曲。其中食指和小拇指在下，大拇指在上。大拇指的指肚压住小拇指的指甲，而指根压住食指的指甲。”林瑛格指着李思阳的解释道。

“哦？确定如此哦！”何凯峰不禁吃了一惊。

“可是这个姿势……好别扭呀！”李思晨仿照妹妹的手势比划了一个剪刀手，却感觉食指和小拇指非常不舒服。

“没错，问题就在这里：李思阳为什么会做出这么一个奇怪的手势？”林瑛格点了点头。

“会不会是她的无名指受伤了，弯不下去？”王皓天提出了一个假设。

“从照片来看，她的无名指并没有受到什么外伤。更何况即使左手的无名指受伤了，她也可以用右手来做呀。”林瑛格摇了摇头。

“林警官，我妹妹不是左撇子。”李思晨眨着眼睛说。

“会不会……这是李思阳的一种习惯性动作？”杨燕清也提出了一个假设。

“思晨，你有没有存李思阳的其他照片，我们看看她平时到底是怎么做剪刀手的？”何凯峰终于意识到问题的严重性。

“哦……我找找……”李思晨掏出手机，不停地翻着照片。然而一分钟多过后，她的表情也紧张起来：“林警官，你们看，这是两年前我们在老家的合影；这是一年前我妹妹生日时的照片；这是十天前我离开老家时给妹妹拍的照片。所有的这些照片里，思阳都是伸出右手食指和中指比划‘V’字手势的。”

“所以说……这是一个很反常的举动。我觉得李思阳似乎是打算向外界传递出什么信息。”林瑛格分析道。

“按西方的传统习惯来说，左手显示的是上帝赐给你的运气，因此，戒指通常戴在左手上。 国际上比较流行的戴法是中指代表在恋爱中，无名指表示本人已经订婚或已经结婚。莫非李思阳的意思是，自己已经看上人贩子，并决定嫁给他了。”杨燕清下意识地摸着自己无名指的钻戒说道。

“斯德哥尔摩综合征，有可能！”王皓天点了点头。

“何老师，啥叫斯德哥尔摩综合征呀？”李思晨不明就里地问。

“斯德哥尔摩综合征，又称斯德哥尔摩症候群、人质情结或人质综合征，是指被害者对于加害者产生情感，甚至反过来帮助犯罪者的一种情结。这个情感造成被害者对加害者产生好感、依赖心、甚至协助加害者。据说由于人质的生死操控在劫持者手里，只要劫持者让他们活下来，他们便不胜感激。所以，人质会对劫持者产生一种心理上的依赖感。”何凯峰解释道。

“啊？我妹妹不会爱上劫匪了吧，她才几岁呀！”李思晨担心地问道。

“思晨，别听他们胡扯。”林瑛格愤愤地摆了摆手。

“为啥，我觉得杨警官的说法很有道理呀？”何凯峰下意识地说。

“凯峰，你谈恋爱的时候会比划这么奇怪的剪刀手吗？”林瑛格反问道。

“呃……”何凯峰顿时无话可说。

“更何况即使李思阳真觉得劫匪还有人性，她只要在纸上写句话，就说自己吃得好、喝得好不就完了吗？退一步讲，就是她真喜欢上了其中一个大叔，比划个心形不就完了吗，干吗要做这么不常见的手势？”林瑛格继续反驳道。

“唔……确实有点难度……”何凯峰下意识地做了个李思阳式剪刀手，发现食指与小拇指确实不太舒服。

“那………你认为李思阳是在传递什么信息？”王皓天将信将疑地问道。

“我虽然还没搞清楚正确的信息是什么，但是我知道她绝对不是斯德哥尔摩综合征。”林瑛格的眉头拧成了一个疙瘩。

“算了，小林，先别想那么多啦，至少这张照片表明李思阳一时半会儿并没有危险。要我是人贩子的话，面对这么投缘的小姑娘，我可舍不得把她卖掉。”杨燕清皮笑肉不笑地安慰大家。

“嗯……有道理！”林瑛格点了点头。

“小林，走了，今天的工作到此结束，大家都早点休息。”王皓天拍了拍林瑛格的肩膀。

“哦？接下来要去哪里？”林瑛格感觉还有件重要的事情要处理，但一时半会儿却又想不起来。

“金陵脑科医院，媛媛的手术马上就要开始了。”王皓天关上车门，伸出脑袋喊道。

- 02 -

2017年9月6日晚21:30　金陵市双龙大道

“怎么这个点还堵呀！”看着前面一眼望不到头的车尾灯，司机位置上的杨燕清重重地砸了一下方向盘。

“我看地图上说是胜太路那边出了交通事故，所以车辆行驶缓慢。”后排左侧的何凯峰边看手机边说道。

“哎！”听到这句话，杨燕清的表情愈发焦急起来。

“杨警官，你有急事吗？”坐在后排右侧的李思晨不明就里地问。

“思晨，杨警官的爱人被歹徒袭击了，此刻正在做手术呢。”李思晨身旁的林瑛格轻声解释道。

“哦……对不起……”李思晨知趣地低下头去。

“思晨，要不是你误打误撞地跑到石塔村去，我们一时半会儿还真拿暗网中国没办法。”王皓天努力活跃着车里的氛围。

“通了通了，终于通了。”看着前面的汽车尾灯熄灭，杨燕清迫不及待地发动了汽车，不过仅开了十多米远，前面又堵上了。

“林警官，旁边这是什么地方？”李思晨看着车窗外蟒杰福利院，一脸困惑地问。

“蟒杰福利院嘛，是一个名叫蟒杰的叔叔开的非盈利性的儿童福利机构，主要收养无人抚养的孤儿、弃婴和残疾儿童。”林瑛格解释道。

“居然还有人姓‘蟒’？”李思晨下意识地问。

“呵呵，大概都是武则天乱改姓的后果。”何凯峰笑道。

“啊？关武则天什么事？”李思晨愣了一下。

“唐高宗的原配正妻王皇后出身世家大族，是武则天遇到的第一个重要敌人，也是武则天女皇帝之路的第一块垫脚石。武则天在扳倒王皇后之后，为了打击王皇后的家族势力，就将王皇后娘家一族改为‘蟒’姓。”何凯峰推了推眼镜说道。

“这女人真恶毒！”王皓天也不禁撇了撇嘴。

“不仅如此，唐高宗的淑妃萧氏出身世家大族，也是武则天在后宫之中的大敌。而且萧淑妃性格强硬张扬，与武则天的矛盾极深。武则天在杀死萧淑妃后，将其全家改为‘枭’姓，也就是枭首示众的‘枭’。”何凯峰又说道。

“啊？要砍人家的脑袋呀！”李思晨下意识地缩了下脖子。

“其实枭是一种长相类似猫头鹰的鸟。不过这种鸟很坏，长大之后就翻脸不认母。不认母也就罢了，它竟然还会活生生地将母亲吃掉。因此枭被称作不孝之鸟。相传，黄帝为了使它们尽早灭绝，规定夏至和冬至这两天要捉枭，并施以酷刑，将枭的身体剁得粉碎，然后把它的头悬挂在木柱上示众。正因为如此，后人才把砍头后悬挂示众称作‘枭首’。”何凯峰解释道。

“哇，好恐怖。”李思晨下意识地说。

“我觉得还是人心更恐怖。就像垂拱四年时候，越王李贞父子起兵反抗武则天，但很快就被镇压了。武则天在平乱之后，将李贞父子一族从李唐宗谱中开除，改姓为‘虺’。意思是说他们心如蛇蝎，并让李贞的后人要懂得悔改。”何凯峰又说道。

“蟒、枭、虺，还有别的吗？”林瑛格数着手指头说。

“有！武则天年少的时候，他的两个族兄武惟良和武怀运经常欺负她，于是武则天当了皇帝之后就把他们杀了，还把两人的子孙后代改姓为‘蝮’。”何凯峰又推了推眼镜说道。

“可是我觉得……这个‘蟒’姓听起来好恐怖呀！让人冷不丁地就和蟒蛇之类的扯上关系……”李思晨眨着眼睛说。

“你也不要以姓取人了。据说这个蟒杰叔叔是个很善良的人，他对孩子们很好的，经常给他们买新衣服、图书和画笔，还与孩子们一起画画、玩游戏。”林瑛格微笑道。

“对了，小林，那个田荣浩也在这里，据说正在排练什么舞蹈，要准备进京演出。”王皓天插嘴道。

“是呀！这家福利院在几年之前还是个废弃的工厂，杂草横生，垃圾成堆，一派荒凉。院内臭气熏天的水池里杂物漂浮。可是蟒杰叔叔用了不到一年的时间就完成了重新布局，新增建筑，硬化道路，美化环境。另外呢，蟒杰叔叔东奔西走，向有关部门争取资金，最大限度地保障了这里儿童的权益。除此之外，他还不忘对孩子们进行才艺培训，经常去全国各地巡演。而这些巡演得来的收入也全部投入到了慈善事业中，这些都是有据可查的。比那些拿着善款给干女儿买玛莎拉蒂的有钱人不知强到哪里去了。”林瑛格赞叹道。

“哦……他们好像确实是正在排练舞蹈哦！”透过半闭的大门，李思晨只见福利院里灯火通明，十几个儿童正围在一个中年女子身旁，整齐划一地排练着什么舞。

杨燕清倒是没有心思参与到这场讨论中，因为他的心里一直惦记着朱媛媛的手术。焦急地等待了二十分钟后，事故车辆被拖离了现场，双龙大道的交通拥堵也终于结束。杨燕清见状，径直挂到五挡，以八十码的速度一路向北狂奔起来……

“燕清，你超速了！”王皓天提醒道。

“管不了那么多了。”杨燕清的额头上沁出了细细的汗珠。

“杨帅哥，手术早就开始了，你这么急匆匆地赶过去也没用呀！”林瑛格宽慰道。

“我是怕万一媛媛有个三长两短，我还能再见她一面。”杨燕清的声音显得很忐忑。

“放心吧。高雅亲自主刀，不会有事的。”林瑛格轻轻拍了拍杨燕清的肩膀。

“燕清，你不是查过这种手术的成功率吗？高雅做过八起类似的手术，全部成功。”王皓天附和道。

“哎呀………皓天呀……我也不知道为什么，上午一看那数字，觉得很可靠、很放心。可现在媛媛上手术台了，我这心里反而七上八下起来。”杨燕清语无伦次地说。

“杨警官，从概率论与数理统计的角度讲，你可以认为手术失败是个小概率事件，它发生的可能性是可以被忽视的。”何凯峰推了推眼镜说。

“何老师，啥叫‘概率论与数理统计’？”李思晨压低了声音问道。

“一门数学课，你大二上学期会学到。”何凯峰轻轻地活动了一下颈椎。

“可是小概率事件也不是不可能事件，谁知道接下来会发生什么事情呢。”杨燕清的表情变得很复杂，似乎混合了焦急、紧张、期待，甚至还有一丝无奈……

- 03 -

2017年9月6日晚22:00　金陵市脑科医院

与以往不同，这一次走进手术室之前，高雅拿出朱媛媛的照片，按在胸前，轻轻摩挲了十几秒。

“朱警官，我不会让你失望的！”高雅轻声自我鼓励道。

十五分钟之后，在雪亮的无影灯下，高雅面对的是宇宙中最脆弱、最复杂、也是最美丽的东西。大脑中的某些部分是如此娇嫩，以至于哪怕被最精密的仪器不小心碰到，它也会形成永久性的损伤。然而此时的高雅，脸上已经没有任何表情，她只是熟练地拿起11号手术刀、双极电凝、吸引器……在不到一平方分米的空间内忙碌起来。

那一件件寒气逼人的医疗器械，在高雅的手中仿佛成了雕琢艺术品的工具，霍如羿射九日落，矫如群帝骖龙翔，来如雷霆收震怒，罢如江海凝清光……

午夜的金陵市，灯火黯淡了许多，忙碌了一天的人们早已入睡，然而此刻在手术室外，王皓天、杨燕清、林瑛格、何凯峰依旧在不停地徘徊。至于李思晨，她显然不想让美女姐姐知道自己闯了个大祸，便早早地回宾馆睡觉了。

“皓天，这么长时间了，手术怎么还没做完？”杨燕清焦急地挠着额头。

“哎……再等等吧！”王皓天一时也不知该说什么。

“杨帅哥，这又不是在脑袋里做手术，你以为缝两针就完了？”林瑛格苦笑道。

“放心吧，杨警官，她一定会吉人自有天相！”何凯峰拍了拍杨燕清的肩膀。

“哎……”杨燕清只是重重地叹了口气。

话音刚落，手术室的门终于开了。高雅穿着手术服疲惫不堪地走了出来，面色憔悴，看到一群人焦急地等在外面，她微笑着说：“手术很成功！”

“哇哦！”王皓天与何凯峰瞬间鼓掌欢呼起来。

“嘘……”林瑛格连忙做了个保持安静的动作。

“真的吗？真的吗？”杨燕清似乎有点不敢相信自己的耳朵，“媛媛，媛媛……高医生，我能进去看看她吗？”杨燕清迫不及待地想往手术室里冲。

“这个恐怕不行。她现在处于全麻状态，过会儿会被推进监护室去，放心好了，等她出来你再去看。”高雅试图安慰像是处于热锅上的蚂蚁一般的杨燕清。

“别冲动啊！”林瑛格和王皓天连忙抱住了他。

“好了，我的工作也完成了，接下来的恢复就靠她自己了。”高雅冲众人点了点头，转身便进了自己的办公室。

“让我进去，让我进去……”杨燕清的右手依旧拉着手术室的门把手不放。

“杨帅哥，媛媛现在还在手术台上，你身上有这么多细菌，就这么贸然冲进去会造成媛媛伤口感染的。”林瑛格连忙编出了一套善意的谎言。

“哦……我懂……我懂……”杨燕清这才松开右手，站在一旁，不过他的眼睛依旧盯着手术室。

没多久，躺在病床上的朱媛媛打着点滴，戴着呼吸器，被推出了手术室。杨燕清紧紧跟着病床，目不转睛地盯着她，生怕再出什么意外。

- 04 -

2017 年 9 月 7 日中午 10:30　金陵市脑科医院

“醒过来了，终于醒过来了。”在病床前守护了一夜的杨燕清终于看到媛媛睁开了眼睛，他抑制不住内心的激动大喊着。

“我就说嘛，吉人自有天相！”站在一旁的何凯峰咧着嘴傻笑道。

“燕清，我心里的一块石头终于落地了。”王皓天这时才长舒了一口气。

“是呀，六十一个小时，也不知道媛媛是怎么熬过来的……”林瑛格的眼圈也变得红红的。

“但她总算醒过来了，总算醒过来了！我已经很知足了，很知足了！”杨燕清的激动之情溢于言表。

“哎，不容易！真的不容易！”何凯峰也重重地叹了口气，毕竟这三天里发生的事情实在是太多了。

“高医生，我要好好感谢一下她！好好感谢一下她！”杨燕清不停地点着头，脸上满是感激与钦佩。

“王队，高雅父母的事……”林瑛格的眉头突然一皱，忧心忡忡地看着王皓天。

“小林，这件事先不急，等我们回局里以后先把采到的样本做一下 DNA 鉴定吧，万一不是他们俩呢。”王皓天的眸子里划过一丝哀伤。

“可是……”何凯峰下意识地摸了摸口袋里那半块晶莹的海豚。

“我的看法是这样的，即使 DNA 鉴定发现那两个死者就是高坚与叶彤，我们也要先揪出凶手，再告诉高雅。”王皓天迟疑了一会儿说道。

“嗯……毕竟还有二期手术，在这个节骨眼上，还是先不要刺激她为好。对不起，是我没有考虑周到。”林瑛格跟着点了点头。

“还有二期手术？”杨燕清的表情又紧张起来。

“是的，媛媛的脑干里还有一块碎骨片。不过高雅经过仔细研究，认为这块碎骨片并不会影响媛媛的意识，所以一期手术中并没有将其取出来。”林瑛格回答道。

“为什么不一起取了呢？”何凯峰不明就里地问。

“你以为是那么简单的事啊……实际上脑干只有大拇指大小，却汇集着主管心跳、呼吸等功能的神经中枢，而且其中有大量上传下达的神经纤维和不可再生的神经核，手术风险极大。所以高雅的看法是，一期手术之后先观察一阵，如果这块碎骨片影响不大的话，就暂时不做二期手术。”林瑛格解释道。

“可是……脑干里有那么多重要的神经中枢，怎么可以让这块碎骨片一直留在里面呢？”杨燕清争辩道。

“杨帅哥，你傻呀！媛媛能扛到现在，呼吸、心跳、体温完全正常，这就表明那块碎片并没有压迫什么重要部位。”林瑛格苦笑道。

“好！先不做，先不做！”杨燕清连忙点了点头。

“燕清，你平时要多分担一下媛媛的工作喽。”王皓天一脸坏笑地说。

“家务活我全包了，工作上小林包了，媛媛只要安安心心地做个吉祥物就好了。”杨燕清拍了拍胸脯说道。

“虽然你这句话也把我给卖了，不过考虑到媛媛是我最好的闺密，所以我就答应你了。”林瑛格佯怒道。

-05-

就在众人讨论的时候，昏迷了十几天的朱媛媛渐渐地恢复了意识。她睁开眼睛，看到眼前这么多关心自己的人，用微弱的声音感动地说道：“让大家担心了……”

“燕清，小林姐，王队……我没事了……”朱媛媛的脸上继而浮现起疲惫的微笑。

“媛媛………”杨燕清紧紧握住朱媛媛的手，喜极而泣。

“媛媛，你想吃什么，我去给你买！”王皓天一脸兴奋地说。

“王队，她现在还不能吃东西！”林瑛格拉了拉王皓天的袖子。

“那就等你出院了，我请你去紫峰上面的旋转餐厅，挑最贵的点。你这可是在鬼门关走了一圈又回来了啊，必须大吃一顿。”王皓天拍了拍胸脯说。

“好，谢谢王队……”朱媛媛感激地眨了眨眼睛，“不过我能不能带上小林姐一起……”朱媛媛的一句话把大家逗乐了，病房里前几天的愁云惨淡顷刻间化为乌有。

“哎……看来你是真的康复了！”看到朱媛媛已经恢复了卖萌耍宝、黑队长的技能，王皓天会心地笑了起来，不过右手却下意识地摸了摸干瘪的钱包。

-06-

就在大家跟在手术车旁有说有笑地向病房走去的时候，何凯峰却仿佛着了魔一般，继续守候在手术室门外。

“何老师，你怎么还在这里呀？”在办公室休息了几个小时的高雅推开房门时，发现在门外徘徊的何凯峰。

“等你！”何凯峰下意识地说。

“等我？”高雅不禁愣了一下。

“呃……我要替朱警官对你说声谢谢。”何凯峰挠了挠后脑勺说。

“呵呵，都是应该的！救死扶伤，本来就是我的天职。再说你们都是我的朋友，岂有不帮忙的道理？”高雅的脸上浮现出疲惫的笑容。

“哦……那就好……”何凯峰点了点头。

“何老师，你是不是有什么话想对我说？”高雅若有所思地问道。

“呃……没什么……我原本想请你吃点东西。不过考虑到你已经很累了，所以我觉得你还是早点休息比较好。”何凯峰支支吾吾地说。

“你请我吃什么？”高雅斜着脑袋，眨了眨眼睛。

“呃……”何凯峰不禁一时语塞，因为此时他才想起来自己的现金已经告罄，信用卡也透支了。

“还是我请你吧！”高雅似乎看穿了何凯峰的窘境。

“我……网银里还有钱……你想吃什么都可以。”何凯峰红着脸说。

“何老师，你先去我办公室坐一会儿。我换个衣服就去找你。”高雅笑眯眯地眨了眨眼睛，眸子里的疲惫顿时一扫而空。

- 07 -

2017 年 9 月 7 日凌晨 1:20　金陵市 1912 酒吧街区

“高医生，你忙碌了一整天，不困吗？”何凯峰试探性地问道。

“其实，刚刚做完手术那会儿特别累。要是以往的话，一倒下就能睡着。”高雅轻轻地晃了晃酒杯中的玛格丽特。

“哦……”何凯峰下意识地点了点头。

“不过我现在不困了。”高雅抬起头来，笑盈盈地望着何凯峰。

“啊？为什么？”何凯峰不禁愣了一下。

“因为我想听听你的故事。”高雅歪着脑袋说。

“呃……昨天晚上小林姐不是都讲给你听了吗？”一想起昨晚林瑛格把自己如何被女孩们踹来踹去的事都摆上了台面，何凯峰就感觉有些不自在。

“我想听刚刚发生的故事。”高雅轻轻抿了一口杯中的玛格丽特。

“你怎么知道刚刚有事情发生？”何凯峰又愣了一下。

“何老师，我也会推理哦！”高雅侧过脸来看着何凯峰，又继续说道：“第一，你们都是朱警官最好的朋友，按照常理来说，手术开始之前你们就会赶到医院了。可那个时候，我完全没看到你们，尤其是我居然没见到杨警官。所以我想原因只有一个，那就是今晚有重大的事情发生，他必须坚守工作岗位，连爱人的手术都只能排在第二位。第二，你和林警官的身上都脏得不成样子，而且林警官的额头还挂了彩。对于女生而言，一般是不会允许自己以这个形象出门的。所以我想，你们是任务结束之后便急匆匆地赶来了医院，脸都没洗，衣服也没换。”高雅眨着眼睛说。

“哦……你的推理能力，果然厉害！”何凯峰不由得跷起了大拇指。

“那给我讲讲你们的故事呗，是不是还跟我有关呢？”高雅盯着何凯峰的眼睛说道。

“你们女人的直觉简直不要太准哦……”何凯峰轻声嘟囔着，“好！故事要从李思晨这个捣蛋鬼在高铁上神秘失踪说起……”何凯峰狠狠地闷了一口喜力，而后把翼王山上发生的事情又讲了一遍。不过他倒是没有提及最后那惊魂一枪，因为王皓天已经下了命令，要等到揪出凶手的时候再把高坚和叶彤的事告诉高雅。

何凯峰绘声绘色地讲述了将近二十分钟，高雅的嘴巴惊成了大大的“O”型：“哇！ Amazing！”

“呵呵，都是机缘巧合。”何凯峰轻描淡写地说。

“我长这么大，第一次听说还有人用大炮解救人质的。”高雅的脸上满是难以置信的神情。

“都是石发财他自己作死，小林姐和我上山之后，他不仅没有按照约定放了思晨，还妄图杀了她给王队长一个下马威。于是王队长就回敬了石发财一发炮弹，让他知道要是敢动人质一根毫毛，下场就是被轰成肉泥。只是没想到这发炮弹威力实在太大了，于是接下来一系列离奇的事情就先后发生了。”何凯峰苦笑道。

“兵无常势，水无常形！”高雅嘬了一口玛格丽特，若有所思地说。

“不过，最让我震惊的还是石达开修建的地下工事，要是我早进去一百五十年的话，十条命都不够死的。”何凯峰心有余悸地说。

“嗯，既能降服洪水造福百姓，又能巧布疑阵重创敌军，确实是个伟人。”高雅点了点头。

“高医生，其实我觉得你更厉害，妙手回春，起死回生。”何凯峰冲高雅伸出了大拇指。

“呵呵，那都是我的本职工作，没什么值得称赞的。”高雅微笑着说道。

“首席专家，确实厉害！”何凯峰这才深切地感觉到自己和高雅的差距。

“何老师，以后你喊我高雅好了。”随着又一口玛格丽特下肚，高雅的脸上泛起了微微的红晕。

“嗯嗯，你喊我凯峰好了，我实在不是个好老师。”何凯峰也闷了一口喜力，脑子里有些眩晕。

“凯峰，我想问你个问题。”高雅突然把头凑了过去，压低了声音问道。

“呃……请讲。”何凯峰自顾自地又打开了一瓶喜力。

“你喜欢林警官，是吗？”高雅轻声问道。

何凯峰被这个突如其来的问题问的一时语塞，不知道怎么回答。他抬头喝了一口啤酒，而后又低下头思忖着，酒吧里放着美国传奇硬摇滚乐队 Bon Jovi 的《born to be my baby》。麦芽发酵带来的味觉冲击加上金属摇滚的撞击，让何凯峰想起来不久前在翼王山上那些惊魂的时刻。自己和林瑛格可以算得上是经历了几番生死了，这种感情放在别人眼里可能会化作男女之情。但是对于何凯峰而言，总觉得缺少点什么。一开始确实是对林瑛格这个高智商的美女法医动过心，但经历了很多事情之后，这种最初的动心已经化作一种朋友之间的坚固友谊，甚至超越了爱情和亲情。至于这份感情能不能转化为爱情，何凯峰总觉得缺少点什么，或许爱情就是这么让人捉摸不透。

“呃……”何凯峰思考了片刻，而后神情极为复杂地说道，“好像不能用喜不喜欢来定论。不过我看出来了，小林姐是个颜控，所以这么多年过去了，我们俩始终是最佳搭档的关系，从来没有改变过。如果说我喜欢她，那也是单纯的工作或者朋友哥们间的喜欢，这种喜欢是因为我们俩有默契，并非男女朋友间的喜欢。”

“其实女孩或多或少都有点颜控，很正常。”看着何凯峰如月球表面般粗糙的脸，高雅显然明白了林瑛格究竟在纠结什么。

“没错，很正常！”何凯峰狠狠地灌了一口喜力，一想到自己因为颜值问题先被六个女孩拒绝过，何凯峰便深深地体会到了“切肤之痛”这四个字的含义。

“不过……我倒不是个颜控，我认为人与人之间的相处就好比这杯中的酒，也许你第一口感到苦涩，可是越到后面就会变得香醇了，所以我反对以貌取人。”高雅轻轻小啜了一口玛格丽特，笑着说道。

“那是因为你的颜值已经够高了。”何凯峰苦笑道，“那你呢，对未来的另一半有什么要求吗？”何凯峰好奇地问道。

“凯峰，你知道吗，《大话西游》里的紫霞仙子有这么一句台词：‘我的意中人是个盖世英雄，有一天他会身披金甲战衣，脚踏五彩祥云来接我回去。’”高雅望着窗外，似乎陷入了回忆。

“嗯，当年我也以为自己会是个盖世英雄，不过后来才知道，盖世英雄也是要看颜值的。在迷妹们眼中，七进七出长坂坡的赵子龙是白马王子，而孤身一人喝退曹兵百万的张翼德却是凶残大叔。”何凯峰一脸尴尬地说。

“其实当你爬进石塔救我的那一刻……”高雅闭上眼睛，轻轻碰了一下何凯峰的膝盖，没有再说下去。高雅的意思已经很明白了。自从上次在石塔经历了一番惊心动魄，何凯峰觉得高高在上的女神高雅仿佛不是一个遥不可及的人，她已经悄然走进自己的生活，走入自己的心里。可是高雅呢？她是那么美丽，有好的家世和学历，在很多人眼里这都是女神的标配。然而自己只是洪都大学的一名普通的、甚至有点穷的单身男老师，要想把高雅追到手，可谓难于上青天了。

“天呐！难道我何胖子今晚就要脱单了吗！对方还是女神级的人物！”何凯峰只感觉心脏都要跳到嗓子眼了，机会就在眼前，何凯峰紧张得不行。

而此时此刻，酒吧里也很应景地响起了梁静茹的歌《小手拉大手》。

还记得那场音乐会的烟火，
还记得那个凉凉的深秋。
还记得人潮把你推向了我，
游乐园拥挤的正是时候。
一个夜晚坚持不睡的等候，
一起泡温泉奢侈的享受。
……

十秒之后，何凯峰定了定神，鼓起勇气，伸出右手，轻轻碰了一下高雅的指尖。而高雅只是依旧闭着眼睛，脸上挂着浅浅的微笑，还有淡淡的红晕……

“哇……有戏！”心花怒放的何凯峰站起身来，准备吻向高雅的嘴唇……

然而就在何凯峰弯下腰的瞬间，一个声音突然从他的背后传来：

“何老师，高医生，你们看到我家陈玲了吗？”

第十九章　双面娇娃

- 01 -

2017 年 9 月 7 日凌晨 1:35　金陵市 1912 酒吧街区

何凯峰以前经常梦到自己在追各种漂亮女孩，就在马上得手的时候总有一些人一些事出来捣乱，梦里的他急得都要飙脏话了。但今天同样上演了梦里的一幕，他却不能表露出任何不满。

“这……又是谁啊……”何凯峰心想着转过头去，发现这个不速之客居然是关穆。出于礼节考虑，他只好若无其事地说：“哦……没有！”

“呃……高医生，你呢？”关穆又把视线转向高雅。

“我也没有，不好意思啊！”高雅下意识地整了整头发，一脸端庄地说。

“打扰二位了……抱歉！”关穆一脸诚恳地道了个歉，而后转身向其他雅座走去。

“哎，真是的。”当何凯峰回过头的时候，发现高雅正在整理衣服，准备起身去买单了。显而易见，不速之客关穆的出现破坏了刚刚营造起来的浪漫氛围，也让何凯峰的脱单梦瞬间破灭。

“何老师，时间不早了，先回去休息吧！”高雅的眼神中流露出一丝尴尬。她也被关穆吓了一跳，一时不知该如何处理眼前的局面。

“哦……好的！”何凯峰只好顺水推舟地点了点头。

然而，就在高雅与何凯峰来到吧台的时候，他们惊讶地发现了一个熟悉的身影。没错，那人正是关穆的女朋友陈玲。不过此刻的她脸上画着厚厚的烟熏妆，头发也染得五颜六色，身着妖艳的超短连衣裙，完全看不出学生的样子。何凯峰和高雅差点没认出来。

“呃……凯峰……我们要不要告诉关穆？”高雅的声音显得有些尴尬。

“算了，他要是看到这一幕的话，一定会疯的。”何凯峰的脸上写着大大的“囧”字。就在几分钟前，一个金发男子端着两杯斯托利伏特加坐到了陈玲身旁，而后两人用英语叽里呱啦地交流起来。

“凯峰，我觉得那个老外不是什么好东西。”高雅的表情突然严肃起来。

“呃……我完全没听懂他们在说什么。”何凯峰一脸懵地说。

“那个老外刚刚说了句‘I give good head’！”毕竟在国外生活过五年，即使在嘈杂的酒吧中，高雅也能轻松地识别出对方男子那夹杂着波士顿口音的美国英语。

“呃？他的头脑很好使吗？”何凯峰开始望文生义起来。

“不，这是欧美人调情的时候才说的话，意思是说自己口技不错。”高雅的脸上流露出厌恶的神情。

“呃……大庭广众之下确实有点恶心！”何凯峰表示感同身受。

不过更恶心的事还在后面，伴随着一句句You're so good（你太正点了），I'm feeling hornier than a bitch on heat（我已经欲火焚身了）……金发男子把伏特加放在吧台上，而后左手搂住陈玲的腰肢，右手则在她的短裙内活动起来……

“高雅，我们还是离开这个是非之地吧！”听到一句娇滴滴的You make me juices flow之后，何凯峰感觉自己的鸡皮疙瘩都要起来了。

“嗯，好吧！”高雅掏出一张卡买完单，而后便转身准备离开。

然而就在几秒钟后，尴尬的事情出现了。就在高雅与何凯峰刚刚转过身的一刹那，他们看见关穆正拎着一个凳子，怒气冲冲地站在陈玲与金发男后面。

“关穆同学，冷静啊！”何凯峰不由得脱口而出。

不过此时的关穆早已冷静不下来了，他挥起板凳，重重地砸向金发男的头上。

伴随着一声“ouch（哎哟）”，还没弄明白怎么回事的金发男人捂着后脑勺，躺在地上打起滚来。

“关——穆——”陈玲转过身去，声音在几秒钟内完成了由惊讶到愤怒的转变。

“陈玲，你在干吗呢？”关穆忿忿地吼道。

“我在跟这人学英语呢！”陈玲下意识地扯了扯自己的短裙。

“学英语要穿成这个样子吗？”关穆一脸怒气地指着陈玲露在外面的事业线吼道。

“你管得着吗？”陈玲一脸轻蔑地拨开了关穆的手。

“um……！ Are you insane of your mind?（你疯了吗？）”金发男晃晃悠悠地站起身来。

“I am her boyfriend !（我是她男朋友！）”关穆一字一顿地回应道。

“What ?”金发男不禁愣了一下。

“Peter, Listen to me……（皮特，请听我解释……）”陈玲连忙站起身来，一边比划一边叽里呱啦地跟金发男交流着什么。

“高雅……他们在说什么？”英语盲何凯峰又陷入一脸懵的状态。

听到一句“You know, I had a boyfriend but I lost him in the crash, that is the bad news, The good news is: I am available!”（你知道吗，我有过男朋友，但他出事故去世了。这就是我的坏消息，好消息是我单身。）之后，高雅无可奈何地摇了摇头：“算了，你还是不知道的为好！”

“陈玲，告诉他，我是你男朋友！”关穆的神情依旧很激动。

“知道啦，知道啦！”陈玲不耐烦地摆了摆手，而后继续和金发男叽里呱啦地解释着什么。五分钟之后，金发男似乎明白了什么，狠狠瞪了关穆一眼，捂着脑袋转身离开了……

“陈玲，他到底是谁？”关穆依旧是不依不饶。

“一个追我的男人，我刚刚义正词严地告诉他我有男朋友了，让他别来骚扰我！”陈玲装出一副若无其事的样子。

“真的吗？那就好，那就好！”听到这句话，关穆的智商瞬间降到了零，以至于他都忘了刚刚是谁在老外怀里搔首弄姿的。

“关穆，我们走吧！”陈玲整了整衣服，做出一副萌妹子的表情。

“嗯嗯，陈玲，看看我给你带了什么礼物。”关穆打开手提袋，那里面赫然躺着一套全新的正版剑桥雅思教材。

“你……哪来这么多钱？”陈玲笑意盈盈地问道。

“我去新街口发了几天传单，嘿嘿！”关穆挠着后脑勺，傻笑起来。

“嗯，我家穆穆真好，来，亲一个！”陈玲踮起脚尖，亲了一下关穆的脸蛋。

“那我们快点回宿舍吧，否则宿管阿姨要睡觉了。”关穆拉着陈玲的手说道。

“嗯，好的！”陈玲转过身去，将吧台上的两杯伏特加一饮而尽，而后在关穆的搀扶下晃晃悠悠地向门外走去。

“陈玲，以后别来这种地方了，好黑暗的！”关穆轻声责备道。

“切，世界上哪有那么多黑暗的东西呀！”陈玲不屑地撇了撇嘴。

- 02 -

看着关穆和陈玲远去的背影，何凯峰又感慨起来：“关穆是个多么好的男孩呀，陈玲为什么不好好对待人家呢？”

“凯峰，这种女孩多了去了，她们喜欢一切新鲜、时髦、刺激的东西，却唯独不珍惜身边对自己好，并且最靠得住的男人。”高雅的表情显得很复杂。

“啊？”何凯峰不仅愣住了。

“别的不说了，就说陈玲用的香水吧。那是法国娇兰的原装限量版咏叹调，绝对不是折扣货或是机场货，一瓶的价格足够他们俩一个月的生活费了。还有她的包包，著名的香奈儿小羊皮，那可不是一个月生活费就能买得起的啊。”高雅轻描淡写地说。

“啊？你怎么知道？”何凯峰不禁愣了一下。

“女生嘛，对这种东西比较了解。”高雅笑了笑，并不想说其实是自己在用所以才会知道价格，否则会显得自己太过炫耀。

“呃……”何凯峰的心一沉，在那一刻，他再度感觉到了自己和高雅并不属于一个世界。

“我的意思是……陈玲靠学校发的那点钱和家里的生活费肯定买不起这些东西的，所以才会流连于酒吧夜场，懂我的意思了吧！”高雅似乎察觉到了何凯峰的窘境，连忙转移话题。

“呃……那她为什么不去傍大款呢？非要祸害老实的关穆！”何凯峰忿忿地说。

“因为她还要一个东西。”陈玲做了个思考的手势。

“什么东西？”何凯峰下意识地问。

“脸！”高雅指了指自己的腮。

“嗯，也对。”何凯峰再次愣住了。

“其实陈玲这个人很聪明，她知道自己不可能永远这么玩下去，也知道嫁入豪门不是那么容易的事情，毕竟有钱人也不是傻子。除此之外，她又不想去当二奶和小三，那样传出去实在是太丢人了。同时，她还想在外人面前保持一个好形象。所以平日里才会装出一副呆萌可爱，人畜无害的样子。最后，再给自己找个接盘侠，一个事事都听自己的老实人，那就是关穆。当然，话又说回来了，如果能勾搭上一个富豪，那么陈玲肯定会立马把关穆给踹了。”高雅分析道。

“哎！我真是盼着她和关穆赶紧分手，别再祸害老实人了！”何凯峰悻悻地说。

“要说关穆对陈玲也真是一往情深。都这样了，还对她百依百顺！”高雅感慨道。

“可不是嘛！都可以开绿帽子店了！”何凯峰附和道。

“算了，随他们去吧！时间不早了，我们走吧！”高雅叹了口气，与何凯峰一起离开了酒吧。

- 03 -

9月7日，对于李思晨而言，是轻松的一天。闯了大祸的李思晨不再提留在金陵找妹妹的事，而是知趣地拿了火车票，准备返回洪都市。

9月7日，对于高雅而言，是平常的一天，除了观察朱媛媛的术后恢复情况之外，她还检查了李萌萌的病情，并设计了相应的手术方案。

9月7日，对于王皓天、杨燕清而言，是忙碌的一天，由于翼王山上的八个嫌疑人全死了，所以攻破暗网中国的任务就落在了杨燕清等程序员大军身上。整整一个上午，他们都在不停地对现场发现的所有电子产品进行数据恢复与破解，试图进一步挖掘暗网中国的蛛丝马迹。

9月7日，对于林瑛格而言，是沉重的一天。拿到了十年前高坚与叶彤的行动记录后，林瑛格已经大致勾勒出了当年翼王山惨案的情景。

9月7日，对于关穆而言，则是噩梦般的一天，因为从中午开始，陈玲便陷入了失联的状态……

- 04 -

2017年9月7日晚19:30　金陵市公安局刑警队会议室

“同志们，今天开会讨论一下最近的案情和最新线索，大家各抒己见吧！”王皓天率先开口了。

“皓天，除了李思晨提供的那张照片之外，我这边收获不多。但是呢，我有一个重要发现。”杨燕清的表情显得很激动。

“哦？什么重要发现？”王皓天瞬间来了兴趣。

“我知道暗网中国的站长，也就是那个所谓的‘汉中王’是谁了。”杨燕清故意卖了一个关子。

“哦？是谁？”王皓天的眉毛微微颤抖了一下。

“安姐！”杨燕清的声音显得很自信。

“安姐？！”王皓天与林瑛格不禁同时愣住了。

“根据石兴旺与石发财手机中的暗网中国的通讯记录，他们将李小花送给了安姐。”杨燕清拿出一张通讯记录纸说道。

“为什么要把李小花送给她？”王皓天似乎没明白杨燕清的意思。

“安姐这个人，似乎是个女同性恋者，而且还喜欢扮演男性的角色，所以找石兴旺与石发财要过女人。”杨燕清解释道。

“这都能查出来？”王皓天感觉整个人都惊呆了。

“王队，既然安姐也是暗网中国的站长，那么我们是不是可以把暗网中国一案与十年前的翼王山案子并案侦查了？”林瑛格提议道。

“DNA鉴定有结果了吗？”王皓天揉了揉眼睛问道。

“翼王山上的那两具尸骨，就是高坚与叶彤两人。”说着，林瑛格递给王浩天一份DNA鉴定材料。

“嗯……揪出这个逍遥法外的安姐，是多少前辈们毕生的夙愿呀！”王皓天感慨道。

"皓天，那一天到底发生了什么？"杨燕清问道。

"2007 年的时候，我还在警校，邢局也才入职两年。当时为了安全起见，参加行动的都是局里最有经验的警察，所以他也不清楚具体的过程。"王皓天又揉了揉眼睛。

"那你们是怎么知道后来的事的？"杨燕清与林瑛格不禁同时愣了一下。

"根据这个唐芳的交代，上山之后，毒贩们不知为何突然冒出来，然后发生了激烈的枪战。高坚与叶彤边打边撤，最后不知所踪。"王皓天翻着一本已经泛黄的卷宗说道。

"想不到他们中了三十几枪，太惨了！"杨燕清倒吸了一口凉气。

"后来我们找到蟒杰前辈证实，当时确实听到了很激烈的枪声，但是因为他在山下放风，所以并没看到实际的枪战现场。"王皓天压低了声音说道。

"就是那个开福利院的蟒杰？"杨燕清与林瑛格又同时愣了一下。

"这是绝密信息，局里规定不能泄露出去。"王皓天又叮嘱道。

"不不……你的意思是……蟒杰叔叔是卧底？"林瑛格似乎明白了什么。

"没错！蟒杰确实是局里安插在贩毒团伙中的卧底，五年前退休，开办了蟒杰福利院。在长达十六年的卧底生涯中，蟒杰前辈帮我们打掉了十四个贩毒团伙，抓获了六百多名毒贩。所以蟒杰的实际身份至今仍没有公开，只有局里的少数领导知道。"王皓天解释道。

"嗯！肯定结下了不少仇家。要是公开了身份，那蟒杰这个人可就有生命危险了。"杨燕清心领神会地说。

"那……高坚和叶彤知道吗？"林瑛格问道。

"知道！案发之前蟒杰说提醒过高坚和叶彤，说这群毒贩非常狡猾，建议他们一定要带好武器，以防万一。"王皓天回答道。

"可是……意外还是发生了。"杨燕清耸了耸肩。

"没错，根据记录来看，当时高坚和叶彤还是大意了，出发前他们只带了一把手枪，一匣子弹。"王皓天摇了摇头。

"哎……"杨燕清重重叹了口气。

"什么？"林瑛格突然浑身打了个激灵。

"小林，你怎么了？"王皓天被林瑛格的反应吓了一跳。

"王队，可以把卷宗给我看一下吗？"林瑛格问道。

“小林，按照规定，你的级别是不能看的。”王皓天的声音有些忐忑。

“但是在王队长面前，那些规定都是扯淡。”林瑛格只是微微一笑。

“呃……那我就犯个错吧！”王皓天犹豫了片刻，还是把卷宗递给了林瑛格。

“皓天，回头我把会议室里的监控记录给清了，就没人知道这回事了。”杨燕清一脸坏笑地说。

“枪支序列号……3654-xxxx-xxxx-xxxx。”林瑛格仔细核对着参战武器的编号记录。

“小林，你在查什么呢？”王皓天不明就里地问。

“我在查高坚和叶彤当时究竟带的是什么枪支。”林瑛格一边翻着卷宗一边说道。

“查到了吗？”杨燕清问道。

“查到了，就是这把枪！”林瑛格将自己捡到的五九式手枪摆到了桌上。

“哦………给我看看……果然哦！”王皓天拿过手枪，核对了一下编号，点了点头。

“这么说来，高雅的父母还救了小林一命呀！”杨燕清一脸不可思议地说。

“没错，确实如此……可是……”林瑛格不禁欲言又止。

“可是什么？”王皓天不禁愣了一下。

“可是五九式手枪的弹夹容量就是八发子弹，而我捡到手枪的时候，里面也确实是满满八发子弹。”林瑛格的脸色瞬间变得一片煞白。

“你是什么意思？”杨燕清的思路一时没拐过弯来。

“这表明高坚和叶彤刚一上山，毒贩们就朝他们开枪了，他们压根就没有机会还击。蟒杰前辈还有其他同志听到的枪声，全部来自毒贩。”一想到高坚的股骨被子弹打成了六截，林瑛格的眼圈就泛红了。

“换句话说，唐芳在撒谎！”王皓天怒目圆睁地说。

“是的，根本没有所谓的边打边撤，也没有所谓的激烈的枪战，更没有所谓的不知所踪。高坚和叶彤压根没有还手的机会，就被毒贩们乱枪打死，然后还被扔进了那个地洞。”林瑛格的声音哽咽起来。

“皓天，你说会不会这个唐芳就是安姐，安姐就是唐芳？她上山后就反水了，指使毒贩击毙了我们的同志。只不过警方早已在翼王山周围布下了天罗地网，所以她没有逃脱罢了。”杨燕清分析道。

“可毒贩们都不知道谁是安姐呀！”王皓天提出了自己的疑问。

“没错！这个模式和暗网中国不是很像吗？每一级都不知道上下级究竟是谁，只管接到命令后拿钱办事就完了。即使主犯被抓了，没有其他从犯的指认，我们也没法定罪。”杨燕清解释道。

“嗯！燕清说得有道理！”王皓天点了点头。

“可惜了，在警方的围捕中，那些射杀高坚与叶彤的毒贩们全部被打死了，所以唐芳的话就成了孤证。加上当时迟迟找不到两位前辈的尸体，所以唐芳就成了漏网之鱼。”林瑛格懊恼地说道。

“燕清，你马上追查唐芳的下落！这一次，我要她血债血偿！”王皓天双拳紧握，面颊的肌肉在不停地抽搐。

- 05 -

2017年9月7日晚19:45　金陵市公安局刑警队会议室

就在会议室里的气氛变得很凝重的时候，王皓天的手机突然响了起来。他低头一看，发现是门卫老吕的电话。

“喂？老吕头，什么事呀？”王皓天问道。

“王队长，有个学生模样的男子要找你，说他女朋友失踪了。”听筒里传来一个老者的声音。

“女朋友失踪？那你让他去找派出所呀！”王皓天哭笑不得地说。

“哎呀，王队长，人家孩子都在这里哭了好久了，你就出来看看吧！警察要贴近群众，为人民服务嘛！”老吕规劝道。

“好吧，好吧，我马上下去！”王皓天不耐烦地说。

原来这位报案的人正是关穆。“警察同志，救救我女朋友，救救陈玲……”一看到王皓天，关穆就扑通一声跪在地上，一边哭一边说。

“到底是咋回事呀？”王皓天不明就里地问。

“我女朋友陈玲失踪了，从今天中午开始就找不见人了，电话也不接，短信也不回，微信和QQ上也不回我，所有能联系的方式通通联系不上她。”关穆一把鼻涕一把眼泪地说。看到他这样痛不欲生的神态，王皓天只好把他领回办公室做笔录。

“得得得，先说你叫什么名字，好吗？”杨燕清拿着记录纸说道。

“我叫关穆，是东南理工大学的研究生。”关穆怯怯地说。

“你就是关穆？”一听到这个名字，王皓天不禁暴跳如雷。

“啊？咋啦？”关穆显然被吓了一跳。

“你干吗把手机给当了，啊？差点害死我们，你知道吗？”王皓天一想起头天被关穆的手机号使用所在地的误导，就不禁怒从心头起。

“我……我………”关穆一时语塞，不知该说什么是好。

“王队，消消气。”林瑛格显然意识到了问题的严重性。

“这位阿姨，求求你救救我家陈玲。”看到林瑛格护着自己，关穆连忙凑了上去。

“喊谁阿姨呢？”林瑛格下意识地说道。

“哦……警官………对不起……对不起………”关穆双腿一软，跪在了地上。

“关穆，你女朋友陈玲是不是经常去泡吧，还跟一些不三不四的人混在一起？”林瑛格问道。

“呃……她以前是经常去那些地方。不过她说只是想去多交点朋友，我女朋友想要考雅思，所以她说去那些地方遇到外国人能帮她学英语。”关穆下意识地为陈玲开脱道。

“你傻呀！这么明显的谎话都能把你骗了！”林瑛格看着眼前软弱老实的关穆说道。

“呃……确实吧……我女朋友是有一点虚荣，她还比较喜欢富豪……还有帅哥……”关穆支支吾吾地说。

“这就对了，这就对了！”林瑛格若有所思地点了点头。

“怎么对了？”杨燕清不禁愣了一下。

“哼！那天我们在翼王山绑架我和凯峰的李流畅说，你家陈玲早晚会被拐进暗网中国。”林瑛格冷笑道。

“啊？暗网中国？”一听到这四个字，王皓天和杨燕清顿时惊得站了起来。

“我不是很确定，因为上一个勾搭陈玲的人名叫苏军，当时我们只想着去救高雅，对于他说的这些事，我们也只是听听罢了……而且他已经在翼王山上被一炮轰死了。”林瑛格轻描淡写地说。

“呃……好像有这个人吧！”由于跟陈玲有说不清道不明的关系的人实在是太多了，关穆一时竟不知如何回应。

“王队长，杨警官，宁可信其有，不可信其无。毕竟我们现在的线索已经断了，何不去尝试一下寻找新的线索呢？”林瑛格建议道。

“好，马上出发，去东南理工大学！”王皓天点了点头。

- 06 -

2017 年 9 月 7 日晚 20:10　金陵市东南理工大学陈玲宿舍

“关穆，陈玲的家里是干吗的呀？是不是很有钱？”林瑛格看着满宿舍的衣服、包包、鞋子，下意识地问道。

“都是我们校医院的。”关穆怯怯地说。

“父母都是领导吗？”林瑛格又问。

“不是，都是普通医生。”关穆回答道。

“这些包包啦，衣服啦，鞋子啦，都是谁给她买的？”林瑛格随手拿起一个名牌手提包问道。

“大部分是她自己买的，少部分是我买的。”关穆揉搓着衣角说。

“你知道这满屋子的 Chanel、Louis Vuitton、Dior、Gianni Versace、Prada、Burberry、KENZO、Givenchy、Valentino 和 Hugo Boss 名牌值多少钱吗？”林瑛格眨了眨眼睛问道。

“不知道，陈玲说没多少钱。”关穆耸了耸肩。

“我跟你讲，就这些包包、衣服、鞋子，把你整个人卖了也换不回来。”林瑛格冷笑道。

“这么贵啊？”关穆不禁愣了一下。

“你知道这条 Cartier 项链，这对 Bvlgari 耳环，这枚 Harry Winston 戒指分别值多少钱吗？”林瑛格又问道。

“呃……陈玲跟我说都是地摊货。”关穆摊了摊手。

“地摊货？就这三件珠宝，把我们俩都卖了也买不回来。”林瑛格指了指自己，又指了指关穆。

“小林，你觉得……陈玲和暗网中国有关？”王皓天显然也被惊到了。

“不好说，但是陈玲很可能已经陷入魔窟了。”林瑛格摇了摇头。

“有何依据呢？”王皓天和关穆不禁同时愣住了。

“不信呀，你们看看这是什么。女仆装、情趣内衣……这像是一个女研究生的衣橱吗？”林瑛格拉开陈玲的衣柜，一堆不堪入目的东西迎面袭来。

“这……这……我从来不知道她有这些东西……”关穆几乎不敢相信自己的眼睛。

话音未落，一直在捣鼓电脑的杨燕清突然开口了：“皓天、小林，我确定这个陈玲是被骗进暗网中国了。”

“什么？确定？”王皓天再次愣了一下。

“你们看一下，Tor Browser，这是一般女研究生会用的东西吗？”杨燕清指着惠普笔记本桌面上一个洋葱形状的图标说。

“这是什么？”关穆下意识地问。

“这玩意儿俗称洋葱浏览器，访问暗网中国这个网站就是靠这个东西。”杨燕清点开了浏览历史，Dark Web In China 的页面赫然在列。

“哎……苍蝇不叮无缝的蛋呀！”王皓天重重地叹了口气。

“没错，她不知道上帝给予她的这些礼物，早已在暗地里标好了价格。”林瑛格的表情显得很复杂。

- 07 -

2017 年 9 月 7 日晚 20:30　金陵火车站

开往洪都的 K13×× 次列车已经到站，为了防止李思晨乱跑，这一次何凯峰和高雅专门把她送到了站台上。

“思晨，快上车吧！”何凯峰催促道。

“我还是想留在金陵找妹妹。”李思晨嘟着嘴说。

“你就别操心了，思晨，警察同志会帮你把妹妹找回来的。”高雅轻轻地拍了拍李思晨的肩膀。

“何老师，你跟我一起回洪都吧！”李思晨央求何凯峰道。

“思晨同学，我还有一些事情要处理，过几天就回。”何凯峰拍着李思晨的肩膀说道。

“何老师，你以后不要冒险了，好不好？”李思晨眨了眨眼睛说。

“说得跟我愿意主动冒险一样，我哪一次不是被逼的！”何凯峰无奈地叹了口气，继续说道：“放心吧，没有王队长的火力支援，我绝对不会轻举妄动的。”何凯峰点了点头。

“救美女姐姐的时候除外！”李思晨做了个鬼脸。

“哈哈，不会啦，我也没那么容易陷入绝境的。”高雅被李思晨逗得哈哈大笑起来。

“哎，你可真会当好人呀！”何凯峰若有所思地说。

“思晨，火车马上就要开了，快点上车吧！”看到站台上已经没有几个乘客了，高雅便将拉杆箱交到了李思晨手中。

“呃……何老师，在上车之前，我想做一件事，你介不介意呀？”李思晨又眨了眨眼睛。

“哦？什么事？”何凯峰不禁愣了一下。

“我想抱抱美女姐姐，可以吗？”李思晨一脸天真地说。

“这种事……你问我干吗？”何凯峰感觉被噎了一下。

“人家怕你吃醋嘛！”李思晨又做了个鬼脸。

“噗……抱吧！抱完快上车，我实在受不了你了！”何凯峰哭笑不得地说。

李思晨双手抱住高雅，而后踮起脚来，在高雅的耳边轻声说道：“美女姐姐，何老师还没攒够首付，你不要嫁给他。”

“噗……咳咳……”高雅瞬间笑岔了气。

“小鬼，说什么呢？”何凯峰似乎听到了什么对自己不利的事情。

“没什么，何老师说过不介意的。”李思晨耸了耸肩。

“不……你……你刚才说了什么？”何凯峰的脸色突然变得很严肃。

“我说你还没攒够首付……”李思晨怯怯地低下头说道。

“呃……凯峰，童言无忌，童言无忌。”不明就里的高雅连忙打圆场道。

“不，下一句！”何凯峰似乎并没有理会高雅的话。

“我说何老师说过不介意的。”李思晨嘟了嘟嘴，一脸无辜地说。

“我知道了！我知道了！我知道了！”何凯峰突然兴奋地在站台上跳了起来。

“凯峰，你知道什么了？”高雅只感觉一头雾水。

“哈哈，思晨，我知道你妹妹的那个手势是什么意思了。”何凯峰的声音显得很自信。

第二十章　李思阳密码

-01-

2017 年 9 月 7 日晚 21:00　金陵市公安局刑警队会议室

“凯峰，你们夤夜来访，不知有何贵干？”被陈玲案搞得焦头烂额的王皓天显然并不想再有什么意外出现。

“王队长，我知道李思阳的手势是什么意思了。”何凯峰故作平静地说。

“啊？”林瑛格与杨燕清不禁同时愣了一下。

“提示一下，那是一个字！”早已得知答案的李思晨依旧很激动。

“思晨，别打断警察叔叔们的思路。”高雅佯怒道。

“哦……”李思晨嘟了嘟嘴，安静了下来。

“字？”王皓天、林瑛格、杨燕清纷纷比划着那个很别扭的剪刀手，面露难色。

十几秒后，林瑛格终于忍无可忍了：“凯峰，别卖关子了！”

“哼哼，这是一个‘介意’的‘介’字！”何凯峰微笑着说。

“啊？”王皓天、林瑛格、杨燕清一时没缓过神来。

“把这个剪刀手倒过来看，伸出中指与无名指做出‘V’型手势，另外三指弯曲。大拇指指肚压小拇指的指甲，指根压食指指甲。”何凯峰比划了一个倒立的剪刀手。

“哦……我懂了！弯曲的大拇指和小拇指刚好构成了‘介’字最上面那一

撇，而弯曲的食指则构成了最上面那一捺；而伸直的中指与无名指呢，则构成了下面两竖。这么看起来，果然是个‘介’字。”林瑛格恍然大悟道。

“没错，李思阳非常聪明。你们试一试，只有在用左手做剪刀手，而且是伸出中指与无名指做 V 型手势的情况下，才能比划出这个‘介’字。”何凯峰又说道。

“天呐！果然如此！果然如此！”来回换了好几种手势之后，杨燕清才发现确实如凯峰说的那样。

“这么看来，李思阳应该是被关在一个与‘介’字有关的地方了。”王皓天若有所思地说。

“介家村！”林瑛格第一个反应过来。

“啊？还有姓介的？”李思晨不禁愣了一下。

“当然了，历史上有一个名人叫介子推，他是晋国公子重耳的臣子。相传，重耳逃亡的时候饥饿难耐，无处觅食，于是介子推就把自己大腿上的肉割下来煮汤给重耳吃。后来重耳回国继位，成了历史上有名的晋文公，然而他在赏赐群臣的时候却忘了介子推。好在经大臣提醒，重耳还是想了起来。但此时的介子推不愿与众臣同流合污，便带着母亲上山隐居，任凭晋文公怎么劝说也不下山。再后来有人出了个馊主意，让晋文公放火烧山，逼介子推下山。可是介子推不愿与哙为伍，最终在一棵树下，和母亲相拥而死。为了纪念介子推，晋文公下令每年清明节的前一天不生火做饭，只吃冷餐，这就是‘寒食节’的来历。”高雅解释道。

“哦……还有这些门道呀！”李思晨狠狠地点了点头。

“高雅，不瞒你说，当年把你父母引上翼王山的唐芳，就来自这个介家村。十年了，这笔恩怨该了结了。”王皓天掏出手枪，摆在了桌子上。

“嗯……嗯……”高雅的声音突然低沉起来。

“皓天，现在的介家村民风彪悍，极其排外。我们不能强攻，只能智取。否则的话，一旦闹出群体性事件，那我们就得吃不了兜着走了。”杨燕清提醒道。

“嗯……我们必须先搞清楚李思阳究竟被关在什么地方。”王皓天点了点头。

“王队，我倒有个主意。”林瑛格若有所思地说。

“哦？快说！”王皓天瞬间来了兴趣。

“明天你们带着大部队在村外埋伏，我和凯峰装作是房地产公司的员工，先以探讨拆迁补偿为由进村考察。待我们确定人贩子的具体位置后，然后你们再进村抓捕。这样一来，既可以避免伤及无辜群众，也能避免走漏风声。”林瑛格提议道。

“好，没问题，当诱饵的感觉很爽！”何凯峰自嘲道。

“林警官，我和凯峰一起去吧！我不是警察，不会引起怀疑。”高雅自告奋勇道。

“还有我，还有我，我也不是警察。”李思晨也举起了手。

“好了，你们的心意我领了。但介家村毕竟是个鱼龙混杂的地方，我不能把你们置身于危险之中。”林瑛格望着高雅与李思晨，目光显得非常温柔。

“可是凯峰……”高雅不禁欲言又止。

“我已经习惯了，呵呵。”何凯峰活动了一下颈椎，若无其事地说道。

- 02 -

2017 年 9 月 7 日晚 22:30　金陵市高雅别墅

“凯峰，明天你真要跟林警官一起去介家村吗？”高雅的神情显得非常忐忑。

“当然了，只有救出了李思阳，李思晨才会安安心心地回学校上课。”一想到当天又浪费了一张火车票，信用卡余额为负值的何凯峰便感觉扎心的痛。

“可是……听说那里民风彪悍，万一有什么闪失……”高雅的后半句话说不下去了。

“所以，我们才谎称是去搞拆迁补偿嘛，这年头谁会跟钱过不去。”何凯峰轻描淡写地说。

“我还是不太放心……”高雅的神情依旧很忐忑。

“高雅，放心吧。外围有王队长他们呢，安全的很。”何凯峰安慰道。

“哎……”高雅又重重地叹了口气，摇了摇头。

“你是觉得我为什么放着稳定的生活不过，非要跑去龙潭虎穴，对吗？”何凯峰似乎意识到了高雅的意思。

“嗯……有点吧！”高雅点了点头。

“高雅，暗网中国这种犯罪组织多存在一天，被无辜卷入其中的人的人身安全就多一分威胁，同时你们的安全也会多一分威胁。”何凯峰轻轻地拍了拍高雅的肩膀。

“凯峰，或许我达不到你那个境界。”高雅捋了捋滑到眼前的秀发，一脸无奈地说。

“高雅，不瞒你说，其实最早的时候，我也害怕，也打过退堂鼓。”何凯峰望着远方的钟意山，陷入了回忆。

“后来呢？”高雅问道。

“那是一个云淡风轻的下午，我和小伙伴们一起在钟意山调试音响。然而，就在那时一个穷凶极恶的歹徒闯了进来，劫持了我们所有人。”何凯峰的面部肌肉微微地抽搐了一下。

“再然后呢？”高雅的声音突然变得很轻。

“就在歹徒即将扣动扳机的一刻，我的一个朋友，一个像你一样温柔善良的朋友挺身而出，舍生取义，这才救了我们所有人的命。我永远不会忘记那一天，不会忘记她是如何倒在离我八米多远的一个地方，更不会忘记她的临终遗言。”何凯峰的眼眶突然湿润了。

“遗言？”高雅的声音也变得有些异样。

“没错，她说如果有朝一日，这个社会真的实现了公平与正义，让我一定告诉她。”何凯峰的眼泪倏然间流了下来。

“她是个英雄！”高雅顺着何凯峰的视线望去，只见黑黝黝的钟意山顶上有一盏明亮的灯光，就仿佛是一个天使正在俯瞰着整个金陵城……

- 03 -

2017 年 9 月 8 日上午 10:00　金陵市介家村

乾隆爷曾经说过，穷山恶水出刁民。果不其然，林瑛格与何凯峰刚一进介家村，就被几个五大三粗的汉子给围住了。

“干什么的？”打头的壮汉问道。

“我们是铂地房产员工，集团打算在贵村这块地盘开发一套高档楼盘，所以让我们先行考察一下。”林瑛格指了指自己不太合身的“铂地集团”制服。

“此山是我开，此树是我栽，要从此路过，留下买路财！”壮汉伸出右手说道。

“没问题！见者都有份的！”林瑛格直接分给每人一个印有“铂地集团”字样的红包，外加一包知名牌子的香烟。

“哎呀，稀客稀客，村里请！”拿到红包和香烟的壮汉们立马满脸堆笑起来。

“小林姐，有两手呀！”何凯峰低声赞叹道。

“I had a flair for languages But I soon discovered that what talks best is dollars，dinars，drachmas，roubles，rupees and pounds-fucking-sterling.”（尽管我能言善道，但我发现美金、第纳尔、德拉克马、卢比、英镑更有说服力。）林瑛格的嘴里蹦出了一句英语。

“呃……啥意思？”何凯峰一头雾水地问。

“可以理解为，没有红包摆不定的事。如果搞不定的话，就再加一份红包。”林瑛格做了个鬼脸。

然而话音未落，林瑛格一行人就被一个老者拦住了前进的道路……

“介涛，跟你说过多少遍了，别带外人进村！”一个拄着龙头拐杖、须发花白的老者吼道。

“东风叔，这是房地产公司的，来咱们村谈拆迁补偿呢。”名叫介涛的壮汉叼着香烟说道。

“老伯，这是给您的见面礼。”林瑛格见状赶忙毕恭毕敬地拿出红包和香烟，递到了老者介东风面前。

“拿回去，滚！”介东风似乎并不为所动。

“哎呀……老人家嫌礼轻是不？那就再呈上一份！”林瑛格又掏出了一个红包。

“让你们滚呐！”介东风一把将红包与香烟扔在了地上。

“呵呵，这一次加钱也搞不定了。”何凯峰在心里暗笑道。

“这都是好烟啊，你不抽我抽！”介涛连忙蹲在地上，捡起了红包和香烟，塞进了自己的口袋。

“知道什么叫‘人为财死，鸟为食亡’吗，当年你爹妈就是误信了那群进村的郎中，才把咱村折腾成现在这个样子的！”介东风狠狠地扭了一下介涛的耳朵。

“原来这一招前辈们用过了。”林瑛格不禁在心里倒吸了一口凉气。

“老伯，我们真是来考察村子，商讨拆迁补偿事宜的。”何凯峰一脸诚恳地说。

“拆迁？这里离金陵城十几公里远，你跟我说来这里建楼盘？”介东风反驳道。

“建总比不建好呀，老糊涂！”介涛看着满村子的破旧砖瓦房，一脸不屑地说。

“对嘛！我们集团最近新开发了一个项目，打算在这里建个旅游度假区，纯天然、无污染，多好！”林瑛格跟着说道。

“哼哼，你们干吗不到钟意山去修呀？这里除了树多一点，啥都没有！”介东风指了指远处的钟意山，依旧不为所动。

“什么叫啥都没有？老伯，你知道这里的风水有多好吗？”何凯峰突然狡黠地笑了起来。

“风水，我们这里有什么风水？”介东风似乎没想到这个层面。

“老伯，你可知道咱们金陵是虎踞龙盘之地？”何凯峰故作神秘地说。

“嗯，知道。”介东风点了点头。

“那你可知道，什么叫‘虎踞龙盘’？”何凯峰又卖了个关子。

“呃……”介东风虽然知道“虎踞龙盘今胜昔，天翻地覆慨而慷”的诗词如雷贯耳，但自己活了大半辈子，还真没认真研究过啥叫“虎踞龙盘”。

“让我给你解释一下，金陵东边是冈峦绵延的钟意山，像一条巨龙似的盘伏着；西边是巍然屹立的石头城，像一只猛虎似的踞坐着；这就叫虎踞龙盘。”何凯峰如数家珍地说。

“那关我们什么事？”介东风的思路又回到了原点。

“所以说金陵这个地方钟山龙盘，石城虎踞，真帝王之宅也。换句话说，就是这里有王气。”何凯峰又卖弄起来。

“嗯，六朝古都！”林瑛格跟着点了点头。

“可不止六朝呐，自从孙吴在此建都之后，东晋、刘宋、南齐、南梁、南陈、南唐、明朝、太平天国、民国相继定都于此，金陵前前后后作了十个朝代的首都。”何凯峰掰着手指说。

“嗯，我也知道，六朝古都，十朝都会。”介东风的戒心似乎降低了不少。

“可是呢，这十个朝代加起来也不过四百七十七年，平均每个朝代不到五十年。不仅如此，定都金陵的朝代，也就只有明朝和民国统一过中国。其余的都是地方割据性政权。”何凯峰又卖了个关子。

“哦……我也听说过，建都金陵的王朝大都短命。”介涛也被何凯峰的故事给吸引了。

“老伯，你知道这是什么原因吗？”何凯峰把视线转向了介东风。

“呃……我听老一辈人说，秦始皇南巡的时候，看到金陵有王气，就命人凿通方山，毁掉地脉。”介东风若有所思地说。

“没错！所以说金陵有王气，但是聚不拢，因此难以成为大一统朝代的首都。”何凯峰点了点头。

“这关我们介家村什么事？”介东风又恢复了警惕心。

“老伯，你就不想知道这部分王气是从哪里泄走的吗？”何凯峰做了个思考的手势。

“不是说秦始皇凿通方山吗？哦……方山好像确实离这里不远。”介东风眉头微微一皱。

“不瞒你说，我们老总请了个风水大师，一番分金定穴之后，大师发现金陵的王气就是从介家村泄走的。”何凯峰压低了声音说道。

“啊？”介东风与介涛不禁同时愣住了。

“你不信呀，拿块玻璃过来，我演示给你看。”何凯峰故作神秘地说。

“哦……好！”不明就里的介涛连忙拿来一块玻璃板，用袖子拭去上面的尘土，摆在了何凯峰面前。

“这是朱砂，集日月之精华，吸天地之正气，所以是至纯至阳之物！”何凯峰取出一些红色的粉末，洒在了玻璃板上。

“然后呢？”介东风下意识地问。

“你们看，它动了！”何凯峰指了指玻璃板，那些朱砂果然自己动了起来，显示出指向自己的线条。

“这……这是怎么回事？”介涛整个人都惊呆了。

“这是因为金陵泄出来的王气冲击朱砂，所以留下了痕迹。”何凯峰故作神秘地说，“所以在你们这里建旅游度假村再好不过了，我们集团总裁对你们村里这块地非常感兴趣，所以拆迁不是问题。”何凯峰信心满满地胡扯道。

“怎么样，老伯，这次你信了吧？”虽然自己也是一头雾水，不过林瑛格还是心领神会地将戏演了下去。

思考了片刻之后，介东风终于开口了：“好吧，既然如此……介涛，你带他们到村里转转。”

“好嘞！”介涛显然早就迫不及待了。

“看紧点！不该去的地方不要去！别跟你老爹似的，把全村人都给害了！”介东风狠狠地点了点介涛的额头。

“知道了……”介涛翻了个白眼。

- 04 -

2017 年 9 月 8 日上午 10:30　金陵市介家村

接下来，林瑛格与何凯峰便在介涛的专程“陪同”下在村里转悠起来。何凯峰和林瑛格还煞有介事地拿着借来的水准仪，认真比划着。看得出来，介家村在十年前是个极为富裕的村子，放眼望去，在村子后头建立的一排排二层小楼整齐地排列在双向六车道的大街两侧。不过这些小洋楼大都蒙上了一层厚厚的灰尘，而且楼房上的玻璃也残缺不全。显而言之，自从十年前制毒团伙被一锅端了之后，介家村就再也没有恢复往日的生气。

“凯峰，你刚才耍的什么把戏呀？”看到走累了的介涛站在远处抽烟，林瑛格把何凯峰拉到一旁，一脸疑惑地问。

“小林姐，其实那些红色粉末并不是朱砂，而是涂了颜料的铁砂。受到磁铁的吸引，就会沿着磁感线的方向排列。”何凯峰一脸坏笑地说。

“啊？可是看上去色彩很亮呀！”林瑛格不禁愣了一下。

“那是因为我用了高雅的法国口红，因此那些冒牌朱砂的成本接近两千元，比真货可贵多了。”何凯峰眨了眨眼睛说。

“你可真下血本呀！”林瑛格感觉整个人都惊呆了。

“没错，这块磁铁也值好几千呢，磁性比市面上的强多了！”何凯峰指了指口袋里一个鼓鼓囊囊的东西。

“啊？哪来的？”林瑛格又愣了一下。

“以前的核磁共振仪里面有永磁体，所以我请高雅从中搞了一块磁铁出来。这个磁铁一般人可找不到，毕竟这种型号的核磁共振仪早就退出市场多年了。高雅找了三个小时，才在医院的库房里找到一台落满灰尘的仪器。”何凯峰故作神秘地说。

“这也行？！”林瑛格一脸不可思议地说。

“那当然了！不整点灵异事件出来，他们还真以为咱就会撒狗粮！”何凯峰整了整衣领说。

“凯峰，你别教书了，买个罗盘带着思晨一起招摇撞骗算了。她念口诀，你来比划，绝对赚得盆满钵溢。”林瑛格没好气地说。

“嘿嘿，小林姐，你还真别说，我还真带了一块罗盘。”何凯峰从口袋里掏出一块极为精致的青铜罗盘，看上去和《鬼吹灯》里的胡八一的装备并无二致。

“可是这个针，怎么是塑料的呀？”林瑛格显然发现了一个问题。

“这你就不懂了，这个指针涂红色的一端是全塑料的，而另外涂黑色的一端里面夹了铁丝。由于我的口袋里有强磁铁，所以黑色的这一端会始终对着我，而红色的一端也就会朝着相反的方向了。因此你如果想去哪里观察，只要跟我说一声，我调整一下磁铁的位置，就可以让红针指向你要去的地方了。”何凯峰解释道。

“行呀，你可真是有备而来呀！”林瑛格苦笑道。

“那当然了！我承认你前天那枪打得很销魂，可是我实在不想再让心脏受到类似的刺激了。”何凯峰眨了眨眼睛说。

话音刚落，只见不远处一个衣着超短裙的女子突然拎着两袋垃圾走了过来。

“花姐，你还要亲自倒垃圾呀？”介涛阴阳怪气地说。

“哎哟喂，涛涛，啥时候也抽得起软中华啦？”短裙女一脸不屑地说。

“嘿嘿，挣了点小钱，挣了点小钱。”介涛只是一直盯着短裙女雪白的大腿。

“巡逻的时候捡的烟屁股吧，啊？”短裙女将垃圾往路边一扔，而后点起一支九五之尊，吞云吐雾地离开了。

“切！小骚货！”看着短裙女远去的背影，介涛往地上狠狠地卒了一口唾沫。

“介涛，刚刚那人是谁呀？”林瑛格不失时机地问道。

“是我表嫂子……”介涛看了看手中的软中华，一股失落感油然而生。

“介兄，别在乎，咱也有！”何凯峰敏锐地察觉到了介涛的自卑，不失时机地递上了一支九五之尊。

“兄弟，你真是有钱人呀！”介涛不禁愣住了。

“铂地集团，不比恒大差！”何凯峰指了指自己的胸牌。

“哎呀，果然牛啊，真盼着你们早点把楼盖起来，我去做个看大门的也知足了。”介涛摇了摇头说。

“啥叫看大门的，兄弟，到时候封你做个物业经理。”林瑛格拍了拍介涛的肩膀。

“哎呀呀，我也不懂物业。”介涛连忙摆了摆手。

“保安队长，总可以吧！”何凯峰又不失时机地递来一个 zippo 打火机。

“好，好！”介涛点起香烟，又把打火机还给了何凯峰。

“拿走，拿走，就当给我们介大队长的见面礼了！”何凯峰故作大方地说。

“啊呀……这怎么好意思……”介涛的声音显得很不自然。

“有啥不好意思的，以后大家都是同事了，礼尚往来嘛，估计到时候你也看不上这 Zippo 了！”何凯峰摆了摆手。

“哎呀，大企业就是不一样呀！”介涛忍不住地赞叹道。

“介涛，刚才那个花姐，家里是不是很有钱呀！”林瑛格问道。

“她呀，肯定没干什么好事！”介涛忿忿地说。

“哦？此话怎讲？”何凯峰又递来一支九五之尊。

“兄弟，不瞒你说，我们介家村就是被这群混蛋搞垮的。”介涛似乎被戳到了痛点。

“哦？什么意思？”林瑛格又问道。

“我们介家村土地贫瘠，收成不好，一直是个穷地方。不过我们人穷志不短，不搞那些小偷小摸的事情，而且别的地方挖河盖房子时，我们也主动去帮忙，所以十里八村的乡亲们对我们也很尊重。可是十五年前，村支书介红旗，也就是那个老头介东风的亲哥哥，不知从哪里讨来一个老婆。这个娘们说让我们加工中药，拿去卖钱。村民们没啥文化，就被她给忽悠了。话说加工的中药销路也确实不错，我们村也就成了有名的小康村。可是直到十年前警察突然进村，我们才知道那哪是在加工中药呀，就是在制毒呀！那一回村里所有的男人都被抓进了公安局，一半以上都吃了枪子，余下的一大半现在还在牢里蹲着呢。而且从此以后，村民们觉得没脸见人了，有的改嫁了，有的出去打工了。原本两百多户的大村子，现在只剩下不到二十户了。”说到痛处，介涛的眼圈逐渐泛红了。

“哎……后来呢？”何凯峰又问道。

“后来介东风当了村长，他没给我们村带来任何好处，就知道贪污扶贫款。你看看刚才那个小骚货，就是他大儿子介亮的老婆，也不知道是从哪里找来的。他二儿子介刚就更不用说了，成天在外面打架斗殴，脸都被打破相了。”介涛忿忿地说。

“哦……怪不得，他家宅子好气派呀！”看着村里唯一一栋崭新的四层楼房，何凯峰若有所思地点了点头。

“介涛，他们家应该还有其他副业吧！”看着介东风豪宅外散乱的车辙，林瑛格觉得事情不简单。

“卖肉吧，经常有生鲜运输车去他家。”介涛吐了一个眼圈回答道。

“哦，这样呀！”林瑛格点了点头。

“走呗，你们二位还想去哪里看看？”介涛问道。

“那就去村长那边看看吧！”何凯峰指了指远处的四层小楼说道。

几秒之后，一阵微风拂过，林瑛格只感觉浑身颤抖了一下，而后她趁机拉了拉何凯峰的衣角，使了个颜色。

“哦……介兄，稍等一下！”何凯峰拿出罗盘，调整了方向。

“哎哟喂，你还真是风水大师呀！”介涛被吓了一跳。

“嘿嘿，我是风水大师的徒弟。你看看，这个红针上涂满了朱砂，指的就是王气的流向……呃……”何凯峰突然编不下去了，因为林瑛格分明已经蹲在路边，翻着“花姐”刚刚丢下的那包垃圾。

“大师，这又是怎么回事？”介涛一时间也糊涂了。

“呃……”何凯峰发现这个谎真的很难圆。

“哦……是这样的，垃圾堆里有些至阴之物，误导了罗盘。”林瑛格连忙站起身来，一本正经地说。

“至阴之物？”介涛只是一脸迷茫。

“就是姨妈巾了。你知道的，阴阳相吸嘛！所以才误导了朱砂针，毕竟朱砂是阳性的。”林瑛格随口胡诌道。

“太神奇了，哎呀，连姨妈巾都能探测到！我的天啊，原来《鬼吹灯》里的那些奇门遁甲之术都是真的。”介涛几乎要顶礼膜拜了。

“呃……差不多吧！”何凯峰的脸上写着大大的“囧”字。

- 05 -

2017 年 9 月 8 日上午 11:30　金陵市介家村村头

一小时之后，林瑛格已经锁定了嫌疑人的位置，于是三人一起有说有笑地向村口走去。

“大师，回头一定要教我一些风水术。”介涛依然对罗盘探测出姨妈巾位置这件事深信不疑。

“放心好了，我们会尽快向领导汇报，过不了多久，就会有人来和你们探讨拆迁补偿事宜了。”何凯峰继续脸不红心不跳地编着瞎话。

“好，以后常来玩！”介涛意犹未尽地说。

“对了，我这里有一包保健烟，送给你们兄弟几个。”林瑛格掏出一包写着意大利文的香烟，塞到了介涛手中。

“这是什么？”介涛不禁愣了一下。

“这个烟效果非常神奇，记住中午两点的时候抽一根。切记，只能抽一根，而且不要在水边抽。”林瑛格嘱咐道。

“啊？为什么？”几个巡逻员不明就里地问。

“这是国外进口的保健烟，有滋阴壮阳的功效。所以一定要在中午两点抽，因为这个时候阳气最盛，效果最好。”林瑛格回答道。

“哦……有道理，水也是阴性的，所以我们不能在水边抽。”介涛显然已经触类旁通了。

“那就这样吧，告辞！”何凯峰迫不及待地想离开这个是非之地。

“后会有期！”林瑛格又给巡逻的大汉们每人发了一个红包。

“常来玩呀……”那时那刻，那几个大汉对林瑛格与何凯峰已经全然没有了敌意。

第二十一章　雷霆救兵

- 01 -

2017 年 9 月 8 日上午 11:45　金陵市介家村外

“小林姐，那个壮阳烟究竟是什么东西呀？”何凯峰端着盒饭问道。

“就是普通的外国香烟而已，只不过在里面加了一些镇静剂。”林瑛格撇了撇嘴。

“为什么要加镇静剂呢？”何凯峰不禁愣了一下。

“我和王队协商好了，我们准备在下午两点展开抓捕行动。为了避免打草惊蛇，最好让这群壮汉睡一会儿。”林瑛格做了一个鬼脸。

“那……为什么不能在水边抽呢？”何凯峰问道。

“你傻呀，万一睡着了、滚到水里淹死了，怎么办？”林瑛格翻了个白眼。

“哈哈哈哈，小林姐，你可真行！”何凯峰嘴里的饭差点没喷出来，“可是……你说他们醒了之后，会不会恨我们，其实我觉得那个介涛也挺可爱的。”何凯峰一脸哀怨地说。

“恨我们，又能如何，谁让他们做了坏事。不过放心吧，这烟抽起来他们会觉得效果非常好。”林瑛格狡黠地眨了眨眼睛。

“哦？为什么？”何凯峰又愣了一下。

“因为我真的往里面加了一丢丢壮阳药。”林瑛格红着脸说。

“小林姐，你可真污！”何凯峰坏笑道。

“快吃饭吧，别胡思乱想了。”林瑛格夹起一根鸡腿放进何凯峰的饭盒里。

“对了，你刚刚干吗要翻那堆垃圾？”何凯峰突然想到了一个问题。

“呃……我在观察卫生纸上的便便。”林瑛格回答道。

“啊？”何凯峰顿时有种反胃的感觉涌上心头。

“根据粪便的颜色、形态、细菌、胆红素等指标，可以化验出很多东西。当然，由于时间原因，我只观察了粪便的颜色。不过根据垃圾袋中用过的除了卫生纸，竟然还有大量用过的纸尿布，我可以推断出这个‘花姐’家里至少有十个婴儿，这可不是一个正常的现象。”林瑛格一本正经地说。

“呃……这可真是一次有味道的对话！”何凯峰看了看手中的鸡腿，完全没有了食欲。

- 02 -

一小时后，突击队员已经各就各位，一张天罗地网正在介家村上方悄无声息地拉开……

“燕清，网络破解得怎么样了？”王皓天问道。

“万事俱备，只欠东风。”杨燕清比划个李思阳式剪刀手。

“小林姐，杨帅哥在干吗呢？”看着通讯车里将电脑敲得噼啪作响的杨燕清，何凯峰感觉有点迷糊。

“杨帅哥是要黑掉介家村的摄像头。这样一来，我们进村的时候才不会引起介东风的注意。”林瑛格回答道。

“啊？这也可以？”何凯峰下意识地说。

“嘿嘿，凯峰，这你就不懂了。虽然介东风在村里安装了一百五十多个各式各样的摄像头，但是他这个监控网有两个致命的缺点。”杨燕清卖了一个关子。

“什么缺点？”何凯峰问道。

“哈哈，第一个缺点是总控电脑虽然联网了，但是他的监控管理员百无聊赖，玩起了王者荣耀。”杨燕清指了指自己的电脑屏幕，游戏界面里的小乔和诸葛亮正在对抗，而亚瑟王则躲在角落里伺机偷袭。

“所以你就黑了他的系统？”何凯峰推测道。

“嘿嘿，我在每个摄像头的监控视频中截了一张图，然后给他拼凑了一个监控结果。”杨燕清又指了指另外一台电脑。果不其然，正常情况下总控室里可以通过大屏幕实时监控村里每个角落的一举一动。而被杨燕清这么一捣鼓，大屏幕上只剩下了一堆静止的图片，看起来就像村里什么事都没有发生过一样。

“这还不算最牛的，我发现介东风的监控网中全部是弱密码摄像头。”杨燕清剥开一片口香糖说道。

“那是不是说破解起来都很容易？”何凯峰不由得问道。

“大部分密码实在是太简单了，诸如 111 了，123 了，abc 了。除此之外，还有一些摄像头通过简单的命令就可以直接获取 shell 权限。因此介东风布设的这个监控网，刚好可以为我们所用。”杨燕清又指了指另外一个大屏幕，由于劫持了摄像头的控制权，村里的每个角落都在警方的通讯指挥车内一览无余。

“这……这就是传说中的电子对抗吗？”何凯峰感觉整个人都惊呆了。

“呵呵，实话实说，在局里与暗网中国进行网络对抗的时候，那才叫血脉贲张。不过介家村这个嘛，纯粹就是在横扫弱鸡罢了，毫无成就感！”杨燕清做出一副得了便宜还卖乖的表情。

话音刚落，对讲机里传来了王皓天的声音：“燕清，别嘚瑟了，准备行动啦！”

- 03 -

2017 年 9 月 8 日下午 14:00　金陵市介家村

下午两点的介家村像往常一样安静。本身村子里的人就不多，这个时候大部分人都沉浸在昏昏沉沉的午睡状态中。介涛等五个巡逻队员坐在村头的草坪上，纷纷点起林瑛格送的“壮阳烟”，吞云吐雾起来。

“啊……果然不一样！”光头甲刚吸了一口，就忍不住点了点头。

“嗯……好东西呀！”斜眼乙附和道。

“真是一口烟，赛神仙呀！”长发丙优哉游哉地吐了一个眼圈。

“唔……爽……”胖子丁的某个部位已经开始充血了。

“哎呀……这烟……劲儿有点大呀！”介涛感觉眼前有点眩晕了。

十几秒之后，五个人纷纷进入了梦乡……

“同志们，行动！”见此情形，王皓天一声令下，五十名全副武装的特警鱼贯而出，以猛虎下山之势冲进了介家村。

“皓天，皓天，三点钟方向有持刀歹徒。”王皓天的耳机里传来了杨燕清急促的喊声。

“明白！”王皓天将手枪换到左手，而后用右手从腰间抽出一把匕首，以迅雷不及掩耳之势将其甩了出去。而后只听见一声“阿也”，接着持刀歹徒捂着喉咙，躺在地上不停地抽搐起来。

“皓天，皓天，九点钟方向有持枪歹徒在巡逻。”杨燕清看着监控视频，不停地向特战队员们通报着异常情况。

“小李，看你的了！”王皓天做了个战术制止动作，所有人靠着墙壁，屏住了呼吸。三秒之后，只听“噗”的一声，持枪歹徒被爆头击毙。

“小李，枪法不错呀！”王皓天表扬道。

“呵呵，带着消声器，还真不习惯。”王皓天的耳机里传来了邀功的声音。

一分钟之后，特警们已经攻到了介东风的家门外……

“燕清，屋内情况如何？”王皓天问道。

“十二个儿童被关在四楼，由两名持刀歹徒看管。十六名婴儿都在三楼，由所谓的‘花姐’照顾，没有武器。李思阳在二楼，介亮正在跟她聊天，没有携带武器。介东风以及刀疤脸介刚都在一层大院，正在擦拭八一杠。”杨燕清回答道。

“同志们听我安排，A、B、C、D 四支队伍上楼，A 队给我活捉介东风和介刚，B、C、D 三队速去救人，每队一层，听懂了吗？”王皓天言简意赅地说。

“明白！”不到三十秒，二十名特警已经攀上了楼顶。

“燕清，介东风和介刚在干吗？”王皓天问道。

“正在抽烟，不过枪械就放在身旁。”杨燕清回答道。

“好，行动！”王皓天下达了行动令。而后随着两记清脆的枪声响起，介东风与介刚的右臂瞬间中枪无法动弹。与此同时 B、C、D 三队人员也同时从天而降，攻入楼房，房间内的介亮、“花姐”，以及另外两名持刀歹徒，他们甚至还没搞清楚究竟发生了什么事情，便纷纷被按在地上，铐上了手铐。

- 04 -

2017 年 9 月 8 日下午 16:00　金陵市公安局

提心吊胆地度过了一百多个小时之后，李思晨终于再次见到了妹妹李思阳。两个人抱在一起又唱又跳，场面颇为热闹。

“小林，这种亲人重逢的时候，不应该哭吗？他们怎么如此欢乐？”王皓天感觉整个人都惊呆了。

“呵呵，或许她们俩本来就是乐天派吧！”林瑛格不置可否地说。

“要我说呀，这叫没心没肺。”何凯峰撇了撇嘴说道。

“哎……多幸福呀……”高雅的眼泪倒是早已泪流满面了，不知是为了李思晨姐妹，还是为了她自己。

“思阳，这位就是王皓天叔叔，快谢谢他。”李思晨将妹妹拉到王皓天面前，一本正经地说。

“谢谢王叔叔！”李思阳毕恭毕敬地鞠了一躬。

“思阳，我们该感谢你才对。要不是你发出的那两条信息，我们现在还拿暗网中国毫无办法呢。”王皓天轻轻拍了拍李思阳的肩膀。

“这位是林瑛格姐姐，超级机智，在翼王山上救了我一命哦！”李思晨又把妹妹拉到了林瑛格面前。

“谢谢林姐姐！”李思阳又鞠了一躬。

“嗯，你妹妹真可爱！”林瑛格轻轻捏了捏李思阳的脸蛋。

“这位是美女姐姐高雅，人超级善良，医术也超级好。”李思晨略过何凯峰，直接把妹妹拉到了高雅面前。

“美女姐姐好，以后我也要像你一样，当个好医生。”李思阳紧紧拉着高雅的手，眼睛里满是憧憬。

“你会的，你一定会的！”高雅摸着李思阳的额头说道。

“呃……这就完了吗？没有我什么事了吗？”何凯峰显得颇为意外。

“哦……对了，这就是我跟你说过的那位胖胖的何老师，智商比林瑛格姐姐略微低一些，不过是他猜出了你那个剪刀手的含义，所以你也应该谢谢他。”李思晨介绍道。

“嘿，我还给你买了两张火车票呢，你居然就给我这种评价。”何凯峰的脸上写着大大的“囧”字。

“谢谢胖老师！”李思阳天真地喊道。

“天理何在？我因为你们俩被扣了四天的工资，你们居然喊我胖老师！”何凯峰感觉整个人都不好了。

“哈哈哈……哈哈”何凯峰的话把大家都逗乐了。

“呃……凯峰，童言无忌……”高雅强忍着笑意说道。

“凯峰，其实你确实该减肥了。”王皓天忍着笑的脸色已经憋得通红。

“小林姐，你想说什么？”何凯峰看着一脸严肃的林瑛格，幻想着对方能替自己说两句好话。

“凯峰，你整个月的收入连个马桶都买不起，扣几天工资算什么！”林瑛格径直戳到了何凯峰的痛点，而后大家哄堂大笑起来。

然而就在这个时候，杨燕清突然冲了进来，急匆匆地说道：“皓天，我这边有个重大发现。”

“哦？重大发现？”王皓天预感到又有惊喜了。

“我们发现，介东风就是暗网中国人口交易版块的版主‘前将军’。”杨燕清递过来一张审讯记录纸。

“嗯，不奇怪！”林瑛格感觉这明明就是顺理成章的事情。

“但是据介东风交代，昨天下午，暗网中国的‘后将军’将一个名叫 Lily 的女孩卖给了他，而这个 Lily 当晚就被‘安姐’买走了。”杨燕清继续说道。

“又是安姐？”听到这个名字，王皓天、林瑛格、高雅、何凯峰几个人同时愣住了。

“没错，安姐正是暗网中国的站长‘汉中王’，而这个所谓的‘后将军’则是毒品交易版块的版主。从现在破解出来的信息来看，‘后将军’极有可能是个外国人，因为他自始至终都在用英文和别人进行交流。”杨燕清补充道。

“警察叔叔，你说错了。那个姐姐的名字不叫 Lily，而叫陈玲。”李思阳嘟着嘴说。

“什么？陈玲？”王皓天、林瑛格、高雅、何凯峰再次愣住了。

“没错，昨天我们俩被关在一个房间里。那个姐姐私下里对我说，她误信了一个叫 Peter 的人，然后就被对方绑架了。对方还跟别人说她叫 Lily，而她的真名叫陈玲。”李思阳回忆道。

“彼得，不会是 1912 酒吧里的那个 Peter 吧！”何凯峰与高雅瞬间想起了那个猥琐的白人男子。

“什么意思？”王皓天与林瑛格一时没缓过神来。

“前天晚上我们曾经在 1912 酒吧见过陈玲和一个外国男人调情，而这个人好像就叫 Peter。”高雅解释道。

“这么说来，通过调阅酒吧周围的监控，我们就能找到这个 Peter 的蛛丝马迹。而如此一来，就可以打掉暗网中国的毒品交易版块了。”林瑛格心领神会道。

“嗯，这样一来，案子就容易多了。”王皓天也点了点头。

“哈哈，搂草打兔子呀。”何凯峰也咧着嘴傻笑道。

“还有你们想象不到的呢，介东风见过‘安姐’本尊。这是我请画像师根据介东风的描述，画出的‘安姐’肖像图。”杨燕清把一张手绘的肖像图交给了王皓天。

“这个安姐………究竟是谁呀！”王皓天拿着那张手绘图盯了好久，却发现印象中完全没有这个人。

“有点像唐芳，但我不是很确定。”林瑛格也凑了过来，但声音显得非常没底气。

“林警官，可以给我看看吗？”高雅问道。

“高雅，你看，这个安姐的面部轮廓和唐芳似乎有点像。但由于这只是一张靠记忆的手绘图，我不是很确定。”林瑛格将安姐的肖像和唐芳的照片都递给了高雅。

“嗯……我在美国的时候兼修过一门《颅面外科学》，从这张手绘图来看，安姐极有可能做过面颅骨的整形。但是对于她究竟和唐芳是什么关系，我也不是很确定。”高雅若有所思地说。

“没错，一听说‘安姐’这个名字，我上来就想到了唐芳。不过看了唐芳的照片后，介东风却表示并不确定她们是不是同一个人。”杨燕清跟着点了点头。

“无论如何，这是个好消息。只要我们抓到了安姐，就能救出陈玲，而且也就可以给两位前辈报仇了。”王皓天双手合十，在心里默默祈祷。

“等一下，王队长，你说给两位前辈报仇，是什么意思？”高雅敏锐地察觉到了什么。

“呃……高雅……我原本打算等抓到安姐后再告诉你的……”王皓天的神情突然变得很复杂。

“告诉我什么？”高雅的眼神里划过一丝惊恐。

“高坚和叶彤前辈，已经牺牲了。”王皓天的声音显得很沉重。

“你们怎么知道的？有我父母的消息了？！”高雅有点不敢相信自己的耳朵。

“高雅，唐芳撒谎了，当年在山上压根就没有什么枪战。待高叔叔和叶阿姨上山之后，毒贩们就下了毒手。然后……还把高叔叔和叶阿姨的遗体扔进了山洞中，也就是太平军修建的那个藏兵洞，这也是我和凯峰从山洞里走出来之后才意外发现的……”林瑛格低声解释道。

“凯峰，你……你们……早就知道这件事了？”高雅转过身去，紧紧盯着何凯峰的眼睛。

“没错，我怕你伤心……没敢跟你提……”何凯峰极力躲避着高雅的目光。

“高雅，你不要责怪凯峰，是我命令他不要泄露这个消息的。”王皓天主动把责任揽了下来。

“原来我的父母早就死了……为什么……为什么……为什么法院会说那个唐芳有立功表现……为什么还会给她减刑……为什么……为什么你们都已经知道了事情的真相却还瞒着我……这究竟是为什么……”高雅再也控制不住自己的情绪，跪在地上号啕大哭起来。

“高雅，不要哭了……”何凯峰、李思晨、李思阳连忙抱住高雅，竭尽全力地安慰着她。而王皓天、杨燕清、林瑛格、则只是站在一旁静静地看着。那时那刻，他们的内心已经完全被另外两个字占据，那就是——复仇！

第二十二章　黑暗天使

- 01 -

2017 年 9 月 8 日晚 20:30　金陵火车站

“思晨，思阳，火车已经来了，准备上车吧！”看着缓缓进站的 K13××次列车，何凯峰再次将拉杆箱交到了李思晨手中。

“嗯嗯，高雅姐姐，你不要伤心了，警察同志会把坏人抓回来的。”李思晨与李思阳只是继续抓着高雅的手，不肯离开。

“放心吧，我没事。你们在路上注意安全，到了洪都之后给我发消息。”高雅揉了揉红肿的眼睛，努力挤出一丝笑容。

“对了思晨，有件事情我忘了告诉你。”何凯峰挠了挠额头说道。

“哦？什么事？”李思晨下意识地问。

“不要恨你哥哥！据王警官刚刚发来的消息，说你哥哥今晚联系了介刚，你哥哥说自己会赚钱把妹妹赎回去，求他不要把思阳卖掉。由此可见，虽然他并不知道我们已经救出了思阳，但其实在他的心里，还是舍不得你们的。”何凯峰回答道。

“嗯，我就知道，哥哥是个好人，就是被毒品蒙蔽了眼睛。”李思晨的眼圈瞬间又泛红了。

“警察们会把你哥哥找回来的，你安安心心地在学校里照顾好妹妹，千万不要乱跑！”何凯峰叮嘱道。

“嗯，你也要照顾好高雅姐姐！”李思晨嘟了嘟嘴。

“别担心我了，回去后不准乱跑。”何凯峰再次叮嘱道。

“嗯，那我们上车啦！”李思晨拉起妹妹的手，三步两回头地向车厢门口走去。

- 02 -

2017 年 9 月 8 日晚 21:00　金陵市 1912 酒吧街区

“凯峰，接下来你有什么打算？”高雅摇了摇杯中的红酒，表情显得很复杂。

“高雅，现在的形势已经很明朗了。”何凯峰若有所思地说。

“为什么这么说？”高雅问道。时隔多年，自从再一次听到父母的噩耗后，高雅感觉自己的脑子已经完全空了。

“第一，无论唐芳是不是安姐，十年之前她都撒谎了，所以警方必定会将其绳之以法。”何凯峰伸出食指说道。

“嗯！”高雅将牙齿咬得咯咯直响。

“第二，现在警方确定安姐就是暗网中国的站长‘汉中王’，所以王队长他们绝对不会放过这个‘安姐’。而十年前，高叔叔和叶阿姨正是死在安姐贩毒团伙的枪口下，所以这笔血债，安姐是逃不掉的。”何凯峰又伸出了中指。

“嗯，我明白！”高雅双拳紧握地说。

“第三，根据思阳和介东风提供的消息来看，Peter 就是暗网中国毒品版块的版主。所以说，只有揪出 Peter，打掉毒品版块，暗网中国这起案子，才算完全结束。”何凯峰又伸出了无名指。

“那你觉得……我们能做什么？”高雅问道。

“我觉得……当年高坚叔叔和叶彤阿姨，似乎发现了什么端倪。”何凯峰压低了声音说道。

“什么意思？”高雅的眉头微微一皱。

“这个东西……你认识吧！”何凯峰从口袋里掏出了那半块水晶海豚，放到了高雅的手中。

“这是……”一看到那个晶莹剔透的“17”字样，高雅的眼泪就忍不住流了下来。

“高雅，别伤心，你看看这是什么东西？”何凯峰指了指海豚表面上几道浅浅的划痕。

“PWEG=，这是什么意思？”高雅发现那些划痕其实是几个符号。

“高雅，你妈妈有没有钻戒？”何凯峰又问道。

“钻戒？什么意思？”高雅一时没回过神来。

“你先回答我，有没有？”何凯峰一脸严肃地说。

“有一枚，但是不大，也就是三十分的小钻。”高雅回忆道。

“这就对了，这些划痕是你妈妈故意刻上去的。”何凯峰指着那半枚水晶海豚说。

“啊？什么意思？”高雅感觉更糊涂了。

“德国学者腓烈特·莫斯利用划痕法将矿物硬度划分为十级，我们称之为莫氏硬度，也就是所谓的滑石方萤磷，长石黄刚金。意思是说，这十级硬度所对应的代表性矿物分别是滑石、石膏、方解石、萤石、磷灰石、长石、石英、黄玉、刚玉和金刚石。水晶的主要成分是石英，要想在它上面留下划痕，只能使用比它更硬的矿物。所以说，这些字母绝对不是偶然形成的，而是你母亲专门用戒指上的钻石刻上去的。”何凯峰解释道。

“啊……”高雅感觉整个人都惊呆了。

“高雅，你仔细想想看，以前有没有见过类似这些符号的东西？”何凯峰做了一个思考的手势。

“我还真没印象了……”高雅的眉头拧成了一个麻花。

“没关系，有的是时间……”何凯峰轻轻拍了拍高雅的肩膀。

- 03 -

2017年9月8日晚21:30　金陵市公安局计算中心

每次查获暗网中国的服务器之后，最忙碌的总是杨燕清和几个程序员同事。伴随着几千万行不停闪烁的代码，暗网中国中那一条条罪恶的人口交易信息也逐渐暴露出来……

“天呐，够厉害呀，不到两个月的时间里，就买卖了四百多个妇女儿童……”王皓天感觉整个人都惊呆了。

“皓天，别担心！破解了服务器之后，卖家、买家以及中间那些人贩子的信息就会一览无余。”杨燕清拍了拍王皓天的肩膀。

“杨帅哥，你这计算机水平可够牛的呀！”林瑛格忍不住赞叹道。

“呵呵，还是那句话，这是我这辈子感觉最爽的一场信息战！”杨燕清的脸上挂着淡淡的微笑。显然，对于计算机网络信息技术登峰造极的杨燕清来说，没有什么比一场棋逢对手、势均力敌的较量更让他兴奋了。

“接下来，我们要联系兄弟单位，抓捕人贩，解救妇女儿童。”王皓天若有所思地说。

“唔？这个李少龙居然也被卖了。”林瑛格从记录纸上看到一个熟悉的名字。

“嗯，看起来是被卖到黑砖窑里去了。”杨燕清头也不抬地说道。

“还有这个李小花……”林瑛格又看到了一个名字。

“这个好像刚出手不久，是石发财卖给安姐，安姐又卖给了别人。”王皓天耸了耸肩。

“王队，这就是安姐的破绽！”林瑛格的神情突然激动起来。

“破绽？”王皓天不禁愣了一下。

“李小花见过安姐本人。”林瑛格回答道。

“介东风也见过安姐本人呀，可是除了一张似是而非的画像之外，他并没有给我们提供更多的信息。”杨燕清摊了摊手。

“杨警官，你不是说这个安姐有同性恋的倾向吗？这意味着李小花很可能到过安姐的住所！”林瑛格提醒道。

“哦……有道理，如果找到李小花，她就有可能会给我们提供安姐的位置信息。”王皓天心领神会地说。

“好！接下来让我看看，这个李小花到哪里去了……”杨燕清坐回位置，将键盘敲得噼啪直响。大约二十秒后，杨燕清的脸色突然阴沉下来：“李小花目前在一个网名叫‘啊吧’的人手里，他已经和国外的人口贩卖组织取得了联系，准备以五比特币的价格将李小花卖掉。”

“哦？这个‘啊吧’是谁？”王皓天问道。

“上面资料显示他叫陆九林，是个惯犯，是为数不多的无法确定具体位置的人贩子。”杨燕清看着计算机屏幕上的一堆空值信息说道。

“王队长，我倒有个主意。”林瑛格似乎意识到了什么。

“快说！”王皓天迫不及待地问。

“不是有暗网中国吗？我们花十个比特币，把李小花买回来就可以了，而这个‘啊吧’的行踪，不就跟着暴露了吗？”林瑛格微笑道。

“有道理，引蛇出洞！”王皓天心领神会地点了点头。

- 04 -

2017 年 9 月 8 日晚 22:30　金陵市 1912 酒吧街区

虽然没有搞清楚 PWEG 是什么意思，不过天南海北地聊了一个半小时后，高雅的心情显然好了不少。

“凯峰，既然李思阳已经找回来了，你为什么不回学校呢？”高雅问道。

“因为我还要为高叔叔和叶阿姨报仇呀！”何凯峰的眼神显得很深邃。

“凯峰……你真的没必要为了我的事情再冒险了。”高雅摇了摇头。

“高雅，其实高叔叔和叶阿姨救了我一命，救了小林姐一命，也救了思晨一命。”何凯峰盯着高雅的眼睛说道。

“为什么？”高雅一时间觉得凯峰的话有点穿越了。

“如果不是高叔叔留下的那柄 59 式手枪的话，我们早就成了石发财的枪下之鬼了……”何凯峰这才将那惊魂一枪的故事告诉了高雅。

“原来你们得救的故事是这么来的……”高雅的表情黯淡下来。

“所以……高叔叔和叶阿姨这笔血债，我一定会找那个‘安姐’清算的。”何凯峰的声音显得很坚定。

“凯峰，谢谢你！”高雅紧紧地握住何凯峰的右手说道。

“咳，你不要总是跟我这么客气嘛……”何凯峰有点不好意思了。说完这句话，高雅也跟着不好意思地笑了。两人一时语塞，竟不知道接下来说些什么好了。

沉默了几分钟之后，何凯峰吞吞吐吐地开口了：“呃……高雅，我们可以继续几天前的那个话题了吗？”何凯峰鼓起勇气问道。

“嗯，凯峰，你知道吗，其实当你爬进石塔救我的那一刻，我真觉得……”

高雅含情脉脉地望着何凯峰说道。

“觉得我像七进七出长坂坡的白袍虎将赵子龙？”何凯峰顿时感觉再次心花怒放了。

“呃……我觉得……我觉得你像长坂桥前的猛张飞……”高雅突然脸色一变，笑了起来。

“啊？”何凯峰感觉整个人瞬间被泼了一盆冷水。不过十秒之后，他就意识到这不是因为别的，而是因为又有一个不速之客出现了。

“高雅，凯峰，好兴致呀！”林瑛格站在何凯峰身后，一脸坏笑地说。

“呃……小林姐，你夤夜来访，所为何事呀？”何凯峰站起身来，一脸不悦地盯着对方。

“哦……我们刚刚完成了一场惊心动魄的信息战，所以……出来散散心。”林瑛格随口敷衍道。

“那个安姐……有消息了吗？”高雅急切地问道。

“一切尽在掌控之中，放心吧！”林瑛格的声音显得很自信，因为见钱眼开的“啊吧”陆九林已经同意明天来金陵交货，所以引蛇出洞的计策已经成功了一半。

“好，那就好！”高雅的声音里满是感激之情。

然而话音刚落，吧台那里突然传来了异样的声音：“咦？视频呢？监控视频呢？”

意识到事情出了差错，林瑛格、何凯峰、高雅连忙跑了过去。他们看见王皓天、杨燕清还有酒吧老板正站在柜台里面，呆若木鸡，面面相觑。

“王队长，杨帅哥，出什么事了？”林瑛格问道。

“没了！视频没了！”王皓天一脸懵地说。

“什么意思？”林瑛格似乎并没有发现问题出在哪里。

“凯峰、高雅，你们同那个 Peter 和陈玲是什么时候在酒吧相遇的？”王皓天问道。

“昨天凌晨 1：30 前后，我当时看过时间，所以印象很深刻。”高雅回答道。

“呵呵，你们能想象吗？那个时间段的酒吧监控视频被人抹掉了。”王皓天摊了摊手说道。

“哦……原来你们是来查关于 Peter 的监控呀！”何凯峰这才缓过神来。

“这充分证明Peter是个计算机高手，能随意抹掉监控，看来暗网中国的CTO很可能就是这个家伙。”杨燕清将键盘敲得噼啪作响。

“CTO是什么？”林瑛格下意识地问。

“Chief Technology Officer，首席技术官。”杨燕清的额头上已经沁出了细细的汗珠。

“你们要不要查一下整个街区的监控，说不定他会在其他地方留下蛛丝马迹呢？”高雅建议道。

“按照他的行事风格，当时这附近的监控视频，应该都被他黑掉了。”杨燕清这时才深深地感受到了对手的狡猾。

“王队长、杨帅哥，别担心，金陵市的外国人还没到多如牛毛的境地。我们一会儿找个画像师，根据凯峰和高雅的回忆把这个Peter的相貌画出来，然后挨个排查就是了。”林瑛格提议道。

“嗯……虽然要花不少时间，但是事已至此，也只能这么办了。”王皓天点了点头说道。

“小林姐，我还有一个想法。”何凯峰突然意识到了什么。

“哦，快说。”林瑛格催促道。

“昨天晚上关穆拿板凳打破了那个Peter的头，是不是可以通过DNA鉴定，把这个Peter揪出来？”何凯峰回答道。

“对呀，我也有印象，就是这个板凳！”高雅指着吧台旁的一个高脚凳说道。

“事不宜迟！小林，你马上提取血迹，进行DNA检测；燕清，你再查查周围的监控；高雅、凯峰，你们跟我回局里，对这个Peter进行画像。”王皓天吩咐道。

- 05 -

2017年9月9日凌晨3:00　金陵市公安局刑警队会议室

在何凯峰和高雅的协助下，嫌疑人Peter的画像倒是很快就完成了。不过奇怪的是，经过面部识别比对之后，在金陵市备案的外国人无一符合。

“咦？这就奇怪了！”王皓天一脸茫然地看着大屏幕，无可奈何地说。

“会不会是通过非法途径进来的，或者说这个 Peter 原本就只是在金陵路过而已。”高雅分析道。

“路过，倒不至于……从我们现有的数据来看，这个 Peter 的所有信息都是在金陵市发出的。只不过由于暗网中国里面涉及多种加密，而且我们没有找到毒品交易版块的总服务器，所以没法进行深度破解和精确定位罢了。”杨燕清摇了摇头。

“但是高雅说得也有道理，如果是从非法途径进来的，那就很头疼了。”王皓天揉了揉额头说道。

“也不知道小林姐那边的 DNA 检测怎么样了。”何凯峰感觉此时只能指望林瑛格那里的检测结果了。

话音未落，林瑛格便冲了进来：“王队，杨帅哥，重大发现！”

“哦？什么发现？”王皓天、杨燕清、何凯峰、高雅纷纷瞪大了眼睛。

“比对成功了！”林瑛格掏出一张 DNA 检测报告说道。

“这个 Peter 究竟是谁？”看着一堆英文，王皓天不禁大眼瞪小眼起来。

“这个 Peter 真名叫做约翰·斯梅尔金，出生于美国波士顿，此前曾是国外最大的暗网交易平台 AlphaBay 中人口交易版块的技术骨干。2017 年 6 月份中国某留美访问学者失踪后，FBI 认为嫌疑人布伦特·克里斯滕森可能通过暗网了解过相应的作案知识。所以欧美各国的执法机构在今年 7 月份联合打垮了这个 AlphaBay 网站，可约翰·斯梅尔金却成了漏网之鱼。国际刑警组织已经于 2017 年 8 月份发出了协查通报，其中就有他的 DNA 信息。”林瑛格解释道。

“想不到这货跑到我们中国来兴风作浪了，真是个黑暗之徒呀！”王皓天忿忿地说。

“看得出来，这个人的编程能力非常老练，绝对是个老手！”杨燕清点了点头。

“那……我们接下来怎么办？”何凯峰问道。

“根据国际刑警组织反馈回来的信息，约翰·斯梅尔金持有大量的假护照，而且说不定他来中国之后还进行过整容。所以我觉得……这件事很棘手。一方面，我们不能大张旗鼓地去发通缉令，否则约翰·斯梅尔金一定会望风而逃，到时候我们再想找他可就难了。毕竟毒品交易版块的总服务器在他那里，一旦这家伙逃了，暗网中国很可能会死灰复燃。另一方面，如果我们不去发动群众，一时半会儿还真找不到他，那么暗网中国的毒品交易也就会继续祸害人们。”王皓天感觉自己陷入了一个两难的境地。

“嗯……左右为难呀！”高雅跟着点了点头。

“王队，事已至此，只有华山一条路了！”林瑛格伸出食指说道。

“你的意思是……先抓住安姐，而后自上而下地调查，从而揪出这个约翰·斯梅尔金！”王皓天心领神会地说。

“没错！”林瑛格点了点头。

- 06 -

2017 年 9 月 9 日上午 9:00　金陵市堂子街

“燕清，你确定陆九林会来这个鬼地方？”王皓天摸了摸口袋里的左轮式手枪，语气里满是质疑。

“放心吧，我通过网络追踪定位，发现他正在堂子街的一家黑网吧上网，绝对错不了，只不过一时半会儿还没搞清楚李小花藏在哪里。”杨燕清的声音显得很自信。

“哎哟喂，牛呀，现在都能搞网络追踪了。”王皓天一脸坏笑地说。

“人口交易版块的总服务器在我这里，搞个追踪还不简单吗？”杨燕清得意地显摆着自己。

“说你胖你还真喘起来了。当初是谁写了几十万行代码，还奈何不了人家来着？”王皓天翻了个白眼。

“哎……所以呀……暗网这个东西，还是要先找到人，以人找网，找到网站服务器之后，自上而下的破解才能彻底端掉它。”杨燕清总结道。

话音未落，警车里的电脑突然叮咚一声响了起来。杨燕清打开洋葱浏览器，只见暗网中国的对话框中写着“人在城东宾馆 102 房间，钥匙在 3 楼男卫生间的第 4 个隔间里。”

“藏得够隐蔽呀！”王皓天打趣道。

“小林，信息发给你了，行动吧！”杨燕清把消息拍了个照片，而后在微信上转发给了林瑛格。

五秒钟之后，回复就来了，那是一个大大的囧迫脸：“钥匙在男厕所，换个人去拿，行不行呀？”

“燕清，话说这个陆九林心够大的呀，这个点儿了还在泡吧。”王皓天一脸不可思议地说。

“这你就不懂了，这群人贩子把妇女儿童藏好后就去黑网吧，这样才能随时接发消息，而且也可以随时确认比特币有没有到账。”杨燕清回答道。

“我还觉得这货心理素质很好。”王皓天若有所思地说。

“好个毛呀！你看看，这货玩个百里守约都能被别人群殴，真够笨的！”杨燕清居然把陆九林的游戏界面都给劫持过来了。

“好，你在游戏里拖住他，我行动了哈。”王皓天活动了一下脖子，掏出手枪，下了警车。

- 07 -

黑网吧里的陆九林早已是心不在焉的状态，他不停地在王者荣耀和暗网中国之间切换，随时准备拿了比特币走人。不过十几秒之后，他的游戏界面上突然蹦出了这么几个字：“啊吧？你是傻瓜吗？在野区采草药呢？”

“你谁呀？”陆九林心烦意乱地回应道。

“高地都没了，出去浪个什么劲？”杨燕清挑逗道。

“你找死呀！”陆九林的火气被激了起来。

“你来呀，正团着呢，你们是不是流行人头买三送二呀？”杨燕清继续挑逗道。

“看我怎么弄死你。”陆九林此刻也不去留意周围了，只是专心致志地盯着屏幕，准备为自己讨回公道。然而刚刚准备好大干一场的时候，他的脑后突然响起了一个极富磁性的声音：“啊吧先生，好久不见呀！”

陆九林下意识地一回头，只见一个黑洞洞的枪口正盯在自己的眉心上。

- 08 -

2017 年 9 月 9 日上午 10:00　金陵市公安局刑警队会议室

“同志们，有什么收获吗？”王皓天问道。

“陆九林的审讯那边没什么收获，他说的信息，我们早就知道了。”杨燕清不置可否地说。

“李小花呢？”王皓天又把视线转向了林瑛格。

“李小花的身体并无大碍，不过精神上受到了相当大的刺激。”林瑛格摇了摇头。

“有没有什么关于安姐的信息？”王皓天又问。

“是这样的，据李小花说，安姐的住处离金陵市非常远，开车的话大约要一天。”林瑛格翻着记录纸说道。

“一天？”王皓天不禁愣了一下。

“没错，李小花说她是 9 月 4 日中午被石家兄弟卖给安姐的，然后就被安姐装进了汽车的后备箱里，路上停停走走，走走停停。当她被放出来的时候，已经是第二天中午了。”林瑛格回答道。

“二十四个小时足够从金陵开到哈尔滨了。”杨燕清的表情显得很夸张。

“停停走走，走走停停……这个误导性也很强的。我家章婷上次自己开车去济南也走了二十个小时。女人嘛，体力不比我们，开不了多久总会累的。”王皓天不置可否地说。

“不过那确实是一个北方的城市，因为后备箱不是密封的，所以李小花可以清楚地感觉到 5 日中午要比 4 日中午更冷。”林瑛格又说道。

“北方，呵呵！不过这样写好，至少把范围缩减了半个中国。”杨燕清自嘲道。

“还有什么线索吗？”王皓天问道。

“有的。李小花认为，安姐的住处很可能在一个大停车场附近。”林瑛格回答道。

“大停车场？什么意思？”杨燕清下意识地问。

“因为她说快要抵达安姐住处的时候，汽车曾经不停地右拐、右拐、右拐、

右拐、右拐、右拐。所以……她觉得安姐当时似乎是想在停车场里找车位，只不过没找到而已。”林瑛格解释道。

“这也行？”王皓天感觉更糊涂了。

“哈哈，皓天，我知道安姐在哪里了！”杨燕清突然笑了起来。

“哦？在哪里？”王皓天愣了一下。

“在北京！”杨燕清的声音显得很自信。

“北京？”王皓天与林瑛格依旧是一头雾水。

“因为那个连续右拐的地方不是别处，正是北京的西直门立交桥。”杨燕清从手机里翻出了一张西直门立交桥的通行图。

“西直门立交桥？”王皓天与林瑛格依旧是一脸懵的状态。

“没错，西直门立交桥地处西外大街和西二环之间，在早晨七点之前和晚上八点之后，从西外大街到西二环官园桥方向的车辆直接右转向南就可以了。而在早晨七点到晚上八点之间，车辆则必须在立交桥上连续六次右拐，才能驶进西二环。”杨燕清解释道。

“服了，还有这种设计？”林瑛格感觉智商有点不够使了。

“没错，我第一次开车去北京的时候，也被这个走法搞晕了，所以记忆犹新！”杨燕清说完，便找出了一张西直门立交桥的交通示意图。

“这简直是中国联通的代言人呀！”王皓天看着示意图，一脸懵的状态。

“谁说不是呢，接下来怎么办？”杨燕清问道。

“联系北京方面，请求兄弟单位协助我们抓捕‘安姐’。”王皓天依旧沉浸在那个中国结般的西直门立交桥行车路线中不能自拔。

- 09 -

2017 年 9 月 9 日下午 16:00　北京南站

北京警方的实力果然高人一筹。在接到消息后不久，便对西直门立交以南区域展开了拉网式排查，并迅速锁定了安姐的住所。不料狡猾的安姐似乎察觉到了什么风吹草动，在警方破门前的十五分钟逃之夭夭了。

“太可惜了，就差一步！”北京市公安局的警察们依旧显得非常懊恼。

“已经很好啦，辛苦诸位了！”王皓天拍了拍大家的肩膀鼓励道。

“对呀，这么多的东西，肯定又能捞出一网大鱼。”看着满地的高端服务器，杨燕清感觉自己又要忙了。

“陈玲，是你吗？”林瑛格远远望去，只见屋内一个青年女子正裹着军大衣，怯怯地躲在警察们后面。

“嗯……”陈玲的声音非常小，小到连她自己都听不清。只见她浑身瑟瑟发抖，一脸惊恐未定的样子，已经说不出话了。

“别怕，我们是金陵公安局的，我们带你回家。”林瑛格伸出双手，迎向陈玲。对方只是下意识地后退了一步，似乎并不信任自己。走到跟前，林瑛格才发现此时的陈玲已经与照片里判若两人。她的脸上和头发上散发着一股臭味，脸上有深浅不一的伤痕，走路时一颠一跛，似乎是受到了很大的伤害……

“怎么会……怎么会这样……”陈玲语无伦次地不知在说着什么。这件事确实让她受到了很大的惊吓。不过经过林瑛格开导了十几分钟之后，她总算哭出来了，鼻涕一把眼泪一把地说：“我从来没想到会遇到这种事情，我对不起关穆……”

“傻孩子，你之所以看不到黑暗，并不是因为世界上没有黑暗，而是因为有人帮你把它挡在了身后……”林瑛格意味深长地说。

- 10 -

2017 年 9 月 9 日下午 17:00　金陵市 1865 创意园

做完李萌萌的手术之后，高雅约上何凯峰一起去 1865 创意园散步。看着斑驳的围墙以及满是岁月痕迹的古建筑，高雅不禁又文艺了起来：“凯峰，给我拍张照片，好吗？”

“好！”何凯峰接过手机，摆好了架势，然而就在即将按下快门的那刻，他突然愣住了。

“凯峰，怎么了？”高雅还以为是自己的造型出了问题，连忙整了整衣服。

“高雅，你看那是什么？”何凯峰指着角落里一个不起眼的三层小楼说道。

“皮尔逊 · 魏格纳工作室，看起来像是个外国的摄影家。”高雅下意识地说。

“皮尔逊 · 魏格纳……”何凯峰低声嘟囔着这个名字。

“这里是个创意园，很多艺术家都会在这里搞个工作室，办个作品展，不奇怪。”高雅又微笑着摆好了姿势。

“高雅，皮尔逊・魏格纳的英文名怎么写？”何凯峰依旧是不依不饶。

“Pearson・Wegener。”高雅脱口而出。

“这个名字的缩写，不就是PWEG吗？”何凯峰做了个思考的手势。

“这么说来也是，用first name的首字母和family name的前三个字母表示全名，中欧的一些家族确实有这种传统。”高雅也意识到了问题。

“要不……我们进去看看？”何凯峰提议道。

“会不会有危险？”高雅的眼神里流露出一丝惊恐。

“你看那几个说笑着的小女生刚刚从里面出来，貌似也没什么异常。”何凯峰指了指四个刚从门里走出来的女学生说道。

“嗯，好吧！”高雅点了点头。

“哇哦，好美呀！”刚一进门，高雅就感觉一股浓浓的艺术气息扑面而来。虽然领会不到里面深层次的艺术价值，但她仍然被这种单纯的视觉冲击吸引了。

“嗯，确实不错。”何凯峰环顾四周，发现满屋子都是风景摄影。

“哇，你看看这张，很有安塞尔・亚当斯的神韵。”高雅指着一张黑白的峡谷照片说道。

“安塞尔・亚当斯是谁？”何凯峰感觉自己又孤陋寡闻了。

“安塞尔・亚当斯是著名的美国摄影师，1902年出生于旧金山，1984年去世。亚当斯曾被时代杂志选为封面人物，还作为主角出演了五集电视剧《摄影——锐不可当的艺术》。亚当斯开创的区域曝光理论，是摄影科学的基本理论之一。亚当斯尤其擅长风景照，他的作品所表现出的美感，完全超乎人的一般感受。从他的作品里，你能领略到大自然的精致、豪华、节奏、结构。”高雅如数家珍地说。

“哦……感觉像是一幅炭笔画。”何凯峰与高雅显然不在一个境界上。

“没错，亚当斯尤其擅长黑白摄影，虽然他也有一些彩色作品存于世。不过用亚当斯自己的话说，黑白跟彩色这两种艺术语言的表达方式很不同，他已经无力探索色彩的处理方式了。”高雅依旧深深地陷入艺术赏析中不能自拔。

“我不懂那么多，但我知道这拍摄的是长江第一弯。”何凯峰耸了耸肩。

“长江第一弯？”这次轮到高雅好奇了。

“没错，在云南省的丽江市。在长江这里从由北向南流转为由西南向东北流，拐了个一百多度的大弯。也就是所谓的江流到此成逆转，奔入中原壮大观，俗称长江第一弯。”何凯峰推了推眼镜说道。

“凯峰，你的知识好渊博呀！”高雅微笑道。

“呵呵，水文里的常识嘛。”何凯峰摊了摊手。

“我已经迫不及待地想去二楼看看了！”高雅的艺术细胞完全被调动起来。

“哦……看起来二楼是长城的照片哦。”何凯峰看着楼梯处的“皮尔逊·魏格纳的长城记忆”海报，若有所思地点了点头。

果不其然，上到二楼，高雅便被一幅幅的长城摄影吸引了。虽然这次变成了彩照，不过其构图之合理，色彩之柔美，线条之流畅，依旧让人叹为观止。

“凯峰，这就是八达岭吧！”高雅问道。

“没错，虎带笼头羊背鞍，燕子衔泥猴搭肩，龟驮石条兔引路，喜鹊搭桥冰铺栈。”何凯峰直接信手拈来。

“什么意思呀？”高雅好奇地眨了眨眼睛。

“因为这一带山峦层叠，地势险峻，据说长城要转八道弯，越过八座大的山岭才能建成。所以当年兴建这段长城很艰难，工期迟迟完不成，曾先后有八个监工为其而死。最后经过仙人的点化，采取‘修城八法’，即‘虎带笼头羊背鞍，燕子衔泥猴搭肩，龟驮石条兔引路，喜鹊搭桥冰铺栈’，才把建筑材料运送到山上，所以人们就把这段长城称为‘八达岭长城’。只是后来以讹传讹久了，就变成了‘八达岭长城’。”何凯峰解释道。

“这边又是哪里？”高雅指着一条在秋意中穿梭的长城，饶有兴趣地问。

“这是慕田峪长城，其东连古北口，西接居庸关，是由朱元璋手下大将徐达在北齐长城遗址上督建而成，是明朝万里长城的精华所在。慕田峪长城周围植被极为茂盛，一旦到了秋天，层林尽染，非常漂亮，所以慕田之秋也就成了长城的几大盛景之一。”何凯峰回答道。

“那……还有什么盛景呢？”高雅捋了捋滑到眼前的秀发问道。

“还有水关之险，喏，你看，就是这张。水关长城由抗倭名将戚继光督建，此段长城建于险谷口，自水门箭楼起呈‘V’字形，顺应山势而行，就像展翅欲飞的鲲鹏。水关长城地势险要，城堡相连，烽燧向望，双面箭垛，拒敌万千，以奇、险、陡、坚著称。”何凯峰指着水关长城的照片说道。

“哇，果然很壮观！”高雅看着几乎呈九十度直上云霄的水关长城，重重地点了点头。

“哎呀，我都迫不及待地想要认识这位摄影师了。”何凯峰似乎也进入了状态。

“嗯，魏格纳先生的办公室就在三楼，我们去拜访一下他吧！”高雅点了点头。

然而，刚上三楼不久，高雅与何凯峰的脸色却突然变了，因为他们只感觉一股浓重的血腥味迎面袭来……

“高雅，躲到我身后去……”何凯峰下意识地抄起一个拖把作为防身武器。

“凯峰，你要小心……”高雅的声音在不停地颤抖。

“好像……血腥味似乎是从魏格纳办公室传出来的……”何凯峰的眉头微微一皱。

“而且……那扇门是虚掩着的……”高雅也发现了一个问题。

十五秒后，何凯峰轻轻地推开了魏格纳的房门，他只见魏格纳——确切地说，应该是约翰·斯梅尔金，也就是拐骗陈玲的那个Peter——浑身是血、怒目圆睁地躺倒在墙角下。身后雪白的墙面上，还有两个鲜红的大字：

“关木”。

第二十三章　自投罗网

- 01 -

2017年9月9日的夜晚，对于很多人而言都将是一个不眠之夜。王皓天、杨燕清、林瑛格刚从北京返回金陵，就得知了约翰·斯梅尔金的死讯。除此之外，虽然陈玲找到了，而他的男友关穆却又离奇失踪了。

当然，好消息也是有的。根据北京警方提取到的DNA信息，暗网中国的站长“汉中王”安姐就是当年撒谎的唐芳。而且更令大家意外的是，这个唐芳显然还不知道蟒杰就是警方曾经安插在毒贩组织中的卧底，居然主动联系对方寻求帮助。

面对这一系列突发事件，王皓天、杨燕清、林瑛格三人一直忙到第二天凌晨，才再次召开了案情分析会。

- 02 -

2017年9月10日凌晨3:00　金陵市公安局刑警队会议室

“凯峰，高雅，还没走呢？”王皓天刚一开门，发现何凯峰与高雅正歪歪扭扭地睡在会议室的桌子上。

“哎……发生了这么多事情，我回去也睡不好。”高雅的面色显得颇为憔悴。

“呃……我做了个梦，在梦里你们把唐芳给抓住了。”何凯峰揉了揉惺忪的睡眼说道。

“呵呵，凯峰，你还真别说，这个唐芳逃不过今天了。”王皓天的声音显得很自信。

“啊？”听到这句话，何凯峰和高雅的神情同时激动起来。

“别急，我们一项一项来。燕清，你先说说唐芳的事吧！”王皓天揉了揉额头说道。

“北京警方在西直门立交桥附近的某处高档公寓内解救了陈玲，唐芳则侥幸逃脱。不过根据房间内提取到的组织样本分析，这个唐芳就是暗网中国的站长——‘汉中王’安姐。”杨燕清翻着记录纸说。

“嗯……”高雅的眼圈突然泛起了红晕。

“我们在现场查获了大量的服务器，不过奇怪的是……这些服务器里也没有什么有价值的信息，特别是没有与毒品交易版块联络的信息，而是些关于倒卖女孩的东西。”杨燕清活动了一下颈椎说道。

“哦？什么意思？”何凯峰下意识地问。

“后来我发现，唐芳的服务器只不过是用来将各个版块联系在一起罢了。其实暗网中国下面的各个版块具有很强的独立性，即使我们打掉了唐芳，毒品交易版块依旧可以正常运转。不过好在你们找到了约翰·斯梅尔金的住处，我们从那个摄影工作室里找到了毒品版块的总服务器，而且已经完成了破解。这么说吧，从网络层面来看，暗网中国已经被彻底端掉了。接下来，我们就可以按图索骥，揪出各个罪犯了。”杨燕清喝了口咖啡说道。

“先说个好消息，咱们用了不到一周的时间就端掉了暗网中国。领导们龙颜大悦，估计一等功是跑不掉了。”王皓天点起一支烟，活跃了一下办公室内的气氛。

“呃……可是这个约翰·斯梅尔金又是怎么回事呢？”高雅将视线转向林瑛格。

“经初步勘验，约翰·斯梅尔金死于9月9日下午16:30左右，身中二十六刀，当场毙命。而且比较讽刺的是，他为了隐藏行踪，把1865创意园内的监控网全给黑了，所以我们也不知道究竟是谁杀了他。”林瑛格的表情显得很尴尬。

“那个墙上……有个用血书写的‘关木’信息？这是怎么回事？”何凯峰

又想起了那两个血淋淋的大字。

“从现场痕迹来看，这是约翰·斯梅尔金挨刀子后，用右手蘸着自己的鲜血留下的。而且不瞒你说，我在现场提取到了关穆的鞋印，而且那个血字上也有他的指纹。看起来是关穆试图擦掉那两个字，只不过因为工作室一楼来了游客，所以他才慌慌张张地从窗户里逃跑了，所以这个关穆有重大作案嫌疑。”林瑛格径直拿出一大堆法医鉴定材料。

“也就是说……关穆是杀死约翰·斯梅尔金的凶手？”高雅的表情显得很复杂。

“夺妻之仇，不共戴天！想不到他居然先于警方找到了这个约翰·斯梅尔金。”何凯峰点了点头。

“没错。据关穆的同学反映，自从陈玲失踪之后，关穆就到处找这个Peter。”王皓天揉了揉眼睛说。

“嗯，而且根据身份证信息分析，约翰·斯梅尔金死后，关穆就乘坐火车离开了金陵。电话不接，短信不回，微信、QQ 就更别提了。即使是陈玲发消息告诉他自己已经被解救了，关穆也没有任何回复消息。”杨燕清补充道。

“很明显，关穆知道墙上的那个‘关木’没被擦掉。虽然因为约翰·斯梅尔金汉语水平不济写了错别字，但是我们还是能很容易推理出他就是凶手，所以他才会如惊弓之鸟般地逃跑了。”王皓天点了点头。

“王队，话也不能这么讲，毕竟现在没找到凶器，所以说关穆是凶手，为时过早。”林瑛格提醒道。

“倘若他不是凶手，约翰·斯梅尔金干吗要在墙上写他的名字呀？”王皓天笑道。

“呃……这一点确实无法解释。毕竟从笔迹分析，那就是约翰·斯梅尔金本人写的，而不是有人强迫他写的。”林瑛格发现自己的思维进入了死胡同。

“嗯，我觉得王队长的说法很有道理。毕竟约翰·斯梅尔金的中文很差，关穆的穆字又相当难写，所以他取了谐音，写成‘关木’也是很正常的。”高雅点了点头。

“没错，小林姐，这事儿要不是关穆干的，他干吗要跑呢？”何凯峰也站在了高雅一边。

“杨帅哥，关穆到底跑到哪里去了？我觉得还是尽快抓到他，当面对质比较好。”林瑛格把视线转向了杨燕清。

“别急，别急，我现在正在追踪他的手机信号，所谓跑了和尚……”杨燕清一边用手指飞快地敲击着键盘，一边絮絮叨叨地说道。

“好啦，你就别啰唆了……”林瑛格说。

“有啦，你们看，信息显示关穆最近的活动地点在皖北临淮村。”杨燕清抬起头说道。

“嗯，这么看来关穆逃回了老家，皖北临淮村。我们马上联系兄弟单位请求协助。”杨燕清继续说道。

“先别管关穆了，他被抓是早晚的事。现在暗网中国各个版块的服务器已经尽数被端掉，揪出那些使用暗网的不法分子也是早晚的事。我们目前的首要任务，就是抓住唐芳这个幕后黑手。”王皓天点了点桌子。

“她不是已经逃脱了吗？”何凯峰不明就里地问。

“哼哼，躲得过初一，躲不过十五。唐芳只身逃出北京，现在已经弹尽粮绝，山穷水尽。所以迫不得已，她才联系了一位老朋友。”王皓天说道。

“老朋友？”高雅下意识地问。

“没错，蟒杰前辈，你进来吧！”王皓天拉开房门，一个皱纹丛生、两鬓斑白的中年男人拄着拐杖一瘸一拐地走了进来。

“高雅，十几年不见，你都长这么大了？”蟒杰只是望着高雅，眼神显得很复杂。

“你是……大蛇叔叔？”高雅似乎回忆起了什么。

“哈哈，没想到你还记得，我就是那个经常给你寄荔枝的大蛇叔叔。”蟒杰点了点头。

“你………”想到小时候那些快乐的情形，高雅一时愣住了，不知该说什么。

“高雅，你们以后有的是时间叙旧，不过现如今我们有件更重要的事情要处理。”王皓天清了清嗓子。

“高雅，我以前在贩毒集团中当卧底，和这个唐芳有过一面之缘。因为我的身份至今没有对外公开，所以唐芳走投无路之际就想到了我。昨天下午三点半的时候，唐芳给我打了个电话，求我帮他一把。”蟒杰说道。

“怎么帮？”高雅问道。

“让我给她一百万现金，帮她渡过难关，日后十倍奉还。”蟒杰只是微微一笑。

“哦？”高雅又愣了一下。

“今天在金陵交易，刚好是抓她的最好时机，不是吗？”蟒杰拍了拍高雅的肩膀。

“嗯……嗯……”高雅激动得眼泪都要流出来了。

“王队长，我有三个请求。”蟒杰把视线转向了王皓天。

“前辈请讲，我一定照办！”王皓天一脸敬仰地说。

“第一，唐芳生性狡猾，所以一定会让我只身前往见面，你们只要远远地跟着就行了，不要让她看出什么破绽。”蟒杰伸出食指说道。

“可是你的安危……”王皓天不禁欲言又止。

“这就是我的第二个请求。我刚刚听这位林法医说，高坚的59式手枪找到了。请你把它给我，如果唐芳敢有什么不利的举动，我亲自结束了她，也算是为高坚和叶彤报仇了。”蟒杰说道。

“我已经料到你有这个打算了，前辈，给！”林瑛格将擦得铮亮的手枪交到了蟒杰手中。

“第三，这一百万块现金必须货真价实，否则的话，很难获取唐芳的信任。”蟒杰说道。

“呃……这个……”王皓天一时间愣住了。因为时间关系，他只准备了十万块钱，其余的都是白纸，毕竟这么快去凑够一百万还真是个难题。

“蟒叔叔，我有，我给你！”高雅显然已经看穿了王皓天的窘境说道，“前段时间我正好存了一笔钱，本打算安置房产用的，现在给你们拿去救急吧！”

“好，事不宜迟！你们马上布置抓捕工作，我和高雅去取现金。”蟒杰说道。

“前辈，你……确定要自己一个人行动？”看着蟒杰残疾的左腿，王皓天有所顾虑地说。

“王队长，我的枪法还没生疏，放心吧！”蟒杰轻轻地拍了拍王皓天的肩膀。

“嗯，唐芳，接下来，我们就等着你自投罗网了！”王皓天轻蔑地笑道。

- 03 -

2017 年 9 月 10 日凌晨 3:30　金陵市公安局大门外

唐芳确实“自投罗网”了。确切地说，“自投”得比王皓天想象的都要早。就在大家正欢欣鼓舞地将蟒杰、高雅、何凯峰送出大门时，就在高雅还沉浸在重逢喜悦中时，他们或许不会想到，狡猾的唐芳正藏在公安局大门外的一辆桑塔纳车里，拿着望远镜观察着他们的一举一动。

“蟒杰呀，蟒杰，原来当年是你把我们给卖了！”唐芳的嘴边划过一丝阴冷的奸笑。

- 04 -

2017 年 9 月 10 日凌晨 4:30　金陵市高雅别墅

拿到现金之后，蟒杰在王皓天的陪同下返回了公安局，准备下一步的行动。高雅与何凯峰则完全没有了睡意，在别墅里不停地来回踱步。

“大蛇叔叔，哈哈，真没想到！”高雅显然无比兴奋。

“高雅，这个蟒杰究竟是谁呀？”何凯峰问道。

“这个蟒杰叔叔是我爸爸以前的战友，后来被派去广东的毒贩那里做卧底，所以就不再和我们见面了。不过他人可好了，每年都会给我寄荔枝。由于他这个姓非常罕见，为了避免节外生枝，爸妈从来没有在我面前说过他的名字，而只是让我叫他大蛇叔叔。”高雅的脸上洋溢着幸福的微笑。

“大蛇叔叔，好贴切呀！”何凯峰点了点头。

“凯峰，你知道吗，其实我爸妈当年认识就是大蛇叔叔介绍的。当年我妈妈是部队里的打字员，我爸爸暗恋她，却又不敢表白，还是大蛇叔叔去帮忙送的情书。”高雅略带羞涩地微笑道。

“哈哈，要是没有这位大蛇叔叔，也就没有你啦！”何凯峰也被逗乐了。

“哎……不过听我爸爸说……大蛇叔叔的家庭后来遭遇了变故……”高雅的眼神突然黯淡了下来。

“哦？什么变故？”何凯峰下意识地问。

“我也不是很清楚。好像是2000年的时候吧，大蛇叔叔的爱人患了癌症，手术费用非常高昂，而且还有很多进口药品不给报销。所以我爸爸当时给了他很多钱，其实我们家里也不富裕，可是我爸爸把家里的钱都给了他拿去给爱人治病。”高雅回忆道。

“对呀！这种事情，公安局是不敢大张旗鼓地搞集资献爱心的。”何凯峰点了点头。

“不过阿姨后来还是过世了……听我父母说，阿姨过世之前对大蛇叔叔颇有怨言。”高雅摇了摇头。

“嗯……人之常情。”何凯峰嘴唇紧抿地说。

“大蛇叔叔的儿子很聪明，2006年的时候博士毕业，在北京找了个高校任教。不过因为买不起房，很快就被青梅竹马的女友劈腿了。听我父亲说，大蛇叔叔的儿子后来得了抑郁症，进了精神病院。”高雅的表情显得很复杂。

“杀人放火金腰带，修桥铺路无尸骸，世界不应该是这个样子的。”何凯峰忿忿地说。

“再后来，他变卖了家里的房子，还了我家的钱，之后他就消失了。”高雅遗憾地说道，“对了，凯峰，我父母怎么知道这个皮尔逊·魏格纳就是约翰·斯梅尔金呢？我仔细想了想，实在想不出他们留下这个符号的含义啊。”高雅突然意识到了一个问题。

“呃……高雅……恕我直言，我觉得这件事纯粹就是郢书燕说。”何凯峰揉了揉额头说道。

“郢书燕说？我不太明白你在说什么。”高雅感觉更糊涂了。

“郢书燕说，指的是一个典故。春秋战国的时候，楚国的郢都有一个人晚上给燕国宰相写信。因为光线太暗，他就对拿火炬的侍从说：‘举烛’，也就是把烛火举高点。可是他一边说话，一边就下意识地把‘举烛’两字也写在了信上。燕国的宰相收到信十分高兴，他认为举烛就是崇尚光明，任用德才兼备的贤人。并因此向燕王禀告了任贤的道理。燕王十分高兴，采纳了他的意见，国家因此大治。所以后人就用‘郢书燕说’来形容曲解了原文的含义，却得出了有价值的观点。”何凯峰推了推眼镜说道。

“对呀！这个约翰·斯梅尔金今年才来中国，而我父母十年前就过世了，他们确实不可能知道皮尔逊·魏格纳就是约翰·斯梅尔金这件事。所以你的意思是……其实这个‘PWEG=’另有所指。”高雅又拿出了那半块水晶海豚，仔细端详着。

“高雅，我觉得也不排除有这样一种可能，这个‘PWEG=’后面可能还有别的符号或者字母。我们没看到后面的信息，所以也就不知道前半段信息究竟是什么意思了。”何凯峰提出了一个猜测。

“你是说后面的信息，在另外那半块水晶海豚上，是吗？”高雅瞬间理解了何凯峰的意思。

“我看这样吧，我再去翼王山一趟，找一找另外那半块海豚。毕竟9月6日晚上我们几个忙着逃命，并没有进行仔细的搜索。”何凯峰若有所思地说。

“凯峰，我跟你一起去吧！”高雅紧紧地盯着何凯峰的眼睛。

“你不要去了，那里面全是人骨头，还没清理呢，你看到会做噩梦的。”何凯峰摆了摆手。

“可我担心你的安全。”高雅的眉头微微一皱。

“放心好了，石塔村的那群歹徒早就被一网打尽了，总不至于唐芳会跑到翼王山去交易吧。”何凯峰摊了摊手，表情显得很夸张。

“好吧，那你先好好休息一下，白天再去，好吗？”高雅的声音显得很温柔。

“好，就这么愉快地决定了。”何凯峰点了点头。

- 05 -

2017年9月10日上午10:30　金陵市翼王山太平军地下工事内

睡了一觉之后，何凯峰又来到了翼王山的太平军地下工事中。这一次他的心情好多了，毕竟暗网中国已经被连根拔起，唐芳的落网为期不远，而且高雅也对自己有了或多或少的好感。一想到这些，何凯峰便有种“春风得意马蹄疾，一日看尽长安花”的感觉。不到十分钟的时间，他就穿过了地洞，来到了那个捡到手枪的最高的平台上。

“哎……高叔叔、叶阿姨，你们可以安息了。”看着地上两个明显的骨骸迹，何凯峰突然黯然神伤起来。

“算了，我还是老老实实地找海豚吧！”长吁短叹了好一阵之后，何凯峰终于意识到正事儿还没干呢。

找了整整十五分钟后，何凯峰终于在地上的石缝里发现了一块亮晶晶的物件。他费了九牛二虎之力，终于把它弄了出来。果不其然，此物正是另外半块水晶海豚。很明显，十年前叶彤被丢进石洞的时候，海豚砸到地面上碎成了两半，一半蹦到了地面上，另一半则卡在了石缝中。

“这……这又是什么意思？”何凯峰定睛望去，发现海豚的尾巴上写着一个 JADA。

“杰达？这是什么意思？”何凯峰感觉整个人更懵了。然而不经意间，他发现那个石缝下面似乎还有个黑黝黝的空间。思考了片刻后，何凯峰在洞里找到了两根还未完全锈蚀的长矛，利用杠杆原理，撬开了石头。

“这……这又是什么？”何凯峰定睛望去，发现自己脚下其实是一个石质的棺材，只不过由于棺材的石盖板和周围的石板一般高，所以之前没有察觉到罢了。

“不会真有僵尸吧！”何凯峰定了定神，还是拿起长矛，拨了拨棺材里的那些腐朽的纺织品。当然了，这个世界上是没有鬼的，建国后的动物也是不能成精的。所以并没有什么僵尸冒出来。确切地说，棺材里连块骨头都没有。

“哦……看起来是个衣冠冢呀！”何凯峰悻悻地摇了摇头，因为这意味着棺材里应给没有什么陪葬的金玉宝石，自己也就不可能发笔横财交首付了。然而话音未落，棺材里突然传来一声巨响！

“谁……谁呀！”何凯峰不禁吓了一跳。不过仔细拨了拨之后，他发现其实是因为自己的长矛碰到了棺材中的一块金属发出的响声。

“哼哼，说不定有金子哦！”何凯峰一脸憧憬地蹲下身去，捡起了那块金属。不，应该说是那条金属。

“这……这是石达开的衣冠冢呀！”何凯峰定睛望去，只见那条金属不是别的，而是一把表面镀了铬的钢剑，造型和湖北省博物馆的“越王勾践剑”有几分相似。不同的是这把剑更长一些，而且剑身上还书有铭文：“太平天国翼王石达开自作用剑”。

“我懂了，石达开在成都被凌迟之后，尸骨无存。此地的翼王旧部便给石达开修了一个衣冠冢，将他曾经穿过的战袍和使用过的兵器埋在里面，以寄托哀思。哎……”想到这里，何凯峰不禁重重地叹了一口气。

缅怀了五分钟之后，何凯峰还是将剑放回了原处，盖好石棺，虔诚地磕了三个响头，而后转身准备离开。然而没走几步，他突然察觉到了什么异样。

“这……这又是什么？”何凯峰用手电照了照石壁，只见那上面钉着一条软梯。他又举起手电向上照去，发现那条软梯其实是从洞顶的通风口垂下来的。

“呵呵，难道是工人们已经准备开发这个洞穴了吗？也好，省得我再走老路了。”何凯峰欣然沿着软梯，向洞口爬去。

虽然软梯的质量很一般，不过由于洞顶也就五米的高度，所以十分钟后，何凯峰就爬出了地下兵营，沐浴着阳光，呼吸到了新鲜空气。

“哎……给高雅打个电话，把海豚的事告诉她。”何凯峰乐滋滋地拿出手机，不过此时他发现里面有整整十五个来自林瑛格的未接来电。犹豫了片刻之后，何凯峰拨通了林瑛格的电话：“喂，小林姐，你找我啥事呀？”

“何胖子，你死哪里去了？”林瑛格直接飙起了脏话。

“我刚才回翼王山的那个地洞里找东西了，没信号。你有啥事吗？”何凯峰解释道。

“翼王山，你在翼王山？”林瑛格的声音突然变得有些异样。

“对呀，怎么了？”何凯峰下意识地问。

“高雅被唐芳绑架了。”林瑛格的声音显得很局促。

“绑架了？在哪里？”何凯峰惊到了。

“就在翼王山上！”林瑛格回答道。

第二十四章　环环相扣

- 01 -

作为暗网中国的站长和老牌毒贩，唐芳自然也不是等闲之辈。她深谙人心，熟读兵法，从西直门的豪宅里侥幸逃脱之后，唐芳先后使用了《三十六计》中的九个计策，将警方要得团团转……

第一计是瞒天过海。9 月 9 日下午 15:15，侥幸逃脱的唐芳利用随身携带的一张假身份证办了一个手机卡，正是这张假身份证和手机卡让她能够在与警方的对决中游刃有余。

9 月 9 日下午 15:25，唐芳清点完周身的财物，发现自己只剩下不到 2000 元人民币，而且此时她的所有账户已经全部被冻结，所有的藏身之所也尽数被端。不过对于大起大落了不知多少回的唐芳而言，这些并不是什么大问题。

第二计是笑里藏刀。9 月 9 日下午 15:30，唐芳拨通了一个人的电话。没错，就是曾经在制贩毒团伙中打过一定交道，现在金陵开办福利院的蟒杰。一番寒暄之后，蟒杰同意借给她 100 万元人民币帮其渡过难关。当然，在唐芳看来，这完全是由于自己掌握了蟒杰当年贩毒的证据，捏住了对方的七寸。不过在警方看来，唐芳联系老牌卧底蟒杰则完全是自投罗网。

第三计是金蝉脱壳。唐芳利用假身份证，购买了高铁列车的车票，于 9 月 9 日晚 21:31 返回金陵南站，成功逃出了帝都警方的天罗地网。

第四计是反客为主。出于毒贩的本能，唐芳并不信任任何人，蟒杰也不例外。尤其是十年过去了，蟒杰也有可能在其他行动中被警方抓获，进而成了污点证人。除此之外，毕竟自己手里捏着蟒杰的死穴。当然，唐芳此时并不知道蟒杰是卧底，自以为贩毒是对方的死穴，所以蟒杰也有可能在交易过程中除掉自己。

为了保险起见，9 月 9 日晚上 21:45，唐芳来到租车公司，花了 300 元人民币租下了一辆相当破旧的桑塔纳 2000。随后，唐芳又前往五金店购买了绳子、软梯、刀子等工具。

9 月 9 日晚上 23:45，唐芳来到翼王山，策划逃跑路线。虽然自己已经对该处地势有一定了解，但是看到新冒出来的那个地洞，唐芳依旧无法克制住内心的激动。毕竟这么多七拐八拐的支洞，简直是捉迷藏的最佳地点。

第五计是釜底抽薪。9 月 10 日凌晨 0:30，唐芳已经熟悉了翼王山太平军地下兵营的构造，并且在通气孔挂好了软梯，作为最终的逃跑工具。不过话又说回来，虽然支洞很多，不过蟒杰如果坚持尾随自己，对方仍有可能在自己爬软梯逃走时下手。所以说，唐芳决定斩草除根。

转了一圈之后，唐芳发现了“仁”字地洞的秘密。原来太平军在下面挖了一条暗道，并且在地板上凿除大大小小的各种孔隙。这样一来，一旦清军误入地洞，太平军的伏兵们就可以从下方刺出短剑长矛，干掉对手。

在唐芳看来，这个地下暗道可是个好东西。她找到最薄弱的一块地板，将其敲碎，而后在上面敷上木板石子，做成了陷阱。当然，为了确保万无一失，唐芳还在陷阱下面摆放了若干竖立的短剑。虽然它们早已生锈，但是刺死从上方摔下来的蟒杰还是不成问题的。

第六计是隔岸观火。在整个计划中，唐芳最担心的还是金陵警方搅和进来。毕竟对付一个蟒杰容易，但是面对一堆警察，那就插翅难飞了。于是从 9 月 10 日凌晨 2:50 开始，唐芳便开着桑塔纳来到了公安局大楼外，观察着警方的动静。

果不其然，最头疼的事情发生了，蟒杰去公安局告发了自己。不过话又说回来了，唐芳也知道了高雅也与公安局有说不清道不明的关系。况且，由于高雅的名声如此之大，稍稍上网搜一下，唐芳便了解了高雅、高坚、叶彤的关系，也知道了高雅的住所和工作单位。

第七计是调虎离山。9 月 10 日上午 6:00，唐芳打电话给蟒杰，约定双方于中午 12:00 在新街口交货。得知消息的王皓天连忙召集人马，前往新街口埋伏。由于这里是金陵市的中心商圈，人流量巨大，所以警方的所有生力军全被耗在了新街口，压根无力顾及翼王山的事。

第八计是围魏救赵。勘查了一下地形之后，唐芳发现高雅住的别墅里戒备森严。不过金陵脑科医院的地下车库疏于防范，是个作案的好地方。9 月 10 日上午 6:30，唐芳混进医院，偷了一件护士装，而后趁着护士站的工作人员上厕所的间隙拨通了高雅的电话，谎称李萌萌病情反复，要高雅马上过来看看。心地善良而又责任感极强的高雅不知是计，连忙开车赶往了医院，结果就在地下车库里被唐芳劫持了。

第九计是上屋抽梯。唐芳原本准备逼迫高雅说出银行卡密码，而后杀死对方一走了之。毕竟自己的目标是钱财，至于蟒杰那笔账，回头再算也不迟。不料高雅早已知道了唐芳的死穴——缺钱，所以坚持不开口。毕竟只要自己缄默不语，唐芳就必须和蟒杰交易，这样自己就有一线生机。而一旦说了，那自己肯定没命了，因为拿到钱的唐芳压根就没有再找蟒杰的必要。

当然，其实这也在唐芳的心理预期之内。9 月 10 日上午 11: 00，唐芳终于载着高雅回到了自己精心布置的翼王山上。由于正值周末，金陵市内堵得一塌糊涂，所以车速极为缓慢。不过话又说回来了，这对她绝对是一个好消息。上了翼王山，唐芳直接找蟒杰和警方摊牌，彻底打了对方一个措手不及。此时此刻，警方不得不按照唐芳的要求，征用一架正在执行航拍任务的民用直升机将蟒杰载到了翼王山，而大队人马则完全被新街口的车流堵在了路上，至少要两个半小时后才能赶到现场。如此一来，唐芳便可以避开与金陵警方的决战，而直接在自己最熟悉的地方，一对一单挑蟒杰。

- 02 -

2017 年 9 月 10 日上午 11:30　金陵市翼王山太平军地下工事外

“蟒杰，想不到呀，你居然是个条子。”唐芳阴阳怪气地说。

“唐芳，钱已经拿来了，你快把高雅放了。”蟒杰的语气显得很诚恳。

“好呀，你先把枪给我。”唐芳只是躲在高雅身后，不露出任何致命的部位。

“我把枪给你，马上就会把我们打死。”蟒杰俨然已经看穿了唐芳的想法。

“不给的话，我就杀了她。”唐芳用尖刀抵住了高雅的颈动脉。

“大蛇叔叔，别管我，快开枪呀。”高雅拼尽全力，吐出嘴里的毛巾，声嘶力竭地喊道。

“高雅，别担心，我一定会救你的。”蟒杰做了个冷静的手势。

“把枪丢过来！”唐芳第二次提出了要求。

“唐芳，你要的是钱，不是高雅的命。你如果杀了高雅，我一枪就可以打死你。我们各取所需，难道不好吗？”蟒杰提醒道。

“我如果把高雅给你，你还是会杀了我。”唐芳并没有上当。

“好呀，既然如此，那我们就耗着吧。反正拿不到钱，你也无路可走。”毕竟手里捏着对方的死穴，蟒杰也没有上唐芳的当。

“你可真难对付。”唐芳摇了摇头，劫持着高雅向洞内退去。事已至此，她只好采用终极方案，那就是把蟒杰诱入仁字洞，而后利用洞中的陷阱干掉对方。

- 03 -

2017 年 9 月 10 日上午 11:45　金陵市翼王山太平军地下工事仁字洞

唐芳劫持着高雅一步一步地向地洞深处退去，并且始终将自己的致命部位躲在高雅身后，免得被蟒杰抓住破绽。而蟒杰则是亦步亦趋地紧跟着唐芳，时刻准备拔枪射击……

一秒，两秒，三秒……唐芳的脸上露出一丝奸笑，因为她刚刚绕过了自己的陷阱，而蟒杰似乎并没有发现什么意外。

一步，两步，三步……蟒杰马上就要迈上去了……

几秒后……

“啊——”一声惨叫，响彻了整个地洞……

- 04 -

2017 年 9 月 10 日上午 11:50　金陵市翼王山太平军地下工事仁字洞

这声惨叫不是来自别人，正是唐芳。她低头一看，发现地板的缝隙中冒出一柄八十公分长的铜剑，径直刺穿了自己的大腿。

看到唐芳阵脚大乱，蟒杰扬起手枪，瞄准，击发！

随着枪声响起，唐芳的右前臂被撕开了一个大口子，手中的尖刀也掉落在地上。

“大蛇叔叔！”高雅见状，连忙向蟒杰跑去。

与此同时，地下也传来了何凯峰的声音：“蟒杰前辈的身前有陷阱，你们小心！”

15 秒后，何凯峰推开陷阱上的木板，从地下钻了出来，忿忿地朝唐芳吼道：“老子的女神，你也敢碰！”

“哎！想不到我千算万算，唯独没算到地下会冒出来一把铜剑。蟒杰，你敢耍老娘？！”唐芳的脸上写满绝望与懊恼的表情。

“哈哈，你可真是大意失荆州呀！”何凯峰幸灾乐祸地说。

“凯峰，你怎么来了？”高雅的语气里写满劫后余生的庆幸与惊喜。

“我来给你找海豚呀！”何凯峰将另外半块亮晶晶的水晶海豚塞到了高雅手中。

“哎……哎……”唐芳只是不住地叹着气。

“唐芳，这一枪，我不会再打偏了！”蟒杰的表情显得很复杂，因为他刚刚明明是瞄着唐芳的额头射击，只不过因为多年没有开枪，肌肉的记忆还没有完全被唤醒，所以居然打到了对方的手臂上。

“等一下………饶命呀！”唐芳连忙举手投降。

“大蛇叔叔，让法律来对她进行公正的裁决吧！”高雅轻轻按住了蟒杰持枪的右手。

“对对对！我什么都交代，什么都听法院的，判我几年都行！”唐芳跪在地上，一把鼻涕一把眼泪地说。

“高雅，忘了你父母了吗？”蟒杰推开高雅的手，扣下了扳机。

- 05 -

2017 年 9 月 10 日中午 12:30　金陵市翼王山

中午时分，警车呼啸而至，而此时的何凯峰、高雅与蟒杰早已结束了战斗，在山坡上坐着等待刑警的到来……

“高雅、蟒杰前辈，你们没事吧！”林瑛格一脸关切地问。

“放心吧，我们没事。”高雅的脸上挂着标志性的微笑。

“哎呀，不得不服老呀，要是第一枪再偏一点……”蟒杰依旧有些心有余悸。

“大蛇叔叔，反正我们活着出来了，您就别自责了。”高雅宽慰道。

“哈哈，网站被端，主犯伏法，小喽啰们也尽数被抓。暗网中国这起案子，终于尘埃落定了。”杨燕清伸了一个懒腰。

“嗯，一周打掉暗网中国。这速度，连我自己都没想到。”王皓天点了点头。

“对了，皓天，临淮警方发来消息，说关穆逃到了一座小山上，他们已经开始搜山，预计明天就可以将他缉拿归案。”杨燕清又说道。

“好！这样一来，我们就可以画一个完美的句号了。”王皓天满怀憧憬地说。

“呃……诸位……我也是出过力的，怎么就没有人关心一下我呢？”何凯峰感觉自己再次被所有人华丽的无视了。

“哦……凯峰，你那猥琐一剑确实刺的很漂亮。”林瑛格一本正经地说。

“什么叫‘猥琐一剑’？看一看，‘太平天国翼王石达开自作用剑’！这是货真价实的绝世好剑，懂吗？”何凯峰指着剑上的铭文反驳道。

“既然如此，我就先替金陵博物院谢谢你了。”林瑛格直接把剑从何凯峰的手里抢了过来。

“喂……这剑是我发现的，总得给点补偿吧！”何凯峰争辩道。

“呃……回头他们会给你颁发个大红证书，五十元奖金，外加一则刊登在《金陵晚报》中缝最下面一行的专题报道。”林瑛格眨了眨眼睛。

“五十元？还不够我来金陵的车票钱呢！”何凯峰一脸哀怨地说。

“知足吧！和你那点可怜巴巴的工资相比，五十元可不是个小数目！”林瑛格做了个鬼脸，一脸坏笑地说。

- 06 -

2017年9月10日晚19:00　金陵市1912酒吧街区

“凯峰，你真的要今晚赶回去吗？”高雅一脸不舍地问道。

“明天上午还有课，迟到的话会挨处分的。别看我那学校发工资很抠门，扣起钱来可是毫不含糊。”何凯峰撇了撇嘴说道。

“你有没有想过……回金陵工作？”高雅紧紧盯着何凯峰的眼睛。

“我还是有自知之明的，就我那点可怜的积蓄，在金陵连个卫生间大的地方都买不起。”何凯峰自嘲道。

“呃……凯峰你别这么说，你是个有上进心的人，而且你那么有才华，何愁在金陵无法安家呢？”高雅低下头去，面带羞涩地说。

“高雅，你知道吗，其实我去洪都大学是有特殊任务的。”何凯峰压低了声音说道。

“哦？特殊任务？”高雅不禁愣了一下。

“没错，我实际上是一个兼职特工，你相信吗？”何凯峰故作神秘地说。

“嗯，我信！”高雅点了点头。

“啊？”何凯峰自己都愣住了。

就在此时，他的背后又传来了林瑛格的声音：“凯峰，你说自己是兼职特工……国安局给你发工资吗？”

“呃……人生如此艰难，有些事情就不要拆穿了……”何凯峰一脸哀怨地说。

“林警官，我觉得以凯峰的智商，还是很适合当特工的。”高雅连忙替何凯峰解围。

“没错，我也觉得，其实凯峰这人当特工还是很有优势的。”林瑛格故作严肃地说。

“哦？优势？我有什么优势？”何凯峰再次愣住了。

“你当特工有三个优势。”林瑛格眨了眨眼睛。

“让我猜猜……很聪明……很有勇气……呃……还有什么……”高雅掰着手指头数道。

“我这人很有正义感！”何凯峰做出一副正气凛然的表情，狠狠点了点头。

“错了！”林瑛格又眨了眨眼睛。

“那……究竟是哪三个优势？”这次连何凯峰自己都糊涂了。

“第一，你没对象，执行任务时没有老婆孩子的顾虑。”林瑛格伸出了食指。

“噗……”高雅被逗得笑出声来。

“那……第二呢？”何凯峰翻了个白眼。

“第二，你的长相………怎么说呢……泯然众人，所以放到人堆里不会引起注意。”林瑛格又伸出了中指。

“呃……小林姐，你这是夸我呢，还是损我呢？”何凯峰的脸上写着大大的“囧”字。

“林警官，那第三呢？”高雅感觉自己快要笑岔气了。

“第三，你这人一贫如洗。国安局只需要花很低的价格就能把你招募进来，可以给国家节省不少资金。”林瑛格又伸出了无名指。

“哈哈哈哈……”高雅直接笑趴在了桌子上。

“呵呵，没钱没颜没对象，三无产品，确实很适合当特工……”何凯峰生无可恋地自嘲道。

“高雅，你的额头上粘了沙拉酱，快去洗手间清理一下吧！”林瑛格却把视线转向高雅。

“哦……好……”高雅这才意识到自己笑趴在饭桌上的时候碰到了蔬菜沙拉，连忙拿出纸巾，跑向了洗手间。

看到高雅走远了，林瑛格这才凑到何凯峰耳边，一本正经地说道：“凯峰，你想不想当个兼职特工？”

“兼职特工？”何凯峰下意识地问。

“没错，我有件非常重要的任务想拜托给你。”林瑛格紧紧盯着何凯峰的眼睛。

“什么重要任务？”何凯峰不明就里地问。

“把高雅那个摔成两半的水晶海豚拿过来……”林瑛格压低了声音说道。

第二十五章　夜访“吸血鬼”

- 01 -

2017 年 9 月 11 日凌晨 1:00　金陵市 1865 创意园皮尔逊·魏格纳工作室

凌晨的 1865 创意园，灯光逐渐黯淡了下来，在血腥味尚未完全散尽的皮尔逊·魏格纳工作室，有一个黑影正在翻箱倒柜地找着什么。这个黑影不是别人，正是林瑛格。

“林警官，你夤夜来访，究竟有何贵干呀？”林瑛格的背后突然响起了一个凄厉的女声。

“呵呵，你夤夜来访，又有何贵干呢？”林瑛格转身望去，发现自己背后五米远的地方站着一个头戴吸血鬼面具的白衣人。

“我来找一样东西。”吸血鬼回答道。

“哦，巧了，我也来找一样东西。”林瑛格只是微微一笑。

“你来找什么？”吸血鬼的声音微微颤抖了一下。

“你又来找什么？”林瑛格只是眨了眨眼睛。

“你找到了吗？”吸血鬼并没有回答林瑛格的问题。

“我找到了。”林瑛格活动了一下颈椎。

“把它给我！”吸血鬼伸出惨白的右手。

“如果我不答应呢？”林瑛格又微微一笑。

“那我就杀了你！”吸血鬼从袍子里抽出一把尖刀。

“你觉得……你能杀得了我吗？”林瑛格反问道。

“我想试试！”吸血鬼向前迈了一步，做出攻击的姿势。

“冷静，冷静，我怕死。”林瑛格突然服软了。

“呵呵，我还以为你是个硬骨头警察呢！”吸血鬼显然也愣了一下。

“我哪是什么硬骨头警察，无非就是个三流枪手，二流法医罢了。”林瑛格自嘲道。

“你可真有自知之明呀！”吸血鬼冷笑道。

“人贵有自知之明，彼此彼此。”林瑛格很干脆地说。

“好了，那你把东西给我吧！”吸血鬼又伸出了惨白的右手。

“给你，给你！”林瑛格从口袋里掏出一个小玩意儿，丢给了吸血鬼。

“这是什么东西？”吸血鬼定睛一看，发现那其实是一个水晶海豚的尾部，上面还有划痕组成的 JADA。

“吸血鬼同志，要想搞清楚这个问题，我们不妨先分析一下，究竟谁是‘安姐’。”林瑛格微微一笑。

“安姐不是唐芳吗？”吸血鬼反问道。

“你这个回答，可以说对，也可以说不对。”林瑛格活动了一下颈椎。

“你这是什么意思？”吸血鬼不明就里地问。

“遥想十年前翼王山缉毒一案，虽然警方也抓获了一些不大的毒贩，但是没有一个人见过安姐究竟长什么样。因为安姐和他们自始至终都是电话联系，从没露过面。”林瑛格并没有直接回答吸血鬼的问题。

“然后呢？”吸血鬼又问道。

“而在暗网中国这起案子里，介家三口都见过安姐。除此之外呢，安姐甚至还登门拜访过石家兄弟，亲自买走了李小花。而且即使对于李小花这个见过安姐本尊的人，安姐玩腻了之后也把她卖掉了。为什么，这究竟是为什么，难道安姐就不怕泄露信息吗？”林瑛格又说道。

“你究竟是什么意思？”吸血鬼的声音有些颤抖。

“所以我就在想呀，十年前的那个安姐和暗网中国中的这个安姐，究竟是不是同一个人。”林瑛格将手指按在了右侧太阳穴上。

“哦？那你的结论呢？”吸血鬼的声音又恢复了平静。

“唐芳的确是暗网中国中的安姐，这是毫无疑问的。不过，她只是借用当年毒枭安姐的名声罢了。”林瑛格冷笑道。

“哦？那毒枭安姐又是谁？”吸血鬼问道。

“在你手里呀！”林瑛格指了指那个水晶海豚的尾部。

“我没明白你的意思！”吸血鬼感觉自己有点蒙。

“那上面的字母是什么？”林瑛格问道。

“J——A——D——A”吸血鬼念道。

“你就不想知道这是什么意思吗？”林瑛格又问。

“我洗耳恭听。”吸血鬼冷冷地说。

“吸血鬼女士，你可知道高坚前辈的爱人叶彤，最早从事的是什么职业？”林瑛格做了一个思考的手势。

“部队里的打字员。”吸血鬼回答道。

“所以说呀，蟒杰前辈，你就不用再在这里装鬼吓唬人了！”林瑛格的声音显得很自信。

“你……胡……说……”吸血鬼的声音已经有些颤抖了。

“很简单，JADA 不是别的，正是五笔字型输入法中的‘蟒’字。”林瑛格自信地解释道。

“一个‘蟒’字，又能证明什么呢？”吸血鬼并没有认输的意思。

“别急，那块海豚碎成了两块，我这还有半块。”林瑛格又将水晶海豚的身体部分丢了过去。

“PWEG=，这是什么意思？”吸血鬼愣了一下。

“这个有点难度，何凯峰认为 PWEG 是 Pearson · Wegener 的缩写，所以误打误撞地来到了这个皮尔逊 · 魏格纳工作室。”林瑛格指了指房间的地板。

“皮尔逊 · 魏格纳 = 蟒？呵呵，这个解释有点儿意思！”吸血鬼冷笑道。

“当然不是，他们曲解了叶彤阿姨的意思。”林瑛格摆了摆手。

“哦？那么叶彤究竟是什么意思？”吸血鬼反问道。

“问题就出在这个 W 上，叶彤阿姨要写的其实是两个 V。只不过因为水晶海豚挂件太小，这两个 V 靠在了一起，所以看起来才像个 W。因此这个 PWEG 其实应该是 PVVEG。其中 PV 和 VEG 分别是五笔字型输入法中的‘安’字和‘姐’字。明白了吗,PWEG=JADA 的意思就是，‘安姐 = 蟒’。当然，我想叶阿姨原本还准备写个代表‘杰’字的 SOU，只不过毒贩们没给她这个时间罢了。”林瑛格的眸子里划过了一丝哀伤。

“哎……”吸血鬼只是重重地叹了一口气。

“蟒前辈，其实你是个双面间谍。确切地说，是你借助警方的力量，打掉了一个又一个贩毒团伙。这样一来，你的‘安姐团伙’才能发展壮大。我说得没错吧？”林瑛格问道。

“胡扯！你真是以小人之心度君子之腹！”吸血鬼摘下了面具和变声器，果不其然，他正是蟒杰本人。

“哦……那我倒想听听，你是怎么从缉毒英雄变成毒枭安姐的？”林瑛格面颊的肌肉在不停颤抖。

“英雄？英雄？英雄在现实面前简直不堪一击！我帮政府打掉了多少个贩毒团伙，抓了多少毒贩？可是呢，我爱人当初患癌症住院，急需使用进口靶向药物治疗，而政府的回复却是这种药物不报销！我爱人只是个普通工人，我只是个普通警察，还是个完全不能回家的警察！你让我到哪里去筹款给她治病呢？”蟒杰反问道。

“所以你就同毒贩们同流合污了？”林瑛格的底气明显有些不足。

“同流合污？你以为我的尊严就那么不值钱吗！没错，我每天经手的毒款成千上万，但是我从来都没有动过心。即使是我的爱人因为没钱治疗，活活痛死在病床上的时候，我也没有动过心。我告诉儿子，这不怪政府，只怪我们国家的科研水平太低，所以你必须好好学习，研发出拥有自主知识产权的药物，去拯救那些像你妈妈一样的病人。”蟒杰的声音突然变得有些异样。

“嗯……您接着说……”林瑛格感觉浑身微微颤抖了一下。

“后来，我儿子如期博士毕业，进了一所高校做科研，这就当他准备施展自己抱负的时候，却遇到了另外一个问题，那就是房价。你能想象吗，作为一个科研人员，每个月的工资连个马桶都买不起，青梅竹马的女朋友也因此跟他分手。双重打击之下，我儿子精神崩溃，患上了重度抑郁症。”蟒杰哽咽着说道。

“对不起……”林瑛格感觉蟒杰的形象突然清晰起来。

“所以我要钱，我要很多钱，这样才能带着我的儿子出国治病。”说着，蟒杰的面部肌肉微微抽搐了一下。

“可是你想不到高坚和叶彤发现了你的诡计，所以你设计杀了他们。高坚和叶彤出发之前，你之所以让他们携带武器，就是要让毒贩密集射击的声音听起来像是枪战罢了。或许当年在翼王山上唐芳其实压根就没有反水。甚至有可能枪声响起的时候她就吓跑了，以至于她确实没看到究竟发生了什么事情。”林瑛格这才意识到什么叫做“可怜人必有可恨之处”。

“呵呵，当年究竟发生了什么事，重要吗？”蟒杰突然冷笑了起来。

“没错，唐芳已死，没人可以指证你。当然，其实她活着也没用，反正她也没看到究竟发生了什么。退一步讲，唐芳本来就罪不至死，法院的判决压根就没有任何问题。”林瑛格的表情显得有些无奈。

“人证都没了，你留下一块水晶海豚有什么用。你说这是PVVEG，我也可以说它是PWEG，就是皮尔逊·魏格纳的缩写，有问题吗？你说JADA是五笔中的蟒字，我也可以说这是一个叫杰达的人。高坚和叶彤的意思就是‘皮尔逊·魏格纳 = 杰达’，你能说我错吗？”蟒杰的表情显得很夸张。

“没错，我确实没法指证你就是当年的毒枭安姐，即使你刚才什么都承认了。因为到了法庭上你一旦翻供，还是无罪。”林瑛格的声音听起来有些失望。

“我说我是警察派去的卧底，这是有证据可查的；可你说我是毒枭，这是没有证据的。”蟒杰笑了笑，将水晶海豚扔回给了林瑛格。

“蟒前辈，如果你没有留下什么狐狸尾巴的话。今天晚上，你又何必穿成这个样子，来到这个地方呢？”林瑛格突然微微一笑。

“呵呵，我可以说我喜欢COSPLAY，我可以说我有梦游症，我还可以说我有间歇性精神病，不知你想听哪个？”蟒杰同样露出以轻蔑的笑容。

“不！蟒前辈，我的问题是……你夤夜来访，究竟要找什么？”林瑛格紧紧盯着蟒杰的眼睛，目光如炬……

- 02 -

2017年9月11日凌晨1:20　金陵市1865创意园皮尔逊·魏格纳工作室

“林瑛格，你只不过是一个小小的法医而已，你以为你能看透我吗？你除了在背后开黑枪，除了去勘验一下痕迹非常明显的那些尸体，你还会做什么？”蟒杰轻蔑地说。

“没错！我就是个三流的枪手，二流的法医，但我是个一流的侦探。”林瑛格只是报之以微笑。

“一流的侦探？呵呵，你是不是《福尔摩斯探案集》看多了？”蟒杰冷笑道。

“没错，我很喜欢《福尔摩斯探案集》，尤其喜欢其中的一则故事——《血字的研究》。”林瑛格的脸上依旧挂着淡淡的笑容。

“血字的研究？”蟒杰愣了一下。

“别管柯南·道尔爵士是怎么写的了接下来，我们也要做一个血字的研究。”林瑛格只是摆了摆手。

“不好意思，我没明白你在说什么？”蟒杰只感觉有些云里雾里。

“蟒前辈，其实我一直很佩服关穆。虽然女朋友有过那么多的背叛，但是陈玲失踪之后，关穆却依旧不辞辛劳地寻找着拐卖她的Peter，也就是那个约翰·斯梅尔金。甚至……还先于我们找到了他。”林瑛格的脸上流露出淡淡的钦佩之情。

“不仅找到了他，而且还杀了他。”蟒杰面无表情地说。

“话不能这么说！现在的证据是……除了约翰·斯梅尔金本人的足迹、指纹之外，案发现场只有关穆的足迹和指纹。除此之外，由于约翰·斯梅尔金把整个这一片区域的监控全黑了，所以我们也看不到案发前后究竟有谁进出过这个工作室。”林瑛格活动了一下颈椎说道。

“而且关穆还逃跑了！”蟒杰提醒道。

“没错，即使我们把他抓回来也没有用。关穆一定会说自己进去的时候，约翰·斯梅尔金已经死了。看到墙上还写着‘关木’这个名字，就下意识地想去擦掉，所以才留下了指纹和足迹。”林瑛格摊了摊手。

“你这个法医还真够二流的！”蟒杰嘲讽道。

“没错，我连凶器都没找到。即使找到了，也早被清洗干净了。我又不是法医秦明，有些痕迹还真看不出来。”林瑛格自嘲道。

“你到底想说什么？”蟒杰感觉自己的思路被带跑偏了。

“蟒前辈，你想想看，有没有这种可能。凶手为了某件事情杀了约翰·斯梅尔金，不过他知道约翰·斯梅尔金有往某个存储芯片里备份信息的习惯，所以就去找那个存储芯片。可不巧的是，关穆此时也闯进了一楼。凶手自然不敢逗留，马上就翻窗逃走了。只不过由于他的反侦察能力实在是太强了，所以没有留下任何痕迹。而关穆原本确实是打算寻仇的，只是当自己进去的时候，约翰·斯梅尔金已经死了。看到墙上写着‘关木’这个名字，他就下意识地想去擦掉。只不过呢，刚擦了一两下，楼下又来了游客，所以他也慌慌张张地跑了。而且他心里一定清楚，自己在凶案现场留下了指纹和足迹，更何况墙上还有自己的名字，那么警方一定会追查自己。事实也确实是这样，有动机、有时间、有证据，在警方看来，凶手是关穆无疑。”林瑛格耸了耸肩。

“你为什么觉得……前面还有一个凶手？”蟒杰一针见血地指出了林瑛格的问题所在。

“我确实无法证明，不过让我们拓宽思路，看看暗网中国这起案子里，究竟还有什么问题。”林瑛格做了个思考的手势。

“我洗耳恭听。”蟒杰微笑道。

“左将军张志涛负责杀手交易版块；右将军石家兄弟负责色情交易版块；前将军介氏三口负责人口交易版块；后将军约翰·斯梅尔金负责毒品交易版块，也是整个网站的技术负责人。而汉中王唐芳呢，做了暗网中国的站长，虽然她那个总服务器就是个花架子罢了。”林瑛格回忆道。

“所以呢，这又如何？”蟒杰问道。

“‘安姐’唐芳的总服务器里没有什么有价值的信息，特别是没有任何与毒品交易版块联络的信息，而全是关于些贩卖女孩的东西罢了。除此之外，唐芳作为暗网中国的站长，居然还到处抛头露面亲自上门选人，哪怕是对于见过自己真面目的李小花，她也留了活口。这是不是与暗网交易中人货分离，暗处交易，隐匿行踪的原则有些冲突呢？这么看起来，最不熟悉暗网中国的，恰恰就是站长唐芳本人。”林瑛格的眉头微微一皱。

“呃……”蟒杰愣了一下。

“不仅如此，唐芳的作用，除去拉了几个有经验的版主之外，就全是吃喝玩乐了。而约翰·斯梅尔金当初只是 AlphaBay 中人口交易版块的技术骨干，他怎么知道毒品交易是怎么进行的？至少从安姐的服务器内容来看，两者极少交流。”林瑛格继续说道。

“也可能是唐芳此前对他进行过一系列毒品交易培训呢？”蟒杰说道。

“有没有另外一种可能，即毒品交易版块里其实还有一个不为人知的版主。这个幕后元凶才是真正的后将军，而约翰·斯梅尔金就是个技术员罢了。”林瑛格紧紧地盯着蟒杰的眼睛。

“哦？你觉得这个幕后版主是谁呢？”蟒杰问道。

“不知道。不过我还有个想法，正是这个真正的幕后‘后将军’与约翰·斯梅尔金一起建了整个网站。而后呢，他指使约翰·斯梅尔金与唐芳联系，邀请对方介绍几个杀手交易、人口交易、色情交易中的相关人士做相应版块的版主。而唐芳呢，则封了一个只管吃喝玩乐的站长汉中王，甚至还把‘安姐’这个在毒贩们看起来至高无上的称号送给了她。”林瑛格又提出了一个假设。

“那……他为什么这么做呢？”蟒杰面无表情地问道。

“为了安全！这个幕后元凶把其他人推到前面做挡箭牌，那么即便网站被查了，也很难查到他本人。毕竟知道他真实身份的只有约翰·斯梅尔金，只要把约翰杀了，就没有人知道有这个幕后元凶的存在了。除此之外，‘安姐’唐芳也是一个替罪羊。毕竟安姐和我们警方有着血海深仇。所以听到这个名字，冒名顶替安姐的唐芳就成了我们的主要目标。而这个幕后元凶呢，就可以躲在暗处，逍遥法外了。”林瑛格继续说道。

“你这个故事编得真不错，可是证据呢？唐芳死了，约翰·斯梅尔金也死了，你拿什么指证元凶呢？总不至于又是一块水晶海豚挂件吧！”蟒杰轻蔑地笑道。

“当然有证据，否则的话，你就不会装成吸血鬼，拿着变声器来这里了。”林瑛格指了指地上的吸血鬼面具。

“呵呵，请亮给我看。”蟒杰冷笑道。

“蟒前辈，你就不想知道约翰·斯梅尔金把那块备份了重要信息的存储芯片藏在哪里了吗？”林瑛格突然话锋一转。

“哦？什么地方？”蟒杰的嘴角微微抽搐了一下。

“这就要研究一下约翰·斯梅尔金临终前留下的血字——‘关木’了。”林瑛格指着墙上那两个已经风干的血字说道。

“我洗耳恭听！”蟒杰的表情突然紧张了起来。

“为什么凶手杀了约翰·斯梅尔金，却没把这俩字擦掉呢？”林瑛格做了个思考的手势。

“从墙上的痕迹来看，当时约翰·斯梅尔金应该是坐在地上，背对着墙，用右手蘸着自己的血写的。他原本以为自己死后能一直保持后背倚墙的姿势，从而将这两个血字挡在身后。只不过……最后身体还是歪倒了，所以这个‘关木’就显露了出来。”蟒杰回答道。

“前辈果然是刑侦高手，一眼就看出了问题所在！”林瑛格竖起了大拇指。

“那只是和你这个二流法医一对比，显得高手罢了！”蟒杰轻蔑地笑道。

“蟒前辈，那你觉着这两个字是什么意思？”林瑛格问道。

“很显然，行凶者是关穆，不过那个‘穆’字实在是太难写，超出了约翰·斯梅尔金的汉字书写范围，所以他才写成了‘木’这个谐音字。当然，也可能是因为约翰·斯梅尔金当时体力不支了，而‘穆’字的比划又太多，所以他故意找了个简单的谐音字代替。”蟒杰回答道。

“没错，听起来很合理！”林瑛格点了点头。

“你到底想说什么？”蟒杰总感觉林瑛格隐瞒了什么事情。

“可问题是约翰·斯梅尔金当时背对着墙，而又是右手蘸着自己的血写字。那么按照从左向右写的习惯，他应该是从自己身体的左侧开始写。可我们是面对着墙读这两个字，所以我们看到的‘关木’，其实应该是‘木关’。”林瑛格做出一个左右互换的手势。

“那……什么叫‘木关’呢？”蟒杰下意识地问。

“很简单，‘木’字最下面其实应该还有一提，只不过他背对着墙，写得比较潦草罢了。”林瑛格耸了耸肩。

“你的意思是……”蟒杰似乎意识到了什么。

“这并不是什么‘木’字，而是一个‘水’字。只不过约翰·斯梅尔金倒背着手，写得比较潦草，看起来像是‘木’字罢了。他留下的真正信息是‘水关’，换句话说，那枚芯片不在别处，就在二楼的水关长城照片后面。”林瑛格直视着蟒杰的眼睛。

“啊？”蟒杰下意识转过身来，准备向二楼冲去。不过就在刚刚转过身的一刹那，蟒杰发现一柄剑径直顶在了自己的脖子上。

“大蛇叔叔，别来无恙啊？”何凯峰冷笑道。

“呵呵，我也是从死人堆里爬出来的。就你们俩这三脚猫的功夫，能制得住我？”蟒杰的眼神里划过一丝杀机。

“一寸长，一寸强。一寸短，一寸险。翼王之剑，绝世好剑！”何凯峰抖了抖手腕。

“凯峰，你为啥非要把话说得跟蓝翔技校的广告似的？”林瑛格翻了个白眼。

“蟒前辈，其实王队长的狙击枪已经瞄准你了，你就不要再做无畏的抵抗了。”何凯峰指着蟒杰额头上的红点说道。

“哎……”蟒杰似乎正在进行着激烈的思想斗争。

“蟒前辈，自首吧。我保证你不会被公开审判，连高雅都不会知道。而你如果负隅顽抗的话，那绝对会身败名裂。你儿子的抑郁症，也就没得治了。”林瑛格言辞恳切地说。

“林警官，这件事，不要跟高雅讲，好吗？”蟒杰转过头来，直视着林瑛格的眼睛。

“我答应你！”林瑛格点了点头。

“杀人偿命，欠债还钱，我认了！”蟒杰闭上眼睛，向背后的剑猛地靠去。而后只听一声“咔嚓”，那是脊椎断裂的声音。

“蟒前辈！”看着长剑从蟒杰的胸前钻了出来，林瑛格与何凯峰瞬间愣住了。

“果然是一把……绝世好剑呀……”蟒杰重重地栽倒在地，停止了呼吸……

尾 声

2017年9月11日，星期一，太阳照常升起，新的一周又开始了。此时此刻，诸如“快讯：金陵市公安局一周击破暗网中国”，“暗网解密：犯罪界的X宝是如何炼成的”，“专栏：暗网覆灭记”之类的标题充斥在各大报刊网站的头版头条。而与之形成鲜明对比的是，故事的主人公们生活又恢复了平静。用村上春树的话说，就像是全世界的春雨落在全世界的草坪上……

- 01 -

2017年9月11日上午8:00　金陵市东南理工大学陈玲宿舍

做了一晚上的噩梦，陈玲被手机铃声吵响了。她定睛望去，发现那是关穆的号码……

“关穆，你在哪里？”陈玲忍不住泪如泉涌。

“亲爱的，别担心，我今天下午就回学校了。”关穆的声音总是暖暖的。

“嗯，我等你一起吃完饭……”陈玲哽咽着说道。

- 02 -

2017年9月11日上午9:00　金陵市金陵脑科医院住院部

“媛媛，怎么样了？”杨燕清含情脉脉地望着朱媛媛。

“燕清，你瘦了……”朱媛媛轻轻摸了摸杨燕清的脸颊。

“高雅，媛媛的二期手术什么时候做？”林瑛格问道。

“不着急，先让朱警官调养两天。”高雅的脸上挂着淡淡的微笑。

“高雅，旁边那个小女孩是谁呀？”王皓天指着角落病床上的李萌萌问。

“她叫李萌萌，今年才五岁，却得了脑瘤。不过好在手术很成功，而且术后也恢复得不错。”高雅的眸子里划过一丝哀伤。

“五岁的孩子就得了脑瘤？”林瑛格整个人都微微震颤了一下。

“据她妈妈说，李萌萌的老家临淮村有很多小化工厂，污水流得到处都是，连饮用水水源地淮河都被污染了，所以癌症发病率非常高。”高雅解释道。

“哎……”王皓天叹了口气，摇了摇头。

- 03 -

2017 年 9 月 11 日上午 10:00　洪都市洪都大学教学楼 606 教室

9 月的第二个星期一，阳光依旧明媚。何凯峰走进教室，兴致勃勃地开始讲授第二节《生态与环境保护概论》的内容：“同学们，今天我们一起学习淮河水系。在正式上课之前，我先问大家三个问题。

第一，淮河是我国非常重要的一条河流，大家知道淮河的终点在哪里吗？

第二，众所周知，我国有一条‘悬河’，也就是黄河。可是除此之外，我国还有一个‘悬湖’，大家知道是哪个湖泊吗？

第三，世界上最惨痛的一次水利工程事故就发生在淮河流域，大家知道这是哪场事故吗？”

话音刚落，同学们就纷纷指向李思晨。显然，他们觉得如此冷门的知识只有李思晨才能回答上来。

然而一反常态的是，这一次李思晨压根就没有听讲，她只是盯着手机，身体还在不停地颤抖。出于好奇，何凯峰走下讲台，来到了李思晨旁边。然而顷刻间，何凯峰也惊呆了。因为李思晨的魅蓝 Note5 的手机屏幕上是一条短信，而短信的内容只有两个字：“救我！”

此时此刻，何凯峰或许做梦也不会想到，他马上将会和林瑛格、高雅、王皓天、杨燕清、朱媛媛、陈玲、关穆、李思晨一起，共同在淮河岸边，谱写一曲跌宕起伏的《淮水悲歌》……